华章
传奇派

品味无限不循环的人生

心理咨询师

梅墨 著

重庆出版集团 重庆出版社

图书在版编目（CIP）数据

心理咨询师 / 梅墨著. — 重庆：重庆出版社，2022.2
ISBN 978-7-229-16412-6

Ⅰ. ①心… Ⅱ. ①梅… Ⅲ. ①长篇小说—中国—当代 Ⅳ. ①I247.5

中国版本图书馆CIP数据核字（2021）第269169号

心理咨询师

梅墨　著

出　　品：	华章同人
出版监制：	徐宪江　秦　琥
特约策划：	边江工作室
责任编辑：	王昌凤
责任印制：	杨　宁
营销编辑：	史青苗　刘晓艳
封面设计：	晨星书装

重庆出版集团
重庆出版社　出版
（重庆市南岸区南滨路162号1幢）

投稿邮箱：bjhztr@vip.163.com
北京盛通印刷股份有限公司　印刷
重庆出版集团图书发行有限公司　发行
邮购电话：010-85869375/76/78转810

重庆出版社天猫旗舰店
cqcbs.tmall.com

全国新华书店经销

开本：880mm×1230mm　1/32　印张：15.125　字数：335千
2022年4月第1版　2022年4月第1次印刷
定价：49.80元

如有印装质量问题，请致电023-61520678

版权所有，侵权必究

亲爱的,此生与你相遇,不可思议,难以摆脱。

不管结局如何,当下我们在一起。

我信任你一如信任神的指引,我愿安住其中,与你同行,向更伟大、更光亮的未知前行。

谨以此书致敬这个时代的先行者

目录

第一章
一、多动症 /1

二、心理专家 /8

三、创伤后应激障碍 /18

第二章
一、刺激与反应 /25

二、双相情感障碍 /36

三、闺蜜与男货 /42

第三章
一、自杀危机干预 /47

二、谈话疗法 /53

三、泡浴强迫症 /61

四、活生生的案例 /66

第四章
一、代际传递 /73

二、出事 /83

三、蒲公英诊所 /88

第五章
一、挽救生命 /92

二、敬老院 /101

三、模拟遗书 /106

第六章
一、意外发生 /113

二、离奇的个案 /122

三、校内危机干预 /127

四、《夜莺》/133

第七章

一、诡异的心理热线 /139

二、此心非心 /146

三、《贝加尔湖畔》/154

四、火烧眉毛 /158

第八章

一、割肉补疮 /164

二、玛吉阿米 /173

三、麻木与幸福 /179

四、心病 /185

第九章

一、人生的苦谛 /190

二、抑郁症 /196

三、鸿门宴 /203

第十章

一、情归何处 /212

二、血指印 /223

三、沙盘治疗 /229

第十一章

一、"林妹妹"的个案 /241

二、《布列瑟农》/251

三、家庭治疗现场 /259

第十二章

一、七夕节晚上 /272

二、白桦的真相 /281

三、轮岗 /294

四、《初雪》/298

第十三章

一、回家 /307

二、亲不隔疏 /318

三、路怒症 /328

第十四章

一、禅堂吃茶 /333

二、放生 /342

三、结婚纪念日 /350

第十五章

一、名人白玉兰 /354

二、紧急会议 /361

三、敬老院 /373

四、野山岗 /379

第十六章

一、忏悔录 /385

二、起飞 /394

三、决定 /400

四、观想这杯沸腾的茶 /404

第十七章

一、最浪漫的事 /411

二、秋山又几重 /417

三、一切法门都是药 /428

第十八章

一、忠诚你自己 /443

二、陪伴 /448

三、灵魂伴侣 /460

后　记 /473

第一章

一、多动症

九月的一个下午，一场叫"温莎"的强台风刚刚过去，风势虽说减弱了，路面仍湿淋淋的。树枝倒折垂地，积水漫过窨井盖，沿街的店铺招牌、广告牌、自行车东倒西歪。

岑晓稚早早从单位溜出来，急急地走在路上，她要去见一个人，办一件重要的事。

本来她是想打车过去的，可台风过后一片荒凉，哪里打得到车？她只好边走边找车，不知不觉穿过了半个城市。

"问小宇有什么用，跟个闷罐子似的。还有韦凯峰这死鬼，他是天塌下来当被盖，我已经不想和他说什么……啊哟——"她说得激动，冷不防额头撞到了前面的电线杆。

这个九月注定是多事之秋，岑晓稚感到整个生活乱了套。

先是开学期始考小宇没考好，英语考砸使得他在班级的排名一下子滑到中游边缘。这个先不说，更严重的问题是，班主任来电话说小宇有反常行为，他在英语课上做出种种怪异动作，严重影响课堂纪律，批评教育都没用，一上课就发作，英语老师表示课没法上，汇报到教导处说这孩子有多动症。

"韦世宇有多动症"的传言迅速在班级传开，家长群第一时间燃起战火。这些妈妈们一有风吹草动就来劲，有说多动症要找心理医生，有说多动症搞不好会成精神病，还有人扯到上学期轰动全校的案子——抑郁症女生企图自残，等等。

岑晓稚急火攻心，为怕起冲突，班主任叫她先退出了家长群。当天她班也没去上，急急赶到学校，在办公室，英语老师指着她的鼻子毫不客气地把小宇批了一通，进进出出的老师向她投来的眼神，更让她满脸燥热，无地自容。

从学校回到家天已全黑，她也没心情做饭，推开门，老公韦凯峰仍旧窝在书房看他的谍战剧，她二话不说过去就拔掉插座，关闭电脑，"噼噼啪啪"的激烈枪战声终于消失了。韦凯峰瞪她一眼，说："你有病啊？"她说："我被老师批斗到现在才回来，你还有心情追剧？我问你，小宇到底是不是你儿子？他都要被学校勒令退学啦！"他鼻子哼了声，说："开玩笑，上课做做小动作就成多动症了？你们这帮女人，让我说你们什么好，病得不轻。"

她不想和他多说，冲出书房砰地甩上门，又啪地推开隔壁房门，大声喊道："韦世宇，你给我出来！"

小宇磨磨蹭蹭地走过来，垂着头不吭声，背靠在门板上死死不动。

深夜，她在电脑里打进"少儿多动症"几个字搜索，随之出来了一长串专业名词：除了多动症，还有少儿抽动症、抑郁症、恐惧症、少儿行为障碍、情绪障碍、发育障碍，加上医院儿科、精神科、心理科医生的解说及各类药物……她越看越抓狂，一把合上了电脑。

对面房间还亮着灯，快十点钟了，小宇还在做题。自开学以来，他睡得越来越晚。她意识到，这个时候成绩好坏已经不重要，要紧的是先治他的病！

岑晓稚在路口停下来，抬手揉着被电线杆撞痛的额头。

手机响了，又有朋友来电话向她推荐一个口碑不错的心理医生，叫章达成，说这个人对治疗青少年心理毛病有一套。岑晓稚说知道，事实上，她今天顶着风、蹚着水，穿越大半个城市要去见的人，正是章达成。

说起来，她与章达成是有过一面之缘的。

她在桐城中心区图书馆工作，这个叫章达成的心理专家，曾在她们图书馆开过一堂"青少年心理健康与危机处理"讲座。那天来听讲座的市民挺多，妈妈们尤其多。她在讲座快结束时去现场巡视，远远听到这个姓章的专家说："大量的青少年案例反映出，心理健康是一个孩子全面成长的基石。"她觉得有道理，记住了这句话。

班主任的意思非常明确，迫于学校和家长两方面的压力，让小宇先在家休息一周，并叫她尽快带他去医院做检查。

可她不想去也不能去。她怕万一小宇被确诊，这对于小宇，不，对于全家都是个极大的打击，班主任极有可能叫小宇病休，学校也许会采取劝退什么的措施，那小宇今后怎么办？他还那么小。所以，她绝不会贸然带孩子去医院，至少在带孩子去医院前，作为妈妈，她要先好好了解他的病情。当务之急，是找一个有经验的心理医生——她想到了章达成。

章达成是心理专家，同时也是桐城心视野心理健康公司的负责人。她从馆里资料库找到他留下的一个电话号码打过去，很意外，接电话的不是他本人，对方说这是心视野公司对外心理援助热线，然后把电话转给章达成。

章达成听她讲述后简短说了几点：第一，病与症是两码事，症是说明有某种症状，病是病理性疾病，两者有区别，不能混为一谈。第二，诊断需要科学的评估，不要凭主观猜想给孩子定性，更不要给他贴什么症之类的标签。第三，要全面了解孩子的近况，包括他最近的情绪表现。这些话岑晓稚听得似懂非懂，她想进一步和他谈谈，于是预约了当面咨询。

他与她约定的时间，就是今天下午四点。

前方是建筑工地，岑晓稚避开堆积的钢架铝管和板材，又蹚过一段积水的洼地来到十字路口。红灯亮起，她停下脚步，能看到马路对面四五百米处一栋高高的写字楼，心视野公司就在这栋写字楼内。她看看手表，离约定时间还有十五分钟。这时，包里的手机响了。

"请问你是岑晓稚女士吗？"

"是，我是。"

"我是心视野公司的管理人员余婷。要向你说明一下，我们章主任刚接到通知，要去处理一桩危机干预，所以你预约的咨询要先取消了。"

"你说什么？我已经快到你们公司了，这鬼天气打不到一辆车，我大老远地赶过来，你跟我说咨询取消？"

"这也是没办法啊。要是你着急的话，我给你换其他咨询师。"

"不，我就要找章主任。我和他通过电话，他了解我儿子的情况。你不知道，我是十万火急才找到他，不能说取消就取消。"

"岑女士，心理危机干预就是临时发生紧急情况要随叫随到的，要不给你延迟吧？不过明后天章主任都有安排，要到周末。"

"不行，我就要今天。你们是这样对待每个人的？我要向你们的上级部门投诉！"

"岑女士，请你冷静一点。"

"冷静？我要是冷静的话，还用得着来找你们吗？"

岑晓稚不等对方回答摁掉了电话。

绿灯亮起，三三两两的行人越过她往前走，她拿着手机打算把这个见鬼的心理援助热线拉黑，最终又停住了。她觉得不能这样莫名其妙地"被取消"，她要留着这个号码，她有一种预感，她与这个姓章的心理专家没完，他要还她一个解释，给她一个答复。

事隔多年，她与他之间发生的一切，证实了她当时的预感。

几天后岑晓稚接到一个电话，是回访电话，对方还是那个心视野公司的管理人员余婷，说因为上次临时取消她的预约，这次特意排出时间欢迎她重新预约，岑晓稚回了句"我不需要"就挂了电话。

那天"被取消"后，岑晓稚转而去了附近不远的市综合医院。

快下班的时间点，医院里人不多，她在心理科挂了号，当班的年轻医生低头在玩手机。她说起小宇的情况，没等说完，年轻医生就打断她说，你不带孩子过来和我说什么？先带孩子来检查，再看要不要矫正理疗或是服药治疗。她说万一我儿子不是多动症呢，我是他妈妈先来了解一下不对吗？他说了解和诊断是医生的事，你了解什么？他还说我这里不是心理咨询，每个病人都像你这样问这问那，我一天能看几个？就这样，岑晓稚在心理门诊待了不到五分钟，就被那个年轻医生打发了出来。

她徘徊在医院的走廊，不知道该怎么办。

走廊里已经没有人，墙上挂的大屏幕在放心理健康小知识，屏幕里专家的声音很响，他在讲抑郁症的形成和发病，她想会不会讲到多动症呢？她盯着专家在长椅上坐下来，眼睛一动不动。专家还没说完抑郁症，心理科的年轻医生出来了，他已经脱掉白大褂，穿着衬衫、牛仔裤，砰地关上门，昂首踏步朝走廊另一头走去。护工过来清扫地面，小护士哼着歌随手关掉大屏幕，"咔嚓"一声黑屏了，讲抑郁症的专家消失不见。

寂静的长廊空无一人，只有墙上的时钟在嘀嘀嗒嗒地走着。时间不对，她要回去做饭，饭后小宇还要去补习，她三步并两步急急忙忙跑下楼去。

晚上，岑晓稚在网上查看心理学方面的文章，可那些冗繁的专业名词让她头涨。她叹口气合上电脑，去给小宇热牛奶。

她端着牛奶在门前站住，小宇弓着背趴在桌上做题，灯光把他的影子投在墙上，像一个佝偻的小老头，她心里很不是滋味。

她想到那个心理热线电话，章达成在电话里对她说："要看到问题产生的压力源在哪里，孩子的内心有什么想法，是什么导致他的行为外化，这些都需要评估。孩子出状况，带出的往往是家庭问题。"

家庭问题，这话她听懂了。

他又说："你们夫妻关系怎么样？孩子开学前家里有没有发生什么，你们是不是有吵架？这些都不能忽视。"

他的声音平和自然，在岑晓稚听来，平和下面分明藏着锐利的小尾巴，这人是不是会读心术？面对他一连串的提问，她无言以对。

确实，在小宇开学前，她和韦凯峰之间发生了一桩事，一桩结婚十几年来从未有过的事件。难道这件事影响到了小宇？她的心揪紧了，不敢往下想。

星期六傍晚，韦凯峰从公司加班回来，进门仍在打电话，估计又是哪个难缠的客户，一直打到他对着电话再三保证就差点头哈腰了才挂断。韦凯峰扔下手机，一米八的个子嘭地倒在沙发上，四仰八叉，摆出一副葛优躺的样子。

小宇从房间溜出来，手里拿着一只苹果凑到他跟前。"爸，我给你做个试验。"他把苹果递到韦凯峰鼻子底下，"你闻闻香不香？"

韦凯峰看看他说："搞什么鬼，你的作业做完啦？今天表现怎么样？"

"哎呀，别说话，听我的指导，"小宇爬过来合上他的眼睛，像模像样地说，"现在不许动，躺好。就这样，对，做三次深呼吸。嗯，嗯，你想象苹果就在你鼻子下面，是不是很香？嗯，嗯，你接着想象我切开了苹果，再闻闻，是不是更香？"

韦凯峰吸了吸鼻子。

"嗯,你现在嘴巴里有没有唾液?你再想象张开嘴咬了一口,再咬一口,是不是酸酸甜甜……"

韦凯峰闭着眼不自觉地咽了咽口水,喉结滑动,嘴里发出"吧唧吧唧"的声音。

"欧耶!"小宇扔下苹果跳起来,嘴里叫喊着,"妈妈,你快来看,来看啊,老爸被我催眠啦,哈哈哈!"

"小宇,你在干什么?"岑晓稚正在阳台忙着,两手沾着肥皂泡。

"我把老爸催眠啦,妈——"小宇跑过去对岑晓稚说,"昨天学校来了个心理专家给我们上减压课,还示范催眠。哇噻,太牛了,小胖说我流口水了,我看他们个个东倒西歪,连我们老师也快睡着啦。"

"什么专家,哪里来的?"岑晓稚把洗干净的球鞋提起来。

"心理专家叫章达成,章叔叔。妈,他太神了,我说我有多动症,叔叔说他小时候也有,聪明的孩子都有,你帮我预约吧,我要找叔叔聊天。"

"章达成……"岑晓稚的手停了停,随即踮起脚,抬起手,把湿嗒嗒的球鞋夹到高高的架子上。

二、心理专家

早晨,章达成是被外面一阵激烈的吵架声给吵醒的。

他打开门一看,对门的健健妈脸上贴着黑面膜,手提明晃晃的水果刀,转动眼珠,嘴里叫着:"我现在就上去砸你家的钢琴,我叫你弹!弹弹弹,白天弹,晚上弹,弹得我神经衰弱,快成神

8

经病嘞！"

楼上动静也不小，一阵脚步声响，蕾蕾妈蓬着头，穿着睡衣，提着湿嗒嗒的拖把冲下来，嘴里嚷嚷着："我才不怕你嘞！我家蕾蕾这几天强化集训，明天就要去省城参加决赛，你敢来捣乱，我，我今天和你拼啦！"

看到提刀冲上来的健健妈，蕾蕾妈傻眼了，她"啊哟"一声大叫："要死嘞，要杀人啦，快来人哪！"

两人一转头看到了章达成，章达成暗叫一声："完了。"

果然，两个女邻居扔掉各自的战斗工具扑上来，章主任长、章主任短，一通叫嚷。好容易安抚好她们，章达成出门去车库，2号车库主人和占道停车的3号车主又在吵架，一个嗓门奇大，一个怒目圆睁，炮仗马上要点燃。他忙掏出手机给物业管理处打电话。

他的凌志车稳稳地开出车库，两条泰迪犬蹿到车前，遛狗的老太太喘着气说："宝宝、贝贝，跟章主任打招呼哇！哎呀，就是不听话，奶奶不疼你们啦。"

有个背书包的小男孩举着牛奶盒跑过，后面的妈妈追着喊："记住，听老师的话，不许做小动作，不许讲话，放学不许乱跑！"

小区中央，退休大妈们在跳健身操，音响开得很大很大。车开出大门，汇入早高峰密集的车流主道，前方路口有两车刮擦，车流停止不动。顿时一溜排长龙的车主开始按喇叭，声音此起彼伏，像拉响了一级警报。

这是一个庞杂的有声世界。从早上睁开眼起，不管你愿不愿意，各种声音从四面八方汇聚过来冲击耳膜。章达成对声音有很强的辨识力，当然，他更擅长倾听人的心声——他是一名职业心理师。

泊好车他走进写字楼，按电梯上楼到公司，穿过接待大厅走进办公室，翻开余婷递来的工作计划表：讲课、咨询、会议、个案督导、网络课程……好嘛，又是安排满满的一周。他合上计划表，挂上蓝色工作牌，整了整西装，理了把头发，大步走向咨询室。OK，一天的工作开始了。

上午的第一个来访者是个十一岁的小男孩。

小男孩戴一副近视眼镜，小脑袋过早露出发际线，前额头发有一点点稀疏。妈妈说自从这学期调到尖子班，孩子天天早起晚睡，双休日也不得空，他的脱发在每次考试前很明显，桌子下、枕头上都有头发，带他去医院看，医生配了药，同时建议孩子做心理疏导。

这又是一例低龄孩童心理问题躯体化的个案。

下午两点是内部案例探讨学习。

教学室内，几个见习咨询师拿着笔记本坐成一排，章达成接过余婷递来的资料示意她点开大屏幕。大屏幕上出现了一个身材平瘦、衣着朴素的三十多岁的女性，脸部打了马赛克，她坐在咨询室的沙发上，膝盖并拢，不自觉地在晃动。

一年多前，她感到喉咙吞咽困难，去了多家医院检查，做B超十多次，都显示没有病理性疾病。可她不信，坚决说自己的喉咙里长了瘤，她为此吃不下饭，睡不好觉，体重减轻，精神差，并影响到了日常工作，有一个消化科专家建议她看心理医生，她就来了。

这是一例因配偶有外遇而引发的严重心理问题。

比较特殊的是，她的丈夫迷恋上的"小三"不是女人，是一个男人。她在他的手机里发现他们在酒吧里亲昵依偎的照片，她感到精神要崩溃了。一年多来，她没有对别人说过这个秘密，包括父母和亲朋好友，当然更不会告诉单位同事，她一直在压抑、压制自己，直到她认为自己的喉咙长了瘤。

"……医生，我万万想不到他居然是个同性恋，他，他竟然搞同性恋！"

"主任，这是导致她产生心理问题的事件，对不对？"

"我真想不到，他是这种肮脏无耻的人！"

"主任，这个应该是她的认知。"

"我承认，在心里我无数次地想过要和他离婚，我觉得一天也过不下去了！"

"这是她的想法。"

"我很愤怒，也很伤心，我非常非常难受，可我还得照常上班、工作、生活，我快控制不住了……"

"这是情绪反应吧，貌似到临界点了。"

"他想和我沟通，被我拒绝了，因为我一开口就要爆炸！"

"主任，这是行为和表现吧。"

"后来他也不说话，也不回家，家里就我一个人，天天冷得像冰窖。"

"嗯，我想这是她行为后的结果。"

"医生你说，我感到好恶心，一想到这个人我就吃不下饭，咽不下东西，我的喉咙就是这么生了瘤子，可他们都说没有，他们不懂……"

"这个，是不是想法认知引起的行为反应，症状躯体化？"

大屏幕里，女人用手按住喉咙开始哭泣，胸腔起伏，哭声嘶哑，上气不接下气，像一个爬到高山处于缺氧状态的人……章达成开始带她做情绪引导，几分钟后，从她的喉咙里发出一声很长的几乎歇斯底里的嘶叫，非常恐怖，听得人汗毛直竖，像是禁闭的一头野兽从喉咙里蹿出来，几个见习咨询师停止讨论，瞪大了眼睛。

大屏幕里，章达成拿过纸巾盒递给她，她拽出纸巾，扑到纸篓前，身体痉挛，一阵干呕。

"好，收工，回去写分析表。"章达成收起资料走出教学室，一旁余婷提醒他，姓岑的女士已经到了。对，他想起来了，还有一个咨询在等他。

岑晓稚在前台填登记表时，一个男人大步朝这边走过来。

他看起来四十出头，身高适中，穿藏青色西装，胸前挂着蓝色工作牌，五官周正，身板稳健，头发刚理过，鬓角有点短，露出一截青白的头皮。

余婷介绍说，这是我们的章达成章主任。

章达成冲她颔首致意，露出礼节性的微笑。说实话，那次讲座至今一年多时间，她对他早没有印象，现在等于是第一次会面，不过，他整个人显出来的气质与电话里给她的感觉还是挺符合的，不知怎的，"读心术"三个字又浮上她心头。

他向她伸手做出请的手势。

这是一间约十五平方米的房间，两把沙发椅，中间是个小茶几。岑晓稚开始讲小宇，一讲就滔滔不绝，章达成没有打断也没有插嘴，直到她停下来缓口气，他才示意她喝口水。等她喝过水后,他开口了:"岑女士,我想问你,你认为一个孩子要健康成长、全面发展,基础是什么?"

"是心理健康。"岑晓稚脱口而出。

章达成扬了扬眉毛,显出微微的诧异。他看着她:"你很敏锐。"

岑晓稚说:"我说得对吗?"

章达成点头:"孩子压力过大会导致心理失调,表现出过激行为其实是一种释放,不见得是坏事,更不能就定性为多动症,这需要做相关测试。心理疏导可以改善情绪,调节行为,但需要家长的配合。"

岑晓稚点了点头。

章达成说,给你讲个故事吧。

有一个初中男生,是班干部、三好学生、学习委员,老师和家长都说他又懂事又听话,是全班最乖的男生。有一天,这个男生主动和爸妈说要找心理医生。他对医生说的第一句话是:医生,我想杀人。

他站在玻璃房外盯着埋头切菜的厨师,更确切地说,是盯着厨师手里那把亮闪闪的尖刀,盯了很久。

这是一家高级西餐厅,他爸妈带他来是奖励他考试又拿了全班第一。可彬彬对西餐没兴趣,除了吃肯德基的炸鸡。从洗手间出来,他无意中看见全透明的厨房里,厨师正手持刀具切牛排,那刀薄薄的,尖尖的,一动一动闪着眩目的光芒。他盯着这把刀,脚步停住了。

他想象自己运用法力,让这柄刀从厨师手里飞移到自己手上。他掂了掂,轻重均匀,虎口握着顺手,他又用手指抹过刀刃,薄如蝉翼的刀刃掠过一道锋利的光影。一刹那,他好像看到光影所过之处鲜血飞溅。这是一把好刀,用它先向哪一个下手呢?

他首先想到的是精英培训班的傻叉。她有一张涂得血红的大嘴巴,滔滔不绝,从不闭嘴。他讨厌她和另一个女人说话,叽叽喳喳,像鸟窝里的鸟被掏空蛋那样聒噪。每逢她向另一个女人告状,他就没好日子过,那个女人就会在他耳根边叽喳个没完。他想象这个女人在他一刀过去的刹那,大红嘴巴乖乖闭上,终于,全世界安静下来。

他还想到另一个人。在人前,她一口一个宝贝叫得亲热无比,恨不得让全世界看到她的爱有多伟大;可一关上门,她就抓过书包掏成绩单和排名册,眼神里有饿鬼一样的贪婪。他成绩好,她亲他抱他恨不得把他捧上天;他成绩退步,她就歇斯底里地谩骂,看他的眼神充满厌恶和憎恨。他想不通,为什么大人有不同的人皮面具?他很想用手上的尖刀去剔开那副面具,看看里面是不是天衣无缝。

后来,彬彬在自家厨房盯上了刀架上的刀具。那里同样有一把刀,可惜比西餐厅的那把厚一些、钝一些,更没有那把刀动人心魄的眩目光芒。彬彬看着这把刀,在想象中拿在手上也掂了掂,发现太沉太重,虎口这里手感也不好,可勉强能用,至少它是一把刀。

他在想象中伸出手,手离这把刀越来越近……那个女人在叫他的名字:"彬彬呀,我的宝贝,你真棒!"亲亲热热叫的是他的乳名。他考得好,她就唤他的乳名;他没考好,她就叫他学名:"刘学彬,你给我过来!"口气冰冷无情。

彬彬坐在一堆练习卷前,默默握紧了拳头。

他要集中大脑所有的意志来控制一个魔鬼，那个魔鬼在他脑子里变大再变大，然后从头部蹿出去胀满整个房间，就像阿拉丁神灯里冒出来的精灵。可怕的是，精灵帮助阿拉丁如愿，这个魔鬼要毁灭他。他感到害怕，非常害怕，他不敢和人说……他是班干部、三好学生、学习委员，他是公认的乖乖生，是所有学生学习的榜样。没人知道在他乖乖顺从的外表下，潜伏着疯狂不可控的杀人念头，这让他日夜背负着巨大的精神压力，如同背负着一个附体的魔鬼。

岑晓稚听得张大了嘴。

当然，这样的孩子是个例。章达成解释说，大部分孩子出现怪异行为是心理没有得到调适。现在的学习环境，无论是优秀的孩子还是不优秀的孩子，都有不同程度的心理压力。是的，这点岑晓稚也认同。

章达成话锋一转问："你们在了解他学习的同时，有没有去了解他的内心？你刚才说他变了，变得不听话？"

"对，他小时候很听话，什么都和我说，现在疏远了，有时还要顶嘴。可能快到青春期了吧，真头痛。"

"青春期男孩子自我意识增强，要建立一套自己的社会支持系统，但他们大脑的额叶功能发育还不完全，容易冲动，所以父母要多理解多接纳。如果你们有一方很强势的话，会造成孩子性格上的偏差，你……"

"不，"她抬起头说，"我没有，我不是这样的人。"

"你是怎样的人？"

"我……"

他与她目光对峙，几秒钟后，他收回目光，说："岑女士，心理咨询不是聊天,我们不在表面下功夫,我们的对话是要走向内在的,为了协助问题的解决,请你理解。"

岑晓稚没说话,脸红红的。

"好,再问一下,你对孩子有什么期望,你想让他将来过怎样的生活?"

"没什么期望,只是希望他能按自己的意愿快快乐乐地生活。"

章达成点点头,对她微微一笑:"在你刚才的叙述中,孩子他爸缺席,能谈谈你们的关系么?"

她淡淡地说:"有什么好说的。中国婚姻的特色就是契约式,本质上就是交易,交易性质的婚姻就是低阶段的婚姻。"

"这个,"他说,"社会发展到不同阶段,产生不同属性的婚姻,婚姻本质上可以说是一种契约关系,但不好说契约就等同交易,就一定是低级阶段,不好界定,是吧?"

"您的意思,低级婚姻本质上也是合情合理的?不,我更认为低级婚姻在保障无能与无赖,让无赖更无赖。"

"我没有说合情合理,我只是承认它的存在,"他笑着说,"你看,一个家里夫妻俩的状态没调整好,首先影响谁?"

她脱口而出:"孩子。"

"很好,"章达成站起来,"现在请让我和你儿子谈一谈。"

接待大厅的等候区有一排书架,大部分是心理专业书,也有哲学书和心灵鸡汤之类。有个扎马尾辫的女孩坐在沙发那头,戴着耳机看书摘抄笔记,茶几上放着一本《心理咨询师培训手册》。岑晓稚看了看那姑娘,在沙发这头坐下来。她要在这里等五十分钟直到小宇出来。她无聊地取过一张白纸，顺手拿起钢笔涂画。一会儿手机响了，是好朋友白桦来电话，问她谈得怎么样，岑晓稚没好气地说，能怎么样，花钱找气受。

"哦，"白桦笑了，"说说，这个男货长得怎么样？"

"哪个男货？"

"这个心理医生啊！"

岑晓稚一手拿笔涂画一边说："不知道。不是小宇要来，我才不想见这个人。"

"为什么？"

"他处处替小宇说话，不体谅我们当家长的难处，还对我说什么精神分析让潜意识意识化，用貌似专业的套话来糊弄我，太自以为是，太不可理喻，太狂妄！"

"额，晓晓，你居然用一串成语来形容这个男货？不正常。"

"不，"岑晓稚说，"不是我不正常，是这个心理医生不正常！"

这时沙发那头看书摘笔记的女孩抬起头来，岑晓稚意识到自己声音大了，歉然地冲她笑笑，匆匆挂了电话。女孩也冲她一笑，扬了扬手中的书，说："章主任没说错，书上有。"

有什么？岑晓稚凑过去，女孩把书递给她，岑晓稚捧着书一字一句地读起来："弗洛伊德的精神分析，是把人的无意识内容引导到意识层面，并借此摧毁种种纷扰、种种症状的心理根源，这是精神分析技术的目标所在。"

她又往下读："心灵之门的开启往往就像一次外科手术。手持手术刀的医生必须做好一切准备，才能对付切口切开那一瞬间发生的任何事情。"……虽然她不懂这些，可里面的内容却吸引她读下去。

"咯吱"一声门开了，小宇从咨询室出来，岑晓稚马上放下书走过去问："怎么样，感觉怎么样？还好吗？有收获吗？"

小宇说："妈妈，我体验了放松疗法，很舒服。我问章叔叔有没有看过《盗梦空间》，他说看过，和我一样喜欢。他还会解梦，真棒！章叔叔说我上课做小动作根本不是多动症，他还给我布置了家庭作业，说我很快会改掉的。唉，本来我还有好多话要说，可惜，时间太短了。"

岑晓稚又好气又好笑。循着小宇的目光，她看到章达成也走过来，四目相对，他对她颔首一笑，似乎在提醒她什么。

三、创伤后应激障碍

章达成刚刚坐上出租车，口袋里手机响，是老同学程大海打来的。

大清早，医院急诊科接到一对特殊病人，年轻妈妈砍伤亲生儿子，才七岁的小男孩被送进了抢救室，医院怀疑这妈是不是有精神病。以章达成的判断，这种事应该不会让程大海专门给他打个电话。急诊科遇到这种事如同他处理危机事件一样，程大海是有经验的，而且一般情况下警方也会对母子做精神鉴定。七岁的小男孩、精神病人、砍伤，这几个关键词让章达成抓住了要害，他问："大海，你想对我说什么，是不是联想到了周海霞？"

"老章你贼精哈，不愧是干那活儿的。是啊，当年周海霞的亲弟弟也是在这个年纪被一个精神病人砸死，多大的创伤，你们心理医生不是讲同理心吗？"

"周海霞，她不是在省城发展得挺好？"

"我说你天天整病人信息一抹黑，她早在半年前就回来了，说是她妈动了个大手术，然后全家迁回了桐城。这次她是叫我约你还有几个老同学一起吃顿饭。怎么样，不许推托啊，再忙也要来。"

"OK。不过我给你提个醒，大海，人家是有夫之妇，你这个常年打饥荒的，收着点。"

"老章，我终于明白一个真理，不能和心理医生聊天，会聊死的，吼吼。"

章达成挂了电话低头刷手机新闻，旁边的司机一个劲儿地瞟他，又忍不住问："你是，是医生，那个——心理医生？"

章达成抬头看他。

"医生，是哪家医院抓了精神病人？不瞒你说，精神病人我也看到过，他们很吓人的，可不能碰。"

"哦，"章达成问，"你在哪里看到过精神病人？"

"大街上啊，"司机指指车窗外说，"我有时候上夜班，喏，半夜三更，他们在大街上跑步。"

"跑步？"

"对，跑步，半夜一点、两点、三四点的都有，装备齐全，全套耐克运动装标配，单看外表是看不出名堂的。我碰到过一个姑娘，二十岁出头，长得靓，歪着头隔着车窗冲我挥手笑。那可是半夜两点啊，笑得我汗毛倒竖，小腿肚子穷抖。他们会冲我们司机招手，可那不是叫车是叫魂，我是不敢停的，拉油门溜得快，太可怕了，那就是一群活的鬼。"

章达成摇了摇头，说："不，他们不是鬼，他们是病人。"

"病人？医生，你敢和这种病人打交道，真是太伟大啦！"

"不，你误会了。"章达成正色说，"我们心理工作的对象是精神正常的人，也就是说正常人有烦恼来找我们，这里头还分一般心理问题、严重心理问题、神经症、人格障碍。精神病人不在我们的工作范畴，他们由精神康复医院专门收治，这是两码事，知道吗？很多人以为精神有毛病去找心理医生，这是错的。"

"哦，是这样，明白明白。医生，那你看我正常吗？"

章达成眉毛扬了扬，看向这个中年老司机。

原来这个老司机遇上了诡异的事。前些天他拉了个年轻小伙儿在夜里十一点过中山大桥，看着挺正常的一个人，在车上还和他侃大山呢，想不到第二天报纸上说有个年轻人跳江了。警察来找他问这问那做笔录，吓得他连着几天睡不好觉，一闭眼，那年轻人就在眼前晃，吓煞人。后来他开车再也不敢过中山大桥，宁可绕弯路也不去，现在说起这事，心里还有点发毛。他想问章达成自己会不会得精神病。

"你这不叫病，是属于创伤后应激障碍的一种，问题不大，轻度的。"

"医生，你确定我不是精神病？"

"当然不是，"章达成递过一张名片，"我们公司有便民服务的公益咨询名额，你可以来预约，免费的，保证下次让你顺顺当当过中山大桥。"

"啊，谢谢医生，太好啦！"

司机一激动坚决不收车费，章达成坚决要给，两人推来让去，车子开过了头，章达成拍着车窗叫起来："我到啦，啊呀，你停车，停车……"

章达成紧赶慢赶到公司，拿起教材走向教学室，离上课还有五六分钟时间，他调整一下呼吸，大步走了进去。

　　他打开大屏幕，今天讲心理学简史概述，内容比较枯燥。就在边讲课边环视全场时，他的目光蓦地定住，学员中出现了一个女人，清秀的面容，端正的姿态，坐在后排认真记笔记——他没记错的话，这个女人姓岑，叫岑晓稚。

　　学员们循着章达成的目光也看向后排，目光集中在岑晓稚身上，章达成意识到什么，咳了一声继续讲课。

　　是的，岑晓稚悄悄报名参加了这期的心理咨询师考前培训。她是插班生，临时加进去的，她没和章达成说。

　　也是巧，第一堂课她就遇到了上次在等候区的女孩，女孩叫蒋微微，是一名学校老师，又是校心理辅导员。两人成了同桌。这次她看清了蒋微微的长相，长条脸，黄皮肤，两颊散着红红的青春痘，眼眶往里凹，显得眼睛特别大。像上次一样，蒋微微神态安详，低头听课摘抄笔记，抿着嘴不说话。

　　下课后，章达成朝岑晓稚这边走过来，招呼她说："你来啦。"神态自然随和，像招呼一个多日没见的老朋友。

　　岑晓稚淡淡回了句："章主任好。"

　　"很高兴见到你，"他看着她说，"你很敏锐，是一块好料。"

　　"哦？"她反问，"怎么听上去您比我还有信心？"

　　"当然，"他反应迅速，"你是在质疑我的专业水平么？"

　　岑晓稚答不上来，"扑哧"一笑，露出两颗小虎牙。

　　中午，章达成招呼学员们一起吃中饭。小菜馆一下子涌进来十多号人，大家围着大圆桌挤来挤去，把岑晓稚挤到了章达成旁边，岑晓稚就挨着章达成坐下来。很快菜端上桌，有荤有素，色香味俱全，大家都说章主任很懂营养搭配，以前是不是学过营养学。

小威说："我们章主任本来是医生，他是学医的。"这个理平头的胖小伙子，负责心视野公司的网络营销和平台管理。

有人问："主任，听说学医很枯燥，是吗？"

"呵呵，学医很奇妙，"章达成说，"你的症状会跟着教材走，学到哪里就像病到哪里，等学完毕业，OK，一身的癔病才算没了。"

一桌人都笑起来。

又有人问："章主任，现在当医生压力很大，当心理医生呢？"

章达成说："任何一个行业，都是风险与机遇并存的嘛。"

岑晓稚也问："请问章主任，心理咨询师和心理医生是同一个概念吗？"

余婷抢先回答说："当然不一样啦。心理咨询师只能做心理咨询，不能开药，以后你们会学到的。"

岑晓稚又问："社会上人人都说做心理工作这行，就是接纳别人的垃圾筒，您怎么看？"

"怎么看，"章达成放下筷子，挺直腰板，转向岑晓稚问，"你看我像一垃圾筒吗？还是国家级的。"

大家一通大笑，岑晓稚脸红了。

"欢迎提问哈，还有什么问题吗，岑女士？"章达成看向岑晓稚，眼神明亮亲切，话语中带着一丝孩童式的戏谑。

岑晓稚不敢再问，低下头老老实实吃饭。

饭后，岑晓稚和蒋微微结伴回教学室。她发现蒋微微一顿饭下来没说过一句话，她看看蒋微微，对方似乎也觉察到什么，主动问："岑姐，你怎么想到来考心理咨询师了？"

岑晓稚指指脑袋，说："那叫什么意识、潜意识，不是你给我上的第一堂心理教育普及课吗？"

两人对视一眼，笑起来。

那天岑晓稚走进心视野，曾看到简介榜上章达成一堆的荣誉介绍，下面一张照片引起了她的注意：章达成和志愿者以及医护人员卷着裤脚蹚在一条条的水巷中，他们爬上窗台解救并安抚受困的老人和儿童。文字说明：九月，"温莎"强台风造成低洼老小区多户人家进水，章主任带领心理服务志愿者，给困在水中的孤寡老人及留守儿童送去心理健康服务，并及时做好危机干预工作……

九月那场席卷全城的"温莎"强台风，她蹚着水，顶着风，深一脚浅一脚地穿过大半个城市来找他，结果"被取消"了。她盯着照片里冲锋舟上两手抱紧受困儿童的章达成，内心似有触动。当然，这些她不会和蒋微微说。

她反问蒋微微："你呢，你为什么要学心理学？"

蒋微微嘴动了动，低下头，没说话。

下午两点，心视野的接待大厅进来了一个人。

他看上去五十多岁的年纪，个子挺高，后背微驼，穿一件铁灰色的夹克外套，金属拉链拉到脖颈下，脸上戴着墨镜，从窗外照进来的光线在墨镜上反射一下，又暗了下去。

这个来访者，是马钧德马老爷子亲自来电和章达成招呼过的。

他进门后，先背着手四下里打量，角角落落地察看，像一个经验老到的侦探长，余婷跟在他身后，眼光也跟着他转动。当然，他没查出什么名堂，余婷就让他填写资料签字，没想到他一把推开，余婷惊愕地张嘴要说什么，被章达成一个眼色制止，示意她先离开。

　　章达成带着这个人走进心理咨询室，意外发生了。这人没有坐下，反而一个转身，"咔嚓"一声将门反锁，同时后背抵了抵门确认是否锁上。

　　这一连串的动作令章达成警觉起来，他手握口袋里的手机，质问道："你要干什么？"

第二章

一、刺激与反应

发生了什么?

"啪"一下,从咨询室内传来清脆的响声,像是茶杯摔碎在地,随即有个男声高亢而激烈地喊叫起来,愤怒的声音简直要冲破屋顶。前台的余婷和小威忙跑了过去,章达成也听到声响从办公室里出来了。

咨询室的门开了,心视野的资深咨询师、梳着大背头的帅哥夏烨走了出来,头抬得高高,章达成看看他,示意小威进去做安抚工作。

夏烨向章达成汇报过这起个案。一个重点大学毕业的大学生,在单位处处小心还是搞不好人际关系,年度业绩考核不合格,扣发奖金不算还被同事取笑。他情绪低落,吃不好,睡不着，不愿上班，请了病假在家不出门，家人着急，才找了夏烨。

余婷忍不住问："烨哥，这人平时进出挺有礼貌的啊，今天怎么摔杯子？好冲动。"

"小婷，抑郁症患者的特点是什么？是压抑自己，他们总在做别人眼里的好人，今天他被我点燃战火，冲我发起攻击，终于成了一回勇敢的角斗士。"

"啊，角斗士？"

"抑郁症患者需要一场战斗，一场与他人、与自我的战斗，战斗能激发情绪。让一个死人活过来的方法是什么，是激怒他，懂了没？"

"我还是不懂，烨哥。他这回摔杯子，下次会不会摔椅子？"

章达成没说话，平静地听他俩对话。

"小婷，主任之前不是给你们讲过课，抑郁症的核心问题是什么？是压抑没动力。对于这类人，就要先放水泄洪，再建堤筑坝，一步步开展重建工作，主任，我说得对不对？"

不等章达成回答，夏烨继续说："最麻烦的是这类人不会冲动，一旦冲动就是临门一脚，连回转的余地也没有，这就灰常可怕啦！"

"临门一脚是什么，烨哥？"

夏烨裂嘴一笑，张开手臂抬起腿，做出一个夸张的跳楼动作，惊得余婷张大嘴。她转头看向章达成，章达成没说什么，只是关照夏烨，把案例分析表早点交上来，到时开会探讨。

章达成回到办公室继续办公，手机响了，又是程大海，他放下材料靠在椅背上说："老同学，你这两天来电频率有点高啊，又怎么了？"

"老章，这个周海霞，这次看到她，我怎么觉得她哪里不对劲，你有没有觉得？"

章达成摸摸下巴。周海霞约的饭局他去了，去了才知道，他和程大海只是陪客，她要请的主客上宾是老同学顾一鸣。顾一鸣在教育局当个说大不大、说小不小的官，半年前帮周海霞落实了她儿子的就学问题，所以有了这次饭局。

老同学久别重逢，一晃大家已人到中年。周海霞给章达成的印象是胖了，明显胖了不少，完全可以归到丰腴型的那类女人。

想当年周海霞是校游泳队的队员，人长得不算漂亮，可身材好，清瘦，高挑，身高一米七，又细又直的大长腿令很多女生羡慕。周海霞其实不是章达成他们的同班同学，她是副校长周穆良的女儿，周穆良当时是章达成他们班的班主任，所以他们全认识周海霞。不过章达成和周海霞不熟，听说前些年她去省城发展事业，后来再没见过她。

要说记得她的人，还是程大海。当年，周海霞可是班里几个毛头小男生心中的偶像。

不管怎么样，除了胖些，周海霞还是当年的周海霞。席上，她挨个给大家倒酒敬酒，称赞女同学漂亮贤惠，称赞男同学事业有成，反正好话说尽，周到得体，不冷落一个人，席上的气氛被她调动得如春天般热乎。这性格像她爸，周校长在为人处世方面也是挑不出什么的。可是，连程大海也发觉了她不对劲，章达成怎么会看不出来？

周海霞的不对劲，是从她开口提的三个问题就能看出来的。

原来这是一趟迟到的饭局。周海霞说，因为顾一鸣的一推再推、一等再等才拖到了今天。她说到这里，程大海接过话头，说顾一鸣这家伙就是有拖延症，等等再等等是他的口头禅。他正要往下说，周海霞打断他，转头问顾一鸣："顾处，你看今年教育局新出的政策对我儿子有没有影响？"

程大海继续说顾一鸣这个慢性子当年入共青团也是说没关系，再等等，没等他说完，周海霞又打断他，问："顾处啊，我儿子这所中学的升学率怎么样？上重点的概率高不高？"

程大海还要开口，又被周海霞抢白："顾处，还有啊，你看我要给学校老师和校长、教务处打点些什么？我怎么可以进班级家委会？"

周海霞这三个问题如三尊大炮，把程大海说话的劲头打灭了。可周海霞完全不在意，在挑起儿子和教育的话题后，越说越有兴头，干脆搬椅子坐到顾一鸣旁边，不厌其烦地向顾一鸣发出连环炮式的提问，那架势宛如记者在采访报道名人。

在章达成的印象中，顾一鸣是个很内向的人，不擅言谈，更不喜欢聊天。所以周海霞滔滔不绝甚至咄咄逼人的问话，让顾一鸣有点不知所措，他只是笑笑，手上的烟一支接一支。为缓和气氛，章达成把话题转到顾一鸣的双胞胎儿女，问俩孩子在哪里读书，有什么兴趣爱好。有同学接过他的话反驳程大海说，别说顾一鸣等等再等等的性子，人家一等就等来一对龙凤胎，你们谁有这能耐？顾一鸣就是放闷炮的货，要不捂着不响，一响就惊天动地。这话说得大家大笑不止。

"是啊是啊，"周海霞附和着又把话题转回去，"顾一鸣好福气，老婆贤惠出了名不说，还养出一对好儿女，有这个在教委当领导的爸爸，这对宝贝必定进一流大学，成为一流人才，我是真真羡慕啊！顾处，今天把你请来，你可要好好面授育儿经验，不许藏着掖着。"说着周海霞拿出手机扬了扬说要录音，让大家不要说话。

席上的气氛冷下来，大家各看各的手机不说话。

顾一鸣表情淡淡，表示没啥好说，可周海霞不答应，又是乞求又是追问，又带启发又带打听，使出浑身解数，令他很尴尬。顾一鸣干脆不说话，自顾自抽烟，烟雾缭绕模糊了面容。章达成出来打圆场，对周海霞说时间不早了，今天很愉快，言下之意，饭局可以结束了。

出了酒店，周海霞转向程大海套近乎，说要打车送他回去，这怎么好意思？当然是程大海打车送她回去。

现在程大海在电话里啰哩啰唆讲了一堆，说在车上，周海霞向他打听有没有认识她儿子这所中学的任课老师的，说儿子英语成绩不太好，想找个老师补一补。程大海说现在的授课老师一般不接补习生，外面培训老师多的是，可以去找找。周海霞说外面培训机构的老师不靠谱，她要找就一定要找授课老师，特级教师更好，她可以出双倍甚至更高的补习费，或者让老师开价也行。她在车上反复讲这些，把程大海一腔久别重逢的兴头讲没了，要不是及时把她送到家，怕是讲到天亮也没个完。当然，他最终是要告诉章达成一件事，周海霞打算辞职做全职太太来管儿子学习。

程大海说："老章，你说周海霞这么有能力的一个人，在省城她都当上区域部经理了，现在丢掉事业要当全职太太，这事怪伐？"

"正常，有娃的妈妈都这样。"章达成觉得程大海现在也是白担心，于是转了话题，"说说你们医院那个温柔小护士，最近处得怎么样？"

"介嫩的小姑娘，抬头不见低头见，我咋好意思下手？盗亦有道嘛。"

"哈，那最近相亲怎么样？"

"老章，不是我要相亲，是那些七姑八姨不放过我，她们不隔几天给我打电话就难受，隔了三代远亲也会打电话来。相亲、相亲，这帮人比我还上劲，简直相亲上瘾，相亲强迫症。"

"你是钻石王老五嘛，大医院急诊科医生，有车有房有金，谁不想给你相个亲？哎，别惦记周海霞了。"

"你别提她了。这回见面她是真老了，笑起来眼角皱纹朵朵，那古人怎么说？美人迟暮，想当年……"

"想什么当年，你我眼看也英雄白头，就不要怪美人迟暮了。"

"喔哟，又来电话，不会又是相亲的吧？昨天我接了二十多个相亲电话，老章，我快抑郁了！"

"嗬，你就嘚瑟吧，挂了。"

戴墨镜的男人又出现了。黑毛风衣，高高的衣领几乎挡住脖颈下巴，肩背微驼，两手插在口袋里，看上去心事重重。

这一次章达成有了防备，而那人这次也没反锁门，只是坐下后仍问一个老问题："章主任，我想再问一遍，你能确保我俩的谈话绝对保密吗？"

"隐私保护条例是行规，你是安全的。当然，如果触犯法律，有违法乱纪行为，那就属于保密例外，你懂的。"

他沉默了,似乎在思考这个回答的潜台词。随后他把身体靠回座椅,摘掉墨镜,露出一张满是老态的脸,泡肿的王志文式大眼袋,眼皮耷拉下来,像两道布满皱褶的门帘,覆盖着一双疲惫的眼睛。那门帘看上去沉重无力,像支撑不住随时要掉下来似的。

他说:"章主任,我被绑架了。"

确切地说,他是有一种被绑架的感觉。特别是在早晨醒来时,他感到全身肌肉僵硬,像被五花大绑着,整个背绷紧,像一只被捆得结结实实的粽子。尽管那是一种感觉,可带给他的难受是真实的,这让他越来越害怕。

这个男人姓徐,叫徐万源,是桐城国土资源局副局长。章达成想起两年前,桐城发生过一起轰动全市的事件,原国土资源局局长从城市地标性建筑国际金融大厦顶层跳江,案情到现在还没个明确交代。他们之间有没有关联?章达成迅速把这个念头压了下去,不作假设,不作猜测。

"您这种情形,最早是什么时候有的?"

"大概一年前吧。我在美国洛杉矶考察,登机前一晚没睡好,第二天醒来就觉得浑身紧绷不舒服。回国后好了一阵子,可半年后某个早上醒来,后背紧绷的感觉又来了。这以后,隔半把月就有一次,就是被绑住的感觉,后来又出现胸闷、心慌、出汗。"

"在您认识的人中,有没有听谁说起过或听到类似的症状?"

"几年前,我和局长从柏林返回北京,在机场,他一趟趟跑厕所,他和我说他有登机恐惧症……"他突然闭嘴不再说下去。

谈话陷入沉默。章达成没有贸然再问,静静地陪着他。

墙上的西式挂钟嘀嗒嘀嗒地走着,在寂静中显得特别响。徐局长撑起两道门帘，瞟了眼那扰人的挂钟。

"您有没有去医院检查过？"

"检查过，"他说，"全套检查包括各种片子统统做过，各项指标都正常，没啥毛病。医生说我是植物性神经功能紊乱，配了一堆药，吃了几个月也没用。我自己觉得是心理出了毛病，我知道。"

"嗯，那您为什么不愿做心理测评？"

"什么心理测评，我在医院做过。那个医生说我有心理障碍要住院，胡说八道！"

用系统脱敏疗法试试，章达成的脑子里跳出方案。可对方听起来并没有被这个方案打动，他的喉结上下滑动，停顿半晌说："我的问题是，不仅仅早上有绑架的感觉，坐飞机也开始心慌，还有勃起障碍，你说怎么办？章主任，我跟你摊牌吧。现在大白天的一点点响动也让我恐慌，我坐在办公室老担心要出事，明明风水先生来调过办公室风水，可不行，那种感觉还是时不时地出现，太难受了！"

试试催眠吧，章达成把他请进了催眠室。

"……闭上眼睛深呼吸，体会放松的感觉，放空的状态……很好，现在从头部、额头、面颊、眉毛、眼睛，到下巴、前胸、后背，持续地松开，放松，再放松……所有意念集中在后背……现在后背有什么感觉？嗯，紧绷，有几分紧？有几条绳子绑着？很粗的绳子，好，继续感受，深呼吸……

"现在，开始松绑。我解开了第一条绳子，嗯，是的，很粗的绳子……现在解第二条，嗯，绑得很紧，好……现在解第三条、第四条……后背是不是松了些？放松，保持自然呼吸，让新鲜氧气进入身体……继续把意念停在后背，持续放松……现在解最后一根绳子，好，还有什么感觉？

"你已经彻底松绑，所有绳子统统解开，现在你的肌肉、骨骼、神经和细胞恢复良好，完全地放松，去体会身体的释放和轻松。心里很踏实，好，松开对身体的掌控，让它自然地下沉、往下沉……"

眉毛下，那两道布满皱褶的门帘子支撑不住，重重地合上覆盖住眼睛，他在长榻上进入催眠状态……

"现在，你在哪里？"

"……在，在房间。"

"周围有什么？"

"有个大柜子，靠着墙角。"

"你在干什么？"

"我想打开它，可柜子锁着。"

"嗯，里面会有什么？"

"……有重要的东西。"

"你想怎么做？"

"……我害怕。"

"害怕什么？"

"害怕打开它。"

"嗯。想象一下里面有什么？"

"有纸……一张纸……不，一封信。"

"一封信？"

"……嗯。"

"描述一下，有字还是没字？"

"有字，不——"恍惚中，他忽地睁开眼看向天花板，好像天花板上有无数眼睛在看他。他神情惊恐，呼吸有些喘，看向章达成慌张地说："对不起，我，我，我尿急，要上厕所。"

有阵子，章达成睡前会看小说《盗墓笔记》。这本书写得很有趣，里面有个盗墓的专业名词叫"倒斗"，盗墓者找准一块地，推测下面有古墓，于是挖壁打洞找一条可以下去的暗道。章达成认为，从本质上说，心理工作也是，需要在一个人的心房外东敲西打，找可以联结深入的通道，这当中也有七灾八难的机关和重重的关卡阻碍，以及无数的伪装，需要一个一个地打倒，曲折迂回，见招拆招，最后才能见到真货。

倒斗。可以说，一上午他都是在做倒斗的工作，所不同的是，盗墓者想挖价值连城的古董，他挖到的是困扰、阻碍当事人的潜意识部分——这是他工作收获到的最大宝藏。

屋顶，老式吊扇慢悠悠地转着，凉风丝丝，减少了秋的浮躁。桌上那只沙漏水晶艺术瓶吸引了他，那是他去希腊旅游买来的纪念品，造型小巧，晶莹澄澈，在阳光下反射着七彩光线。他盯着它，不知怎么想到了那个叫岑晓稚的女人。

他没想到，在课堂上居然见到了她。不能不说，在他与她的面谈中他的话语带有明显的进攻意味。没错，这是他的风格，心理咨询不是请客吃饭，没什么好客套的，直指人心，一剑封喉，才能起效。刺激一反应，本就是心理学的专业名词，有些人受不了他面询的风格会离开，一般来说，他平时很随和客气，工作时却锐利直接得像换了个人，所以，他以为她不会再来。想不到她不仅没退缩，还报名插班来学习——这又是一个不同寻常的空降生，他似乎嗅到了她行为背后发过来的信号：她想当一名心理咨询师？

　　章达成伸出手去触碰沙漏艺术瓶。瓶体倒置，瓶里的白沙从一端流向另一端，发出沙沙沙的声音。

　　他想到什么，弯下腰拉开底层抽屉，扒开资料找出一张纸。A4白纸上，有人用钢笔描了一幅画，一丛飘逸的兰花线条流畅，旁边飞着一只蝴蝶，看得出画手有很好的美术功底。当然，这幅画也暴露了女人心里的秘密，他对着翩翩起舞的蝴蝶笑了。

　　记得那天她坐在等候区边打电话边在白纸上涂画，走的时候，他发现了这幅忘在茶几上的画，拿起来扬了扬："这是你的吗？"她说："是的，扔掉吧。"可他还是留下了。

　　正如他对她所说，她是一块好料。她今天能来学习意味着明天说不定会加入他的团队，这完全有可能。

　　他这么想着，重新弯下腰把画放回抽屉，拿一堆资料覆盖好，这时手机响了，是老婆冯亚莉打来的："我说你中午没回家啊？你来看看都成什么啦？"

　　"怎么了？"他边接电话边伸出脚一踢，底层抽屉自动合上。

　　"地上一堆蟑螂！你不是答应说中午回来处理？"

　　"噢，对，我忘了。"他恍然记起，一早在家喷了杀蟑螂粉，因为马老招呼的个案又惦记下午的课，把这事给忘了。他说："你扫一下嘛，我下午还有课。"

　　"不行，太恶心，我不会，你现在就回来！"

　　"不要这样嘛，我有课，乖，晚上奖励你……"

　　"不行就是不行，我有密集恐惧症，你不怕我遗传给宝宝啊？你要不来，我就到公司找你。"

"别，别，好，我来。"章达成一叠声地应着，边说边往外走。

冯亚莉又接着关照他说："对啦，记得回家前到医院先帮我取中药。"

"你还吃啊？"

"你不知道，这个不孕不育老专家限号的，能挂上就不错了，人家黄牛手头一个号要六百，再吃半年。"

"再吃半年？我的姑奶奶！"章达成挂了电话，打给小威，"下午的课，你叫陶主任帮我顶一下。"

电梯的红色信号灯停在底层不动，像被一条看不见的绳子扯住了，章达成用力在按扭上摁了几下。这时，他突然想到岑晓稚说过的一句话：婚姻在本质上是保障无能与无赖，让无赖更无赖。

他真想接上一句：婚姻，也让无能更无能。

二、双相情感障碍

下午做完个案时间还早，章达成想到老师马钧德。这个时间点儿老爷子该结束午休了吧？他一个电话打过去，果然老爷子正闲在家泡茶喝呢，章达成说给我留一口，拿起车钥匙走出办公室。

他上次去看马钧德，老爷子养了只猫，后来猫跑了，又养了只小乌龟。这次进门没看见小乌龟，倒是迎面飞来一只羽毛翠绿的鸟，在他头顶拍翅盘旋。马钧德一手握茶壶，一手拍打它，说真不象话，快下来，看撞到你叔了。鸟叔？章达成扬了扬眉毛。

马钧德说这鸟叫画眉，你不懂，很通灵性的，说着招呼章达成进书房。老爷子圆团团的脸红光焕发，从紫砂壶嘴吸口茶，两撇八字眉一马平川般舒坦开来。

章达成看到桌上摊着《道德经》《论语》《传习录》等书，问："老师近来在研究传统文化？"

"随便翻一翻，"马钧德示意他坐下，给他倒茶，"这一趟北京的行业大会有什么新鲜货啊？"

章达成说："还是老问题。心理治疗到底适不适合中国老百姓？有说适合的有说不适合的，各有说法。我想要是我们业界同仁还在为这个掐架，那怎么让普通大众接受，您说是不是？"

"东西方文化有差异，要看到全人类的情感基调是相似的嘛，追求幸福和谐，满足精神需求，分什么派别？当然，心理工作的模式、指导理念要与时俱进。"

"对，"章达成点头，"您以前对我们说过，一百种技术不如一个词：走心。我把它理解为咨询技术的共情，咨询师与来访者在精神上达到共情，心灵上达到共鸣，形成走心的心理会谈，从而提升咨询效果。"

"嗯。这工作不简单，你对自己有要求就好，你是领头羊，不能懈怠。"

"是，是，我要补一补传统文化，以圣人的思想为楷模，见贤思齐。"

"圣贤楷模倒没必要啦，拿来借鉴，保持平常心，在本职岗位做足文章就行啦。"

章达成答应着，一面打量一整面墙的大书柜，里面林林总总全是书，马老爷子的藏书之多在业内是出了名的。他对马钧德说:"老师,我真羡慕您这个大柜子。"

"这是什么?是药,急救药、慢性药、特效药,治病的药。"马钧德慢悠悠地说,"有病吃药,没病吃饭。人要健康,靠的还是五谷杂粮。"

"五谷杂粮是什么?"

"这个问题你自己去想喽,"老爷子示意他喝茶,又说,"小章啊,人活一辈子,成就多大的荣誉,那是给别人看的;活得自在舒畅,才是活给自己看的。"

"老师的话学生谨记。老师视名利如浮云,胸怀高远,这番话算是您退休后的感悟吧?"

"马屁精。"马钧德笑着点点他,"好啦,说说你,怎么样,这一年收成不错吧?"

"还行。"章达成之前向马钧德汇报过。今年是心视野成立八周年,他从年初就开始策划了几个活动,现在差不多快接近收尾,活动扩大了心视野在社会上的知名度,也是为将来开分公司铺垫造势。在省城开一家心视野分公司是章达成的计划,可说来说去面临的老问题还是缺人手,特别是好苗子难招,这是分公司迟迟没开的原因。

"这行当特殊嘛,人难招是正常的,"马钧德吸口茶,啧啧响,"怎么样?上好的金骏眉。"

"您知道我不懂茶,"章达成老老实实地说,"严老还好吧?他去年退下来,听说高血压、脂肪肝全冒出来了,我建议您给他去做一做咨询。"

"做什么,人家好着呐。"马钧德不急不慢地说,"开讲座,当顾问,还要写案例出书,名堂多着呢。我劝他悠着点,他怎么说？说人不能闲，老骥伏枥，志在千里，说我天天窝家里没出息，早晚得抑郁症。"

嗬，本性难改。章达成想起当年在精神康复医院，严秉正和马钧德都是副院长。严秉正一米八的身板，横眉负手，头皮锃亮，白大褂穿在他身上挺括得像军装，只要他一出场，小医生小护士全不敢吱声。他对医护人员有"三严"，严肃、严格、严谨，对病人是"三慢"，看病慢、说话慢、查房慢，被称为"严三慢"。确实，严老爷子对病人的认真负责是全院出了名的，他一手带出的青年医生被誉为"严师出高徒"，是医院的骨干力量。

九十年代中后期，心理咨询还鲜有人知，它在精神科医生眼里更不算个事。当时因为一桩个案分歧，章达成差点被严秉正打回原形，幸好马钧德出面保住。不过严秉正也有大将风度，在他当院长后，让章达成的心理诊所在精神康复医院设立临床实习进修基地，帮他渡过创业难关。所以，心视野的开山元老有两位：马钧德和严秉正。

那年，他开的心理诊所叫"蒲公英心理咨询诊所"。

一晃十多年过去，当年的年轻人成了桐城知名的心理专家，当年的权威专家成了赋闲在家的退休老头，命运便如太极云手，起承转合，谁也不知道下一程是终点还是起点。

章达成在马钧德家吃过晚饭才回家。半路上手机持续响，章达成瞟了一眼又是程大海。他皱起眉头接了还没开口，程大海的声音已经从电话那头传来："老章，不好啦，出事了！周海霞在家里割腕自杀！"

章达成本能地踩了下刹车，问："人怎么样？"

"还好只是轻微刮破了皮,已经处理了,她老公给带回去了。"

"你们医院给的什么诊断结果?"

"同事说可能是双相情感障碍,要进一步检查,可周海霞不肯留下,走啦。"

章达成一时没答话。

"她怎么会做出这种事,脑子坏啦?"程大海说,"那个,我把你的手机号码给她老公了,他说过几天来找你。"

章达成继续开着车,眼睛盯着前方不动,脑子里却像有一根轴承在清晰而飞速地转动。

他又想到了那场饭局。那天周海霞对儿子教育的态度实在太明显了,席散出来,他听到两个女同学在嘀咕,一个说:"这周海霞怎么回事,说起儿子来没完没了,像变了个人。"另一个说:"是啊,搞了半天请我们是当陪客,为她自己和顾一鸣拉关系当陪衬,神经兮兮。"

几天后的早上,章达成刚在办公室坐下,余婷领着一个陌生男人进来了。男人开门见山地对章达成说:"章主任好,我是周海霞的老公,我姓陆,叫陆国强。"

章达成关上门,示意陆国强坐下。陆国强一坐下就说:"怎么办,章主任,周海霞这样下去要疯掉了。"章达成说别急,慢慢说。

事情的起因还是周海霞的儿子。儿子如愿进了市重点中学,全家欢天喜地,可欢喜没几天又乐极生悲,起因是开学不久的一次家长会。

周海霞万万没想到,这个班的学生家长不少毕业于很不错的大学，本科不稀奇，硕士、博士也有，工作单位非官即贵。她本来还雄心勃勃想在家委会任个职，结果家长会一结束，老师就被这群高大上的家长团团围住，连正眼也没看她。这让周海霞深受打击。紧接着又一波打击袭来。月考测试成绩公布，全班40名学生，她儿子排在29名，在她看来，这成绩离垫底不远了。

当晚她就召开了家庭会议，在会上提出要当全职妈妈辅助儿子学习。家人自然不同意，特别是周校长，反复做她的思想工作劝她不要冲动，可她铁了心，没几天就去单位办了辞职手续。事情似乎平息了，可在家人看来，她辞职后非但儿子成绩没好转，她自己也变得很焦虑。她很不正常，陆国强强调说。

章达成问："你怎么认定她不正常？"

陆国强说："儿子成绩好她就高兴，对他眉开眼笑；儿子成绩退步她就烦躁，做什么都不来劲，还找茬儿骂我。为了提高儿子的成绩，她每天逐字逐句检查他的作业，晚上十二点多睡觉是常态，还买来全套教材说要和儿子一起学习，重新过一遍学生生活。儿子每次测验她都很紧张，考前她要吃安眠药才睡得着。"

章达成问："那这次割手腕是怎么发生的？"

陆国强说："是儿子数学没考好。数学是他的强项，平时得分挺高，这次不知怎么丢分不少，排名也下去了。儿子放学到家，周海霞竟然不让他吃饭，把他关在书房，又摔课本又扔书包，儿子顶了嘴，她竟然拿起水果刀割手腕，说不要活了……"

听着他的诉说，章达成想起一件事："你们夫妻俩是不是一直和周校长两老住一起？"

"嗯，"陆国强说，"本来结婚后打算分开住，可周校长说有现成的大房子，叫我们先住着方便照顾，这一住就是十多年。"

陆国强走后，章达成的脑海里浮现出周海霞年轻时的模样。有两件事跳上他心头。当年他读高二，她读高一，他们都在2号教学楼。一次他进周校长办公室，看到她在抽屉里翻什么，发现他进来，她红了脸迅速躲开，他眼尖，看到她从抽屉取出塞进裤袋的是一包卫生巾。还有一件事，一次学生会演讲比赛，周海霞上台后紧张得说不出话来，红着脸跑下台去找周校长，周校长拍拍她，她的头埋入了父亲的怀里。

章达成思前想后，有线索了！

三、闺蜜与男货

"老书虫"书吧，岑晓稚在书架前翻着书目，但看半天也没发现有好书新书，她摇摇头，知道书吧主人最近又偷懒了。正想着，门帘哗地掀开，白桦挟着一股风进来了。

白桦是岑晓稚的闺蜜，两人亲如姐妹，要说最大的不同，在于外形。岑晓稚身高一米五九，她常说平生最恨一分之差，没挤进一米六标线的美女队伍；白桦身高一米六九，足足高出岑晓稚十公分，高挑的身材让她到哪里都夺人眼球。所以岑晓稚老爱开玩笑，说不能和白桦走在一起，她是明星级别的人物，高度太高，光芒太亮。

白桦烫着粟色卷发，穿一件巴宝莉格子呢大衣，里面配深V领纯黑羊绒衫，一张化过妆的鹅蛋脸，粉是粉白是白，红唇靓丽，神采奕奕。

服务员送来一壶蜂蜜柚子茶和几色干果蜜饯。窗外风声飒然，行人裹紧衣服匆忙走过，一晃冬天了。

岑晓稚边倒茶边问白桦最近怎么样。白桦在保险公司当部门经理，收入地位都挺高，可以说是标准的高级白领。几年前她离了婚，带着女儿过日子，可这个单身女性的生活过得风生水起，一点不含糊。

白桦曾说过一个姓耿的大学同学在追她，岑晓稚问她最近怎么样，就是问她和那个男人处得怎么样。

"男女关系的微妙在于平衡。各自有家庭时，抱团取暖算是一种平衡，离婚嘛——意味着平衡打破。"白桦说着把一颗紫苏话梅扔进杯子，看它在茶水里浮沉，"姓耿的以为我离过婚，要上赶着和他结婚，有意无意避着我。这男货在机关待久了，什么事都算计得很，一试就露出了狐狸尾巴。"

"奇怪，他追你难道不是为了结婚？那去年他还带你去丽江玩，你俩那个相亲相爱的劲儿，看得我都羡慕嫉妒恨。"

"傻妹妹，"白桦似笑非笑地看着她，"人过四十还谈什么爱不爱的。他和我在一起也不过是为了找回感觉，这是成年人的游戏。绝大部分婚姻像一只缝缝补补的破麻袋，为维持而维持，为存在而存在，中国式婚姻就是这样，里头已经是腐烂发臭长疮流脓，表面还恩爱和谐团结一致。我是潜水久了实在受不了，才浮上来透口气。人有时需要一种感觉，来证明腔子里这口气是活的，证明情感还没有彻底坏死掉。所以，这游戏只是求证，通过对方求证自己而已。一个女人千万不要把希望寄托在男货身上，我跟你说过，天下没一个好货。"

"当然，除了你家韦大爷哈。"白桦补充一句。

"又来了。那，那个红酒商人怎么样？他可是钻石王老五。"

"你说哪个？"

"哎呀，就那个第一次见面给你下二百万保单当礼物的酒庄老板。"

"对，那天晚上约我吃饭，捧着满打的保加利亚红玫瑰来，撩妹老手呢，他还带我去遛马。不过他有个习惯，爱撸袖子显摆那块价值三十万的瑞士手表，图穷匕现，这男货穷得只剩钱了。哎，我还见过另一个男货，集团老总介绍的，彬彬有礼像个绅士，约我在西餐厅吃饭，我刚对他有点感觉，一漂亮女孩走过，这男货就两眼放绿光，你说说，怎么就没一个靠谱的？！"

岑晓稚刚要开口，白桦摆手说："行啦，不提我。恭喜你啊，岑心理师，不愧是学霸，半路空降、强势加塞也能拿下高分，啧啧。"

岑晓稚眨巴着眼睛笑开了。

其实这次心理咨询师资格考试是让她挺担心的，毕竟时间紧、内容多，自己又是半途报的名。记得考前最后一堂辅导课结束，所有学员都走光了，她还在讲台前围着章达成问这问那。章达成看出她的担心，安慰她说心理学考试不按常理出牌，放轻松去应付，心态第一。也不知道是不是他的话给了她力量，反正她通过了考试，分数还不低。那天还是章达成第一时间打来电话告诉她的呢。

在后来的庆祝会上，她认识了心视野的其他成员。身体胖乎乎、有一张笑眯眯的圆脸的叫陶雪梅，她是心视野的副主任之一，擅长婚恋情感、亲子关系案例，还常跑外头做团队心理辅导。梳大背头、戴黑边白框时尚眼镜，习惯低头玩手机的帅哥叫夏烨，也是资深心理师，专攻青少年成长咨询、青春期心理辅导及大学生职业生涯规划，还有余婷、小威，另外就是心视野的其他签约咨询师。

当时章达成对她说:"恭喜啊!下阶段还有咨询实践课,好好学,争取成为我们的签约咨询师。"

"谢谢主任,我会努力的。"岑晓稚说。

"你希望孩子将来按自己的意愿生活,从自己着手吧?"

"您还记得这话啊?"她脱口说。

他笑着说:"很少有妈妈给我这个答案。"

两人的目光对视了一下。

"哎,傻笑什么呢,"白桦的问话打断了岑晓稚的思绪,"下次你来给我的下属上上课,洗洗脑,以后我就高枕无忧,不怕他们跳楼下药折腾我了。"

"我的白总,"岑晓稚说,"我是刚入门的本本族,哪有这么厉害?不过,我已经报名了他们后续的咨询实践学习班。"

"他们?"白桦重复她的话,"他们是谁啊?"

"心视野公司啊。"岑晓稚说着仰头喝了口又甜又润的蜂蜜茶。

"哦,明白了,章达成的团队,"白桦眼珠转了转说,"当时电话里你用一串成语损人家,就那个男货,对吧?"

"噗",岑晓稚差点被一口茶呛住,连连咳了几声。

"淡定哈,岑心理师。"白桦笑着说。

其实白桦在读大学时旁听过心理学。有一阵子她对心理学很感兴趣,弗洛伊德的意识潜意识、人本主义马斯洛的五需求、存在主义罗杰斯、阿德勒个体心理学都大致搜罗过,不过,她觉得人经不起分析也经不起考验,感情这事还是糊涂些好。她内心认同人性本恶的说法，这是她和晓稚常常争论的点。一直以来，她喜欢古典文学，尤其岑晓稚她爸教的古诗词，像《唐诗三百首》《宋词三百首》《诗经》让她感性而敏锐，她选修的古典文学可是拿过高分的。

岑晓稚不明白，白桦这么有条理的人，怎么感情上喜欢糊涂呢？

"这个嘛，感情的事用逻辑分析不靠谱。你想，性高潮拉个心电图量个血压，男女一见钟情测测荷尔蒙分泌，有意思吗？还要研究相爱出于什么心理，和童年创伤有没关系，什么都要前因后果一番，老实说，那是无聊的专家自娱自乐、自圆其说。哎，我不是打击你学习的积极性啊！"

"姐，我怎么觉得你对心理学有排斥？"岑晓稚看向她。

"打住，打住，你这个问题宝宝，好奇心害死猫。我得给你提个醒，别把我当样本、当案例，拿我搞心理分析，不好玩。"白桦表情郑重地说，说着她又靠回座位换了个坐姿，"哎，说说，最近你家韦大爷怎么样？"

"他能怎么样？"岑晓稚撇撇嘴，一副不想多说的样儿。

前几天韦凯峰出去应酬又喝多了，回家就拉肚子，大半夜的，岑晓稚只好陪他上医院急诊科挂盐水。挂着盐水，他嘴巴还强硬不认输，说男人抽烟喝酒总得占一样，像你爸不抽烟不喝酒，一肚子闷气活活憋出病，那叫内伤。

岑晓稚被他一提醒，想到爸爸的祭日快到了，她要回去好好给他上三炷香，告诉爸爸她考了心理咨询师，要去挑战一个未知的新领域。

白桦看着岑晓稚信心满怀的样子，嘴里慢慢地嚼着杏干。

# 第三章

一、自杀危机干预

一大清早,心视野接待大厅起了一阵骚动,有人冒冒失失地闯进来,前台的余婷和小威同时紧张地站了起来。

这人很年轻,穿一件皱巴巴的涤纶羽绒服,鸭舌帽压住额头,压得很低很低。他站在大厅里,手中举着一把水果尖刀,整个人像一柄插入椅子的匕首,杀机四伏。

"我,我,我不想活啦,我要自杀!"他眼睛充血,呼吸急促而粗重,两手紧紧握住刀柄吼道,"别过来,你们别过来,统统给我走开!"

要不要启动预警系统?小威和余婷同时把目光投向章达成,章达成示意两人先别动。

这个人的情绪处在一触即发的临界点,这个时候不能给他一点点刺激，更不能出一点点意外，否则他的情绪膨胀爆炸，后果不堪设想。

片刻，章达成在离他不远的沙发上慢慢坐下来。他态度自然，表情平和，两手松松地搭在膝盖上。

时间一分一秒地过去，对方斜着眼睛瞟了一眼章达成。

章达成开口了："小伙子，你真会挑地方。你怎么知道，我们这里是最安全的？"

"安全？"小伙子一愣，警惕地盯着他，像在揣摩这话里的意思。

"你放心，我不会报警的。"章达成把手机掏出来放在茶几上。

小伙子的眼珠转了转。

"怎么样，和我聊聊吧，我的工作就是陪人聊天。"

"聊，聊什么？"小伙子的眼神闪烁不定。

"聊聊你感兴趣的，比方说你对自杀有什么想法？"

"想法？人都要死了还想个什么啊！"

"嗯，说得对，"章达成说，"那你说说想用什么法子去死呢？"

小伙子怔了怔，举着刀的手抖了一下。

"我们一起来分析分析吧，"章达成的口气轻松，像在和朋友聊天气风景，"比方说跳楼，这是一种方式。你看，新闻报道里有人跳楼，摔下去五脏六腑全部震碎，这么挂掉忒惨，你看你这张脸长得这么帅，多可惜？还有一种方式是投河。不过涨潮时不行，因为水位高、水流急，人一掉下去就被卷走了，生不见人死不见尸，老人会伤心的，白发人送黑发人那会出事的不是？还有一种方法是服毒自杀,服毒自杀是很难受的,据亲历者说,那药水喝下去后,感觉肠子被活生生地扯开,那种痛,身边的亲人又帮不上忙……"

"……医生,别说了!"小伙子呼吸发紧,两手抖动得更厉害了。

余婷递过来一杯冒着热气的茶,章达成示意她把茶放在茶几上,说:"放心,这里很安全,你想说什么都可以的。"

小伙子犹豫半晌,开了口:"医生,其实我也不想自杀,我是走投无路被逼的啊!"他两手松开,刀掉在地上,蹲下身抱住脑袋呜咽起来。小威要过去,被章达成一个眼神制止了。

"我,我被传销分子骗光了积蓄,我是从黑窝里逃出来的,我把他们的头儿打伤了,自己也受了伤,你看……"他摘下鸭舌帽,前额有一条长长的暗色疤痕,结着深红发黑的痂。

"我原来在驾校当陪练教练,现在工作没了,大过年的,没钱回家也没脸回家,房东天天逼我交房租,今天又来催我,把我行李扔下楼,叫我滚蛋。我在这里一个熟人也没有,借不到一分钱,我活不下去啦……"

章达成静静地听他诉说,等他情绪稳定了,示意小威把他领进催眠室。

小伙子从催眠室出来时看上去平静了些,他把帽沿挪到一边露出脸,对章达成说:"医生,谢谢你没打110叫警察。"说着从脏兮兮的涤纶羽绒服里掏钱。

章达成摆手说:"你情况特殊,就不收费了。回去好好找个事干,别再闯祸了。记住,冲动是魔鬼。"

送走这不速之客,章达成回到接待大厅,看到余婷朝他撇撇

49

嘴，一回头，看见戴墨镜的徐局长从等候区的角落走出来，说："章主任，我又给绑架了。"

上次回去后徐局长确实轻松了几天，可隔了十几天，绑架感再度来了。今天他出现在这里，仍然驼着背，像背负着一座无形的高山。

一张纸，一封信，是上次催眠后徐局长给出的片断信息，也可以说是他的潜意识捎来的信号。那么，绑架的感觉和这两条信息有关联吗？

章达成忽然意识到，那天自己导入催眠给他解绳子，之所以出现反弹，是因为他本人没同意，他的潜意识没同意，没下通过与允许的指令。"解铃还须系铃人"，他自己才是真正解绳子的那个人。

时间又一次在沉默中流逝，从他的眼神里章达成读出了他的潜台词，想到一句名言：不在沉默中爆发，就在沉默中灭亡。

教室内，岑晓稚刚坐下，蒋微微带着两个人走过来。她们是微微的同事，一个叫郑永娣，是她们学校总务处主任，五十左右年纪，梨形身材，戴一副深度近视眼镜东瞅西看；另一个是学校财务科的出纳，叫施方圆，圆脸，剪童花式的蘑菇头，穿一件有卡通人像的花棉袄，边走边刷手机。四个女人依次排排坐，岑晓稚对蒋微微说，你们学校的心理建设队伍真庞大。

咨询实践学习课和之前的考前培训不一样，课程是章达成亲自设计的，目的是让学员从心理学理论过渡到实际上手操作。这是让大家兴奋的点，开课通知发出后，微信群里学员们早早打卡报到，个个跃跃欲试。

"心理咨询是什么？是运用心理学原理和专业沟通技术，通过非药物的对话交流与来访者进行心理互动，促进当事人成长，协助对方重建新的应对和解决心理问题的模式。所以，心理咨询什么最重要？谈话。谈话疗法中，什么最重要？倾听。倾听的第一步是什么？管住你的嘴。好，这就是今天上课的主题。"

他说，大家记住，作为一名心理咨询师，在咨询初期一定要少说话，多倾听，这是基本功，十八般武艺，马步得先扎稳喽。

章达成边说边环顾四周，好嘛，所有学员全部到位，一个不落。听说开课前他们还自发选出了班长、学习委员、纪律委员，搞得像模像样。

"刚才说了心理咨询是什么，现在说说心理咨询不是什么。它不是聊八卦吐槽，不是社区做调解，也不是搞教育培训，更不是法官给犯人判罪。我常说三类人不适合当心理咨询师：第一，能说会道，自以为是，没有耐心，爱教育别人。第二，习惯道德评判，居高临下，对别人扣帽子，是非观分明，心量狭隘。第三，爱听故事，有猎奇心，好八卦，多是非，守不住嘴的。有以上特质的同学，建议你们别坐在这里，可以去当演讲家、大法官或者社区干部、教师、娱乐记者什么的更合适哈。"

章达成的一番话说得大家笑起来。

接下来的环节是大家期待已久的现场模拟练习。章达成让余婷拿来两把椅子放在台前，又让学员们选个代表上来。学员们竟然不约而同地选了岑晓稚，嚷嚷说她是学习委员又是大家公认的问题宝宝，施方圆更起劲，推着她上讲台。

岑晓稚被推到章达成面前，两人面对面坐下，彼此目光一对视，章达成迅速转过头去，岑晓稚也很局促，一时气氛有点尴尬。施方圆在下面拼命鼓劲让岑晓稚问啊问啊，岑晓稚傻傻地说："问什么啊，我脑子里一片空白，感觉像面试？"大家一通大笑，章达成一挥手说："下课。"

下课后，岑晓稚和蒋微微搭施方圆的车回家。施方圆开着车，嘴巴可没停过，一会儿说章达成在业内口碑不错，属于实力派，有实战技术又经验老到，不像有些专家纯学院派，不会做只会说，纸上谈兵，凭耍嘴皮功夫捞钱；一会儿又说这个行业很撩人，特别是男咨询师，听说有些女来访者专门找章达成做咨询，要他的手机号还要约他吃饭，不过章达成把守得严，业界说他这个人别看平时随和客气，一进咨询室就是个六亲不认、水油泼不进的主儿。

岑晓稚想到课上章达成再三对她们强调的一个词："心理边界。"他上课时的风趣热情，完全不同于工作时的专注锐利，让她看到了他的另一面。

"你们知道吗？"施方圆神秘地说，"章达成离过婚，他也不是好人。他现在的老婆比他小好几岁，一直没生孩子。听说他前妻是个舞蹈老师，人长得漂亮又有气质，后来跟一个新加坡房产商出国了。"

岑晓稚微微一惊。

一旁的蒋微微冷笑："什么叫离过婚就不是好人？"

岑晓稚也笑了："方圆啊，我看你有当娱乐名记的潜质。"

"啊呀，我跟你们说，国内有个知名心理专家说过，没离过三次婚就没资格当心理师。据说这个专家现在的新婚妻子就是第三任老婆，牛伐？"

岑晓稚不以为然地说："什么专家，把任性当前卫，败坏风气。"

蒋微微慢慢吐出三个字："不评判。"

"算了吧，微微，"施方圆看她一眼说，"要是现在，有一个离过三次婚的男人找你做咨询，你怎么做？"

蒋微微沉默不语。

岑晓稚替蒋微微解围，反问施方圆："那假设是你呢？方圆，你遇到这样的来访者，你怎么做？你回答我。"

"我啊，呀呸呸，我才不要做这号人，晦气。"

两人听得笑开了。

二、谈话疗法

这天上午，心视野刚开门不久，有个头上包着纱布的男人直接走进章达成的办公室，居然是陆国强。

原来昨天晚上八点，一桌的菜热了又热早凉了，周海霞还在书房检查儿子的作业，陆国强对她说让孩子先吃饭，不想这句话激恼了她，她说眼看期末考试就倒计时了，十二张试卷才看了七张，吃什么饭，又说他就是一头蠢猪，天天就想着吃饭，什么也做不了，帮不了，就是一废物。她说着火起，操起桌上的水果盆砸过去，陆国强没防备，额头被砸得出了血。

章达成说："上次她割手腕被送到医院，为什么不接受检查？我提醒过你自残行为的严重后果，你们要重视，这不是开玩笑。"

陆国强摊开手说："她不肯啊，她说自己没病，坚决不看医生。还有，周校长也说她是一时冲动，他会好好教育她，以后不让她再犯错。"

章达成摇摇头。

陆国强说："章主任，你能不能找她聊聊？"

章达成说："如果她认定自己没病，我找她有用吗？她知道我是干这行的，我们干心理工作的第一原则就是本人自愿来求助，这样才有效。"

章达成想到上次饭局，周海霞对同学们热情洋溢。可当她过来向他敬酒，她的笑容变得虚浮不定，她甚至没有正眼看他，没交换一下眼神就走开了，这意味着什么？

章达成想了想，又问："她以前经历过什么，遇到过什么刺激性事件？"

"刺激性事件？"陆国强想了想，"转学算吗？她读高一时，从原来的普通中学转到她爸任职的重点中学，班里个个是学霸，明争暗斗，互相较劲，让她有很大的心理压力。她和我说过，说成绩跟不上，排名一度垫底。那个学期，害得她例假也时来时不来的，全乱套了。"

父亲办公室抽屉里的卫生巾。章达成心里一顿。

"还有高考失败这桩事也让她耿耿于怀，老说自己辜负了父亲的期望。"

章达成继续问："那之后呢，工作怎么样？"

"工作倒挺顺利的，在单位里领导器重她，和同事关系也不错，都当上区域部的经理了。"

"你们夫妻关系怎么样？怎么认识的？恋爱时间多长？"

陆国强与周海霞是邻居，从小住同一个院子，一起上学。陆国强十岁那年父母死于一场车祸，周校长待他如亲生儿子。周海霞考上大学，他早早工作，周海霞有条件不错的追求者，感情上有沉有浮，最后还是选择与他结婚，说他最可靠。

"嗯，结婚后，你们的感情怎么样？"

陆国强沉默了。周海霞对他自然是不满意的，说来说去无非就是陆国强不如她爸。因为处在一个屋檐下，她老是习惯性地拿陆国强和她爸比，周老师是当过校长的人，社会关系广，地位高，阅历也比陆国强深，两人怎么比？

就拿她妈动手术住院这桩事来说，老人嫌三人病房吵，要换单人病房，周海霞就叫陆国强去想办法，医生对陆国强说没有空床位换不了。周海霞一听就火了，嫌他不会办事，后来又是周校长解决了事。这事以后，她骂他窝囊更骂他无能，她不会体谅陆国强在家也没闲着，家里一对老人和小孩，他既要照顾儿子，又要送饭菜到医院来回折腾，他也不是铁打的啊。

"你们的性生活怎么样？"

"差不多很早就没有了。偶尔有几次，要看她心情的。"

"有提过离婚么？"

"她一和我吵架就闹着要离婚，周校长不同意，说孩子怎么办。这么多年过来我也麻木了。可现在她的毛病越来越严重，居然砸我，要是砸脑袋上或者砸伤眼睛，我就完啦！"

"嗯，我想再问一句，你认为她爸在她心里地位怎么样？"

"这还用说？一天几遍挂嘴上，大到买车买电脑，小到买衣服买瓶香水都要问她爸。她爸也是很关心她，事无巨细总会关照她指导她，事事处处不离一步。他说过对这个女儿最不放心，她的事就是他的事，他对她是要管到底的。不过最近两年父女关系不行了，主要是因为我儿子，她要管教儿子，她爸要干涉，两人就常常吵起来。"

章达成沉默不语。

他的眼前出现了一片无边无际的深海，一头巨鲸在其中时沉时浮，隐约地露出庞大的背鳍，他甚至能嗅到它由远及近传来的鼻息。可是，要在深海里把一头巨鲸捕获上岸，并不是容易的事。

他的眼前再度浮现和蔼可亲的周校长的面容。一个在学校堪称优秀教师、在家里堪称优秀爸爸的男人典范，一个和颜悦色的父亲，陪伴并擅长开导的父亲，给女儿参考香水味道的父亲，抽屉里备着女儿用的卫生巾的父亲……

有什么不对劲？是的。在陆国强从头到尾的叙述中，恰恰没有出现周海霞的母亲、周校长的妻子，这是一个很大的疑点。

"周海霞她妈妈得的什么病？"

"胃癌。"

"严重么？"

"嗯，挺严重的，是弥漫性胃癌，动过手术，胃割了四分之三。也是因为她妈妈这个病，老人要叶落归根，一家人迁回了桐城。"

第二天一上班，章达成就给程大海打电话："大海，你把上次周海霞在你们医院的报告发我看一下。"

"怎么啦，老章？"

"周海霞拿水果盆砸她老公，陆国强挂彩了。"

"啊，怎么搞的？老章，其实上次她割腕后，我推荐了我们院最好的精神科专家给周校长，可周校长没理我，估计不愿意让外人知道周海霞的事吧，老校长爱面子。后来我说到你，他倒是有点动心，这快过新年的又出事，我看老人家挨不过，早晚要来找你。"

"大海，"章达成说，"我和你打个赌。他来找我的话，你请客咱俩去吃小海鲜；他要是不来找我，那我请你去奥斯汀酒店撮一顿，怎么样？"

"啊？我才不和你赌，你是搞巫术的，读心术，嘿嘿。"

"嘀，小气鬼。"

周校长的年纪应该有八十岁吧？

章达成翻找出几年前高中同学的聚会照。那时，周校长一头浓密的黑发，穿一件暗红缎面中式服装，腰背挺直，面庞红润。

那天他破例喝了大家敬的红酒，显得愈发红光满面、神采奕奕。他说看到大家很高兴，特别是看到同学们在学术界、教育界、政府机关、商界都各有成就，成为社会的栋梁之材，这么有出息令他很欣慰，云云。

下午两点钟，周校长准时到了。

章达成亲自接他进门到办公室落座，他看上去依旧黑发浓密、红光满面。他接过章达成递来的茶放在茶几上，四下看了看，说："小章，你这个工作室很不错嘛。你也算你们班里比较优秀的，也是我学生中有出息的一个啊。有自己的工作室，自己开公司就是企业家，我看你的头衔该叫总经理，不能让下属叫你主任。"

章达成笑了笑，没说话。

当年他们那个班也算是藏龙卧虎。很多同学考入重点大学，毕业后在社会不同领域各有建树，有的事业发达，有的财运亨通，有的官位不小，有的出国发展，和他们相比，章达成不过开了一家普通的心理咨询机构，人微志小不足为道。记得几年前同学会上，老校长被一群成功人士围着，眼里哪有他这个小人物，他去敬酒，老校长都记不起他叫什么。这么多年来老爷子也不会主动联系他，他一个全国特级老教师，又是当过校长的教育工作者，桃李满天下，哪会想到他？

今天，师生以这样的方式在这里会面，进行一次非严格意义上的谈话疗法。当然，老校长并不知道。

周校长有两个女儿一个儿子，不过他一向疼爱周海霞，唤她"小宝"。

在他眼里，小宝是个非常聪明有悟性的女孩，尤其在表演、朗诵和演讲方面很有天赋。他提到，她读中学时就在市中学生演讲比赛中获第一名，诗歌朗诵被推荐到电台，还有她的成绩也很优秀，等等。周校长一说这些就停不下来，章达成不得不适时打断他。

周海霞给章达成留下最深的印象是她很喜欢游泳，不，更确切地说她是热爱游泳。她曾是校游泳队队员，她说喜欢在水里畅游的感觉，像一条鱼，自由自在回归大海。

但周校长显然对他提及的这个话题不感兴趣，他打断他的叙述继续讲她的荣誉史。不得已，章达成忙把话题拉回来，问了一个问题："您回忆一下，她的童年、青少年，有哪些让她难过的事件？"

周校长想了想说："小宝转到咱们学校后，性格变得敏感，学业跟不上回家就哭，我做她的思想工作，鼓励她说学习如同打仗，战略上要放远，战术上要重视，找原因找差距，向好同学看齐。我记得有一次她参加学校演讲比赛，本来是个很好的机会，结果因为紧张竟然说不出话来，狼狈地跑下台。当然，我也没有责怪她，我还是鼓励她的。"

章达成想起演讲台下父女俩依偎的样子，问："还有么？"

周校长说："还有就是高考失败。她没有考上一本学校很伤心，不过我也没批评她，失败是成功之母嘛，人生道路很长，遇到难关，克服了才有进步。我说爸爸看到你的努力了，你一定会有成就的。小宝在大学里表现不错，我建议她考研，她嫌学校不好，毕业后就回我们身边了。"

章达成问："她对工作满意吗？"

周校长说："一开始也不满意。也是我对她说，任何领域都出人才，她一步步从员工到部门经理后来升为区域部经理，在公司口碑很好。这次因为儿子学习问题她辞职了，这事做得太任性，我多次给她讲道理，她不听，还冲我吼，说我管太多，有一次居然说我毁了她的人生，说不能让我再毁了她儿子。你听听这话说的，简直不可理喻。"

章达成默默听着，笑了笑。

周校长也笑笑说："要是换成一个没文化修养的父亲，早被气死了。可我不一样，我是教育工作者，所以我要调整心态，不能受她影响。等她情绪平静后，我对她说，你也是受过高等教育的大学生，不能像市井小人撒泼不讲理，家庭和睦第一，对吧？可是，这几年我对她讲道理不灵了，唉……"

那次吵架，起因还是周海霞的儿子。

星期天下午难得有空，孩子和外公在客厅下象棋，听到周海霞开门的声音，慌忙收拾棋盘。可她进来还是看到了，于是抬手就掀翻了棋盘，棋子撒了一地。她训斥儿子命令他进房做作业

59

去，一旁的周校长看不下去了，对她说："小宝，你这样做可不好，爸爸对你说过多少遍，对孩子的批评要讲方式方法，不能简单粗暴，要春风化雨润心田。"

他话没说完，周海霞就直直地指着他喊："你还说，你，就是你——害了我！你还想害他吗？！"她投过来的眼神喷着愤怒的火花，像看一个陌生人。

周校长说："奇怪，爸爸一切都为你好，为你儿子好，怎么会害你呢？你也是有文化、有知识的人，遇事要讲道理。小宝，我们可是街道评出来的五好家庭，上光荣榜的，你要注意自己的言行。"

没等他说完，周海霞伸手把墙上周校长亲笔书写的小楷墨宝《朱子治家格言》扯了下来，撕得稀巴烂，还不解气，又扔在地板上用脚踩，边踩边说："五好家庭，我叫你评五好家庭，等我们统统死了，叫他们来给你评五好家庭！"

听着老校长的讲述，章达成的脸色渐渐凝重。半晌，他清了清嗓子说："周校长，您做了一辈子的教育工作，面对四十多岁的女儿，您看讲道理有用吗，有效吗？"

"这几年对她没用，无效了。"

"为什么？"

"为什么，我不知道。"

"因为她内心有愤怒。她的感受，您和家人没看见。"

"对，"周校长强调说，"小章，这个你说得对，她是很愤怒，我们老两口还有她丈夫、儿子，我们一家人都是她攻击的对象。"

章达成说："您有没有想过，她的愤怒来自哪里？"

周校长愣了，重复道："是啊，她的愤怒来自哪里？"

章达成说:"我听说她有割手腕的行为,这个就是愤怒的表现,您得重视啊!我还是建议她去医院作个检查或测评,找专家会诊,越早越好。如果桐城的专家不行,我可以给她推荐,找省城我的导师。"

周校长摇摇头说:"小章,她要是肯去医院,我今天就不用来找你,小宝就是这么固执。不过那次割手腕是一时冲动,情况也不严重,我会好好管教她的。"

章达成也不好再说什么,只是表示有什么需要他出力的,随时打电话。

三、泡浴强迫症

硕大的意大利产蛋形白瓷浴缸,滴过薰衣草精油的水面泛动淡淡的紫色,热气升腾,水波一漾一漾摩挲肌肤,白桦浸在水中仰头闭目享受泡浴的惬意。这几天,她帮琳儿办好了去新西兰的留学手续,女儿一走,意味着一个人的独居生活又将开始。

前几天她又梦到了老院子。高墙、天井、合欢树,那年她八岁,被父母从奶奶家接来桐城上学。

院子天井前,岑晓稚坐在竹椅上剥豌豆,看见她跑过来,一脸稚气地问:"你是谁?你找谁?你从哪里来的呀?"眼睛亮晶晶的像会说话。

这个岑晓稚从小就是问题宝宝,天生的打破砂锅问到底的执拗劲。后来白桦常跑到岑家去蹭吃蹭喝,她喜欢和岑晓稚待在一起,两人做作业、跳皮绳、画画、看小人书,有时还睡在晓稚的小床上,叽叽咕咕说悄悄话。

当时岑晓稚的父亲岑怀远还在学校当语文老师，在院里的合欢树下，他教她俩背古诗，他的声音轻缓、平和、悠远，像播音员一样。好几回，岑晓稚趴在父亲的膝盖上睡着了，她好羡慕啊，真想也这么趴在岑伯伯的膝盖上，那一定是世界上最温暖的膝盖。

记得高中寄宿头一年，她也梦到过老院子。她不清楚这个梦隔几年的出现，是不是有什么寓意。

不提这些了。年前过生日，女儿陪她在五星级大酒店吃了顿大餐，琳儿粉嫩的脸，果冻色的唇，边吃菜边玩手机刷微博。她不傻，女儿不过是借名头享口福，这年头，你能要求一个九零后女孩尽所谓的孝道吗？道一声生日快乐，已经是她的上上福气。

生日怎么会快乐？生日提醒她又老了一岁。不过，她还是高兴的。虽然离了婚，但她有实力送女儿出国留学。人到四十，她没让自己变成只知相夫教子、蓬头垢面的黄脸婆；相反，无论身份、地位、收入，她都令人羡慕，她对自己是有交代的，她已经让时间证明了自己。

岑晓稚曾取笑她有泡浴强迫症。确实，泡浴是会让人上瘾的，否则日本人怎么有家家户户泡温泉的传统？

泡到四肢发热脸发烫，全身舒坦，她心满意足地起来，裹上珊瑚绒睡袍走到客厅，习惯性地从酒柜里取出酒。这个男货不吝啬，除了给她送满打的玫瑰，还时不时送红酒来。法国原装进口，拉塔希特级园1990年份的红酒，她仰头抿了抿细细品味，芬芳醇馥，果然口感绝佳。要说对这男货有什么不满意，就在前些天她约他去听了一场法国爱乐乐团的音乐会，她精神十足，陶醉其中，他在一旁垂着头打盹，差点睡过去。

她拿着酒杯转了转，醇红的液体在高脚水晶杯里流连闪动，映出一张酡红如桃花的脸。她抬起下巴欣赏酒杯里自己的侧脸，想着要不要再来一杯，手机响了，有人来加她微信，一个美髯飘飘、迎风站立的古人头像。对方自称欧阳闻牧。

她想起来了。她们公司和慈善总会下面的市志愿者协会，曾联合组织了一次救助南山村留守儿童的公益活动，由市志愿者协会副会长带队和她一起。就是这个叫欧阳闻牧的副会长来加她微信，她看到他的微信签名："如是我闻。"有意思。她的微信签名是："如是观。"

她拿着酒杯晃了晃，又盯着他的微信头像看了看，这男货，找这么个头像，是要致敬苏东坡，还是怀念贺知章？

说起那次在南山村的见面，这个欧阳闻牧会长给她的印象实在不怎么样。

一件洗得发白的李宁夹绒外套，松松垮垮的牛仔裤，裤角卷得一高一低，登山鞋脏兮兮地沾着黄腻腻的泥巴。他看上去四十七八岁年纪，理平板头，双鬓隐隐有白头发，浓眉，厚唇，长得倒挺高壮，站在志愿者队伍里发号施令，像一棵峻直的老橡树。

"你好，白总，"他说，"我是欧阳闻牧，欢迎来南山村加入我们的活动。"

这话说得，倒像他是主人她是客人。没等她回答，他转身大步回他的大部队，正眼也没瞧她。

"什么货色。"白桦冲着他的背影哼了一声。

南山村是一座高山村，海拔八百多米，青壮年外出打工，村里只剩下老人和儿童，生活艰难，交通不便。这次活动，市志愿者协会带图书、衣物和日用品上山，白桦代表保险公司带去一笔捐助金，全程没有媒体跟随，是一次纯公益活动。

一对老人，家里房顶横梁遭到雷击而断裂，暂时寄住在村委会的一个小杂间，地上的棉絮堆就是他们的床铺。白桦问他们有什么愿望，两老说："要是能一直住在这里老死，我们也知足了。"

另一户人家，奶奶和四个小孩生活，父母远在外地打工，全家靠十二岁的长姐照顾三个弟妹和老人。白桦注意到这个女孩很少说话，两手护着弟弟妹妹，欧阳闻牧让她挑书，她默默地翻着，翻到彩页版《昆虫记》停了停，同事拍下她们仨的合影，女孩握着书坐在白桦和欧阳闻牧中间，嘴巴紧闭，眼皮下垂。

白桦决定结对这个叫于燕的女孩，欧阳闻牧很意外，对她说："白总，您代表公司已经捐了助学金。"

她飞快地签字，看也没看他，甩下一句："这是我的个人行为，与公司无关。"

她又从包里取出一叠现金，说留给那一对住杂间的老人，因为捐现金要面交当事人，于是欧阳闻牧又陪她原路返回。她的高跟皮靴踩着石板地嗒嗒地响，走得又急又快，欧阳闻牧快走几步才跟上去。

路上，欧阳闻牧告诉白桦，南山村作为首批整体迁移的村庄试点之一，除几栋有年份的老宅迁下来保存外，整个村庄将于明年拆除，退宅还林，村民们将搬迁到南山镇的安置房。

这个消息让白桦挺欣慰，她想这样的话，以后于燕到镇上去读中学，就不会这么苦了。

翼虎越野车准备启动，几个小孩还围着车转，欧阳闻牧从后车厢拿出双新袜,在一个小男孩身前蹲下来。原来小男孩的跑鞋破了个大洞,露出冻红的脚趾,欧阳闻牧揉揉他的小脚丫,给他穿上新袜子,又抚摸他的脑袋,说:"伯伯下次给你带双新旅游鞋来。"

白桦远远地看着他,心里蓦地一动。

她点开他的微信,看到他发的大部分是志愿者活动的图片文字,还有就是他自己的书法作品。在重阳节,他抄录了苏东坡的《西江月·重九》:"点点楼头细雨,重重江外平湖。当年戏马会东徐,今日凄凉南浦。莫恨黄花未吐,且教红粉相扶。酒阑不必看茱萸,俯仰人间今古。"

他的书法以行书为主,笔法洒脱自如,风格豪逸雄浑。这个看起来不拘小节的老货,骨子里倒有一份情怀,她盯着一幅幅字看得出神。

像是有心灵感应,新消息来了,欧阳闻牧在和她打招呼:"白总,您好。"

她停了几秒,回一句:"会长好。"

"呵呵,"欧阳闻牧打字比她慢,一个字一个字像在斟酌,"那天在南山村,恕我接待不周。您不知道,很多来南山村的人把孩子当什么,做个秀拍个照就走。没想到您一没有媒体跟随,二自己还为村民掏钱捐款,惭愧,是我小人之心,我向您道歉。"

白桦十指飞动,打出一行字:"会长客气了,您是官员,再大的架子也可以理解。"

"哈,您这样说,我更无地自容。"

"不过说实话,像您这样一心为公的也不多,活动很有意义,有时间我再来。"

"欢迎,"欧阳闻牧发了个热烈鼓掌的表情,"您工作繁忙,这种事随缘。当然,您来的话我代表我们这个群体欢迎白总。"

"不要叫我白总,"白桦继续打字,"我不想被社会身份绑在架子上。"

"呵呵。是啊,架子这东西也有好有坏。"

"那,你算是有架子还是没架子呢?"白桦不露声色地发问,"我一开始还以为你是南山村的本地村民呢。"

"哈哈哈,"欧阳闻牧笑着打出一行字,"架子嘛,一开始也是有的,后来散了,打散了。"

好一句散了。白桦打字:"看来我也得把自己打散,散了才有自由。"

"自由随心。"

"欧阳先生有庄子之风。"

"啥也不是,一介农夫而已。"

不接招,又散了,这老货。白桦托住下巴,牙根痒痒的,笑得有点怪。

四、活生生的案例

这天,在心视野的会议室,章达成召集夏烨、余婷、小威开内部探讨会。周海霞的情况当然不能说是个案,但是隐去人口学信息,当案例来探讨一下事件本身,他相信对提升他们的专业能力有帮助。

章达成示意小威先发言，小威抓了抓后脑勺说："很难想象啊，这周女士从出生到结婚，再到自己有儿子，儿子十多岁，自己四十多岁，一家三口还和八十多岁的老爸老妈住在一起，又不是没钱买房子，这是什么心理啊？"

余婷说："哎呀，你不懂，她很幸福的好不好？有个全能老爸又是当领导的，什么事不能搞定？"

小威忍不住问章达成："主任，她爸爸当什么官？"

余婷抢白他说："哎，隐私保护是案例探讨第一条，你忘啦？"

"哦，"小威看一眼余婷笑着说，"我忘了你也有一个全能姑姑不是。"

余婷白他一眼："去，讨厌。"

夏烨咳了一声，敲敲桌面说："你俩别跑题，抓重点。"

小威看着发言稿，赶紧说："我分析一下，周女士一直没有离开她的原生家庭，生活中受到父母的照顾，心理上依赖父亲，没有发展出独立人格，情绪不稳定是内心有冲突，对不对啊，主任？"

"奇怪，"余婷说，"这个老爸也太完美过头。要是我四十岁还和爸妈住一起，我会发疯的。她老公怎么受得了？这都能忍，一定是真爱！"

小威笑了："你最好是需要的时候，老爸像孙悟空空降，不需要的时候，自动屏蔽不出来，对吧？"

余婷刚要还嘴，夏烨又敲了敲桌面，说："又跑开了，案例分析不是让你们过嘴瘾的。"

"嗯嗯，我听烨哥的。"余婷对夏烨点点头。

夏烨说："和父母合住的情况多了，就一定会出问题？这是外因，要找内因。"

小威问："烨哥，你说的内因是什么？"

夏烨看向章达成，章达成点点头。

夏烨理了理光亮有型的大背头，说："很简单，俄狄浦斯情结。这个女人有明显的恋父情结，内心分裂，想依赖父亲又想逃离父亲；想独立又想寄生，想成熟又表现得很幼稚。"

"不，"章达成说，"她在外面表现正常，情绪稳定，认知正常，社会支持系统良好，在单位上上下下口碑很好。"

夏烨反驳说："这说明什么？这更说明她的问题产生在家里，原生家庭问题。"

余婷问："烨哥，是不是可以说，她的愤怒是对父爱的反抗？"

夏烨推了推黑边白框眼镜，说："再走深一点，婷婷。一个人对外界的愤怒来源于哪里？是内在主体向外的一种自我投射。"

小威说："那不就是说，她的愤怒是朝向自己的？"

余婷说："我知道了，她内心分裂，讨厌自己无能，又没能力改变现状，所以在家里任性胡闹，对吧，烨哥？哎呀，我怎么觉得她根本不像成家的已婚女人啊？"

"对，"夏烨点头说，"婷婷这一点捕捉到位。可以说她在心理上没有出嫁过；反过来，她的父亲也没有真正把女儿嫁出去。"

"嗯嗯，我觉得这个老爸有问题，他对女儿有掌控欲。"余婷点着头像小鸡啄米，向夏烨送去一个佩服的眼神。

夏烨继续说："只要她的生活起居仍受父母的照顾，潜意识里她就还是她父母的女儿。她不会意识到，除了女儿这个角色，她还有两个角色,即一个男人的妻子,一个孩子的母亲。从某种角度来看,是她的父母,或者说这个父亲,剥夺了她成长的权利。"

小威嘿了一声,摸摸头说:"他们夫妻俩房间隔壁就是她爸妈,就隔一堵墙,这男人不难受啊?"

章达成的脑海里浮现出陆国强的样子:矮胖,脸变形,双下巴,脖子软塌塌,手臂肉白花花,全身肌肉松软无力。他不是那种酒肉喂肥的红光满面的男人,是长年无性生活的男人,在身体和精神上暴露出快垮掉的迹象。

他没说话,继续让他们讨论。

夏烨说:"好,现在要提到性生活。她与老公做爱潜意识里通过老公身体完成与父亲的精神交融。从精神分析角度看,母子关系过近,会导致儿子产生精神上的被'阉割'感;父女关系过近,导致女儿精神上的被'强奸'感。不管儿子还是女儿,都会产生一种伦理上的恐惧和羞耻心理,从而让他们在与伴侣的性关系上,得不到彻底的释放和良性的发展。"

余婷和小威睁大眼睛看着夏烨。

小威说:"精神分析也太恐怖了吧?"

余婷说:"这是不是过度解读啊?我接受不了。"

"你俩不要把关注点放在性上,我们是通过行为剖析心理。"夏烨说,"她没有从与父亲的共生关系中剥离,那么进一步推理,除了父亲,她与家庭其他成员的关系也必定面临问题。"

余婷问:"什么问题啊?"

"第一,她与母亲的关系有障碍。因为在潜意识里,她已经替代母亲的角色,成为父亲最亲密的女人,而遭到冷落的母亲也会本能地去抓取丈夫的关注,两个女人要争夺一个男人。注意,此处我要敲小黑板：她母亲得了癌症，严重的胃癌。大家要知道，情绪波动或压抑第一攻击伤害的就是脾胃。第二，她与丈夫的关系也有障碍。你们看到没，她与丈夫之间隔着一座山，一座高山，就是她父亲。听起来，她遇到的大大小小的事，都由父亲来插手或搞定，她丈夫总是处于被比较的状态，这就可以解释为什么她一次次嫌弃、讨厌丈夫，说要和他离婚。同学们，没有对比就没有伤害。第三，她与儿子的关系也有障碍。注意，这里又是一个重点。"

"烨哥，"小威忍不住问，"她的躁郁应该与儿子有关吧？听起来儿子的学习对她影响挺大，她为儿子辞职、割腕，这不正常啊！"

夏烨说："当然。这是第一点，即儿子现在学业紧张等于重演她高中段的经历，她在高中从普通中学转到重点中学，同样，现在儿子也转入重点中学，相似的经历造成叠加式痛苦。还有一点很重要，我要再敲小黑板：她的情绪激发都是由在管教儿子时父亲插手引起的。婷婷，这是为什么？"

余婷说："她父亲管太多啊！"

夏烨又推了推镜架看向章达成，似笑非笑地说："老大，鲸鱼要浮出水面了，你就别端着啦。"

那天章达成与周校长的谈话进行了两个多小时，快结束时，周校长问他："小章，我是不是要让他们搬出去另立门户？可是我想不通，古代不是有四世同堂，为什么现在不可以？"

"周校长，"章达成说，"古代四世同堂是在一个大院子里。现在，一百多平方米的房间三代人住着容易起纷争。孩子大了，有了自己的小家，俗话说，树大分叉，人大分家。"

周校长不响，没接他的话。

章达成说："也不是非要他们搬出去，处理好家庭成员之间的关系也是可以和平共处的。周海霞的情况，你们全家要重视啊！"

周校长点头说："小章，你说的道理我知道，我都懂。可我放心不下小宝，这孩子太任性，我要是不护着她，她就去和小陆离婚了。还有，小宝这么多年跟着我们，什么家务也不会做，不怕你笑话，她不会洗衣不会做饭不会拖地，这些活全是小陆在干，她怎么独立生活？更谈不上照顾他们父子。她这孩子我真放心不下，要闯祸的，你不懂。"

章达成笑了笑，想说什么最终没说。如他对老校长所说的，讲道理有用吗？没用。同样，他对老校长讲道理也是无效的。

周校长站起来，自我解嘲地笑笑，说："你们年轻人的心思我搞不懂，我们那代人哪里有什么心理毛病，就是听毛主席的话，做好人，行好事，凡事讲道理。"

章达成点点头，说还是那句话，有什么需要，随时找我，说着陪老校长走出办公室，又送他下楼。

正到了学生们放学的时间，马路对面跑过来几个背书包的小男孩，嬉笑打闹着从他们身旁跑过。周校长的脚步停住了，他的目光盯着其中一个穿校服的小男孩，直到他的背影消失在前方路口。

老校长的目光里有一种异样的不寻常的光芒，神情也相应地起了微妙变化。章达成看着他，想到什么，蓦地明白过来。

现在，看到夏烨向他投过来的眼神，章达成知道，夏烨也看到并发现了问题核心：对，周校长家还有一个没出现的人物，被夏烨捕捉到了——那个七岁时被精神病人用石头砸死的小弟弟。

周校长说:"小宝病得不轻啊,她常说她儿子抢走了我对她的爱,说我不爱她了,荒唐,她是我女儿,她儿子是我的亲外孙,有什么爱不爱的?我对他们当然一视同仁嘛。现在我和她什么都好,唯独一件事,在管教孩子上起矛盾。她对孩子的态度太差,稍不听话就骂,甚至要动手打,还有一回说要赶他出门,你说这像一个当妈的人说的话、做的事吗?你说这事我怎么能不管?对不对?可我一管她就发火,又哭又骂,闹个没完,唉!"

老校长不懂,从精神分析的角度切入,在周海霞的潜意识里,她不是在打骂儿子,她打骂的是那个曾经受父亲宠爱的小弟弟,那个被精神病人用石头砸死的小弟弟。在她心里,这个意外死亡的小弟弟其实一直活在父亲的心里,只不过,父亲把对弟弟的爱延续到她身上,可因为她有病,父亲把对她的爱延续到她儿子身上。所以,她与儿子的冲突,实质上就是在和儿子抢夺父爱。

这是潜意识中很深很隐晦的一种扭曲心理,夏烨给挖出来了。

第四章

一、代际传递

"OK,大功告成。"

章达成坐在客厅里翻看当天的《桐城日报》,社会新闻版醒目地刊登着一则报道:由心视野公司组织,市中心区图书馆承办,原精神康复医院院长、精神医学专家、心理专家严秉正主讲的"当代心理健康与心理危机"公益讲座在区图书馆报告厅举行,这是心视野心理健康公司成立八周年的庆祝活动之一,讲座吸引了大批市民,现场气氛热烈,反响很好,演讲很成功,云云。

章达成喜滋滋地拍了拍报纸,说:"记者给力啊,这么快就见报,说明我们的公益讲座还是很受欢迎的。"

"算了吧,打的还不是你的小算盘?"冯亚莉边说边在穿衣镜前穿衣服。

"你这话可不对啊,我有什么小算盘?"章达成坐正身体对她说,"今年五月和九月,我们开展的'心理健康进高校'系列讲座在高校园区很受师生欢迎。现在青少年的心理障碍已经迅速上升,相当比例的青少年有抑郁、焦虑、敏感、脆弱、害怕、孤僻等心理特征,不论是人际关系方面还是学业压力,或是情绪调节不当,一个不注意就会引发命案。你是不知道,最近几年青少年自杀个案在增加,这不是开玩笑的事啊,这数据后面是一个个活生生的生命啊,所以要倡导全社会来重视心理健康。当然,公益活动也提高了公司知名度,有什么不好?宣传心理健康利国利民嘛。"

冯亚莉却看也没看他,嘟嚷着:"我说一句,你倒是婆婆妈妈一大堆,工作狂,你怎么不治治自己的工作强迫症?"

他笑着放下报纸看冯亚莉,她一副没有生育过的骨架,从背影看就像二十几岁的姑娘,不过他觉得她挑的这件红毛衣穿在身上不好看。

他问她:"那个,我上次去欧洲给你买回来的羊毛套裙,你怎么不穿?"

她说:"灰不拉叽的,丧气,瞧这件毛衣,多喜气。跟你说了今天是同事宝宝办满月酒,当然要穿红衣服去沾沾喜气,说不定我也能得个宝宝。哎呀,你不懂,不和你说。"

他摇摇头,又指着她说:"我跟你讲过,穿这种紧身裤里面不要穿三角内裤,两道杠杠,难不难看?"

"哪里啊?"冯亚莉扭头往后边瞅,说,"没有啊。我看你以前也没这么挑剔,是不是当名人长脾气了?"

"什么名人,"章达成说,"我是为你考虑,女人出门,第一穿着要得体。"

"你管这么多？我都没说你，你倒来说我。"

"奇怪了，"他摊开手问，"我有什么好让你说的？"

"这阵子你出镜率高，大姑娘、小少妇有没有来骚扰你？"

章达成哈哈笑了："我干这行的还怕这个？来啊，欢迎骚扰，来者不拒，放马过来好了。"

"你，你敢——"亚莉一下子扑到他身上拧他的胳臂。

他立马叫起来："喔哟，姑奶奶，好，好，我不敢行不？唉，又是你们办公室那几个老女人煽的火。"

"什么老女人，我们是甲级医院正经院办人员，还心理专家呢，你这叫人格歧视。再说了，她们说得也有道理。"

"她们还说什么？"

"她们说，亚莉啊，你家老公是个宝，你得守住。老话说得好，不怕贼偷，就怕贼惦记。"

"啊——"章达成笑倒在沙发上。

章达成把冯亚莉送走后，调转车头去姐姐章芬芳家吃饭。章芬芳做了一桌好菜，章达成乘兴多喝了几杯，原想打个盹，不想醒来已经是下午，房间里拉着格子窗帘，透出柔和的光线。

这次讲座很成功，要感谢岑晓稚做的工作，老馆长也给足面子，把心视野的活动抽调上来。活动的筹备基本上是岑晓稚一个人在操办，他没过问，果然，她没让他失望。他一向认为，一个人怎么做某件事，一般来说，做这件事的模式就是做所有事的模式。

记得在活动现场，他是第一次看到岑晓稚穿工作服。烟青色的西装套裙穿在她身上很合体,她胸前挂着工作证,卷发在后脑扎了髻,还化了妆,闪动的眼睛,红润的嘴唇,平淡的五官显出一抹动人的韵味。当时她搀着肥胖的马钧德一步步走上图书馆的台阶。她的背影,肩膀窄窄,从肩背、腰肢到臀部,到大腿、小腿,纤细的脚踝配一双黑色高跟鞋,体态略向前倾,整个背影就像大自然挥笔而成的一幅油画……

　　手机响了,是程大海。他问章达成来过电话有什么事,说今天一上午急诊科没有消停过,120救护车推进来的基本上都是些心脑血管老年患者,12张ICU床位全满,又是一场急诊科与分科的车轮式分配大战。章达成叫他先缓一缓,喝口水。他说没事,习惯了。

　　"大海,你知道老校长的家史么?"章达成坐正身体说,"他家祖上三代是有头有脸的读书人,所以老爷子当年不同意周海霞被体校教练捞走,就是希望她将来读一流大学,成为一流人才。还有,周海霞的弟弟七岁时被路过的精神病人拿石头砸死,这对老人是一个很大的心理创伤。这么说吧,这个儿子一直活在他心里,在他潜意识里没死去,以前用周海霞替代,现在呢,怕是在用周海霞的儿子替代。这个很微妙,你估计不懂。"

　　"这个你好像以前和我说过,叫代际传递模式,对不对?"

　　"嘀,代际传递模式是个体受早年家庭父母辈的影响,在成年后延续那一套处事待人模式,这个很复杂,有区别的。"

　　"老章,我有一点很不明白,周海霞为什么不来找你,不主动治疗,她这样下去不是要毁了自己,她傻啊?"

　　"大海,她是害怕,怕确诊有病会失去父亲对她的爱,对她来说,失去父亲的爱恐怕是最可怕的,比得病还可怕。"

"那这样下去，她这种病会不会越来越厉害？"

"不好说。这样，你以后隔个把月给她打打电话，老同学嘛，了解了解情况，有什么问题及时告诉我。"

"行，一会儿我就给她打个过去。"

"吱"的一声门开了，章芬芳端着一碗银耳莲子汤进来，章达成接过碗喝汤，章芬芳问："你和亚莉的事怎么样？"

"什么事？"

"要小孩的事啊。"

"这事我听亚莉的，你别操心了。"

"姐是看你俩太冷清，有个孩子到底家里热闹些。亚莉这么年轻，你们的日子还长着呢，要不，我看还是收养一个试试？"

"不行，这事亚莉不同意。"

章芬芳叹口气，替他把枕头放直让他靠得舒服些，又问："那边，楠楠有没有联系过？"

"她学业紧张，偶尔我会发短信，还好吧。"

"他们怎么到现在了还看不开，还管着不让你见？到底你是楠楠的亲爸爸啊。"

"亲爸才不让见。"

"真叫有毛病，你不就是改行当了心理医生，咋了，成精神病了？我看他们一家子都有病。"

"嗬，业内有句行话就是这么说的：搞精神分析别搞到后来成了精神分裂。别说当时，就是现在，还有不少人认定精神有毛病的人才找心理医生，所以要大力普及心理健康知识啊。"

章芬芳出去后，章达成坐在床头翻手机新闻，一条最新的时政信息让他的眼睛定住了，徐万源自首，最终被判十四年。

戴墨镜、眼袋泡肿的徐副局长。章达成意识到，可能在他被真正绑住的那一刻，他同时也得到了心灵上的松绑吧，他的绑架幻想症是不是该彻底消失了？

他正想得出神，手机响了，是程大海。

他刚才给周海霞打了个电话，听起来周海霞心情不错。前些天，周校长托关系帮她找到一个刚退休的特级教师辅导她儿子的英语，儿子在老教师的辅导下成绩有所进步，她在电话里谢谢大海关心，说她挺好的，得空了再组织一场饭局老同学聚聚。

程大海说："老章，这下你好放心嘞，等下一场饭局吧。"

章达成若有所思地挂了电话。

几天后，一件意想不到的事情发生了。

那天难得有空，章达成正陪冯亚莉在她妈妈家吃饭，意外接到市心理协会的哥们儿的电话，说出事了，有人投诉心视野的咨询师并扬言要上告。

"谁，投诉谁？"章达成放下饭碗问，"什么，夏烨？"

说实话，心视野八周年系列庆祝活动在社会上掀起了一股不小的心理热潮，别说心理热线，上门来咨询的个案也明显增多。个案一多，事务一忙，章达成就隐隐担心生意兴隆的同时也会带来麻烦，这好容易太太平平过了大半年，眼看到年底，千万不能出事。现在果然出了事，应验了他的担心。这个，不能不说墨菲定律的诡异啊。

这是心视野公司成立以来收到的第二例投诉。第一例投诉事件是当初的心视野副主任，也是他的朋友陈总闯下的祸。那是一次非同寻常的恶意事件，可以说让章达成终生难忘，他曾发誓再不许类似事件发生。这几年来，他一直小心翼翼地做好个案的回访和跟进工作，完善服务，杜绝隐患，想不到又出事了，有人投诉的咨询师——居然是夏烨！

客观地说，夏烨做心理咨询特别是在青少年这块，是有一定经验的，敏锐、精准、快捷、有预见性，是他的倒斗风格。除了陶雪梅，夏烨无疑是他麾下第二员得力大将。就在今年，夏烨曾旁敲侧击地暗示过他，无非想填补空缺，就是心视野另一个副主任的位置，当时章达成没有明确表态，他顾虑的一点是，夏烨是个不婚主义者。

有一段时间，每当夏烨进咨询室工作，总有人打他手机。夏烨有个好习惯，进咨询室前一定会把手机放外面。那段时间，只要夏烨在咨询，他的电话就会响，余婷都会背那串号码了，后来大家都知道那是夏烨新交的女朋友。女孩对夏烨撒娇任性，要随时与他保持联系，让夏烨很不高兴，一个月不到就被甩了。

夏烨对婚姻有自己的看法，他曾说："一个男人进入婚姻等于进入雄性生命的终结，变成一只顿顿足、餐餐饱的爬行动物。两性关系只有保持距离才能保持美感，美在路上，不在终点。"他还说："这个世界上有爱情吗？告诉你们，没有。所谓的爱情，不过就是心理上的移情，全世界的爱情，逃不出移情两个字。"

有意思的是，虽说标榜自己是不婚主义者，他的女朋友却是隔三差五地换，就余婷和小威两人已经见过五六个找上门的女孩。夏烨还是酒吧一条街的常客，他自己也不避讳，周末的夜晚，酒吧一条街红男绿女，美酒音乐，梳着油亮大背头的他，必定泡在那里买醉。

三观不同，章达成虽不会要求他改变，可也不会轻率表态。

他还要观察他，考验他，他心里有一杆秤，这心视野另一个副主任的位置不是随便谁都可以坐上去的。

章达成再没有心思吃饭，不顾冯亚莉的叫喊，急匆匆开车去公司，冲进办公室，心急火燎地打开电脑查资料。

这是一个亲眼看见母亲被翻斗车倾覆夺去了性命的十五岁少年的案例，夏烨与对方是怎么在咨询中谈崩的？有没有弥补的措施，怎么最快解决并最大限度挽回恶劣影响？怎么做可以让对方撤销投诉？

章达成意识到，这个事件不解决，那么不仅这一年来所做的努力白费，搞不好心视野的招牌还会因此毁掉，他的心绷紧了。

二十分钟后夏烨到了。面对章达成的质问，他不紧不慢地捋了捋大背头，随后两手插入裤袋看向天花板，面无表情，不发一言。

章达成想起岑晓稚第一次做咨询见习时的问题，当时她是怎么表态的？

一个丧偶的退休老妈妈，两个宝贝女儿为争夺她的一套房产，撕破脸成了冤家，老妈妈非常苦恼，在亲戚陪同下前来求助。征得老妈妈同意后，岑晓稚在章达成的带领下第一次进现场做咨询见习。

咨询室内，一开始三个人的位置呈正三角形。老妈妈在讲述养育女儿的辛苦时，一次次把目光投向岑晓稚，岑晓稚也知道老妈妈想从她这里得到情感支援，可她就是不接，一次次回避，用脚尖勾动椅子向章达成这边移动。咨询过半，她的椅子不知不觉离老妈妈一大截，倒和章达成挨得很近。

事后，章达成用三支钢笔拼出一个三角形，从一开始的正三角形，到后来的长三角形，就这么完成了对她的案例督导。岑晓稚表情尴尬，章达成让她回去好好写出案例分析，她磨了几个晚上才交出来，在案例分析表里如实陈述了自己与父母的关系，承认在咨询中对老妈妈产生了反移情。

"移情和反移情，是咨询工作的两大因素，也是每个咨询师会遇到的功课。积极、良性的移情可以促进咨询双方的感情，提升关系，陪伴当事人成长；相反，反移情就要觉察，不处理的话，会导致咨访关系下滑，增加咨询难度。总之，不管是移情反移情，都要觉察。"

最后，章达成对她说了一句话：重新摆正你的位置。她不懂，他移开长三角形的一条边，让三条边等距，重新恢复成一个正三角形。他问她这下懂了吗，她有点明白过来，脸红了。

岑晓稚的学习时间并不长，咨询见习也刚刚开始，但她很认真，对每个咨询案例的分析写得很详细，曾被他拿来当作示范样本。相反，夏烨他带了快五年，还花重金让他去北京参加精神分析高级培训班——那是业界的黄埔军校，他对他是有诚意的。

时间分分秒秒地过去，章达成的心如在油锅上煎熬，可夏烨依旧沉默，局面僵住了。

"我和你们强调过，"章达成加重语气说，"工作中所说的每句话都要以专业理论为依据，心理咨询无小事，不能授对方以把柄。"

夏烨扶了把白框黑边的镜架，仍不说话。

"好，你不肯说也行，那就马上给我整理出个案记录表，我亲自来逐一核对，另外……"

听到这里，夏烨眉峰竖起，面色很难看。

"你现在就和投诉人的父亲联系，当面去向他们父子俩道歉，这事越早越好，绝不能拖到明天！"

章达成目光凛然，夏烨在他的逼视下掏出手机。突然，夏烨呼吸急促，手指章达成一字一句地说："姓章的，你不要太过分。你以为你是谁，要我道歉？别以为我不知道你打的算盘，到处打公益旗号还不是想牟私利？你他妈就是一披着正经外衣的小人！"

章达成纹丝不动，牵起嘴角笑了笑。

几天前，就在周海霞的案例探讨会上，夏烨亲口说，一个人对外界的愤怒，来源于主体内在的自我投射，他为这个名校毕业的高材生感到可惜。

夏烨从章达成的眼神里也读出了什么，脸红了。他转身飞起一脚踢翻椅子，快步走出办公室。

章达成坐着不动。几分钟后，他起身去扶那把倒地的椅子，椅子扶起又倒下，他低头察看，发现椅子的一只腿给摔瘸了，他拎起它东看看西看看，决定先搁到角落。他拿起茶杯去加水，不小心热水溅出来烫到了手背，一阵灼痛，他本能地收回手。

夏烨是留不住了。怎么办？他拉开抽屉找药膏，挤出一些涂上去，刚才的灼痛减轻了。他思前想后，决定把那几个挂着牌子晒鱼鲞的老咨询师拉出来，虽说他们不是聪明绝世的诸葛亮，可眼下他也不得不放下身段学学刘皇叔，三顾茅庐去请一遭。不管怎么样，新兵老将他要两手一起抓。

另外，八周年庆的最后一项活动，心视野与市志愿者协会联合组织的、咨询师与志愿者进敬老院为孤寡老人提供心理服务这事不能再拖了，早点结束，及早收官，不能再出一点点差错。他翻开通讯录，找出市志愿者协会负责活动的副会长欧阳闻牧的名片,一个电话打过去,欧阳会长和他寒暄了几句,说没问题,保证当天派出志愿者来参加,但他有事来不了。

章达成皱起眉头。这个欧阳闻牧很奇怪,这是他第二次回绝心视野的邀请,上次也是心视野牵头组织了一场进社区帮困活动,欧阳闻牧在电话里一叠声叫好,现场来了志愿者,可他作为带队的却没来。这次章达成才开口,他就确定自己来不了,这不是很明显的推托嘛。他很不解,不知道这人是对心视野有意见,还是对自己有成见,可之前他们并没有过多的交往。

章达成是在两年前一次星宝(自闭症)公益活动现场认识的欧阳闻牧。当时章达成带了咨询师在现场为孩子开展心理服务,欧阳闻牧则带着志愿者在现场守护。中场休息时,两人恰好坐在一起,就自闭症孩子的话题谈了很多,也很投机。活动结束,章达成要加他微信方便联系,想不到前一分钟还滔滔健谈的欧阳闻牧一听,却表情尴尬并含糊地回绝,匆匆忙忙走了。

章达成放下名片,翻了翻日历,决定活动就排在这个周六。他叫来余婷,让她立即联系敬老院的院长,同时通知学习班所有学员。

挂了电话,他觉得头有点涨,闭上眼睛按揉太阳穴,这时,微信震动显示有一条信息,他瞟了眼,整个人马上坐直了。

是岑晓稚的信息,她出事了。

二、出事

洗浴间热气腾腾,白桦刚泡进浴缸,就接到岑晓稚的电话,说她昨天做了个梦,很奇怪的梦,梦里有白桦。

在梦里,她和白桦还是小时候的样子。她们手牵手走进老街一家包子店，在靠窗的位置坐好，岑晓稚看到一盘热腾腾的肉包放在白桦面前，包子叠得老高，油光透亮极为诱人。可是白桦没提筷子去搛，看上去好像没什么食欲。后来，岑晓稚看见取包子的那个柜台又放了另一盘包子，那几个包子外皮薄薄，透出绿颜色的内馅，梦中她觉得应该是一盘菜包，然后她看到服务员端起它，朝白桦走过来，然后她就醒了。

"什么啊，"白桦懒洋洋地说，"包子和我有啥关系，你的意思我还荤素通吃？"

"老实交代，"岑晓稚笑嘻嘻地问，"你最近有没有犯桃花？"

"桃花？"白桦笑得水波一漾一漾，她一边伸出腿欣赏涂有朱红蔻丹的脚趾，一边慢悠悠地说，"好妹妹，你是变着法子来慰问我吧？本宫忙得只恨没有孙悟空的三头六臂，别说桃花，连片桃瓣儿都没影儿。"

"三头六臂是哪吒，七十二变才是孙悟空，娘娘圣明。"

"啧啧啧，我说你这较真的劲，行啦，问题宝宝，还有事吗？有事说事，无事退朝。"白桦打了个哈欠。

"从解梦角度来看，肉包代表进攻型的有欲望的男性，素包呢，代表被动型洁身自好的男性。我不知道你最近身边有没有追求者，嗯，从梦境来看应该是有的，不过选主动型还是被动型，你好像还在犹豫中？"

白桦说："岑心理师，用包子代表男货，这观点够性感哈。"

"哪里，专业解梦，要从成长背景、生理层面、潜意识等方面去剖析的，我……"

"打住，打住，行啦，你厉害，别给我上课。"白桦歪着头，用肩膀和耳朵夹住手机，"明天一早，我要飞北京总部去开年度表彰会，可这边的一摊事还堆着没处理，每年到年关啊，一分一秒要掰几分几秒来用，这是要把人五马分尸的节奏啊，你说悲不悲催？"

说实话这表彰大会年年一个套路，其实所有人都知道是形式，就像所有人都知道皇帝没穿新装，可所有人都假装不知道，还夹道欢迎，隆重庆祝。在她看来这世道已经不是滑稽两个字能概括的，她嘴上抱怨，心里却想着刚才的对话。

第二天她正坐在总部会议厅开大会时，接到了岑晓稚的电话，出事了。

一张体检报告诊断单攥在岑晓稚手里，报告显示她的右侧乳房有病变可能，建议进一步检查。她拿着报告单打车去市综合医院再度拍片检查，专家看了片摇摇头，说不能排除病变因素，建议手术，越快越好。

这个事情来得太突然，以至于当心视野去敬老院的活动通知在群里发布时，岑晓稚已经坐高铁赶到省城肿瘤医院，在乳腺专科等候会诊。

章达成连发几条信息给她：你在省城肿瘤医院？什么情况？生病了？岑晓稚没回复他，章达成随即一个电话打过去，说他在省医院有认识的专家，没有确诊前先不要慌。

章达成第一时间联系到肿瘤医院的专家，专家会诊后同样怀疑有恶性肿瘤的可能，建议她作好切除手术的准备。

章达成又打电话给岑晓稚，她不接，他再打，持续地打，她只好接。他说："我和主任沟通过，明天穿刺活检，良性的话清除病灶就可以，不行再手术，你看可以吗？"

他听她不响,又说:"即便不是良性的,早发现早治愈,这个病目前的治愈率还是很高的,你不会有问题,不要担心。"他这样反复关照她,直到她吭了一声才挂电话。

岑晓稚放下手机似乎心情好了些,她给韦凯峰打电话问小宇怎么办,听他说小宇已经安顿在奶奶家才放心了。她又告诉韦凯峰,一定要当心小宇的冷暖,天气冷了要及时添衣服,小宇的羊毛衫和羽绒服就在房间柜子里,要拿出来先晒一晒。她这么反复叮嘱,让韦凯峰快不耐烦了。

当晚岑晓稚睡得很不安稳,做了很多乱七八糟的梦,有个画面很清晰——她梦到父亲了。梦里她还是七八岁的小女孩,在院子的合欢树下靠着父亲的膝盖看天空。夏天的夜晚星星明亮,对浩瀚的宇宙太空她有一肚子好奇,父亲耐心地给她一一解说。她醒来后发现眼角淌着泪,父亲是她心里最大的隐痛,那年元旦前,他肝部不适吐血,到医院一查竟是肝癌晚期,半年后就走了。

在梦里,父亲仍瘦瘦高高,一副中年人的模样,身上穿一件藏青色西装。忽然她想到,那是和章达成的西装一模一样的颜色。在梦里,父亲和章达成好像合成了一个人,一个穿藏青色西装的中年男人。这是什么意思?

一个上午她都在做杂七杂八的检查,回到病房躺下,才发现手机有两个未接电话,分别给她留了话:一个是韦凯峰,他说下午要查验一宗大货,估计傍晚才能赶过来;另一个是章达成,他说他已经坐下午的高铁来省城。

冬天的阳光给窗台镶上一层金晖,病房里很热闹,打饭的、端菜的、聊天的、看电视的,岑晓稚正坐在床头和小宇通电话,她再三关照他要照顾好自己,哄他说妈妈只是生了场小病,身体一好就回来。

她正絮絮地说着,一个男士从门外大步走了进来。

他穿了件米灰色风衣,围着深色细条纹围巾,手捧大束蝴蝶兰,矫健的步伐,沉稳的气质,温煦的眼神,亲切的微笑——是章达成。

岑晓稚放下手机,站了起来。

省肿瘤医院很大,住院部与门诊部之间隔了一条河,河边是个围起来的中药草圃园,里面栽了女贞子、连翘、蒲公英、白术、辛夷花等中药材。章达成和岑晓稚并肩走着,走上河中央的石板桥。

章达成对她说:"我来这里会会老朋友,顺便看看你,可不要有心理负担。"

岑晓稚说:"我要是事先接到电话,无论如何不会让您来的。"

他说:"你看,又多想了,我原本就是学医的,生病有什么难为情的,那我现在就回去。"他说着假装掉头。

"哎,别啊!"岑晓稚脱口叫他,两人都笑了。

他凝视她的目光专注深沉,然后他把手插入风衣口袋,看向前方,说:"说起来啊,我也曾经被医生误诊过。"

在心理诊所办起的第二年,章达成得了莫名其妙的偏头痛,白天还好,到了夜晚就加重。那种疼痛,就像脑子里有把冲击钻在吱吱地钻,要把脑神经给钻出来,他一次次恨不得去撞墙,把头撞成两半,掰开看看里面到底长了什么。他做过脑CT、核磁共振,去各医院检查统统没用,查不出器质性毛病。有个脑外科医生怀疑他颅内有恶性肿瘤,要他每半年查一次,还要吃药。他没吃那种抗肿瘤药,他不信也不怕,后来叫医生朋友给他配了帕罗西汀片,断断续续吃了一年多。

那时他离婚不久,净身出户,只有一个要求,让他每月探望女儿一次。可他的前妻以及她爸妈没有兑现承诺,千方百计阻止他看女儿。他的楠楠是他从小带大的,前妻没给她喂过一口奶,楠楠张嘴喝的第一口奶粉是他给冲泡的……后来他再婚,第二个妻子对他很好也很贤惠,他的头痛病没再犯。当然,事业也渐渐有了起色,工作一忙没时间去复查,这么一说又过去好几年。

"为什么不复查?复查才放心啊。"岑晓稚问。

"我那个就是心因性疾病嘛。"他看着她深思的表情笑了,"明天只是一个小手术,不会有问题,今晚好好睡。"

一阵风吹来,病号服单薄,他脱下米灰色风衣披在她身上,说:"走,我送你回去。"

三、蒲公英诊所

从肿瘤医院出来后,章达成打车赶去火车站,坐晚班高铁回桐城。

夜色沉沉,车窗外昏黑一片,看不清田野和村庄,车厢内的白炽灯照在头上,也反照着窗玻璃上他的脸,看不清表情,只隐隐约约显出五官的轮廓。他盯着对面模糊的自己想到了岑晓稚,临走时,她一定要送他到门口,看向他的眼神里似乎藏着千言万语。

他不禁想起另一个女人。这个女人的故事,他没对岑晓稚说。

"阿成哥哥,阿成哥哥!"六岁的云瑛跟在他后面,扎得歪歪的辫子在脑袋上一蹦一跳。

在河边捣洗衣服的大婶说:"同年同月同日生是夫妻。小达成,你和云瑛啥时候给我们喝喜酒,早点拜堂算啦。"一群洗衣大婶全哈哈笑开了。

男孩子舞枪耍棒、爬树、斗箍、下河扎猛子、捉鱼虾,花样多的是。女孩子没这么野,云瑛喜欢花花草草。春天,蒲公英开了,云瑛拉着他跑到后山坡,白茫茫的蒲公英一丛又一丛。云瑛蹲下身子,噘着嘴吹有白色茸毛的小花,她还和他比赛谁吹得高,吹得远……

他读高中在亲戚婚宴上再次看到云瑛。女大十八变,她已经不是拖着鼻涕跟着他、噘起嘴巴吹蒲公英的小屁孩,她身材纤秀,表情腼腆。她也认出了他,脸一红,跟着大人扭身走了。

那一顿喜宴,他吃得心不在焉,等宴席散后,他到处找她,可找来找去就是没找到。

章达成考入省城医学院,云瑛到她舅舅厂里当了一名出纳。他毕业后在当地医院实习,她结了婚,却遭遇家庭暴力,不久患上抑郁症,这是姐姐章芬芳后来告诉他的。事情的来龙去脉他不是很清楚,记得那天在返家的火车上,他接到姐姐的电话:"阿成,云瑛死啦!"她是跳河自尽的,医院虽全力抢救,还是没留住她的性命。

她纵身跃入的那条河,是章达成游泳、捉鱼、摸螺蛳、打水仗的河,是云瑛捣衣、洗菜、泼水唱歌的河。它带走了她,她还那么年轻,没来得及做妈妈。

他要去参加她的丧礼为她守灵,要送她最后一程。他热血冲上脑门,情绪激烈,像一头发狂的豹子,章芬芳死死拦住他不放手。后来他冷静下来，是的，他不能去，为了她的清白。她丈夫据说是个疑心病很重的人，不知从哪里听到老婆与章达成同年同月同日生，按当地风俗说就是前世夫妻，每回一喝醉酒就回家打云瑛。她得了抑郁症，他怕被邻居知道，把她禁闭在储藏室，直到有一天她逃出来跳了河。

章达成知道，第二天一早，她将被入殓、装棺、焚烧，然后送上山去，一捧黄土掩埋了事。那些邻居照例家家户户抱着娃过来，像看戏过节一样热闹，中午再摆开几桌，杀鸡宰猪，胡吃海喝，像庆喜事一样狂欢。

那晚，章达成在房间点起三炷香，放一束白雏菊，算是为云瑛守灵。他又上网查相关知识，了解到抑郁症对病人精神上的折磨令人无比痛苦，更痛苦的是他们不被世人理解，许多抑郁症患者被医生误诊为精神有毛病，被家属强行送进医院，结果病情加重，走上绝路。他盯着电脑，渐渐眉峰拧结。

有个类似云瑛的案例引起了他的注意。一个二十五岁的未婚姑娘，患了抑郁症，断断续续治疗三年后康复，出院一年后在某化工厂打工。某日全厂开会，会前她还和同事有说有笑，会中她借口上洗手间从会议室溜出，跑到厂部后院纵身跳入化工池。等保安赶到，从化工池里只打捞起她的一绺头发。

是怎样的绝望和痛苦，让一个花样年华的姑娘选择了这样的结局？这到底是一种怎样的病？！

大约凌晨三点，灯突然熄灭了。章达成以为停电了，可一抬头见对面房子仍亮着灯光，就起身去门外看看电阀。门甫打开，一股飕飕的风扑了他个满怀，他站住脚定了定神，少顷灯又无声地亮了，前后不过几秒钟。那个瞬间，他有种奇异的体感，心里有个声音在告诉他，云瑛来告别了。是的，她以这样的方式来与他道别，从此阴阳两界，永不再见。他站在灯下回转身，看到桌上烧过半截的三炷香，香灰一寸寸掉落在地上，粉粉碎。

后来他开的第一家心理诊所就取名"蒲公英心理健康诊所"。

记得头两年，他时不时地会梦见云瑛。梦里童年再现，她仍是个天真无邪的小姑娘，留着小辫子跟在他后面一蹦一跳；后来她是十五六岁少女的模样，长长的辫子拖在胸前，腼腆，害羞，她看他的眼神里含着千言万语。梦里有蓝天白云，有漫山遍野的蒲公英，她在前面走，他在后面跟着，然后她隐入山坡那头，他四处找她却找不到。那情境式的梦境让他一度以为她还活着，他还是那个青春年少、对未来满怀憧憬的男孩……再后来，梦少了，偶尔梦到她，她离他很远，五官模糊，看不清相貌。

他最后一次梦到云瑛好像是他再婚前。当时他非常忙碌，忙到差不多忘了她，然而她出现了，又出现在他的梦里，身体浮在虚空，散发着淡淡的光晕。看不清她的脸，但他能感受到她在微笑。这一次，他没有迎上去，更没有去追她。他看着光晕里渐渐消失的她，意识到她已经死了，她与他不在同一个时空，他在梦里向那团光晕里的人轻轻挥了挥手。

云瑛的事过去好多年了，为什么现在会想起来？他盯着窗玻璃上那个自己发问。他还是看不清那个自己的表情。

他收回目光，竖起风衣领子，把毛糙的下巴埋入衣领。

第五章

一、挽救生命

这是一张男人的办公桌。桌上摊着一堆书、文件、资料、报表、笔,还有车钥匙,台历上凌乱地写着备忘录,杯里盛着半凉的茶。这时,一只造型小巧的透明水晶沙漏瓶,引起了岑晓稚的注意。

她拿起它碰了碰,瓶体自动倒置,瓶内的白沙开始往下流泻,她看到瓶底镌刻有一排英文字母"THE TIME FOR MEMORY"——时间记忆?

她想起在省肿瘤医院的那几天,专家会诊须手术。在换上手术服的那刻,她惶恐不安,像被推到生死边缘。"29床!"那一声断喝像炸雷,她看到走廊尽头亮着红灯的手术室,穿绿色手术服的医生……门无声地打开,无影灯的亮光让她闭上了眼睛。

混混沌沌像睡了一个世纪那么久,醒来看到白桦和韦凯峰凑近的脸,白桦捏着报告单,语无伦次地对她说:"谢天谢地谢菩萨,谢谢伯父保佑!晓晓,你的病灶是良性的,放心!"

岑晓稚顿时放松下来,她想也没想,抓过手机给章达成发信息。他回复很快,好像等在那里,简短三句话:"我已经知道。有惊无险,好好休养。"

"看什么呢,这么出神?"身后传来熟悉的声音,她回过头看到章达成大步走进来,他穿件白衬衫,外套烟灰色羊毛背心,头发劲拔,精神十足。

她今天来心视野是有任务的,馆里要采购一批人文社科类书籍,包括心理学方面的专业书,她自然要问问章达成。自去年在省城肿瘤医院一别,他们今年还没见过面。

两人面对面站住。他的目光在她脸上巡逡,说脸色不太好,说着提起手里一盒喜糖拆开,来,吃糖,是喜糖。

这是一对原本患有抑郁症的新婚夫妇送来的喜糖。

说起来有意思,这对年轻人是在心视野组织的一次小型心理沙龙上认识的,当时两人都患有轻度抑郁。章达成采用自助式治疗暗示对方:有人比你更抑郁,去帮帮 TA 吧。人的心理很微妙,对有的病人来说,有效的方法不是找到最好的医生,而是找到那个比 TA 更严重的病人。看到比自己更弱的人会激发出力量,在异性之间就更有这种苗头。当然章达成看起来无为而治,实则把控着两人的走向,两年多的自助式治疗,两人不知不觉走出抑郁的阴影,水到渠成有了感情,这不专程给章达成送喜糖来了。

还有这样的事!岑晓稚听得一愣一愣,她说这简直可以作为抑郁症的案例标本。章达成笑着摆手说,这可不行,抑郁症的成因很复杂，因人而异，他也只是根据这俩年轻人的特点尝试一下，绝不可模仿。

岑晓稚觉得自己近来也是做什么事都没劲，家务懒得做，小宇懒得管，情绪低落，人很倦怠，前几天去复检配药，医生说她有抑郁倾向要吃药。

"吃药？吃什么药，罗拉、帕罗西汀还是舍曲林？没必要的。"章达成强调说。

岑晓稚看着他问："主任，您对用药貌似很反感？"

"吃药要理性，我说过你是术后情绪波动，正常反应，"他示意她坐到沙发上，又说，"要懂心理调节。说到这个啊，我以前和严院长有过一次过节，这事还闹得挺大。"

"严院长？去年在我们馆开心理讲座的严秉正院长？"岑晓稚问，"为了什么啊？"

"为了一个十六岁男孩。"

那年，他在导师马钧德的推荐下，到精神康复医院住院部进修兼坐心理咨询门诊，他接触到的第一个案例就是个棘手的难题。

这个十六岁的男生因病休学，被收治进精神康复医院。主治医生给他开出90项症状自评量表、艾森克人格问卷，还有MMPI。可男孩像是在和测试捉迷藏，指数高高低低，忽上忽下，就是不让你看出门道。

章达成跟着主任查房并作记录，发现男孩的情况是这样的：病情不发作时，他情绪稳定，行为正常，说话思考有自知力，不过有时喜欢一个人对着星星月亮说话；病情发作时，控制不住地哭泣、叫喊，还有以头撞床等自残行为。他还注意到附录资料：他五岁时，父母吵架，父亲曾把炒菜的铁铲往他脑袋上砸，又按他的头往墙上撞，他极度恐惧，多次小便失禁。

章达成在整理病例报告时发现一个奇怪的现象：主治医生收治入院时的诊断是双相混合性障碍（躁郁症），副主任医师查房后诊断为边缘性人格障碍倾向。严院长是主任，等他召集会诊后，又推翻前面的诊断，定性为轻度精神分裂（情感障碍）。

"当然，我不是否定精神科的工作，只是说明精神类疾病的诊断难度非常大。就是现在，精神康复医院对病例的定性也是再三讨论，多方会诊，谨慎再谨慎的。"

说到精神康复医院，在许多人的想象中，它是一座脱离正常人群的城堡。对于重症或发作期病人，医院会采取24小时监管、手脚捆绑、电休克等措施，防止病人自残和伤人，但这样的方式也成为医院被诟病之处，怎样的治疗能最大限度照顾到病人的感受与需求，怎样的管理和治疗更合理化、人性化？这是当时马钧德作为医院副院长探索努力的方向。

音乐治疗室，男孩进来了，一张激素脸，又胖又矮，像个小老头，整个人往后缩。

章达成会和他讲自己童年的趣事。有一天，沉默的男孩开口问："章医生，我可以问您一个问题吗？您的童年有烦恼吗？"

"有啊，"章达成说，"爸妈忙，没空听我说话。我后来就找到一棵大树，对着树洞说话，它最安全，我什么都可以对它说，因为它什么也不会说。"

男孩听得很认真。第二次来音乐治疗室，他说："章医生，您可不可以帮我也找一棵树？"

他俩偷偷下楼去医院的花圃，男孩选了一棵樟树作为对话的树，他俩击掌约定，共守这个秘密。

可男孩很少有自由时间，树洞的秘密成了他的奢望。后来章达成送他一个笔记本，他非常爱惜，藏在身上，有空就在笔记本上写。

那段时间，男孩情绪稳定，没有什么出格行为。章达成去查房，看见他在认真做题，说要好好补习，早点回学校。

某天下午，他们从音乐治疗室出来。

一个中年女子蹲在楼梯口的废纸篓前嗑瓜子，使劲地嗑，专心致志。旁边有个穿病号服的老人，两手抓着栏杆，大声对窗外说："一切反动派都是纸老虎。同志们，美帝国主义亡我之心不死，我们中华儿女必须要牢牢记住！"

等电梯时，看着来来往往脚步匆忙的医生护士，男孩说："章医生，您知道他们在做什么吗？他们改变不了人们的大脑，改变不了大脑里的想法，他们只是以治疗的名义在治疗。我一表现高兴，他们就说我治愈了；我一不开心，他们就说我复发了，然后给我上各种治疗。为什么医生想得比我还简单？我真不知道他们天天忙忙碌碌在做什么，看着挺忙，其实与我无关。"

"哦，你是这样来看待医生与医院的？"

"在我看来，这里布下的是一整套的惩戒系统，在外面违规的人，被送到这里接受惩罚。我有时好累，因为脑子想个不停，像有架机器在里面运行，真难受，可是医生还要用更难受的电休克疗法来对付我。"他摊开手，像大人一样叹口气说，"我也不知道我做错了什么，要来这里接受惩戒。"

他在日记本上写道："人活着是为什么呢？为了吃东西、睡觉、养小孩吗？每个人都对我说，你要好起来，要走向成熟，那一天的到来能让我拥有什么吗？我问谁，谁也不知道……"

有一天，章达成路过602病房，男孩对他说："这里真像监狱。章医生，我和他们不一样，我什么时候可以出去呀？"

和星星月亮说话，是病人在无人可说的前提下，做出的情感寄托或转移，病人是有自知力的，对主、客体有清晰的认知，所以这种行为并非病理性的幻听或妄想。章达成引用艾里克森的理论：人的心理发展既连续又不同，每个孩子心理发展不一样。这个孩子幼年遭受过父亲的暴力心门关闭，出现感知觉的局部障碍，但他仍具备正常的自知力，能区别主、客观世界，有自我觉察和思考能力……他给出的参考意见是神经症性抑郁、焦虑引起的行为障碍，建议心理治疗同步跟进。

这份报告递上去后，被压在严副院长的办公桌上，没有回应。几天后，主治医生让他停止与这个男孩的接触，结束心理治疗。

这个早晨，一级病房接连发生了两起事故。

一个五大三粗的壮汉子，新来的病人，突然癫狂发作，挥拳把护士长打伤了。

这里应急事故刚处理完，走廊上又有小护士跑来找章达成，说："章医生，不好了，那个602病房的小男孩又闹起来啦！"

"不，我不要吃药，不要！"病房里发出巨大的响声，男孩被医生和护士架住手脚固定在床上，他以头撞翻药盘，死命地扭动着，闭紧嘴巴，泪流满面。

章达成走到床前，男孩看到他停止了激烈动作，哭着说："章医生，我不要吃药，不要吃，我天天吃药会死的，我不要死。"

章达成像抱婴儿一样抱他，轻轻摩挲他的后颈和后背，一边安慰他："嗯，你心里难过，叔叔陪着你。放心，没人要伤害你，你是安全的。"

事后，他找主治医生商量是否可以给这孩子减量用药，或者转出一级病房，主治医生让他找严院长。没办法，章达成只好硬着头皮去敲院长办公室的门。门开了，一对夫妻像是病人家属，拎着两盒保健品出来。

严秉正穿着笔挺的白大褂，坐在办公桌前，面无表情地告诉他："章医生，你已经扰乱了整个治疗计划，你到底想干什么？"

章达成诚恳地向他说明心理干预的可行性，说孩子在音乐治疗及催眠中，心率等各项体征稳定，情绪大有改善，并递上了一叠分析报告。"你上当啦，章医生，"严秉正并没有看报告，冷冷地加重语气，"你掉进了患者给你下的套，坐上了他给你备好的椅子。我告诉你，好医生和坏医生是患者内心分裂所投射的结果，病人是很狡猾的，你不懂。你现在被他表面的信任和依赖所迷惑，你以为你改变了他，哼，那是你的幻想。你错啦，你是被这个病人操控了。"

严秉正指着沙发上的烟酒礼盒，说："看见了吗？这是男孩父亲托人送过来的。通过入院治疗，孩子现在睡眠改善，症状减轻，发病得到控制，他爸非常感谢，说还要请我吃饭，被我回绝了。包括刚才出去的那对父母，他们的女儿才服药十几天就明显转好，指标趋向正常，家人感激我。精神分裂的成因很复杂，不是你所学的范畴，病理性反应必须采取针对性治疗，这不是你和他聊个天、听段音乐就能治愈的，否则我们这么大的精神康复医院开着做什么，当摆设么？"

"不，不，严院长，心理治疗不是随随便便的聊天，谈话疗法很早就被应用在医院的精神科和心理科,比如欧文·亚隆,他不仅是精神病学领域的终身荣誉教授,也是心理治疗界的权威人物,您不能抹杀话疗的功效啊!"

严秉正挥手打断他的话,态度坚决地说:"章医生,你已经越界了。精神科的病例你没有资格插手,从现在起,请你退出这个男孩的治疗会诊小组,他的一切与你无关。"

章达成挺直身体,回应说:"严院长,请您尊重这个病例。这是一个才十六岁处于生长发育期的孩子,他的生命之门才打开,长时间、大剂量用药对孩子的脏腑、骨骼发育及神经系统都有副作用啊!"

严秉正沉下脸,"咚"的一拳擂在桌上,说:"你懂不懂?我们就是在挽救他的生命,我们的工作就是对病人负责,决不放弃。正因为他是孩子,所以更加要足量、足疗程,保证万无一失!"

"为什么要我退出?"章达成诚恳地说,"至少我可以保证心理干预没有副作用。您去看看,这孩子宁可撞死也不吃药,他被绑起来,被护士掰开嘴把药强灌下去,怀着这样憎恶的心理,这药吃下去有效果吗?"

"章医生,请你记住,你也是一名医生。"严秉正双目炯炯,威严地回答,"医生是科学工作者,相信客观事实,以事实为依据,以实践为准绳。告诉你,我们医院这样用药治疗了不计其数的病人,你现在用社会上毫无医学常识的话同我辩,我拒绝回答你!"

严秉正不容他再说,拎起桌上的座机对院办人员说:"请你们联系章达成医生所在的医院,告诉他们,从明天起进修结束,让他从哪儿来回哪儿去！"

章达成涨红了脸，握紧拳头，想说什么终于忍住没说，转身走出办公室。严秉正铁青着脸，把那叠分析报告扔到了角落里。

当时章达成年轻气盛，不知道那阵子刚好处在一个敏感期，严秉正和马钧德正在竞选院长。

虽说两人都是主任医师，可论声望、医术，严秉正自诩都不差，"严三慢"的绰号更说明他口碑也不错，他又是桐城外省人才计划引进来的精神科专家，他非争这个位置不可。马钧德很低调，但也不会将位置白白地拱手相让，毕竟马钧德在本地很有威望，他最大的功绩是在精神康复医院成立全省首家模拟社区，让无家可归或流浪收容的康复病员，在医院的模拟社区内正常工作生活，成为全省精神康复医院学习的典范。

这个节骨眼上，偏偏章达成与严秉正起了冲突，很容易让人联想到是马钧德在利用章达成向严秉正挑衅，一向处事低调、淡泊无为的马钧德无形之中被推到了舆论中心。

权衡之后，马钧德最终放弃竞选，严秉正如愿当上精神康复医院一把手。不过，这事也让严秉正看到了马钧德对章达成这个小徒的钟爱。

后来章达成开了桐城首家心理诊所，严秉正主动和马钧德商量，谈了两件事：第一，把本院有心理需求的正常人推荐过去。当时精神康复医院一年的门诊量，40%以上是正常人，医院心理科虽然配有心理测量师兼心理咨询师，可是经验不足，精神科医生又不愿意坐心理门诊，更不会做心理咨询，而这方面是章达成的强项。第二，让章达成在医院设立心理咨询师的临床实习基地，既锻炼了咨询师的专业能力，也为精神正常或康复期的住院病人提供了心理保健。

就这样，严秉正与章达成不打不相识。章达成非常尊敬严秉正，把他和马钧德奉为导师，他们也觉得这小伙子以后必大有发展，这艘现在看上去不起眼的要搭靠他们医院的小船，在将来会乘风破浪成为一艘独立的大船。

"怎么，听入神了？"章达成笑着问岑晓稚。

"是啊，"岑晓稚感慨地说，"原来心视野还有这么一段精彩故事，那后来呢？"

"后来嘛，出于政策方面原因，临床实习基地取消了。不过，严秉正和马钧德仍是我们机构的一级元老和名誉顾问。"

"不对，"岑晓稚若有所思地打断他说，"我听别人说心视野最早开张时不叫心视野，叫蒲公英。对不对？"

"嗯，是的，后来改的。"章达成淡淡地说。

"为什么？为什么要改？一定有故事。"岑晓稚坐直了，摆出一副不听故事不罢休的架势。

"你看，"章达成指指她说，"注意力一分散，还抑郁吗？"

"啊，是哦。"岑晓稚笑起来，脸上泛着红润的光泽。

"咨询实践学习班要考核的，怎么样，学习委员，该归队啦！"

"遵命，Sir！"

二、敬老院

阳台挂着几盆吊兰和绿萝，泥槽里开着粉红、淡黄的月季花，两把轻巧的折椅，一张柚木小圆桌，桌上玻璃壶内煮着尼泊尔红茶，白桦放进去两勺核桃牛奶，顷刻香气弥漫开来。

这是一套精装修的复式公寓，看得出主人很有情调，花草藤蔓的壁纸、白纱窗帘、布艺沙发、欧式铁艺摆饰，楼梯口的大花瓶插着大束怒放的郁金香。

白桦往镶金丝边的白瓷杯里倒核桃奶茶，岑晓稚抬手看了看表，说："我就待一会儿，回去要烧饭，晚上小宇还有两堂英语补习课。"

白桦说："到了我这里，你还惦记那头啊？"

岑晓稚说："有什么办法，天生苦命。哪像韦凯峰，说起来在公司累成狗，到家还不是甩手掌柜，天天当大爷侍候着呢。"

白桦说："你不是说韦凯峰被你这次手术误诊给吓到了，现在也会帮你做点家务？"

"啊呀，"岑晓稚说，"等他做事黄花菜也凉啦！昨天说给儿子烧顿饭，架势像五星级大厨，花花绿绿洒得到处都是，一顿饭吃了没几分钟，我清理厨房足足折腾一晚上，你说累不？"

还有，最让岑晓稚头痛的是这爷俩都有个坏习惯，到处撒东西。韦凯峰是衣服皮带报纸杂志，人到哪丢到哪；小宇也同样，校服鞋子到处扔，桌子上作业撒一摊。岑晓稚既要上班又要买菜烧饭外加打理家务，一天下来腰酸背痛。可韦凯峰觉得她矫情，他家是叫了钟点工阿姨每周来打扫的，哪里就把岑晓稚累成保姆了？他觉得女人做家务本来就是天经地义。这可把岑晓稚气坏了。还有韦凯峰的懒惰更令她生气，她生病了差他干个活吧，晒衣服皱巴巴，怎么从洗衣机捞出来就怎么挂那里，理个床单装个被套还能装反了；她一出差，这地板几天没擦，掉下的纸头碎末也不捡,韦大爷脚一踢,踢到沙发底下完事……不提还好,一提这些,岑晓稚是三天三夜也讲不完。

"好啦,"白桦截住她的话头说,"哪家不是这样?依我说,你俩是互补性格,要多多体谅。"

岑晓稚转移话题问:"你和那个红酒商人怎么样,有进展不?"

"哎,对了,"白桦懒懒地说,"你上次解梦对我说的主动型、进攻型男人,什么欲念轰轰的肉包子,这货算不算?"

"算,算!"岑晓稚笑了,捧着奶茶直点头,"那素包子呢,梦中的素包子有没有端上桌了?"

"素包子?"白桦靠后一摊,手向上指,"怕是还骑着扫把在天上飞呢。"

厨房里烤箱"叮"的一声响,白桦自制的蓝莓曲奇饼干烤好了,她起身去厨房。岑晓稚拿出小圆镜张开嘴,照左右那两颗往外露的小虎牙,怎么看怎么碍眼,她暗暗下决心,要抽个时间去把这俩碍眼的小门神拔掉。

白桦端着一碟温热的饼干过来,饼干烤得不错,甜丝丝,外脆内酥,再配上热核桃奶茶,真是暖心的下午茶。岑晓稚欢喜地说:"我给小宇带几块尝尝。"

白桦两臂交叉看她吃得香,忽然说:"晓晓,我得提醒你啊,这姓章的男货年前去省城医院看你,搞这么一出《探病记》,你可别掉进迷坑里。"

岑晓稚饼干吃了一半,抬头说:"你说什么啊,想哪去了,我们是师生关系。"

白桦哼了一声:"师生关系,男人骨子里没一个好货。我说你啊,不要学什么心理学,把心收回来,老老实实把家管好,把

103

小宇带好，韦大爷挣的钱够你们娘俩花半辈子了。"

"不，"岑晓稚摇头说，"我已经考出派司，不会放弃再学习的。我这也是在为小宇学，了解孩子心理对他成长有好处啊！是，我是没韦凯峰挣钱多，可我也没让他白养，我也在工作呀。"

"我知道，"白桦摆手说，"我是觉得这个姓章的对你没安好心。晓晓，这世道人比动物还凶猛，你太单纯，从大学象牙塔到图书馆这座象牙塔，男货的那些套路你是不懂的。"

"你越说越不像话，"岑晓稚说，"姐，你最敬重我爸爸，那我爸爸从小怎么教育我们的？待人处事和为贵，他还说，爱人者，人恒爱之；敬人者，人恒敬之。你看人看问题不能偏激啊。"

"我是关心你才给你打预防针嘛，你男货经手得少，这叫挫折教育。"

白桦说着起身把两盆月季搬了搬，提起长长的晾衣杆，把吊兰和绿萝往东移，光影透过植物的缝隙，在她肩背上浮动着。

"对了，我给你看样东西。"白桦从书房里拿来一张明信片。她去年在南山村结对的女孩叫于燕，这孩子心细，过年时给她寄来了手工制作的明信片，上面有她写的祝福语。女孩称呼白桦是天使阿姨，画了颗大大的粉色爱心。

拿着这张明信片，岑晓稚也想起一件事来。

那天，章达成说要带她去个地方实习操练，还说那是当年马钧德带他练基本功的地方。去了才知道是近郊一所敬老院，心视野公司在这里有一间独立开设的心理会谈室，挂着牌子，为这里的老人免费提供心理访谈。

岑晓稚第一个接待的个案是阿英婆婆。老人今年七十八岁，自老伴去世后开始收留流浪猫,从一只两只到七八只,家里乱糟糟,臭烘烘,简直成了猫窝。她还常常一个人对着猫说话,儿子说她有精神病,把她送到精神康复医院,医生说没病,儿子又把她送到这里。她待在这里还天天想猫,一想猫就流泪。

这样的老人有不少,有的收留猫,有的收留狗,还有的收集垃圾。这是一种囤积心理症,章达成指导她怎么进行现场心理访谈。

第二个个案,岑晓稚是上门去的。因为这个老婆婆情况特殊,她不肯出门,说女儿将近两个月没给她来电话,她要守在屋里等电话,怕万一女儿来电话接不到。她就这样早晚守着一部电话不出门,连每日的饭菜也是工作人员送上门的。岑晓稚进屋时,就看到她守着电话坐着,那个孤单的剪影触动了她,让她一时有想回去看妈妈的冲动。

进敬老院的时候,章达成手里提着一袋礼盒装的手工豆酥糖,这是他的访谈对象赵阿婆托他捎的,可接待他们的副院长说,赵阿婆一周前突发脑溢血走了,房间被新来的老人入住了。章达成看看手里这盒豆酥糖说,那就送给入住的老人吧。副院长说要不您去看看那老人吧。原来那老人刚进来闹情绪,谁也不见,工作人员做思想工作也没用,章达成点点头。

路上,副院长又说,其实赵阿婆也不是非要吃豆酥糖,她是借这个由头盼着有人来看她。这里的老人都这样,但凡有人来看逢人就说,比过节还高兴。可惜赵阿婆走了,咽气前眼睁睁等着俩儿子,结果一个都没来给老人送终。

他们说着到了楼前,刚踏上台阶,从里面匆匆走出来一个中年男人,与迎面而来的章达成打了个照面。两人面对面时,几乎同时，章达成和岑晓稚脱口喊了声："欧阳会长？"

是欧阳闻牧。一旁的副院长也停下来对他说："会长，下周的活动您不是说需要心理咨询师加入吗，您看章主任恰好在，要不您问他要人吧。这事早点确定下来，我好去安排落实。"

章达成问副院长："下周你们院有活动？"

院长说："是的，章主任，这不会长急需几名咨询师来现场。"

听副院长这么一说，欧阳闻牧显得有点尴尬，他含糊不清地说："院长，不巧我手头有事得马上赶回去，这事，回头我再和您联系。"

他说着扫视一眼章达成，点头致意，随即大步下台阶朝大门走去。

副院长奇怪地说："明明会长说需要心理咨询师，怎么不跟您提这事？"

章达成看着他远去的背影，淡淡地说了句："也许，他并不需要。"

三、模拟遗书

这天晚上的学习课，大屏幕上出现了存在主义大师欧文·亚隆的终极命题：死亡、孤独、自由、意义。这堂课后，章达成要出国考察十来天。

"人生四大命题，不陌生吧？"章达成说着看了看座下的学员，"不过，大师的智慧是一道证明题，我们仅仅在理论上收获答案是不够的，要落实到生活中去求解、求证，提炼出属于自己的答案。"

岑晓稚坐在下面记笔记，同时看着讲台上的章达成，他讲话的姿势、简练的表达以及笃定的气度，还有极富专业性的话语，让她沉浸其中。她感到自己像一滴小水珠，融入了广阔无边的大海。

"好，下面我们来做四大命题的第一道功课：有关死亡。先做个游戏，假设你现在将离开这个世界，请在走之前给你的亲人写一封信。"章达成说完坐下来。

"是写类似的模拟遗书吗？"有人问。

"对，准备好了吗？"章达成环视四周，随即碰了下水晶沙漏瓶，"现在计时开始。"

教室里很安静，人人低头在纸上写着什么，气氛不知不觉凝重起来。突然，有人放下笔，喊了声："不——"

大家吓了一跳，忙抬头看，是郑永娣老师，她的眼镜被她扭歪到一边，落在桌上，她哑着嗓子说："不，我不能离开我的儿子，我不要死，我不能死！"

施方圆表情悲伤，眼圈发红，也放下笔说："我也写不来，我还没结婚呢，写遗书，真是晦气。"

章达成坐在讲台上没有说话，沙漏瓶里的白沙继续在流泻。

像是意识到自己的失态，郑永娣捡起眼镜一边摆弄扶正，一边冲大家堆起笑说："对不起，我刚才焦虑了。不好意思，我有焦虑症。"

小宇，当你读到这封信时，妈妈已经离开你，离开这个世界，去了另外的地方。你问，那个地方在哪里？那个地方是怎样的？妈妈也不知道……

岑晓稚放下笔,眼前浮现出省肿瘤医院里的女病人。这些女人在医院里没有了面子和尊严,也没有了美丽和优雅,她们没有名字,只有床号,病历单上显示着双乳切除、单侧切除、活检、微创……她们穿着松松垮垮的病号服,趿着拖鞋,蓬着头发,面色苍黄,体态消瘦,纱布绷带绑住身体内的伤疤,肚腹打了孔,在病号服的外面拖着长长的引流管……夜深人静,会听到低低的哭泣声,隐隐约约,呜呜咽咽,从走廊的一端传过来。

她又想到章达成带她去的敬老院。赵阿婆都没来得及等到一盒豆酥糖,也没等来送终的亲人,老人们一天天坐等,对他们来说,死亡与孤独每时每刻都在上演,到底什么是自由与意义?记得他们走到门口,院长指着敬老院对面的一片绵延青山说,去世的老人要是没亲人来认领就葬在对面山上墓区里。她意识到,生命有时很伟大,有时又很渺小,生死无常,古诗说得好:"死去何所道,托体同山阿。"……

"时间到。"章达成的声音在耳边响起。

章达成说:"下周学习暂停了,我给大家布置一个作业,思考一下'我是谁'这个问题。再推荐几本书供你们参考,《拥抱你的内在小孩》《当下的力量》《潜意识的世界》《向死而生》。"

"我是谁,苏格拉底的终极之问。"蒋微微捏着笔嘀咕一句。

《当下的力量》这本书,岑晓稚有,还是章达成去省肿瘤医院看她时送她的。他当时说咨询师自身的探索和成长也是一堂必修课,你情况特殊,就当提前开练吧。手术前一晚,她把这书压在枕头下当作一道护身符。

当下的力量：你生存在这个世界，就是要使宇宙的神圣目标得以实现。你看，你是多么重要！

她的目光追随着他，看向讲台上端身正坐的他，他似乎感应到什么也朝她这边看过来。

"岑姐，晚上没课，我们去文艺大街看演唱会吧。"施方圆来电话。

文艺大街是一条种植有法国梧桐的街，沿街有茶馆、酒吧、咖啡馆、书店，还有花坊、陶艺居。这些店铺被花花草草围绕，很有情调，被小资男女称为桐城"文艺一条街"。

才四月初，天气却反常地暖和，沿街店面都开放了露天卡座，年轻人坐在太阳伞下品酒、唱歌、喝咖啡、嬉笑。忽然，岑晓稚的脚步停了一下，那家咖啡馆前戴眼镜的年轻帅哥正搂着个高挑的金发美女说话，这不是夏烨吗？

蒋微微和施方圆也发现了，正想过去和他打招呼，夏烨却像是没看到她们一样，把头扭向一边，随即搂着金发美女走进咖啡馆。

"奇怪，"岑晓稚说，"貌似他在回避我们？"

施方圆一撇嘴说："他当然看不上我们，人家是正经科班出身的主儿嘛。"

岑晓稚说："科班出身怎么了，陶雪梅老师也是，她就没架子。"

蒋微微说了一个字："对。"

音乐酒吧果然有现场演唱会，一个年轻歌手在唱歌，人很多，空气就显得浑浊。蒋微微碰了碰岑晓稚，岑晓稚会意，坐几分钟就走人。这时灯光暗下来集中在歌手身上，歌手拿着话筒唱了一首老歌——《你的眼神》。

  像一阵细雨洒落我心底
  那感觉如此神秘
  我不禁抬起头看着你
  而你并不露痕迹
  虽然不言不语
  叫人难忘记
  那是你的眼神
  明亮又美丽
  啊，有情天地
  我满心欢喜……

  七彩光束旋转着投到每个人身上，梦境般的舞池里，一对对男女在虚幻不定的灯光里拥抱着翩翩起舞，如梦如幻。岑晓稚想起之前他们还在模拟写遗书，生之欢愉，死之无常，怎样才能坦然面对……

  从酒吧出来，外面空气凉爽，岑晓稚和蒋微微决定再走走。她们穿过文艺大街又经过几条马路，不知不觉走到中山大桥。夜色深浓，像枕着一个沉睡的梦。而她们醒着，她们是这座城市的未眠人。

  蒋微微的手腕上缠着一串珠链，岑晓稚看她每次都戴着不离身,可能是类似护身符的宝贝。蒋微微说这是白菩提果和绿松石,有镇定安神和能量守护的作用,是当年一个寺庙的喇嘛送给她的。

她们在桥上站住,风吹来有点沁凉,却让人头脑清醒。岑晓稚看着桥下宽阔的江面没说话,蒋微微也倚着桥栏不说话,桥面有货车驶过,桥身微微震动,岑晓稚问蒋微微:"你为什么要学心理学?"

蒋微微顿了顿说:"我想成为陶老师那样的人。"

岑晓稚看看她,说:"陶老师对你有这么大的影响?"

蒋微微低头拨弄手串,说:"是,我找她做过咨询,告诉她,我是单亲家庭的孩子。"

"哦。"岑晓稚很意外。

"我当时判给我爸,后来我爸总出差,他同意我妈接我过去一直住到现在。我妈这人很烦,絮絮叨叨,没完没了,就是个庸俗的小市民,她连陶老师的一根手指头都不及。不过后来我知道她患有抑郁症,常年在吃药,也不计较了。"

"这么说,你考咨询师也是想帮助你妈妈?"

"这个,主要还是我自己吧。你们说夏烨有恐婚症,我也有情感交往障碍。"

"情感交往障碍?"

"嗯。我们学校有个男老师对我有意思,我一看到他就躲。对于男人,我是离得越远越好。"

"微微,章主任不是讲过,我们要对来访者去标签化,你怎么反而往自己身上贴呢?"

蒋微微抿了抿嘴,低下头。

111

岑晓稚想起咨询实践学习班的第一课。当时章达成带领大家做团体辅导的破冰游戏，学员们轮流讲一件小时候印象深刻的事，人人都发了言谈了感想，唯独蒋微微，抿着嘴始终不说话。当时岑晓稚就猜她一定有故事，而且可能有创伤。果然是单亲家庭的女孩，难怪内向。

和蒋微微分开后，岑晓稚往家的方向走，樟树在沿街的围墙投下大片黑影，枝叶凌乱，风卷起地上的落叶，追随着细细的高跟鞋。她抬起头，看到一弯弦月挂在天空。

学习班曾经有一堂课讲到古代神话故事原型，有人提到嫦娥，章达成说："大家想一想，嫦娥代表什么？"大家你看我，我看你。章达成说："嫦娥抛弃了她在人间的爱人飞上天去，可是月宫寂寞，广寒无边，这个时候偏偏有个汉子叫吴刚，天天在她窗前砍桂花树，咔咔咔，咔咔咔。你们说，嫦娥代表什么？"全班人听得哄堂大笑。

还有一次上课的主题是婚姻与爱情。大家热烈探讨着，有个学员直接提问说："主任，爱是什么？能谈谈您的观点吗？"学员们全看着他，挥洒自如的章达成一时竟然脸微微发红，像个内敛的男生，他说："我的观点，爱是让对方快乐。"

爱是让对方快乐。好有意思的回答。

岑晓稚忽然很想给他发信息。他在德国还好吗？这个念头一起，像火柴"哧"一下划亮黑暗。可是她的信息发出后，并没有收到回复。

这不是他的风格，岑晓稚的心悬了起来。

第六章

一、意外发生

岑晓稚刚把饭菜端上桌,韦凯峰就搛起一块红烧肉送进嘴里,发出"吧唧吧唧"的响声。他看看岑晓稚,她在给小宇盛汤,没注意到他的"吧唧吧唧"。

今天他的兄弟阿小新车到手了,崭新的白色 SUV,请他们兄弟几个轮流兜了一圈。到底是新车手感好,油门催起来力道足,韦凯峰又心动了,决定明年把楼下那辆开了五年的破马驹换掉,也换一辆新家伙过过瘾。

他正想着,突然听到岑晓稚在厨房叫他:"韦凯峰,你过来!"

韦凯峰赶到厨房一看,坏事了。昨晚吃完夜宵,一堆碗筷懒得洗,偷偷搁厨板上,现在被岑晓稚逮个正着,此刻碗沿趴着一只蟑螂。

岑晓稚忿忿地说:"这肠胃还敢吃夜宵,还背着我吃,吃就吃了还不及时洗碗。把你当大爷供着,真养出懒病啦。"

韦凯峰打个哈哈说:"啊呀,昨晚累了嘛,忘记啦忘记啦。"

"还有,你看看这洗漱台,下水慢得像蜗牛走路,叫你找人来修,到底要拖到什么时候?"

"行,行,"韦凯峰说,"吃了饭我就看哈。事情多,忙嘛,记不住。"

岑晓稚瞪起眼睛还要说,韦凯峰忙赔着笑洗了碗,又拉她到餐桌前坐下,转换话题问她喜欢什么车。岑晓稚不会开车,对车没兴趣,她问他前些天很让人头痛的那批被海关卡住的货有没有走掉,韦凯峰说,已经摆平了。他又说头痛的不是这事,现在形势好,货柜一天一个价,这可是美金生意,客户不理解天天来吵,这才叫头痛。

两人说着话,韦凯峰已经稀里哗啦干完了饭菜,摸着肚子站起身打了个响嗝。岑晓稚催他赶紧去瞧瞧洗漱台,韦凯峰嘴里应着,突然停下来表情异样。岑晓稚一看他那表情,马上放下筷子去开窗,刚打开窗,韦凯峰已经连着放了几个响屁,岑晓稚捂住鼻子放下筷子,吃饭的胃口全没了。

"哈哈哈,警车开道是好现象,一会儿领导就要来喽……喔哟,好像要来了,怎么说来就来的!"韦凯峰趿着拖鞋,三步并两步往卫生间跑去。

"记得关门!开灯!拉排风机!"岑晓稚一边收拾碗筷一边冲他喊。

她洗好碗又把灶台角角落落擦得光亮,然后在水龙头下清洗抹布。水流得很慢很慢，一定是下水管堵塞了，这已经不是一天两天，水流细细，她等着。

等得心烦她就掏出手机刷微信，她看到了章达成的头像。今天是他回国的日子，要是飞机不误点的话，按照时间他现在应该到家了。她试着发信息给他，这次章达成回复很快，说他已到桐城，就在办公室。她问他怎么没回家，他不答，她又问，他告诉她一个坏消息：余婷辞职，跟着夏烨走了。

半小时后，岑晓稚赶到了心视野，整幢大厦黑黝黝的，过道昏暗寂静，远远一束灯光从章达成办公室射出来。

她推门进去，一股酒气弥漫在办公室，玻璃柜半开，茶几上放着几瓶酒，行李箱扔在一边，外衣挂在椅背上，章达成脸色发红地坐在沙发上，神色疲惫。她走过去，不知该说什么，转身给他倒了杯水。

章达成接过岑晓稚递来的水，避开了她的目光。

这事发生得太突然。之前陶雪梅给他打过电话，没接通，上飞机前终于打通了电话他才知道出了事。飞机落地后，他也没心思回家，直接打车到办公室，时差还没倒过来，现在脑子里像有一团糨糊。他对岑晓稚说："我还考虑过让夏烨当心视野的副主任。"

"他不配。"岑晓稚脱口说。她现在明白了，前阵她们在文艺大街看到夏烨，他明显避着她们，原来是做贼心虚，不敢和她们打招呼。这也就算了，她想不通的是余婷这姑娘，怎么说辞职就辞职？

章达成一时无话，斟酌着怎么和岑晓稚解释。

余婷这姑娘，做事认真负责，可心思简单直率，还有一点，嘴把不牢。心理工作的职业伦理规定，咨询师与来访者不能有多重关系，这个章达成和她强调过，可余婷还是会把章达成的手机号透露给来访者。有个女老总拿到他的手机号后时不时打电话找他，令他非常恼火。另外，余婷还有一个不好的习惯，就是有事没事爱说别人有问题，章达成说人家没问题会找上门么，人家有问题才花钱来找我们嘛。他再三强调过，心理工作的性质就是服务性工作，人家出钱我们提供服务，所以要真诚、平等、尊重每一位来访者，轻视别人是服务性工作的大忌。可能被他说得多了，年轻人嫌他啰嗦。当然还有一点，夏烨长得帅又能说会道，余婷也被他迷得一愣一愣。这事他现在从头回想，终归是自己太大意了。

听着章达成的讲述，岑晓稚想到那个刮台风的下午，她与余婷在电话里一言不合差点想投诉心视野。还有她第一次见章达成，余婷在前台上上下下地打量她，那眼神让她很不舒服。她忍不住问："那当初为什么要招她进来？"

章达成说："余婷是市心理卫生协会余副会长的亲侄女，当时是通过马钧德招呼塞进来的。现在也好，自己走人不伤和气。"

岑晓稚说："那现在怎么办，马上招人替补吧？"

"招人难，临时起意更不妥当，我得好好想一想，"章达成抬腕看表说，"我让你不要来偏来，我喝过酒不能送你回去呢。"

岑晓稚说："您现在还跟我客气，我去叫车把您送回家，我们走……"

章达成摆手说："不，我不回家，今晚就睡这里，好好静一静。"

岑晓稚说:"这里怎么睡呀,你的意思家里不安静?"

章达成拍拍沙发说:"打开就是床,老伙计陪我多年啦。不过现在睡不着,感觉人还在空中飘。你回去吧,不早了,赶紧回家。"

她看着他不动,他冲她做出请的姿势,说:"我不能送你,路上小心,到家发个信息给我。"

她还想说什么,他平静而不容置疑地说:"回去。"

她看着他,两手交握,显出孩子般执拗的情态。

他避开她迎上来的目光,口气变得威严,沉声说:"听话,回去。"

她脸一红,咬住嘴唇,扭头出门。

薄薄的月光洒进窗台,章达成两手枕头盯着天花板,那架老式吊扇像入定的老僧,在那里一动不动。

许多人问,为什么在好好的办公室装这过时的玩意儿?岑晓稚也问过,他一直没机会和她聊一聊他的过去。今天她打车过来,他和她聊了公司内部情况,等于把心视野的内幕扯开了。这么聪明的女人,他也不怕她笑话。

说起来学生时代的暑假,他是在妈妈办公室度过的。妈妈是妇联领导,吃过中饭,大日头底下戴上草帽就风风火火出门去了。他和姐姐吃过盒饭,在地板上铺开凉席睡午觉,头顶有一架吊扇不紧不慢地转着,一开始他的眼睛盯着它,渐渐地睡意蒙眬,他不再关注它,就睡着了。

后来,他在办公室也装了这么一架吊扇,在吊扇下工作、休息。事务再繁杂,案例再让人头痛,只要躺到沙发上抬头看到它高高在上、事不关己的样子，他就能平静下来，管他天塌地陷，先睡上一觉再说。他盯着匀速转动的它很快迷糊过去。

把蒲公英心理诊所更名为心视野后，事业一路顺畅，去年八周年的一系列活动更是扩大了影响，为筹备省城分公司作了铺垫，可以说他部署的所有工作都在为这一目标造势。万事俱备，只欠东风，招不到满意的咨询师，是迟迟没动起来的原因。

这次德国之行会集了全国的业界精英，他一方面学习进修，一方面广罗人才，他要为他的团队招兵买马。让他高兴的是，他看中的两个年轻人已经和他互留了电话，这是德国之行最大的收获。可这边他的高兴劲儿还没过，那边夏烨一招釜底抽薪，让他从山峰跌到谷底。

从法兰克福到北京，再从北京转机到桐城，一路风尘，一身疲惫，这样的夜晚，岑晓稚打车来看他，倒茶递水，共商对策，他欣慰于她的到来，感动于她的真诚。他发现，自从他到省城探望她回来后，他们不知不觉已经像老朋友般无话不谈。然而正因为这样，他不能留她。

他没有告诉她的是，德国之行他和心理协会某委员同住，他们是交情不错的哥们儿。聊天中，哥们儿告诉他有人在外面说他坏话，说他不仅大权独揽，还丧失职业道德，和女来访者不清不白。当时他非常吃惊，不知道谁和自己过不去，要这么狠地往死里整他。他在心里把所有人际关系过滤一遍仍没有结果，想不到这边夏烨出手了。

如果说个人的名誉被诋毁还能忍一忍的话，那么企图砸掉心视野的招牌，是他决不允许也不能容忍的！这个时候，要是再把岑晓稚牵涉进来，他身边真的一个贴心人都没了。

午夜两点,尽管头昏脑涨,四肢酸痛,他仍没什么睡意,大约三点多才睡了个把钟头。

次日一早,他召集心视野的新老核心成员开会。散会后,他决定给老师马钧德打个电话,刚拿起手机,马老爷子的电话主动打过来了,说老严查出食道癌,人已经送到省肿瘤医院,要章达成陪他去一趟。

列车飞驶,窗外树木、房舍、田野一晃而过,在开往省城的高铁上,章达成和马钧德并排而坐。马钧德开口说的第一句话不是严秉正的病,而是另一个人物,那个他打电话来关照、已被判刑入狱的徐万源副局长。

马钧德告诉章达成,入狱不久,徐万源即被查出膀胱癌,病已扩散,现在保外就医,躺在医院差不多是等死了。

这又是一出意外!

章达成说:"老师,是我水平不够,我太心急,没做好这个案例。"

"不,这不是你的问题,"马钧德说,"他心里藏着事。一个人心里藏着事怎么不出事?别说心理治疗,神仙也救不了他。小章,你知道他为什么有被绑架的感觉?"

"他透露过,是那个正局长带给他的。"

"不,你只知其一,不知其二。他小时候啊,曾亲眼看到他妈妈被一群红卫兵绑起来在大街上游行,这是我去看他,他告诉我的。"

"他妈妈被绑起来游街?"

"他妈妈当年是剧团的主打演员,是红人,是名角,当时被

119

剃了阴阳头,又被绑起来游行,半夜里解下裤带上吊自尽了。"

"我明白了,PTSD,又一例童年创伤障碍延迟发作。"

至于老严,严秉正,马钧德认为他是太好强了。严秉正吃饭吞咽不舒服有段时间了,可他一直以为是普通的咽喉炎,懒得去看医生,再说他也没时间,他每天排得满满的,一点不比当院长时闲。有时实在难受,他就去药房配些消炎药吃吃应付过去。这次是他在吞咽时胸骨持续出现异常疼痛,觉得有点不对头,女儿女婿逼着他强行去做检查,结果一查就是大问题。

医生说马上动手术,要割除声带。马钧德担心的是,以后老严同志怕是不能再讲课了,还有接下来的放疗、化疗,这把年纪说大不大,说小也不小,能不能挺过难关,要看老严的造化了。

这个病早期确实是很难预料的,章达成也只能希望严老手术成功。

说实话,章达成感到近两年自己也老了不少,这次夏烨耍手段,他居然一点没觉察。他在德国傻瓜一样地忙着招兵买马,夏烨倒好,在心视野为所欲为干得欢。夏烨是章达成一手培养起来的,等于是他的一条臂膀,现在做出这么决绝的事,他怎么受得了?

马钧德慢慢开口,给章达成讲阳明先生的故事。《传习录》记载,阳明先生二十多岁时,两次会试都落第,当时人人以为他必视之为奇耻大辱。他怎么说?他说,"世以不得第为耻,吾以不得第动心为耻"。

"以不得第动心为耻?以动心为耻?"章达成琢磨着这句话。

马钧德已经把话题转开,问:"眼下最困扰你的是什么?"

"人手啊,"章达成抓了抓头皮说,"招不到男咨询师。您也说过,这是一项考验人的耐心活儿,现在社会生活节奏这么快,男人要养家糊口,时间耗不起啊。"

"已婚女性可以考虑嘛。"马钧德说,"去年老严在中心区图书馆开讲座,接待我的那位女士很不错,叫什么来着?"

"叫岑晓稚。"章达成说,"老师厉害,这期学习班学员里我最看好她。按照进度现在已到实习阶段,做足规定时间,考核后就签约。说实话,我感觉近来工作劲头大不如以前,您看我是不是得了职场倦怠症?"

"小章,还记得当初你开心理诊所,我问过你的一句话吗?"

"记得。您问我是不是愿意用全部的热情去做这个事,假如拿全世界的财富来交换,你肯不肯放弃它?"

"对,你当时回答得很好,你爱这个职业,愿意为它付出,拿任何财富都不愿与之交换,所以我支持你。当年我曾说过,精神类疾病将成为21世纪影响全人类健康的隐患,一个全民焦虑的时代要来临了。当时随口一句,今日看来不幸言中啊!"

"是啊,当年我的勇气也是来自您的判断。"

"事实上你已经做到了,这些年下来不容易啊,怎么现在退缩了?"

"我认为一个机构要长远发展,必须有团队力量。这些年,全职咨询师难招,兼职咨询师又难留,公司架构松散,凝聚力不足。打个比方,心视野就像一架飞机,我既当机长又当飞行员,还要当后勤,顾头难顾尾啊。"

"小章,有个事我得提醒你,"马钧德伸手点着他说:"我看别人还是一口一个主任在叫你,你想想你是哪门子的主任?你这是心里没摆正位置。记住,你现在不是医生,更不是主任医生,你是心视野公司的负责人。"

章达成挠挠头皮，尴尬地笑笑。

"夏烨这桩事既然发生了，也是对你敲响了警钟。好好考虑下一步怎么走，本人在团队中的定位和任务，你首先是机长，指导方向是第一位的。古人说，无事消功夫，有事磨功夫，'打磨'两个字不是那么好写的。"马钧德慢条斯理地说。

列车中途停靠，章达成起身去为马钧德添水，马钧德眯起眼睛，莫名其妙地说了一句："岑晓稚。这个女人的眼睛会说话。"

章达成一愣，回过头，马钧德已经头靠座椅，开始闭目养神。

二、离奇的个案

咨询室内，这个顶着满头鸡窝卷发的女人叫刘华菊，今年五十岁。她说："医生，你猜猜，我是怎么知道我老公外面有姘头的？"

她提问后看向咨询室的墙壁。从一进来，她的眼睛就没看过岑晓稚，而是一直看向墙壁，更确切地说，是看向墙壁上挂的那只英式时钟。

这个早上，安静的等候大厅一阵嘈杂。跟随刘华菊进来的有大大小小近十来号人，三个儿子、两个儿媳、一个准儿媳，再加一对四五岁的双胞胎孙子和一个六七岁的小孙女。小孩子们喊着叫着，喝着饮料跑来跑去，几个大人好奇地东张西望，问这问那，场面有点乱。

她今天之所以走进心视野，是她儿子儿媳的主意，因为她状态很不好，孩子们很担心，后来小儿子和准儿媳建议来做心理咨询。事实上，刘华菊根本不懂什么叫心理咨询，但有一条她听进去了：你可以对这里的医生讲心里话，讲什么都行，她是不会说给我们听的，这里的医生坚决为你保密。

于是，她就坐着大儿子的车来心视野了。

"自从出了那个事，我吃不下饭，睡不好觉，天天去看村子里那口池塘，三个儿子孝顺，怕我想不开，就把我送到城里来。城里好啊，吃得高级，住得舒服，像进了天堂一样。可没用，我这身子看起来没病没痛，心里头在翻江倒海啊。我的心不在天堂，在十八层地狱受苦啊，下油锅上刀山跳火海，枪药棍棒算个啥，再苦都不及我心苦啊，医生！"

纹过的黛色眉毛下，一双眼睛聚满水，水漫过眼眶，沿着眼角皱纹淌下来。刘华菊低下头扯起袖口擦眼泪，岑晓稚忙把纸巾递过去，她哽咽着说了声谢谢。

"我老公是靠打银器发家的，打银器是他家祖传的手艺。我俩结婚头几年，他开了打银铺，打各式各样的银器，银手镯、银耳环、银戒指、银簪子，还有银筷、银调羹，那种耳签一样细长的掏耳朵的银刮子，他能在上面雕出牡丹花。我老公有村里公认的一双巧手，不过我们村穷，没人买得起这玩意儿，生意不好嘛，他和我商量打算挑了担到附近村庄去卖。

"我老公长相好，浓眉大眼，人又高高壮壮，说话和气，一张脸成天笑眯眯，村里人叫他相公脸，天生的和善，有人缘。天杀的有人缘，还特别有女人缘，到一个地方，大姑娘小媳妇全围过来，生意那个好。后来他走得远，从本村到外村，到热闹的镇头去，一般个把月才回家。

"你不要看我现在胖得像水桶，年轻时我也是一把腰水嫩水嫩的，否则那死鬼咋会看上我？唉，我是为这个家苦成这样的，医生说我内分泌失调，要长期吃药，结果吃成这样，自己照镜子也寒碜得慌。

"我心里苦啊，我一心一意在家为他养出三个儿子，供他们个个都读了大学，大儿子和二儿子成家立业有了后代，小儿子也快毕业了，这不都有女朋友了，今天来这里就是这孩子出的主意，你看多孝顺。孩子们都这么和和睦睦，是我几辈子修来的福气，我们整个村子哪家像我这样长脸？可是偏偏这贱坯老畜生不正经啊，做出这丢脸的事，我到老来没享福还要吃这苦，我在村里抬不起头啊！我怎么活得下去啊！

"你问这事是什么时候开始有的？说起来有十五年了。十五年前他发现自己小便出血，就去镇上卫生院检查，回来后脸灰扑扑的，对我说他那方面出问题了，医生关照他夫妻生活暂时不能过了。说实话，他常年跑外城，一个月回来没几天，我心疼他身子骨，毕竟少年夫妻老来伴，我们要过一辈子的，不能贪眼前一点快乐。为了他的身体，我俩分床睡了。这一睡就是十五年。十五年独守空房啊！

"万万没想到这十五年，他对我说在找医生看病治疗，其实身体根本没问题，背着我和外村一个小二十岁的小媳妇好上了。那破鞋老公是撑外船的海员，常年不在家，骚货熬不住啊，这对狗男女，他们进出成双成对，吃口饭还你喂我我喂你，那个村的人全知道！

"医生，他在那里天天寻欢作乐，我这里日日咬紧裤带死守，苍天有眼，整整十五年，我到哪里去讨还这宝贵的十五年？我冤啊，我比窦娥还冤！"

"那么,你是怎么知道你老公有这桩事的?"

"嘿,"刘华菊神经质地笑笑,透出一股寒气,她把目光收回来看向岑晓稚,"医生,你也是结过婚的人吧,两口子那档事是不用嘴巴说的。我是个没文化的人,可我没文化不等于没感觉,好歹我也是个大活人。自从我二十岁跟他,哪怕后来十五年活守寡,我也没让其他男人沾过我的身子。我心里就他一个人,他是我老公,我们是结发夫妻原配货,我们是要过一辈子的,我这辈子为他生为他死,心甘情愿,没有怨言!

"有一天,他回来醉醺醺的,烧的菜也没吃就躺床上了。我给他洗脸洗脚,脱掉衣裤,把他扶到床中间盖上被子,又给他垫上枕头。那些天,我在娘家已经听到传言说他外面养女人,我不信。为啥?因为他每次回来总给我捎好东西,吃的用的,衣服围巾,脂粉面霜,保健品营养品,啥没有?到家虽说住个七八天,他却是让我闲着,自己里里外外做事,侍候他娘也不及侍候我这个老婆。他是疼我的,除了不能做那事,所以别人说啥我不信,我想是他们看不得我们夫妻恩爱,眼窝浅,妒忌。

"结果那晚出事了。他拉住我,眼睛红红地说,华菊,这几年委屈你了。他使劲把我往床上拉,老酒壮胆要做那事。半夜,我家那条大黄狗突然叫起来,声音很响,隔壁人家几条狗也叫起来,我被惊醒过来,我老公腾地起身想也没想,伸手去摸枕头底下,慌慌张张地说我短裤呢,然后掀开被子要往外跑,我一把抓住他的手,他看到我顿时脸孔发白,那表情,我一辈子也忘不了——我的心碎了。

"医生,你没听懂我话里头的意思吗?那我告诉你,他在家里是从来不管脱下的短裤的,从来是我帮他收好的。可那晚他去

125

枕头下摸短裤那是他心虚,他怕捉奸,半夜狗叫他以为有人来捉奸,摸出裤衩穿上逃得快!他以为他躺在姘头家啊!"

长长的沉默。墙壁上时钟的声音特别清晰,一下一下像沉重的棒槌,敲在两个女人的心上。刘华菊抹了抹眼泪,又抬头看钟。

"我儿子说这里说话是按时间算的,这一分一秒走的都是咱的钱啊!你知道,有些话是不能和孩子说的,他们都是孝顺的孩子,在外面有头有脸的,我还得替那个不要脸的老畜生保全面子。医生,我的话全说完了,你看,我们是不是可以提早结束?"

"您还有时间,想说什么还可以说。"岑晓稚说着,大脑飞速地运转。

"还有什么好说的,"刘华菊垂下头,"唉,电视里天天放节目,说什么小三,想不到竟然轮到我自己头上,我到这个年纪还要受这种气,我有冤无处诉啊!"

"我能感受到你内心的悲痛和伤心。"

"不,医生,你不懂,"她抬起头,眼里泛动怪异的光,盯着岑晓稚一字一句地说,"你要是没被你老公背叛过,你是体会不到我心里那苦的。出轨对一个女人的伤害,那种滋味——你不懂!"

她的眼神如刀刃泛着冷冷银光,岑晓稚一个激灵,全身起了层鸡皮疙瘩,她来不及捂嘴,打出一个大大的喷嚏。

其实她也不是一无所知。去年她和韦凯峰之间关系最恶劣的时刻,她也曾被种下了怀疑的种子。

三、校内危机干预

办公室内,桌上椅上沙发上到处堆着书,岑晓稚和同事把一批堆积多天的文教类旧书捆成几摞,放到柜顶去。她站在凳子上踮起脚,费力地把一摞书往上放,同事在边上扶着板凳提醒她小心。

"有人来啦。"同事说。

岑晓稚一扭头,看到一个穿白衬衫和西裤的男人站在门口含笑看她,竟然是章达成。岑晓稚"啊呀"一声,身子晃了晃,脚下"病歪歪"的凳子随之发出"咯吱咯吱"的响动。同事叫了声"当心",章达成已经一步上前扶住她,岑晓稚借助他臂膀的力道,"咚"一下跳到地上。

办公室散乱不堪,岑晓稚只好搬掉沙发上的书请他坐,又洗过手给他倒茶,章达成的目光追随着她的背影。

半年多的咨询实践学习班结束了。经过专家面试、笔试和督导考核,岑晓稚和蒋微微等几人被列入合格名单,这意味着岑晓稚将正式加入他的团队,成为心视野的签约咨询师。

今天章达成要给某集团公司的中层管理人员上课,原本他想派陶雪梅去,后来想想还是自己去。这家集团公司是他在年初谈下的一个比较大的项目,当然也因为这里离市中心区图书馆不远,或许潜意识里,他是想亲自把好消息告诉她。

岑晓稚穿着烟青色工作裙,白衬衣的袖子捋得高高,露出匀称的手臂。她俯下身倒茶,薄薄衬衣后隐约透出内衣轮廓。

"怎么,近来消息也没有,玩蒸发还是生我气呢?"他接过茶,开玩笑似的问。自那晚她从他办公室离开后就没了消息,他在学习群发信息,其他学员发言踊跃,她就是不出来接话头,这女人。

"没有啦。"她不好意思地扭过头。

"我今天来是告诉你个好消息,你的综合考评通过了。"

"真的?"岑晓稚很高兴。记得当时面试现场有三个评委,马钧德也在。老爷子穿一件灰褐色中山装,弥勒佛一样圆团团的脸,八字眉,眼睛半眯。在岑晓稚眼里,他就像央视《鉴宝》节目的专家学者,表面慈祥亲和,暗地里老辣深藏,她对他可以说是又敬又怕。所幸,她还是通过了。

她喜滋滋地笑着,章达成含笑看她,等她平静下来告诉她,这个周六他要去一趟向阳国际外国语学校,参加心视野在学校举行的青少年心理服务基地授牌仪式,因为陶雪梅走不开想带她去参加。她欣然答应。

周六一早,章达成开凌志接上岑晓稚就往郊外飞驶,等红灯的时候,他连打两个哈欠后不好意思地掩住嘴,岑晓稚说您昨晚一定没睡好。确实,前一天章达成又去省肿瘤医院看严秉正,陪了大半天连夜赶回来,差不多凌晨两点才睡下,一早起来头确实不舒服。

他告诉岑晓稚,严秉正患了食道癌,已经割除声带和咽喉,接下来还要放疗、化疗。他去看时,人已经瘦得不像样,两颊凹陷讲不了话,瞪着铜铃般的眼睛看他。

严秉正,岑晓稚记得,去年曾在她们图书馆开讲座,肩背挺拔,目光炯炯,精气神可足了。她不由感叹:"真是人世无常啊。"

"是啊,"章达成两眼直直望着前方,"你说人忙忙碌碌一生到底为什么?这么多年来,我把心视野做到现在的局面,相当于把一个孩子抚养成人，冷不防背后有人使枪，还是我一手培养的身边人。"

岑晓稚明白他的意思，安慰说："可是您力挽狂澜，亡羊补牢并不晚啊。"

"要是背后有敌，你永远不知道下次受伤是什么时候。"章达成表情严峻，"这些天我也在反思，是不是我有自以为是的一面？比如余婷，她对来访者说话的腔调，是不是潜意识里也受到我的纵容？夏烨的自负自傲，是不是也受我的影响？你说，我到底是个怎样的人？"

岑晓稚琢磨着没接话。

"怎么想就怎么说，直觉，"章达成看她一眼说，"我要听真话。"

"我说不好，当领导都不容易吧。可余婷那种态度确实让人不舒服，我想不光是您太大意，不是说她有个当官的姑姑吗？那小姑娘难免有优越感了。"

"你真会说话。内归因吧，总之是我管理不力，自身有问题。"

"主任，您说过问题本身并不是问题，怎么看问题才是问题的关键。"

"嚯，"章达成笑着指指她说，"我看你不该叫问题宝宝，该叫问题专家。"

他收起笑，递给她一张名片，烫金的名片，是小威大清早在心视野的门缝里捡到的，上面写着："心睿情感疗愈工作中心，总经理夏烨。"

想不到夏烨这么快就自立门户了。

这个心睿情感疗愈工作中心由余婷当助理，主打婚恋咨询，心理咨询师、婚姻家庭师、社会工作师的培训，他们还和多家婚恋机构合作开展相亲项目，据说要打造成桐城首家高端的婚恋平台。现在作为总经理的夏烨，身价大不一样了。他现在的咨询费是800元/小时起步，团体辅导4800元/人，相亲平台入会费8000元。定位目标是高端会员，也就是专门做高级白领等社会中高阶层的生意，据说很火爆呢。

岑晓稚不以为然，她认为夏烨连自己的个人问题都没搞定，一晃转型成婚恋专家，肯定不靠谱。

但是章达成没有全盘否定他，毕竟夏烨在自己手下多年，对他还是了解的。不能不说夏烨有他擅长的领域，头脑灵活机智，分析问题尖锐独到，在营销方面方式多样，这些是优势，他要把住关的就是走专业化道路，不要为赚钱走歪门邪道。不管怎么样，章达成认为既然成了同行，就不要互相倾轧拆台，希望他重新开始，做出自己的特色来。

还有一点，章达成也看到，现在社会上对心理机构还是普遍不了解，有偏见，所以多一家机构多扩大影响也有利于促进行业发展，他相信只要各人守好门前三亩田，是不会打架的。

向阳国际外国语学校是一家民办的寄宿制贵族学校，当天媒体记者也到场了，章达成与负责宣教的副校长在教学大楼前举行心视野基地授牌仪式。仪式结束，相关人员拍照合影，岑晓稚本想站到后排去，被章达成招手示意她挨着他站，旁边的副校长问这位女士是谁，章达成说，她姓岑，是自己的助手。

接下来是章达成主讲的心理讲座，上百平方米的报告厅内，心理专家、教育界人士、教师及家长济济一堂，那些年轻家长，一排排坐在前面，眼里流露出迫切的渴望，她们让岑晓稚看到了曾经的自己：那个听到儿子出状况如五雷轰顶的自己，那个在台风天顶着风蹚着水、穿过大半个城市去找心理医生的自己，那个在医院心理科被年轻医生打发出来的自己，那个深夜对着电脑自学心理学的自己，那个对小宇又恨又爱又无助的自己……现在，她以心理师的身份坐在嘉宾席的位置，思前想后，心生感慨。

章达成的演讲时间不长，等他结束后，另一位教育专家在掌声中上台。他走到岑晓稚跟前，挨着她坐下，问："我刚才讲得是不是有点急？今天状态不好。"

岑晓稚说："挺好的。怎么，哪里不舒服吗？"

他说："头有点痛。"

她看到他眼睛里有血丝，说："是昨晚没睡好吧。不过刚才讲得很好，很正常。"

他定定地看她，像是要从她眼里得到确认，然后透口气放松下来，摆正身体仰靠在椅背上。

学校招待大家用过午餐他们就打算回去。副校长陪他们出来，在大楼的过道上，意想不到的事发生了。

一个穿白色运动装的十四五岁女孩，神情异常、脚步急促地朝他们扑过来，一把抓住了岑晓稚。三人全被唬住，岑晓稚一时惶然不知所措，副校长还没反应过来，几秒之间，章达成已经一步跨上去抓住女孩，同时推开岑晓稚。女孩看着章达成喘着气，神情惊怪，忽地挣脱了他蹿向左侧的栏杆。章达成反手握住她，随即环抱住她疾走几步，一脚踢开旁边的门并示意岑晓稚跟进去。

章达成看着岑晓稚镇定地说:"深呼吸,再深呼吸,听我的指导。"

岑晓稚红着眼睛点点头。

女孩歇斯底里地大哭,章达成开始对她进行情绪疏导,同时暗中实施导向催眠,女孩在情绪释放后恍惚睡去。章达成回头看岑晓稚,她两手抱着肩表情惊惶,他伸手过去,在半空停了停,随即轻轻落在她后背,她紧绷的脊背微微抖动。章达成低声说,放松,没事了。

他静静陪着她,等待她情绪平息,刚才他发现她的衬衣是湿的,她被吓出了冷汗。

副校长带保安队长很快进来,向章达成介绍说这个女生有间歇性躁郁症,在精神康复医院住过一阵子,说是好了其实没好,学校让家长领回去了,可今天不知道怎么回事溜进来闹。

他们正说着话,门被推开,一个穿着套裙的中年女人冲进来,嘴里喊着佳佳,,一把抱住女孩哭起来。副校长把事情经过简单告诉了她,让她马上领女儿回去。她擦着眼泪一叠声向章达成道谢并向他伸出手,章达成没和她握手,退后一步对她说,您女儿这个情况建议还是回医院接受诊治,等病情平稳,再考虑心理治疗介入。

他们匆匆从教学楼出来,副校长一直把他们送上车。车子开在宽阔的大道上,章达成看向岑晓稚:"怎么样,现在感觉好些没?"

岑晓稚点点头说:"好多了。"

"嗯,在想什么呢?"

"我在想刚才那个事儿您反应好快,不愧是危机干预专家。

这女孩挣脱您的手是要跳楼啊,您当时出手那么快,是有预感吗?如果没及时阻止,慢了一步,那后果不堪设想啊。"

章达成笑笑,没说什么。

岑晓稚又说:"上午的授牌仪式,您还跟副校长说我是您的助手,真难为情。"说着她解下蓝色工作吊牌,今天是第一次戴上它,还是上车时章达成亲自给她戴上的,想不到就遇上危急事件。

章达成笑着说:"你表现不错,挺好。"

岑晓稚觉得更不好意思了。

天阴沉沉的,像要下雨了,乌云密集,越聚越浓。雷声由远及近,章达成踩足油门加快行驶,很快,硕大的雨点砸下来,砸在窗玻璃上噼噼啪啪地响。雨势越来越大,车顶也被震得哗哗响,十几米外几乎看不清了。

章达成两手在方向盘上转来转去晃动着,岑晓稚安慰说不急不急。

她记得前面有条路,有一座小时候常去的庵堂可以先躲躲。车子右拐,出现了一座宽宽的青石板桥,桥头模糊可见"观音桥"三个大字。从桥面开过去约百余米是一片竹林,掩映大小数间黄墙飞檐的禅舍,几枝粉白的夹竹桃伸出矮墙来,被雨浇得湿透。

"对,就是这里,万慈庵。"岑晓稚说。

他们到了万慈庵。

四、《夜莺》

快下班时,白桦接到于燕的电话,说奶奶走了,我奶奶走了。她话没说完在电话里哭起来，白桦觉得心里最柔软的地方被剜了一下。

南山村搬迁工作全面开启，欧阳闻牧带着志愿者团队又去过几次，有一次白桦也跟着去帮忙，却帮了倒忙——在搬运家什过程中，她不小心被树枝绊倒，擦破了皮肉。欧阳闻牧一边指挥大部队前行，一边停下来给她清理腿上的伤口，这个穿得像破落户的会长还有这一手，动作熟练快速像个外科医生，她想估计是常年跑野外练成的功夫。当时他再三关照她说，回去小心养几天，不要洗澡，沾了水伤口可能感染。

白桦听他的话，停止了泡澡，老老实实把腿养好。欧阳闻牧时不时会来问候她伤口的情况，好像她受伤是他的责任。她说这点小伤没事的，可他很细心，没有再让她参加后续的活动。

现在听到于燕奶奶去世的消息，再忙也要去看一看的。白桦问欧阳闻牧有没有空去，欧阳闻牧表示愿意奉陪，于是两人约定时间上山去。这是他俩第一次脱离大部队的单独行动。

"于燕，阿姨也是奶奶带大的，奶奶疼我，自己吃酱油拌饭，我的饭里头常常放着煎蛋。后来我去城里读书，奶奶去世也没去送终，我很难过，老师鼓励我把感受写出来。"

白桦说着从包里取出一个很旧的作文本，上面有她端端正正的钢笔字，还有老师的红字批注。这是白桦十五岁时的作文原稿《遥远的天堂，生生不息》，她送给了于燕。

从山上下来已经是傍晚，白桦和欧阳闻牧决定就近吃过饭再回城。

欧阳闻牧问白桦爱吃什么，白桦说除了不吃酸辣，其他都行。欧阳闻牧就随机点了四菜一汤，招呼白桦趁热吃，白桦注意到他一个劲地搛蔬菜而没有碰肉,她以为他嫌肉油腻也没在意,毕竟他俩关系一般,过于殷勤主动她是装不出来的。

两人巴巴地吃饭,欧阳闻牧没话找话,说到刚才他听白桦和于燕的谈心,白桦掏心掏肺的那番话说得他一个大男人也感动了。

白桦微微一笑。因为她小时候也是被寄养的孩子,所以特别理解于燕的心情。她送给于燕的那篇作文后来被老师推荐到省里,参加中学生作文竞赛,竟然拿了全省一等奖,她成了学校的明星人物。欧阳闻牧听到这里问她,是不是中文系毕业的,白桦说不是,她在省城读的是新闻系。

她说,当时的她立志要当一名记者,侠肝义胆,除暴安良。可在报社待了几年她发现,很多时候身不由己,后来主任怕她惹事,找个借口把她扔进编辑室,编《老来乐》栏目。一个热血沸腾的女青年,天天钻在养生保健堆里剪剪裁裁,一杯茶一台电脑混等退休,这不是白桦要的工作,于是没多久她就跳槽到保险公司,摸爬滚打混到现在。

欧阳闻牧越听越感兴趣,拿起茶杯说要以茶代酒敬她一杯,还说今天这顿饭请得太寒碜,下次给他机会好好补回。

两人正说着话,手机响了,欧阳闻牧接起一听,对方声音高亢响亮:"爸,您没在家?奶奶说你晚上不回家吃饭,是不是有情况啊?"

"有啥情况?"欧阳闻牧示意白桦吃鱼香茄煲,"今天我有事,在外面。"

"哈哈哈,别瞒我,老实交代,是不是和女朋友约会?"

"瞎说,"欧阳闻牧本能地看了白桦一眼,表情尴尬地说,

"你胡说什么，爸真有事，回头我们再聊。"

"爸，今天是您五十岁生日！"这一声喊叫，让白桦举着筷子的手停在半空。

"我给您买了双新的耐克登山鞋，那双旧鞋就扔掉吧。放心，爸，钱是我打工赚来的，没用您给的生活费，一个子儿也没动哈。"

"乖儿子懂事，知道疼老爸哈，行，嗯哪，我这边有事先挂了。"欧阳闻牧连着应几声就挂了电话，再看白桦低着头继续吃饭，气氛变得微妙起来。

白桦抬起头刚要说话，被欧阳闻牧抬手挡住说："打住，不要提生日。一把年纪还搞什么小年轻的事，吃你的饭。"

白桦忍不住笑了。"老不老，生日照过嘛，人家老寿星还开宴庆贺呢。来，来，"她给他的茶杯加满水，举起杯子说，"君子之交淡如水。今天是我请你来南山村的，依理我给你过，那权且以茶代酒吧，生日快乐！"

欧阳闻牧也笑着举杯说："谢谢，很荣幸和大才女一起过生日，特别有意义。祝你幸福、健康！"

两只茶杯斜碰在一起，发出清脆的声音，像两个古人彼此叩首致礼。

返城的路上，白桦问："会长，你儿子都来电祝贺了，怎么太太没发贺电？是不是在家备好一桌菜了？"

"咳，咳，这个嘛，别当一回事。"欧阳闻牧干笑几声，专心开车不说话。

白桦觉得他有点神经兮兮，怎么提到太太就没底气——难道他和自己一样也是单身？想到这里，她的心口像盛着一碗水猛地晃荡了几下。

黄昏,一轮橘红的圆日,在成排的水杉树间移动,给郊野的漠漠疏林披上了金光。前方,城市的轮廓已渐渐显现,风声很大,欧阳闻牧关闭车窗打开音响。

弦乐若有若无地响起,像风滑过湖面,一串竹笛声模拟出清越的鸟鸣声,倏忽扶摇直上,和着钢琴的和声,眼前仿佛星光亮起,照耀夜空,大提琴拉出宽广、深沉的旋律,视野开阔,一派旷野平原、山峦河流的景象。

"这是什么曲子?"白桦问。

"这是根据安徒生童话改编的西洋乐曲《夜莺》。"

"《夜莺》,讲什么?"

"在王宫里有个孤单的小女孩,她每晚要穿过森林,为生病的妈妈去送饭。森林里有一只灵性的夜莺,常常在黑夜里为她引路为她唱歌。后来王宫里的国王病了,夜莺夜夜飞到国王的窗前,为他歌唱,国王受到夜莺的感召起死回生。"

"嗯,"白桦说,"西方的夜莺,倒很像中国诗词里泣血啼叫的杜鹃。"

"是的,我也这么想。"欧阳闻牧说,"这张光碟录制的是音乐家雅尼在北京紫禁城的音乐会现场。你仔细听听,有竹笛、小提琴、中提琴、大提琴和钢琴。"

白桦头靠座椅,闭上眼睛。

她仿佛再次置身在无人的山崖,一只美丽的夜莺啼唱着,起舞着,引领迷途者穿越黑暗,人与鸟,鸟与树,树与夜空,星星与苍穹,苍穹与自然……到乐曲的结尾,所有乐器齐振共响,隐隐可以听到万声喧哗,似乎所有人都沉浸在巨大的莫名的狂欢之中。

不,她竭力挣扎。在狂欢中,在泡沫般涌起的末世洪流中,她聆听到一个声音,一个忧伤的声音,超越人群与洪流,向她涌动,向她靠近,向她倾诉。

这万人之上孤独的国王。万人之上歌唱的夜莺。

这是一场似真似幻的梦境,仿佛被催眠了,她听到自己的心在喃喃地问:为什么,为什么我听到有人在哭泣?

他眼里有泪,却含笑着对她说,不,我很快乐。

第七章

一、诡异的心理热线

"又一个无眠夜即将到来。我已经失眠整整十二个年头。

"十二年,对我来说,夜晚就是噩梦的开始。你失眠过吗?尝过失眠的滋味吗?夜长得像一个世纪的王朝,光亮抽空,黑暗统治大地,所有生灵埋伏地下昏沉不起,我一个人醒着。我的思维很清晰,耳朵很灵敏,眼睛能穿透黑暗的蒙蔽,可是没人看到我的清醒,我像一座被世界遗忘并抛弃的孤岛飘浮在地球某个板块。白天,我身体的某部分是僵死的,游离在人群的嬉笑乐闹中,是一具行尸走肉的木偶;到了夜晚,身体僵死的部分满血复活,灵魂成功出逃,在隐没一切罪恶与丑陋的黑暗中,我感到无比自由。在黑暗里浸泡久了我发现,黑暗和吸毒一样会让人上瘾,我麻木在无边的黑夜里像沉没在醒不了的噩梦里,一年年日夜交替。十二年了,我的精神与肉体在失眠的蚕食中分裂成两半,一半在天堂,一半在地狱……

"医生说我指标正常,身体很健康,有着三十岁年轻人的心脏。可是他错了,我有病,我身体的每个细胞每时每刻都在挣扎、生病、呼叫,这是一种精神上的慢性心力衰竭,是一场灵魂的慢性死亡。我的灵魂在和死亡赛跑……夜夜失眠的滋味,就像我一个人被关在无形的天牢,可怜的囚徒抓着铁窗呼救……这种把牢狱坐穿的感觉,你不懂。

"午夜两点,我没惊动家人,悄悄出门,我穿过空旷的大街,走到中山大桥,爬上桥面栏杆眺望全城。整座城市在昏睡中,黑暗像一张大网无边无际,我感到它来了,它现身了,它是上帝派来的神,它要召唤我回去……

"十二年前,是不是发生了什么?"岑晓稚抛出这个问题后,对方没了应答,话筒里传来"嘟嘟"的空音。这个没透露姓名身份的神秘男人,以诗一般的语言大谈失眠障碍和抑郁,在岑晓稚听来字字惊心。她想,在这个响起来的电话后面,还有多少在黑夜里守着心事、义无反顾奔赴死海的人?

这一类心理热线电话,像气泡般莫名其妙地冒出来,又气泡般莫名其妙地消失,如同一滴水消失在茫茫海洋。

依章达成的说法,具有气泡特质的人,不需要心理师介入,他们打电话来,只为找一个专业倾听者倾诉心声,那些在人前不能说出口的秘密,那些注定一生无法逃脱的罪孽,无解的难题,羞耻的过去,那些无法愈合的伤痛……要找个类似树洞的地方,安全落地。

另一类具有气球特质的人,特点是心理状态极度膨胀。这类人打进电话来时心理上处于临界点,情绪激烈或行为极端,一般没有前戏或铺垫,开门见山直接提要求,就像急救中心120,猝不及防,很锻炼心理师的应变能力。章达成接过好几次热线电话里的突发事件,及时阻止了一次家庭械斗冲突和两次学生群体自杀危机。对章达成来说,印象很深的一次危机事件是高中男生欲在家弑母,幸好他及时插手进行干预,免除了一桩血案。对岑晓稚来说,印象最深的同样也是一个母子关系诡异的热线电话。这两个案子都反映出母子关系的极度扭曲。

当时是晚上八点多,岑晓稚在前台帮章达成整理心理测评材料。电话响了,她顺手接起来,听了没几分钟,神情大变,身体晃了晃,站在边上的章达成反应迅速,一把扶住她同时按下免提键。

"我不是后妈,是他亲妈,"电话里的女人还在嘀咕,"我儿子就在隔壁,我等下把电话给他,你教他,教他脱我的衣服裤子,教他来亲我,你说,你帮我说……"

岑晓稚捂住嘴,一阵阵干呕。

这是岑晓稚接到过的最极端、最诡异也最难接受的热线电话。事后章达成及时给她做了督导才缓过来。他对她说,接心理热线可不是简单的活儿,热线电话就像一只潘多拉盒子,一旦打开来,无数你想象不到的魔鬼会从里面跑出来,要是不凭点专业本领守住心理防线,你就有可能被魔鬼带走。

岑晓稚想到在一次案例探讨会上,夏烨曾经说过一句话:不看《桐城新闻》,你不知道盛世有多太平;不接热线电话,你不知道人性有多丑陋。

不过章达成不这么看。他认为人性就是人性,人性很复杂,人性有说不清道不明的灰色地带，不能把人性绝对化。

　　隔着宽大的会议桌，岑晓稚目不转睛地看着章达成。不论是讲课还是开会，她总能从章达成的发言中捞到一些金句，她越来越觉得他就像一座深不可测的宝藏，不知道还埋着多少宝贝呢。她暗暗给自己鼓劲，要好好向章主任学习，将来也要成为像他一样优秀的心理咨询师。

　　这几天，章达成陪马钧德夫妇回老家避暑去了。不知道是不是受到严秉正这次生病的刺激，马老爷子打算在老家长住一段时间好好养身体。

　　章达成在走之前把岑晓稚叫去，交给她一串锃亮的新钥匙，是心视野的钥匙，包括他办公室的，他说要是想看书找资料随时进去好了。

　　热线电话终于不响了，接待大厅安静下来，岑晓稚起身刚拿出那串新钥匙打算去转转，门忽然被推开，蒋微微冲了进来。她眼圈泛红像刚哭过，显得眼眶更深凹。

　　岑晓稚是第一次看到蒋微微这么失态，问她怎么了，蒋微微也不答话，只在沙发上坐下，闷了半晌才吐出一句，我要被我妈逼疯了。

　　前些天，她发现她妈又偷偷翻过她手机，母女俩就吵起来，她一气之下离家出走，去住宾馆。今天她妈妈一早打电话，说要是她再不回家住，自己就上吊让她去收尸。说到相亲这事，蒋微微告诉岑晓稚，她从二十五岁起，她妈就开始给她张罗对象，还拉了娘家那帮七大姨八大姑。这几年，蒋微微真的给她们烦死了，她一次次去和无聊的男人吃饭喝茶，忍了又忍。她恨她妈为什么心里眼里除了相亲还是相亲，似乎这辈子的事就是为女儿找对象。到后来，她觉得自己就是她妈相亲的工具，而不是亲人不是女儿，母女俩多次为这事吵架，吵得彼此身心疲惫，伤筋动骨。这次蒋微微实在忍无可忍才离家出走，她觉得自己再不离开她妈，早晚被逼疯。

除了这桩事，还有一点让蒋微微难以接受的是，她觉得她妈私生活不检点。她妈去牌友家搓麻将时和一个年轻男人不清不楚，那人还常常打电话来逗她，有时半夜也来电话，她妈和那个男人嘻嘻笑着，蒋微微睡在隔壁都听得见。听亲戚说，她妈偷偷借给这人三万块钱，到现在也没还，真是色迷了心窍。其实，她有什么爱好、和什么人交好，蒋微微才懒得管，但她要求她妈要光明正大地交往，不能一边到处立好名声，一边暗中和男人瞎混。还有，一把年纪还天天打扮，偷她的面膜敷脸，擦她的精华霜什么的，这些她也装作不知道不计较了。

本来上个月，她的好朋友答应让她来住出租屋的另一个房间，她开心了好多天，想着终于能离开那个阴暗的家，天天想着怎么把房间布置得漂亮温馨。可是没想到好朋友最近有了男朋友，委婉地说了，那她怎么好意思去当电灯泡？满腔希望被浇灭，她怎么不烦？偏偏她妈不会看脸色，又来招惹她，她就一气之下住进宾馆。

蒋微微说她真是烦透了，有时一冲动，恨不得上街去随便抓个男人结婚，只要能离开她妈。可陶老师对她说过的话又会及时在她心里响起，不让她胡来。她就从烦躁中一点点安静下来，气馁了。

岑晓稚问："陶老师说了什么？"

"陶老师说，一个人最好不要在能量低的时候找伴侣。"

蒋微微又提到她父亲。她爸爸在她小时候背叛了她妈妈，抛弃了她，听说他现在的生活也是一团糟，她觉得这是报应。她和她妈一样幸灾乐祸，可很快她又高兴不起来了。她想不明白，为什么自己会摊上这对活宝爸妈，让她对未来的生活不抱希望？

"微微，你要觉察对父母的对立情绪，"岑晓稚说，"章主任上课怎么说的？与父母的关系是一切关系的源头，得去面对，去和解，去接受。"

"姐，道理我懂，"蒋微微说，"陶老师还对我说，你的爱人在彼岸等你，你不过去，他也没法过来，因为你同他隔了条河。她说父母就是河面上的一条船，你坐上去，他们渡你到彼岸，将你交到爱人手上，父母是渡你的船。"

"对呀，"岑晓稚说，"反正就是那句话，爸妈是你关系的源头。依我看，你的什么相亲恐惧症不着急，先解决你对爸妈的恐惧症。听姐的话赶紧回家去住，外面不安全，你妈妈再不对，毕竟是亲妈啊！"

"岑姐你别说了，我快吐血了。"蒋微微垂下头，用两手蒙住脸。

几天后，蒋微微又打电话给岑晓稚，声音透着疲惫。她说刚从省城回来，参加了一个家庭系统治疗工作坊，她把多年不用的拉杆箱也拖出来，全副武装，有种壮士一去兮不复返的感觉。岑晓稚挺好奇，问她是什么治疗，这么神奇悲壮。

蒋微微说，这个家庭系统治疗有禅宗的风格，讲当头棒喝，明心见性。这回，她准备好要导师拿自己开刀。

"那你怎么样,有收获吗?"岑晓稚问她。

"有,两个字:震撼。姐,不到现场你根本体会不到!"

家庭系统治疗——岑晓稚忽然想起了严秉正。

上次严秉正的讲座结束后,大家一起吃饭,饭局上有人提到家庭治疗也叫家族系统治疗,说是欧洲流行的一种新式心理治疗。严秉正一听就皱起眉头,挥手说,这种花样严格来说不属于心理学范畴,神叨叨的东西,无非是心理剧加催眠嘛。现在心理治疗被一些人利用,怎么时髦怎么来,我们作为正规的心理医生要警惕。

他再三强调心理学是一门科学,是以理论为依据、事实为准绳的,脱离这两点,统统是旁门左道。最后他瞪着眼睛,敲着桌面说,你们要记住,我们是职业医生,不能乱来,如果你不用专业技术帮助病人,你就是在谋财害命!

蒋微微听了这些却不以为然,说:"我不听老古董这些道道,只要能治愈我,什么我都信。"

另外,她还告诉岑晓稚一件事,她们学校的郑永娣老师出事了。

郑老师已经辞去总务处主任职务请了长假。据说她儿子得病了,一种很严重的病,叫什么脸部抽搐症伴被害妄想,就是他的脸时不时会神经性地抽搐,毛病发作时,上个厕所也会问同学我可以去吗、在洗手间问同学我可以洗手吗这类问题,现在整个学校快传遍了。郑老师那么要面子的一个人,索性请长假陪儿子看病去了。

郑老师?岑晓稚想到那一堂写模拟遗书的课上,郑永娣当时激动失控,哑着嗓子喊她爱儿子,不能死,她还说,她有焦虑症。

145

二、此心非心

几天后,很意外地施方圆给岑晓稚打来电话。施方圆因怀上双胞胎,退出了学习班,可后来听说孩子没保住流产了,她自己也病了一场。这次她跟蒋微微结伴去参加家庭系统治疗工作坊,说是收获很大,那个工作坊的心理导师让她找一位出家师父,为她流产的一对小生命作法事超度。

"岑姐,听说万慈庵的观世音菩萨很灵,你一定要帮帮我,带我去。"施方圆在电话里再三对她说。

万慈庵的观音殿,一阵阵清冽的樟木香扑面而来,一尊高约八米、宽约两米,用整株百年老樟雕刻的观音矗立在殿中。远在桐城郊外的万慈庵就是以这一尊观音闻名的。小时候,岑晓稚奶奶带她来过,奶奶过世后的法事也是万慈庵的主持镜月法师一手操办的。

三人一进观音殿,施方圆就扑通跪倒对着观音拜起来,拜着拜着就哭了,岑晓稚和蒋微微忙去拉她,说一会儿要给宝宝做法事,你别自己先在这里哭起来啊。她才勉强收住眼泪。

"镜月法师呢?"岑晓稚问。

一个青白头皮的年轻尼师说:"师父不是在观音桥那一片池塘里挖莲藕,你们进来时没看见?"三人一听又出去找,果然看到镜月法师和两个尼师在池塘挖藕,桥边的几只箩筐里,带着泥的藕节堆得高高的。看到她们,法师从淤泥里拔出脚,一步步跨上岸来。

"泥塘这么脏,怎么能让师父亲自下去呢?"蒋微微说。

有个年轻尼师眼皮也没抬,说:"师父眼里有什么脏不脏,师父早破了净垢观。"

"妙净！"镜月法师看她一眼，妙净尼师闭口不说了。

法师的禅堂不大，但很亮堂。阳光透过木窗棂照进来，博古架、桌椅、经书、蒲团都随意摆放着，案几上有一炉香散开淡淡烟，桌上端正供着一卷小楷抄写的是《般若心经》。

镜月法师捧着一大盘洗好的莲藕进来，对先进来的两人招呼道："来，来，吃新鲜的莲藕。"

岑晓稚拿起藕对折，随着清脆的响声，两段分开的白藕之间拉出细细的藕丝。看着岑晓稚将丝左拉右拉的样子，镜月法师笑了。

镜月法师六十左右的年纪，头皮泛青，脸呈麦褐色，一看便是长年在户外晒出来的，讲话客气随意，举手投足自带出家人的庄严。她脱下鞋子上了座，放平肩膀，两腿交盘如莲花。

等岑晓稚和蒋微微吃过莲藕，她又给她们沏了一道茶，两人静心屏气观看师父泡茶，恭敬接过茶汤，细细品尝。

禅堂门槛处影子一闪，有两只小兔子爬了进来，一只灰一只黑，蹦跳着一前一后蹿到座上，往法师怀里钻。镜月法师拍拍它们笑了："没规矩，今天有客人在呐。"

小兔子像是听懂了她的话，乌溜溜的眼睛往岑晓稚和蒋微微这边瞅，粉嫩的耳朵高高竖起不停晃动着。蒋微微看得满脸欢喜，法师说："来，来，你来抱抱。"蒋微微抿着嘴摇摇头。

正说着话，妙净尼师进来双手合十说："师父，刚又收到双林居士的捐款，五万元呢。"

法师手捻佛珠，淡淡地说了句："知道了。"

妙净尼师出去后，岑晓稚对法师合掌行礼，说："请教师父，佛法中常说妄念,什么叫妄念?怎么去掉妄念啊?"

法师笑了,拍拍两只小兔子,它们乖巧地下了打坐椅。法师看着她俩答非所问:"你们知道'慈悲'两字怎么写吗?"

两人对看一眼,摇摇头。

法师低下头,用手指蘸了茶水,在茶桌上慢慢地写出四个字:兹心非心。

"兹心非心?"岑晓稚一字一字地念道。

法师点头说:"我们以为的这颗心,因为染污了,看不到本心。染污就是妄念,就是妄想、执着和分别。我们修佛法就是把心擦干净,回归它的清净本来,就是去除妄念,就是慈悲和解脱。"

岑晓稚和蒋微微又对视一眼,岑晓稚吐了吐舌头。

"给你们讲个禅门公案吧,"法师说,"有一僧问洞山禅师:寒暑到来,如何回避?洞山道:何不向无寒暑处去?僧又问:如何是无寒暑处?洞山回答说:寒时寒杀阇黎,热时热杀阇黎。"

这个更不懂了,两人面面相觑,拿起面前的茶杯,老老实实喝茶。

法师起身,去书架上取出一本经书递给岑晓稚,说:"有空多诵诵《金刚经》,念一偈也是好的。"

"哪一偈?"

法师伸手一指:"一切有为法,如梦幻泡影,如雾亦如电,应作如是观。"

岑晓稚恭敬地接过,抬起头目光与法师交接。

那次她和章达成从向阳国际外国语学校出来,一场大雨把他们带到了万慈庵,刚巧镜月法师从外面回来,三人在观音桥上相遇。隔着哗哗的雨,法师撑一把伞,她和章达成撑一把伞,她觉得法师看过来的眼神仿佛穿透她的内心，让她莫名地不安。

几案上的第三炷香快燃尽时，妙净尼师领着施方圆进来。施方圆两眼红肿，鼻子还在抽泣。一个上午这场法事做得辛苦，尼师们为这对逝去的小生命超度诵经，施方圆也没闲着，在尼师的指导下拜忏念佛估计累得够呛。岑晓稚把法师泡的好茶倒一杯给她，她仰头"咕噜咕噜"一口气喝光。

用过午餐她们告辞出来，镜月法师陪着她们穿过甬道，来到前院。禅堂上出现过的一灰一黑两只小兔子突然从菜畦地冒出来，蹦跳着过来扑抓法师的衣袍。

蒋微微向法师合掌致礼说，刚才法师在禅堂所说的禅门公案，让她想起小时候奶奶对她说过的话。她小时候生病发烧，奶奶是不让她去医院打针吃药的，奶奶常唠叨一句话：寒热来了咱不怕，寒也来，热也来，发烧不到三十九度下不来，说熬过三十九度就会好。那么奶奶的话，是不是和法师说的"寒时寒杀阇黎，热时热杀阇黎"同一个道理？

法师颔首说："人人都有如来藏，你们都是有根器的孩子。"

她们三人跨过高高的观音桥，镜月法师还在朝她们挥手，两只小兔子蹲在她衣袍边角，长耳朵一竖一竖地抖动。

这是个阴天，没有太阳。

岑晓稚像往常那样拎着包上了一辆公交车。车上有点挤，她慢慢往前挤到车厢前头。有个男人挨在她身旁，手里抱着个婴儿，突然婴儿的颈部动脉开始汩汩地往外冒血，她赶紧喊停车。车停后男人要下车，她不放心，跟着这个男人也下了车。这男人好像是医生，他把婴儿放在地上冷静地动手包扎伤口，她一看这男人的脸，是章达成！

之后她回到家，在房间里看报纸。报纸整版在通缉章达成并寻找婴儿的去向，她想，章主任明明做了好事，为什么大家不理解，还要全城通缉？她决定瞒住这事不对任何人说。这时，她发现怀里塞着一只包，露出蓝色的工作吊牌和身份证，一看又是章达成的证件，她很吃惊，心想他的东西怎么在我这儿？这么想着，韦凯峰晃进来了，情急之下她把报纸胡乱地塞进皮包藏到背后。可报纸塞进皮包里，不但没缩小，反而扩大了，变戏法一样在她背后膨胀开来，像一只帐篷快要充满整个房间，她好紧张……然后一下就醒了。

这是岑晓稚从万慈庵回来后做的一个梦。

醒来后，她的心脏还在咚咚猛跳，梦中的情绪很强烈，以至于一上午她都心神不宁的。饭后她避开同事，找个没人的角落忍不住给章达成打电话。电话倒是很快接通了，她问他在干什么，他说没事在散步呢，她就讲这个梦，他静静听完，没有像督导那样耐心帮她分析，而是简单地说，没什么，梦里出现婴孩，一般代表内在自我或新生力量，受伤、治愈、和谐共处、等待时机，都是好现象。

"那，后来的报纸是什么意思？"她问。

"报纸嘛，代表社会公序、伦理道德。"他答。

"全城通缉呢？"她又问。

"全城通缉即不被允许嘛。"他答。

"那最后，你的证件怎么在我手里呢？"

他不说话了，她也没说话，一时电话里似乎只听得到彼此若有若无的呼吸。最后他轻轻地说，只是一个梦，别多想。

他没告诉她，昨晚他也做梦了，梦像放电影一样，有故事情节，有男女主角。梦醒后，他嘴巴发苦发干，内心有一种甜蜜又苦涩的悸动。人是不能太闲的，他决定下山，订好返城车票，收拾行李与马钧德夫妇告别。

"清平乐"餐馆在市区闹中取静的一条巷子里，装修古色古香，主推江南菜。

中国红的纱质软帘一掀，白桦风卷而入。她穿着一袭孔雀蓝缀珠修身礼服，妆容有些脱，嘴唇依旧艳红夺目，坐下也不客气，一通海吃。下午的产品宣传会连着晚上客户答谢会，估计没时间进餐了，她边吃饭边抓紧和岑晓稚聊天，一点不浪费时间。

她告诉岑晓稚，她们公司在南山村搞公益助学活动，认识了市志愿者协会的领头人。前些天和志愿者们一起吃饭，他们叫这个人"素包先生"，一盘青菜香菇馅的包子端上桌，他们嚷嚷说会长只吃这个，素包是他的菜，他就是一素包。这话一下子让白桦想到岑晓稚去年做的那个关于荤包素包的梦。

有意思，梦中的素包终于出现了。

岑晓稚问这人什么来历、什么身份、尊姓大名。白桦说他叫欧阳闻牧，是报业集团旗下《文艺报》编辑部的主编，号称"报业集团一支笔"，同时他业余时间在市志愿者协会当副会长，负责志愿者活动的组织和举办。

"啊呀，欧阳会长，我认识！"岑晓稚失声笑了出来。

之前馆里办过他的个人摄影展和书法展，她与他虽然接触不多，但他给人的印象是没有官架子，很平民化，是个谦谦君子。并且她记得上次章达成带她去敬老院做心理访谈，她还见过他一面呢。她不由地感叹,城市圈子就这么小啊。

不过白桦反问她知道他的过去么,岑晓稚摇摇头,她不清楚。

白桦的表情有点复杂。这个欧阳闻牧确实单身,他妻子在几年前去世,他一直没有再婚,白桦猜他这几年坚持吃素,怕是在表达对亡妻的思念。

岑晓稚觉得这没问题,说明这个男人用情专一,再说吃素又不是出家,习惯可以改变嘛。她问白桦对他感觉怎么样,要不要她出手助把力。

白桦连忙摇头说不需要,他们目前只是普通朋友。据她观察,这人虽说为人豪爽,可心思很缜密。看起来他面前还有一道槛没有迈过去,目前她是不会去惊动他的,倒追男货可不是她白桦的风格。再说,这个人到底是什么货色,她也得花时间掂量掂量。

聊完欧阳闻牧,白桦问岑晓稚这些天在忙什么,为什么要请她吃饭。岑晓稚说有好消息,她与心视野签约,成为一名签约咨询师,上简介榜了。

她说着给白桦看签约咨询师的合影照,前排正中坐着章达成和陶雪梅,岑晓稚和蒋微微等站在后面。当晚,他们就是在这家"清平乐"餐馆庆祝的。

那晚很热闹,大家又是喝酒又是唱歌,毫无顾忌,还有个男咨询师现场表演了小品,让大家乐开了花。表演结束,岑晓稚顺手把桌上的花献给他,男咨询师也顺手作势来拥抱她,大家起哄说抱一个抱一个,岑晓稚躲开了,章达成握着酒杯敲台面,边敲边嚷嚷说不可以,不可以,我要吃醋的。

"呃——"白桦嘴里嚼着香酥琵琶鸭,差点被噎住,翻了翻白眼才吞下去。

"晓晓,别怪我给你泼冷水啊,"白桦用菊花茶漱了口,说,"之前我也是给你打过预防针的,就怕你被这货迷住。听姐一句话,结束与心视野的签约,远离这个男货。"

"姐,为什么?我们只是互相欣赏,我敬重他,他是引我入门的老师,我们是有底线的成年人。"岑晓稚说,"当初我学心理学也是为我家小宇,小宇现在和我处得很好,什么多动症再没发作过,这没有章达成的功劳吗?"

"你现在跟我都不提小宇,更别提韦大爷啦,"白桦说着俯下身,手按岑晓稚的肩膀说,"听姐的,到此为止。"

手机响了,白桦接过一听就皱眉头,没听几句就厉声打断对方说:"这种事也来问我,你坐那位置是干什么的?马上联系公关部,按原定计划走流程,不许有半点差错,否则,你给我卷铺盖滚回家侍候你老娘去!"

"这些'90后'的小年轻奶水没喝饱,做事不靠谱!不行,我现在就过去。"她留下一句话急匆匆走了。

白桦走后,岑晓稚叫服务员上一壶茶,她想再坐会儿。她试着给章达成发信息,他回得很快,说我回来了。她问在哪里,他说在办公室,你呢?她发过去一张定位图,他明白了。她又发了一张图,一个小孩坐在秋千架上荡呀荡,像梦里出现的那个小婴儿,他说好可爱。她说是的。然后两人同时向对方发出两个字:像你。

没多久,纱质软帘一掀,章达成从外面进来,他穿着件浅色亚麻衬衫,一条灰蓝牛仔裤,手里搭着外套,眉宇清朗,嘴角含笑,像一个爬山踏青回来的年轻小伙子。

三、《贝加尔湖畔》

章达成转动钥匙打开门,橘黄的暖光笼罩着奶白色的墙壁,冯亚莉正窝在沙发里,沙发、茶几、地上摊着一本本育儿杂志,她还拿笔认真地画着什么,沐浴过的头发半湿半干,光滑的睡衣贴住身体,显出居家女人的慵懒。

看他进来,冯亚莉放下了杂志,问:"怎么这么晚,火车误点了?"

"公司临时有事。"他说着扔下行李箱,脱去外套,冲进浴室稀里哗啦冲个澡,换了睡衣往沙发上一摊,长长舒了口气。

忽地,他抬起头说:"今天灯怎么这么亮啊?"

冯亚莉白他一眼说:"这排射灯我换新的啦,坏了大半年叫你换,等于没说。"

"哦,哦,瞧我这记性,"章达成讪讪笑着挨近她说,"电视里唱的是什么歌,挺好听的。"

电视里正播放《中国好声音》,一对年轻男歌手唱得深情款款,台下观众呼声如潮,场面感人。

"《贝加尔湖畔》。"冯亚莉说着又拿起一本育儿杂志。

   在我的怀里
   在你的眼里
   那里春风沉醉
   那里绿草如茵

月光把爱恋
洒满了湖面
两个人的篝火
照亮整个夜晚
多少年以后
如云般游走
那变换的脚步
让我们难牵手
这一生一世
有多少你我
被吞没在月光如水的夜里
……
就在某一天
你忽然出现
你清澈又神秘
在贝加尔湖畔
你清澈又神秘
像贝加尔湖畔

章达成举着遥控器，切换到央视的《今日关注》。

"你干吗？"冯亚莉夺过遥控器，看看他说，"你脸色不对，是累了还是饿了？厨房有炖好的山药排骨汤，去盛一碗吃。"

"现在不想吃，没胃口，"他抚着前额，声音透出疲惫，"在山上倒是很想吃肉。"

"憋得难受吧？"冯亚莉瞅他一眼，"我说过那种地方适合马老那样的老年人,享享清福吃吃素,你呀,早着呢。"

他笑笑,抚摸着她的真丝睡衣说:"这件睡衣新买的?挺好看。"

"穿了三百年才发现,"她扭动腰肢,裙子滑落一边,露出白生生的大腿,她点他额头,"别忘了下月初是什么日子,现在给你提个醒。"

"什么日子?"

"自己去想!老忘事,不长记性。"

"好的。"

"在我的怀里,在你的眼里,那里春风沉醉,那里绿草如茵。"歌声仿佛还在耳边,他闭了闭眼睛,脑海里浮现出刚才包厢里的场景。

不,脑子里更多在闪回山上做的那个梦。如电影般的画面,有故事有情节有男女主角:在一间昏暗不清的屋子里,竖着高高的书架,女主角背着光线在弯腰找书,她抽出一本又一本,好像都不是要找的。忽然书架摇晃像要倒下来,男主角疾步上前一把抱起女主角紧急避开,"噼噼啪啪",书掉下来砸在他俩身上。他抱着她躲到门后,门后有条通道,上去是个阁楼,里面有一张白色大床,他把她放床上,他要走,她拉住他,她的手光滑白皙,他忍不住沿着她的手臂摩挲上去⋯⋯

梦中女主角的脸好像是哪部爱情片的演员,一个欧洲女演员,可他想不起来了。在去见岑晓稚的路上,他的脑子里仍充满乱七八糟的幻想,那些幻想让他浑身发热,直到走进包厢看见岑晓稚,所有幻想消失,理智归位,他定了定神,与她隔着圆桌坐下来。

现在坐在沙发上，乱七八糟的感觉又回来了，梦里的情绪很强烈，阁楼上的电影仍火辣辣地开演着……他觉得心头燥热，甩甩头，霍地起身去浴间冲澡。

夜深了，窗外秋虫的吟唱替代了持续的蝉鸣，季节渐渐从燥热走向凉爽，有路过的年轻人在墙外吹着口哨。

"今天浪费了，不是排卵期，"冯亚莉抚摩他的前胸，喃喃地说，"老公，我现在出门都不敢见人，邻居大妈老拿眼睛瞟我，一定是奇怪我结婚多年，怎么就没动静？单位里也是，同事有结婚的，他们嘴里都嚷嚷说，新婚快乐，一年抱俩，两年抱仨。真是的，这不是刺激我吗，我和你结婚都快七年了，一个仔都没产！"

章达成的呼吸已经恢复平静，他闭着眼睛不动。

"你看，"冯亚莉摸着他的眼皮说，"我一说这些你就装睡，装没听见。对了，昨天我遇到你姐，她和我说到楠楠了。"

章达成睁开眼睛。

"楠楠好像在和一个高年级的男生谈恋爱，两个孩子在学校里还手拉手，被班主任告到家里，她外公外婆很生气，骂死她了。"

"十八岁成年，这是她的权利，谁也管不着，他们有什么权利骂她！"

"你这是什么话？早恋传开去总是难听的，你当爸的咋不替她想想？"

"这事早操练早受益，有什么不好？"

"她和外公外婆赌气，休息天也不回去就待在学校，上星期姐把她接去住了。"

"这事你们怎么不和我说？"

"你不是陪马老夫妇回老家去了嘛。楠楠和姐亲，姐把她侍候得公主一样。不过，怕是和那边结怨更深了。楠楠妈也是，自己一拍屁股出了国，就这么把女儿扔给两老。"

"我找他们去。"

"别，这些事你姐不让我告诉你。她也是看你工作忙不想让你操心。唉，大人们斗来斗去，可怜楠楠娘不管爸不亲，你姐再不出马谁帮这孩子啊！"

章达成沉默了。

"姐和我谈的意思我听出来了，是探我口风，想让楠楠休息天住我们这里来。反正她在寄宿学校，一周来一趟，保密工作做好，她外公外婆也不会知道的。"

"楠楠愿意吗？你同意吗？"

"我有什么不同意？楠楠过来刚好和我做个伴。"

章达成伸出手把她拉进怀里，他的目光越过她的身体，望向窗外不可知的黑暗。

四、火烧眉毛

"晚上有事，你俩自己吃饭，菜在冰箱里，拿出来加热就行。记住，六点钟一定要叫小宇吃饭，七点的家教别迟到了。"

下班前，岑晓稚给韦凯峰打电话交代一通，自己在食堂草草地扒了饭，上街叫了一辆出租车直奔白桦的公司。

尖顶高耸的商务大厦，大块的茶色玻璃幕墙，巨幅霓虹灯上上下下在蹿动，穿过大堂，摁电梯直上18楼，穿一套茄紫色工作服的白桦已经站在门口等候。

白桦笑着说:"大小姐,电话里听你声音我还以为着火了呢。"

岑晓稚扔下皮包坐到欧式皮沙发上,说:"你说得对,是着火了。"

白桦把醇热的印尼红茶递给她,拉过椅子坐到她对面。

那晚在"清平乐"餐馆,白桦走后不久,章达成一身休闲装风尘仆仆地进来,四目相对,她心跳加快,低头给他倒了一杯热腾腾的碧螺春。他在圆桌那头坐下,喝着茶问她这些天公司的情况怎么样,她问他在山上怎么过的每一天,这么有一搭没一搭地聊着天。

九点多钟,章达成说时间不早了,我送你回家吧。她点点头站起身,他也站起来,顺手把挂在衣架上她的外衣拿下来替她披上。两人挨得那么近,他的气息拂在她耳边,她不自觉地将头往后一点,他两手在半空顿了顿,轻轻落下拍了拍她的肩,嘴里讪讪地说出两个字,这两个字让岑晓稚差一点笑场。

"什么字?"白桦问。

"放松,放松。"

白桦大笑起来。

"这时候,"岑晓稚接着说,"他口袋里的手机响,是马老马钧德老爷子打来的,问他到了没,在公司还是家里,他转过身去答话,等挂了电话他已经恢复平静,然后我们一前一后出来了。"

路上章达成对她说,人与人的关系,无非就是影响与被影响的关系,不是你影响我,就是我影响你,这和咨访关系差不多,螺旋式上升才是良性的人际关系。他还说,这一年多看到她的进步,很为她高兴。

白桦点点头说:"看起来,这个姓章的还是有点自制力的。晓晓,你要稳住啊。说真的,你俩目前为止的关系是最好的。"

"我也不知道为什么他出一趟差,我会这么挂念。他进来时看我的眼神,让我觉得心也要融化了,他的怀抱让我感觉好安定,他像一棵树,他身上有种很稳定的力量……我的心好乱,不知道接下来该怎么办。"

"依我看,你还是对韦凯峰不满意,姓章的比他沉稳成熟嘛,所以吸引你。"白桦说,"韦大爷虽说粗枝大叶,对你关心不够,可本质不坏的。"

岑晓稚说:"别提他,一提我就烦。"

白桦说:"韦凯峰欠你一个人情。可那毕竟是过去的事……"

"别说了……" 岑晓稚打断白桦的话,那是一段戳心的往事。

"晓晓,"白桦说,"姓章的这句话说得对,人与人的关系,不是我影响你就是你影响我。人与人无非就是'较量'。以我的经验,较量使人强大。"

岑晓稚两手握着茶杯,摩挲着不说话。

"看你现在这副火辣辣的样子,要叫你立即放手也不可能,那就索性去面对吧。"

"面对?"

"对。你们两个都是搞心理的,那就好好较量一下,看谁强大。我倒要看看这姓章的,到底是正人君子还是玩弄女性的渣男。"

这话说的,岑晓稚嗔她一眼,走到窗前。

城市的夜晚灯火勾连,车在四通八达的马路上穿行,汇成璀璨的车流。白桦拍拍她的肩,时间不早了,她拎起公文包熄灯关门,两人坐电梯到地下车库。车开上马路,白桦摇下车窗,让凉爽的风吹进来,岑晓稚看着窗外的夜景,问她最近怎么样。

白桦一时接不上口。

前几天,欧阳闻牧和她再上南山村。南山村的民宿工程已全面铺开,承包商是他一个老同学,姓孙。这个孙总是做房地产起家的,资产过亿,近年来忽然附庸风雅起来,结交文化界名人,跑寺院山头、喝茶玩香、捧书画家、搞摄影展,怎么高级怎么来。这个民宿工程占地几十亩,前期是搞一个仿宋的建筑群,叫"八雅书院"。另外有间小杂院,楼上楼下二百多平方米,因为光线不好,他免费给欧阳闻牧和几个老同学用。他们打算做一间茶室,这事他和白桦聊过。

白桦和欧阳闻牧围着小院转了转,白桦出主意,建议把南墙推倒改成落地玻璃,将屋前的树也适当修剪一下,这样阳光和风景皆得。欧阳闻牧连连叫好,趁热打铁说:"白总,给茶室取个名字吧?"

"这是你的地盘儿,我怎么能喧宾夺主?"

"呵呵,供我参考嘛,怎么样?"

望着欧阳闻牧投来的热切目光,白桦不置可否地一笑。

茶室后院是桂花林。正是桂花的盛放期,白桦站在桂树下,把桂花握在掌心。金桂的热烈,银桂的恬淡,糅合出浓烈、馥郁、沁甜的香,这米粒样的小花朵,如果没有香,谁去关注它?花香是它的倾诉,它的美因为无法表达,只有呈现,不断地、不停地呈现,当有人读懂它的呈现时,会为之深深感动和沉醉。

他们沿着古道往山上走,一路上乔木葱茏,溪水潺潺,波光云影,松竹清凉。快到山顶了,白桦气喘吁吁地实在走不动,欧阳闻牧就陪她停下来歇口气。几分钟后,白桦起身跟上他,很快,前面出现了一面陡峭的山壁,怎么办?她向欧阳闻牧伸出手,欧阳闻牧一愣,也向她伸出手。两手紧紧握在一处,白桦借着他的力,脚一蹬上去了。

山风习习,万籁俱静,她与他同登山顶。

她站在树下远望蜿蜒的群山,云雾缥缈,整个村落尽在眼底。背后,脚步踩动落叶干草发出沙沙声,欧阳闻牧来到她身后,两人挨得这么近,她能感受到脖颈后的热气,是他吐出的呼吸,她闭目感受他的气息。他们离得这么近,近到让她想起"耳鬓厮磨"四个字。可是他似乎意识到什么后退了一步,他们之间立刻有了距离,白桦睁开眼睛说,下山吧。

路上,欧阳闻牧开车,白桦坐在一旁翻看他相机里拍的照片,花、叶、草、木、溪涧、岩石、云海、高山,自然万物种种的肌理、骨骼、意态、光影甚至呼吸,都被他一一捕捉到方寸中,定格成细腻唯美的画面。她相信,只有真正热爱生命的人才能捕捉到这种美。

翻到最后几张她愣住了——是人物照,她站在松树下望着山峦,各种意态不同的侧脸,轮廓秀丽,神思沉静。

那天上山,白桦的心情是复杂的。她刚刚听说了欧阳闻牧妻子的情况,他们夫妻俩都是志愿者协会的成员,八年前一次走访山区活动,因为突降暴雨,山体滑坡,古道上泥流挟裹石块轰然倾泻下来,在那一瞬间,妻子向他喊一声:"放手啊!"她挣脱他的手，被卷入泥石流中转瞬不见，他撕心裂肺地喊她的名字，声音淹没在泥石流巨大的轰鸣声中。

他妻子走在八月中秋前。白桦曾问他，他的微信头像是苏东坡还是贺知章，他说是陆游，现在她明白了。

"陆游怎么了？"岑晓稚问。

"陆游与唐婉，有名的《钗头凤》，千古断肠词啊！"

"哦，我明白了。他为妻子守了八年，一个大男人还吃素，够苦的。"

"八年，抗战八年也解放了，他还把自己囚在牢狱里。"

"这样的坚守，到底是对还是错呢？"

"他妻子把命留给了他，对他喊放手，可他一直没有放手。"

"放手？"岑晓稚说，"说说容易，哪有那么简单。"

"也对，"白桦自我解嘲地一笑说，"能说放手就放手的话，这世上，哪来那么多的痴男怨女？"

前方是高高的中山大桥，路口绿灯闪动着，眼看变黄灯。"不行，过不去了，危险！别闯红灯。"岑晓稚提醒她。

"怕什么！"白桦一催油门，车子穿过黄灯，像一条巨鲸跃上大桥，向桥对面飞驶而去。

第八章

一、割肉补疮

阳光淡了下去,岑晓稚一个人沿海滩走着,边走边捡贝壳。她戴着一顶波西米亚草帽,穿着纯白T恤,系一条印有热带棕榈叶的裙子,草编楔形高跟鞋拉升了她的身高。她拿着手机自拍,又甩掉高跟鞋,在沙滩上自由自在地转圈跳舞,像回到了少女时代。

回到酒店冲过澡,她趴在床头美美地翻照片,看来看去不满意的还是那两颗小虎牙,她想这次回去后,一定要拔掉它们,去做流行的烤瓷牙。

她正想着,章达成发信息了。他的微信头像是一个大胡子的外国老头,提着烟斗,眼神睿智,像能一眼看透人的心思,她猜一定是精神分析大师弗洛伊德。

"怎么样？一天的课听下来收获很大吧？"

"嗯，可开心啦。"

"开心就好，好好学，回来我要考你哈。"

"行啊。"

岑晓稚随手把刚才海滩上的照片给他看，他回了个呵呵的表情。她说，怎么不说话？他还是没说。她再问，这个弗洛伊德没了信息，像一条鱼跃出水面，又沉了下去。

这次沙盘游戏治疗课程费用不低，心视野就派了她和陶雪梅来。自夏烨走后，章达成是很器重岑晓稚的，他经手的个案就差手把手来教她了。是的，他要培养她，他曾说她是他的助手，她有些后悔自己的任性。

这时门开了，陶雪梅提着大袋小袋进来，把袋子重重地搁到桌上，抬手擦了擦汗。岑晓稚看着她肥嘟嘟的身体，奇怪她都这么胖了，为什么还要买一堆吃的。

这几天岑晓稚和陶雪梅同住同吃。中午是自助餐，岑晓稚发现陶雪梅食量惊人，她好像什么都吃，还一趟趟去取，一副吃不够的样子。还有一点让岑晓稚很意外，陶雪梅不仅成功吃光了自己盘里的菜，看她盘里有没吃完的水果，就说太浪费，端过去统统拨到自己盘里，又吃得精光。

陶雪梅的吃相让旁边的人频频注目，这让岑晓稚很尴尬。走出餐厅，陶雪梅摸着圆鼓鼓的肚子打了个很响的嗝，再度让岑晓稚对她的印象大幅减分。她想到在蒋微微眼里，陶雪梅可是完美的女神，她回去一定要和微微说这事。

她趴在床头正想着，陶雪梅已经在打电话："吃饭没？晚上吃什么？毛衫有没有换？服药没？有没有按摩肚子？我今天给你买了上好的海参和鱼胶,还有你最爱吃的烤鱼片……"

岑晓稚听蒋微微说过,陶雪梅的老公是巡特警大队的队长。这口气,她想,就算是模范夫妻也太矫情了吧。

终于挂了长长的一通亲情电话,陶雪梅去洗澡。出来后,她一边擦湿淋淋的头发,一边拆开购物袋,从里面掏出一块酥皮榴莲千层蛋糕,一盒QQ弹水晶果冻,一块芒果奶油泡芙。天啊,还吃!岑晓稚一下子从床上坐起来。陶雪梅哈哈笑了:"吓着你啦?我就爱吃甜东西,甜食强迫症,上了瘾,戒不掉。"

岑晓稚傻傻地看她吃得那个津津有味,那表情就像一个馋嘴的小女生,趁大人不在,偷吃父母藏起来的好东西。岑晓稚不能想象眼前的陶雪梅,就是给她们上课思维敏捷、快人快语的陶雪梅。

终于,陶雪梅把三份甜品吃完,心满意足地擦擦嘴,又把沾有奶油的胖手指挨个舔干净,这顿夜宵才算正式结束。洗过手后陶雪梅开始整理床铺,岑晓稚托着下巴,盯着她胖乎乎的侧脸,忍不住问:"陶老师,你是婚姻咨询专家,你说,婚姻的本质到底是什么?"

"婚姻啊,它就是一种共生关系。"

"共生关系,不是指母婴关系吗?"

"母婴关系是关系的源头。夫妻关系可以说是另一种共生的衍生关系,也可以说是次共生关系吧。"

"次共生关系?我倒是第一回听到。"

陶雪梅抬起头看她,忽地想到什么,走到窗前对她招手说:"来,来,你过来,看看这棵木棉树。"

岑晓稚走到窗前顺着她手指的方向朝外看,人行道上有一棵高大的木棉树,躯干粗壮,树叶翠绿,在夕阳中矗立不动。可她看来看去,看不出这树有什么特别。

陶雪梅说:"你看这树,上面是两截分开的,下面是合起来的,是不是?"

岑晓稚点点头。陶雪梅说:"你看,这两截长开的分枝像不像两个人?一男一女,因为相爱,他们合为一体;又因为有分歧,在合一中分出你和我,形成对立。"

有意思,岑晓稚看着木棉树的分枝,真的像一对面对面的男女。

"许多人啊,看不到婚姻的共生关系,你说我,我说你,吵啊骂啊,没完没了,谁也不让谁,结果离的离,散的散,两败俱伤。婚姻中没有哪个是赢家的,你知道为什么吧?"

"因为他们的躯干是合一的。老话说夫妻本是连理枝。"

"对啊。"

"这棵树也太形象了,您这么一说,它震撼到我了。"

岑晓稚真没注意这棵树。它就在酒店门前的人行道边,这两天来,她天天在这棵木棉树前走过,没有发现它,更没有这么用心地看它。

现在她看着它,看它迎着夕阳矗立着,躯干挺拔,枝条细秀,每一片叶子都纹丝不动,似乎在向她传达什么,当她怀着平静的心情去看它时,她看到整棵树都散发出一种宁静的光泽。这时,她所看到的,不再是面对面、怄气争斗的男女,而是一对手牵手、肩并肩的伴侣……

两人谁也没说话,就这样站在窗前静静欣赏一棵被赋予了意义的树。

"陶老师,我懂你的意思了。在一段婚姻中,要多想想'我们',而不是想'你是你,我是我',那么许多矛盾就会化解掉。否则伤来伤去都是在伤害自己,对不对?"

陶雪梅点点头。

"可是,"岑晓稚的问题又来了,"道理我想许多人懂,可在生活中,怎么来做,或者依你的话说,怎么经营好夫妻间的共生关系呢?"

"我跟你说说我一个朋友的情况。她跟她老公是大学同学,几年前,她老公在同学会上重逢初恋情人,跟她提出离婚。离婚后不久,她找了另一位男士再婚,想不到婚后,第二任老公也在参加同学会后与某个女同学搭上,她感到无比愤怒,决定出手。她先化名加入现任老公的同学群,在群里大骂这个女同学,把对方逼得退群,又打听到对方的住处,在小区宣传墙喷红漆辱骂。这样还不解气,她千方百计找熟人取证据,扬言要整死那个女同学,以保住第二段婚姻。她对现任老公也下达命令,不许他再参加同学会,更不许通讯录里有女同学的联系电话。她说现在一听到同学会三个字就深恶痛绝,听到女同学三个字就有愤怒情绪,整个人已经神经过敏了。不久,她现任的老公也和她提出了离婚,她非常痛苦,来问我怎么挽回。"

"这两任老公怎么都有女同学情结啊?这个女人也是够倒霉的。不过她的做法肯定不对,过激了,这样做只会激化矛盾。"

"你刚才不是说了,道理都是懂的。我问你,要是这个案子找上你,你怎么做?"

"嗯,先理解她的情绪,再启发她去理解她的丈夫?"

"这叫共情。"陶雪梅笑眯眯地看看她说,"小岑,你很有悟性,怪不得章主任老夸你,说你是一块好料。"岑晓稚脸红了。

"还有一点,要分析对方的认知误区。这就譬如一个人不适合某个游泳池,不停地换,换几个游泳池也没用。本人得摸透自己的水性,练好游泳本领,那么换哪个游泳池都不怕了。"

"怪不得人们都说婚姻是围城,许多人要逃出来,可逃出这座围城,又有下一座围城,就等于一个人在不停地换游泳池啊。"

"陶老师,我想再问一个问题。"

陶雪梅笑了,笑得岑晓稚有点不好意思,她说:"难怪学习班学员叫你问题专家,问吧问吧。"

"这个,"岑晓稚不好意思地说,"我老公这人,平时工作忙,不顾家又懒惰,这些不说了。就是聒噪,只要他在家就说个不停,像个话痨,我都怀疑他是不是有狂躁倾向。"

"男人在外打拼压力大;聒噪嘛,一方面是释放压力,另一方面可能有需求、有诉求吧。"

岑晓稚露出迷惑的表情。

陶雪梅又指了指窗外那棵木棉树,说:"你看,你再来看这棵树。当这对男女在相互对视时,他们是不需要发出声音的,是不是?只有当其中一个人的目光没有看向另一个人时,另一个人才会通过说话、行为、举动什么的来吸引对方关注,这是一个求关注的信号。"

岑晓稚又看向木棉树,看向上面两截分开的枝条。她发现真的很形象,现在这两截分枝又变了,他们不是肩并肩共看夕阳的伴侣,更像一个人在拼命说话,而另一个人的脸扭向一边——她被这景象震慑住了。

"陶老师,别笑我,我再问最后一个问题,你说,爱是什么?"

"爱是什么?这是哲学命题了。成年人的爱,我的理解是:给予,给出去,给到对方所需要的自由快乐,看到人与人的共生关系。相对来说,孩童式的爱是:我要,要快乐,要你照顾,要你给予我,满足我。后一种爱就像割肉补疮,没有看到人与人背后的共生关系。"

割肉补疮。岑晓稚记住了这四个字。

她想起章达成曾在课堂上给出的答案。他说,爱是让对方快乐。她的心涌上一股难言的柔情,这个树一样沉稳的男人。

最后一堂课,导师让学员们自己搭沙盘,然后分组观察讨论。沙盘游戏也是一种心理治疗方法,它的厉害岑晓稚体会到了。

岑晓稚堆的沙盘分成两片区域,一边是沙地,一边是海水。在沙地区域,她放了个躺在地上的男人,男人的身体包着盔甲,头部扎有纱布,像一名受伤倒地的士兵。远处,有一个踩高跟鞋的女人在海边踮着脚跳舞。而在海水区域,她放的是一座童话里的宫殿,周围是绿树鲜花围绕的花园,一匹马从宫殿里冲出来,马背上有两个人,穿西装的英俊男士和穿白裙的美丽少女,看起来像去参加婚礼,他们是婚礼的主角新郎与新娘。花园里还有飞翔的丘比特和天使,一支吹着号的乐队。

这个沙盘表现出什么呢?陶雪梅笑笑,说:"小岑,你的内心还是个没长大的少女。"

飞机巨大的轰鸣声在窗外响起,岑晓稚拖着行李箱在候机厅找座位,口袋里手机响,低头一看,弗洛伊德的头像出现了。他终于来找她了。他问登机没,她回没,他问在哪里,她答候机厅。他发过来四个字:平安回来。

她鼻子一酸,眼里涌出了温热的泪。

到家了。客厅亮着灯,小宇在做作业,韦凯峰在厨房做菜,桌上已经摆了几盘菜,她和小宇爱吃的芦笋菌菇老鸭煲正冒着热气。

"吃饭,吃饭。"韦凯峰嚷嚷着接过她手里的行李箱,她洗过手坐下来。难得韦大爷今天下厨,让她能吃一顿现成饭,可是她提起筷子却没什么胃口,这平时心心念念的老鸭煲,尝起来也没那么香了。

她闷头吃饭,韦凯峰和小宇父子俩在热聊 NBA 湖人对小牛的比赛,这次小宇的偶像发挥失常,当家明星十五投仅中三。小宇说:"科比这次肯定吃错药了,三连败,手感贼差,太桀,丢脸丢到太平洋了。"

韦凯峰哈哈笑说:"你看,还是小牛爽吧,德克三分球五投三中,水平不是盖的。"

小宇不服输,强辩说:"拜托,人家科比是偶尔失手的好伐,下次肯定争回来的。"

"好,好,"韦凯峰把鸭肉夹他碗里,说,"赶紧的,吃完上培训班。"他又打量她,说:"你怎么了,心神不定,傻乎乎地想什么呢?鸭汤快凉了。"

岑晓稚回过神来,忙吃完了饭,帮小宇收拾好学习资料送出门,又收拾碗筷进厨房。她打开冰箱,却发现出差前炖好的五香牛肉还原封不动放着,用保鲜袋封好的蔬菜也没拆开过。她打开一看牛肉已经长毛,蔬菜也萎掉了,气得不由大叫一声:"韦凯

171

峰你过来！"

她问韦凯峰是不是这几天都没给小宇做饭，那小宇吃什么，吃外卖？就算吃外卖，他五天工夫就不会看看冰箱里有什么吗？明明她走之前交代过的，花两小时炖的五香牛肉居然发霉了，她心头的火腾一下蹿了上来。

韦凯峰说这几天他忙，哪有时间做饭，小宇是去爷爷奶奶家吃的，她的宝贝儿子也是老人的心肝，没亏待他。

"好了好了，是我不好，"韦凯峰说，"明天我就给你烧一碗五香牛肉吃。"他说着走近她两手环住她的腰。

她甩掉他，他又搂过来，她推开他，说："烦不烦，一个大男人一点不稳重。"

韦凯峰说："老夫老妻要什么稳重，装给谁看？"

岑晓稚怒视他："低俗，这么多年你就没点长进？！"

"你吃枪药啦？为了你们娘俩，我天天做牛做马在外面当龟孙子挣钱，家里也不让我放松？"

"我闲着呢吗？我也在上班，还要管小宇、做家务，你有帮我分担吗？就因为你一年挣四五十万，我挣五六万，我就要当贤妻良母里外一人担？我现在看见你就烦，早晚离了清静！"

韦凯峰脸色一沉，甩手把牛肉扔地上，转身去了书房，重重把门合上了。

岑晓稚看着满地狼藉捂着脸哭起来。

外面传来敲门声，是小宇回来了。岑晓稚赶紧洗了脸，又抹精华霜又按摩眼睛，忽听小宇在叫她："妈妈，章叔叔，电脑里有章叔叔的照片！"

她唬了一跳，心咚咚地加快跳动，走进书房一看，果然电脑屏幕的页面是心视野的网站。她本能地看向韦凯峰。

"我找到的。"韦凯峰冷冷地扔下一句。

"你怎么想到搜这个？"

"这叫摸底。你跟他们都签约了，我得给你把把关，你这人头脑简单。告诉你，我知道这个人为什么转行当心理医生了。"

"为什么？"

"这个章达成是老中医章寿庭的后代，他爸又是综合医院章国栋主任，姐姐章芬芳是妇女儿童医院产科护士长。你想，爷爷辈、父亲辈，上一代全是学医的，等于医学世家的家底，他要是再当医生的话，从实习医生、住院医生到主治医生，再到副主任，干死干活拼到头发白，也就是个主任医生，超不过上一辈的。所以他改行当心理医生，这叫剑走偏锋，曲线救国，是个聪明人。"

岑晓稚没想到，章达成居然出自医学世家——章家。

章寿庭老先生谁不知道，号称"桐城伤科一把针"，擅用针灸，对跌打损伤针到病除，年近九旬还在中药馆坐诊。章国栋，原综合医院中医科主任，退休后医院特批成立章氏伤科工作室，是中医临床钻研基地领头人。

她一时内心五味杂陈，复杂难言。

二、玛吉阿米

这天，岑晓稚拿着一份材料从馆长办公室出来，垂着头，心情烦闷。

上任的新馆长姓史，叫史玉成，五十出头年纪，他一上来就举办了非遗传统文化展示和历代佛像典籍系列丛书展览这两个重量级活动,下半年又筹备组织省美术馆馆藏精品展览。同样是重量级活动,史馆长非常重视这项工作,已经连着召开过好几次会议,由岑晓稚主笔拟写宣传文案。可她写的一稿二稿,史馆长都不满意,已经不知是第几次改稿,现在又被退回来再改。

改,改,改到什么时候?文字强迫症。岑晓稚心里嘀咕着回办公室去,在廊道上差一点和对面走来的文印室小姑娘撞到。

小姑娘是要找她,说她写的"秋冬季老年养生讲座"通知把日期打错了。不是6月20日,是11月20日。这记性,这些天老出错,她和小姑娘道歉后赶着回办公室,手机响了。

是心视野的小威来问她,这周有没有时间带新学员去敬老院做心理访谈,她说没空,回绝了。

说到心视野,自从上次沙盘培训回来,她和章达成就没联系过,那个握着烟斗、满面大胡子的睿智老头在微信群里也不出来说话,更没有私下找她,他们之间像是一下子生疏了。

她以为回绝了小威,章达成会来电话询问。她在廊道来来回回地走动,空地小庭院里,有几只麻雀在女贞树上跳上跳下没个消停,十多分钟过去,手机在袋里仍安静得像只睡着的小宠物。她想,他是真的不会来找她了。

一天,两天,三天……没有他的消息,没有电话,没有微信,她陷入异常难受的境地。那些过去的镜头反复浮现,她决定主动出击。

"玛吉阿米"是一家商务咖啡馆。二楼包厢,实木方桌,靛蓝布靠垫,窗帘低垂,临窗有棵粗壮的老槐树,枝条稀疏,叶已落尽。

这个店名据说是西藏六世达赖喇嘛仓央嘉措情人的芳名，店内布置也很有西藏风格，哈达、唐卡、牦牛头骨、藏银饰品，最醒目的是墙上一首龙飞凤舞的诗："曾虑多情损梵行，入山又恐别倾城。世间安得双全法，不负如来不负卿。"

岑晓稚盯着墙上这首诗。

门帘一掀，章达成夹着电脑包风尘仆仆地进来，坐下就说："今天是什么好日子，要请我吃饭？"

"果然你不记得了。"

"别叫我猜，我这人记性不好，呵呵。"

"那我告诉你，今天是你到省城医院来看我整整一周年。"

他说："这是小事情，不要记在心上。"

"不，"她说，"在我心里这事大着呢。不管怎么，迟了一年的人情也要回的。今天这顿饭我请你，之后我俩就算两清，以后各不相干。"

"这是什么话？"章达成放下筷子，抬头看她。

岑晓稚不知道，这段时间章达成压力很大。

夏烨的公司做得很红火，他和妇联拉上关系，单单未婚大龄青年这块蛋糕就够他吃个饱了。可他野心勃勃扬言要开分公司，动静这么大，整个业界都知道这匹凌空飞起的黑马，而且也知道这匹黑马的师傅是章达成。

这一手带大的徒弟都要开分公司，章达成一个当师傅的怎么不削尖脑袋跟进？形势逼人，在省城开分公司这桩事再次列入他的年度计划，转眼又到年底，各种事务缠身，除了讲课、培训、咨询、EAP 服务，还有公司明年各项工作要铺开，他现在一天二十四小时脑子里都是千头万绪不消停，千军万马在奔腾。

岑晓稚看着他。的确，他眉宇之间是憔悴了些，眼睛有红丝，额头的横纹变深变长，整个人精神没有以前好。她低头吃饭，他不时地夹菜到她碗里，动作自然，一如从前。她对他说，以后心视野的活动我不能常来了，现在上班看紧了，要指纹考勤，请假还要批准，很麻烦。

他点头说："没关系，工作第一嘛。"

她没话找话问："那个严专家后来怎么样，有没有好点？"

他摇摇头。说起来，严秉正的情况很不妙。他上周又陪马钧德去看过他，人已经瘦得脱了形，原先一米八的高个子现在缩到一米六，全身就剩一副骨架了。

奇葩的事还在后面。严秉正家人不知从哪里打听到一尊活菩萨，给老爷子算了卦，说这病不至死，至少还有十年寿命。活菩萨扫了堆香灰给他家人，说每天一勺放粥里能起死回生。老爷子现在什么也吃不下，可意识还是清醒的，每天一碗香灰拌粥吃得比吃药还勤快。

岑晓稚摇摇头，人到这地步，香灰拌粥也相信啊。

两人东一搭西一搭地聊着，她觉得章达成小心翼翼地与她保持着距离。这顿晚餐不到八点就草草结束，他执意付了账并送岑晓稚回家。

冬日的夜晚寒意沁骨，街道仍旧灯火通明，商厦、超市、24小时便利店、餐馆、酒吧、歌舞厅、洗浴中心、宾馆，喧哗从来没有停止过，再冷的天，城市也是一锅柴火烧得透旺的大杂烩。

车载电台里放着动人的歌：

我想收集每一刻

我想看到你眼里的世界

到你到过的地方

和你曾度过的时光

不想错过每一刻

多希望我一直在你身旁……

我能习惯远距离

爱总是身不由己

宁愿换个方式至少还能遥远爱着你

爱能克服远距离

多远都要在一起

你已经不再存在我世界里

请不要离开我的回忆……

    章达成坐得笔直,眼睛看着前方。岑晓稚轻轻说:"我不想回去。"

    章达成说:"明天一早我还有课,得准备准备。下周还要出差,你协助一下陶主任,帮她整理EAP员工测评数据,好不好?"

"不好。"她说,"开慢点,永远不要开到头。"

"傻瓜。"

"是的,我是傻瓜。"

"春风不能化雨,我给不了你什么。"

"我要的并不多。"

他咳了一声,说:"晓稚,我们都要静一静。"

"我做不到,我不是你,我要下车。"

岑晓稚说着取出手套戴上,又披上外衣,围上围巾。

他停下车,她拉开车门就走,他的车在寒风中停留片刻,飞驶而去。她看着黑色凌志车融入车流不见踪影,感到一股从没有过的寒意蔓延全身。她拉了拉外衣,把自己更紧地包裹起来。

包里手机响了,是蒋微微。蒋微微曾告诉她,万慈庵在造一座两层楼的房舍,这是镜月师父的一个心愿,她想把附近老弱病残、无处终老的尼师接来养老,这座小楼就是为她们而建的。为了筹到资金,师父不仅在万慈庵讲经、开法会、做佛事,还去外面辛苦奔波,蒋微微说等放了假,就去万慈庵当义工帮师父搭个手。

不过今天蒋微微不是来和她说当义工的事,而是她带她妈去了一趟万慈庵,见到了镜月法师。让蒋微微意外的是,妈妈和镜月师父居然挺投缘,妈妈很认真地听法师讲话,像小学生听老师讲课一样认真,她没想到妈妈那么心神不定的一个人,能安静地在禅堂坐了一下午。

后来蒋微微又带妈妈去观音殿,妈妈虔诚地点香、磕头、拜观音,她看她妈跪拜在地的样子鼻子酸酸的。她想以后还是要对妈妈好一点,那样,妈妈也不会满世界去找爱,被人哄、被人骗了。

这次同样,镜月师父送她们出门,一直送到观音桥。看到法师还在桥上朝她们挥手,蒋微微对岑晓稚说:"你知道当时我想到什么吗?想到陶老师那句话:父母是河面上的一条船,你坐上去,他们渡你到彼岸,交到爱人手上。我看着桥那头的师父,想到这句话,眼泪差点掉下来。"

"不对,"岑晓稚停下脚步说,"我怎么觉得你对陶老师的移情,又转移到镜月法师身上了?微微,你要看到,妈妈就在身边呢。"

"哎呀,岑姐,你在干什么,好嘈杂,在逛街吗?"

逛街？岑晓稚苦笑，抬手抹去眼泪。大冷天被一个男人抛弃在寒风里，就假装是逛街吧，她用羊毛围巾包住脸继续朝前走。迎面而来的人，擦身而过的人，和她一样脚步匆匆，眉头紧锁，她忽然想到了什么问蒋微微："你知道《心经》里苦集灭道是什么意思吗？"

蒋微微说："啊，你怎么问这个？"

"还有，"岑晓稚说，"《金刚经》里那个叫须菩提的问佛陀：云何应住，云何降服此心？这又是什么意思？"

"啊呀，"蒋微微叫起来，"岑姐，我哪儿知道这些，你得去问法师。"

岑晓稚停住了，她要再去一趟万慈庵。

三、麻木与幸福

麦当劳店里，白桦和一个小女孩坐在靠窗的位置。白桦喝着奶茶，小女孩低头啃炸鸡腿，啃了几口，抬头看向白桦，说："阿姨，我想见欧阳伯伯。"

白桦一愣，她替女孩擦去粘在嘴角边的油炸粉末，懒懒地说："他可是大忙人，不一定有空的。你……怎么想到要见伯伯，有事？"

"我要把《小王子》还给欧阳伯伯。"女孩说着到书包里掏书。

"先吃饭，着什么急。"

白桦放下奶茶，找到手机里欧阳闻牧的号码，抬头看了眼窗外。窗外有棵银杏树，躯干泛着银霜白，树杈上零星几片叶子依旧闪着金黄。难得今天阳光灿烂，天气暖和，街上的年轻人脱了棉衣轻快地走过,这样的天气,不出来可惜了。

其实前不久,她和他刚联系过。

那天她很晚才回家,远远看见房间亮着灯,难道家里进贼了?她的心一下悬了起来。拧锁开门,屋子里像平时一样寂静,空旷,家具静静地伫立,各式摆饰纹丝不动,床头小闹钟发出机械的嘀嗒声。她换上软底拖鞋,慢慢地扶住扶手上二楼,确定家里没有异样,才长吁一口气,松开拳头,手心渗出了汗。

她在浴间放好热水,然后坐在自家楼梯口发呆。对面的灯亮了一下,响起几声咳嗽,又倏地灭了,有女人在叫孩子,一声长一声短,后来也消失了。这楼上楼下二百平米的房子,空气中充满说不出的孤独,像垒起的高高沙堆向她倾圮。

她在朋友圈发了一条微信说了这事,欧阳闻牧看到了,马上发信息来问候。她没理他,放水准备泡浴,他的电话来了,她客气地说:"没事,可能早上出门忘记关灯,天下无贼,谢谢会长关心。"

"不,"他纠正她说,"天下无贼的时代还没到呐,现在临近年关,你一个人住着安全第一,小心为好。"

"您说得是,"她脱口说,"于事于人,留白为好。会长,我不懂世故,以后要多向你请教。"

"啊哈哈,"他听出她话里讽刺的意味,朗朗一笑说,"白总批评得对,老夫一定有则改之,无则加勉!"

挂了电话,白桦立马后悔了。她这话是有原因的。

今年中秋节,她借口说公司有事,没回家,不过礼节和心意还是到位的,除了月饼,她给她妈寄过去一只紫砂锅,给她爸寄了件羽绒服。

她一个人留在家，吃月饼是没胃口的，给自己倒了杯红酒，踱到阳台上。一轮圆月高挂在天空，光华洒在她身上。她静静地站了会儿，看手机里欧阳闻牧发了条微信："寒鸦惊别枝，对月起秋思，一苇人间渡，风华万古痴。"这个夜晚，一个人在阳台站了很久。

她嗤地笑了。她知道有些病会在特定的节气发作，比如风湿病、关节炎一般在早春，冠心病、脑梗死之类的在大寒或冬至。她这样的人也有病，比如情人节、春节、七夕节、中秋节，这世道，活着谁没有病？欧阳闻牧也不例外，各有各的病，各有各的痴。

可是，平时的孤单与清冷到了节日就被无限放大，好像身后尾随着一条利落的鞭子，躲不开，任凭那鞭子落下来，一次次把你抽打，必须强打精神，以无限勇气与胆量去面对。她坚信人的品质，就是在不断被鞭打和驱逐中形成的。

她躺下时，又看到欧阳闻牧发了条微信："于人于物，于是于非，于内于外，于心于形——留白。"她对着这行文字再度嗤笑。

所以，在以为家里进贼的晚上，她接到他的慰问电话，才会以牙还牙讽刺他。后来呢，工作忙也没联系，那么今天，算是于燕牵线的一个机会？

"你好，白总。"欧阳闻牧的手机很快接通，他像是专门等在那里，倒让白桦一惊。欧阳闻牧声音洪亮，语调热情，毫无之前的芥蒂。

"欧阳会长，打扰了。今天是于燕的生日，我接她来城里玩玩。"

"好啊,你们在哪里?"

"我们在麦当劳,她说要见你,说要把《小王子》还你。"她说着把手机递给于燕。

"欧阳伯伯,是我!"于燕接起电话眼睛发亮,表情像鸟雀一样开心。

半小时后,欧阳闻牧的翼虎越野车停在麦当劳店门前,今天他穿了一件赭石与墨绿相间的厚外套,头发梳得整齐,突出宽宽的前额,显得人格外精神。他一下车便看向她,他的眼神让她不自觉一阵心跳。

他们先去书店给于燕买辅导书。在书店门口,欧阳闻牧居然遇到了单位的女同事,女同事也带儿子来买书,她看看他们三个人,笑得那叫一个诡秘。欧阳闻牧非常尴尬,一叠声地说,这是我的一个朋友,呃,这是,这是她的女儿,不是,嗯,算是吧。对方笑得眼睛也弯了,他在心里叹口气,估计明天一上班,满城皆传欧阳闻牧。

从书店出来才两点多,白桦拉着于燕看向欧阳闻牧,欧阳闻牧想了想说自己要去西郊街道办点事,那里有个爱心车间,顺便带于燕去看看吧。

爱心车间设在西郊街道,一些残障人士在这里进行简单的手工劳动。这些工人有的歪着脑袋,眼睛斜视,有的流涎水,跛着脚走路,还有的说话结巴,脑袋摇摆。

白桦看到这些顿时全身莫名地痒起来,她尽量保持礼仪不让自己失态,当然,从他们眼里,她看到自己无疑是个光彩照人的大明星。

欧阳闻牧领着于燕走到一个女孩身边,让两人一起折纸盒,贴商标。他对白桦介绍说,这女孩叫小芳,今年十五岁,天生小儿麻痹症。她爸先天性近视,也是残疾人,她妈妈早年生病死了。

有人捧着大泡沫箱进来,工人们发出一阵轻微的骚动。他们放下手里的活儿涌过去,嘟囔:"爸爸妈妈来啦,吃点心喽。"

白桦疑惑地看看欧阳闻牧。

"在爱心车间,他们管厂长叫爸爸,管社工叫妈妈,还有叔叔阿姨伯伯什么的,这里没有头衔。"

去街道办事处的路上,远远地听到一阵笑声,有个矮个子女人在前面挥手喊:"欧阳叔叔!欧阳叔叔!"

她梳着童花式的发型,可两鬓明显有白头发,肥大的外套罩着矮小的身体,像个没发育的孩子,笑得没心没肺。

"这,这是什么人,侏儒?"白桦一步倒退到欧阳闻牧身后。

"欧阳叔叔,您送我的多肉我养得可好啦,您下次来看看它啊!"

"好啊,爸妈都好吧?这星期你为他们做什么事啦?"

"我帮妈妈大扫除、洗菜、倒垃圾。外婆叫我们晚上去吃饭,我说外面黑黑的好怕,爸爸说没事,他会保护我和妈妈的。"

"太棒了。还在写字吗?"

"写,天天写,妈妈说写满一本带我去游乐场玩。"

等他们从街道出来上了车,白桦忍不住问:"刚才那个人是什么情况,也是智力问题?"

"对,也是智障。二级智力残疾,刚过四十二岁生日,等于是个长不大的老小孩。"

"和我同岁。"白桦脱口说。

"爱心车间像个大家庭，他们上班下班回家吃饭，生活很简单。你这个同龄人啊，她说每天醒来看见妈妈在做饭，爸爸听评书，就是她最大的幸福。"

"最大的幸福……"白桦自言自语。

他笑着看她。车拐入林荫大道，他扭开车载音乐，顿时响起一阵激烈生猛的乡村摇滚，白桦笑了，说："这是你儿子的菜吧？"

"是啊，上星期刚回来过，估计是他塞的，你想听什么？"

"雅尼的《夜莺》。"

"呵呵，你也喜欢上了？"

竹笛、提琴、钢琴交织的旋律再次响起——黑暗中凌空起舞的夜莺，它的啼唱唤醒了昏睡的国王。大提琴拉出迟疑、忐忑、羞赧，中提琴回应慰藉、关爱与坚定，继而提琴合奏，音域宽广如一条大河，国王跟随他生命中的精灵一起飞翔，飞出病房，飞出王宫，从狂欢的人群头顶滑过，越过高山湖泊、丛林峡谷，超越自然时空……

"为什么我在这场狂欢中听到的却是忧伤？"白桦问。

"这首曲子的基调是忧伤。"欧阳闻牧声音平静。

"不，它说它很快乐。"她看看他说。

"那或许触动了你的忧伤。"他语气平静如常。

"我没有悲伤，是它把悲伤带给了我。"她把目光投向远方。

"一个人悲伤久了也会麻木的。"他也定定地看着远方。

"……我想，我们是幸福的。"她喃喃自语。

四、心病

"大海,晚上过来喝两口儿。"

"啊,你不是说这段时间忙成狗么,也不接我电话。"

"过来就是,我心里堵得慌。"

"哈哈哈,找我治疗啊?好,我也要收费,双倍哈。"

"我请你喝小糊涂。"

"嘿嘿,好嘞。"

心视野附近有家小菜馆,是章达成和程大海常去解馋打牙祭的地方。今天章达成订了个小包厢,他刚坐下不久程大海就进来了,说今天什么情况订包厢,规格够高的。

"坐,坐下,包厢说话方便。"章达成拍拍座位,打开一瓶糊涂仙,"大海,我是累成狗,你倒是红光满脸。相亲好啊,旺桃花还旺气色。"

章达成说着给程大海倒上,举杯和他碰了一下,仰头喝了几口,随即抹了抹嘴:"好久没这么款待过我的味蕾了。"

"嘿,在我面前装苦卖惨,"程大海夹起一筷肉放进嘴里,"老章,你说我是不是真有相亲恐惧症。真的,现在我一接电话,只要开口说相亲我就头涨,再好看的美女也没兴趣,你说,是不是有毛病?"

"嗬,说说,什么时候有这感觉的?"

"让我想想,好像是看了第三十六个女人后,不正常了。"

"第三十六个女人?记得真准。"

"我跟你说,我相亲一次,就在日历本上打一次钩,一星期见几个不很清楚吗?"

"那你说说，这第三十六个女人有什么特质？"

"这个女人长得还行，就约了吃顿饭。没想到她吃饭有个毛病，吃到一半就把筷子倒过来当牙签剔牙缝，你有见过伐？恶心到家，我推说上洗手间开溜了。"

"你小子怕买单，又犯小气病了。"

"这相亲要是顿顿请吃饭，我兜里这几块钱工资不早光啦？"

"第三十六个女人。嗯，三十六计，走为上计，你还是怕相亲，对女人有恐惧，大海，"章达成给他倒上酒，说，"来，喝点带劲的壮壮胆。"

"我在急诊一线，什么哭丧卖惨的事没见过，我会怕女人？笑话，我是不喜欢这种形式，这种目的性太强的见面不适合我。"

"诡辩。要说自由认识，那个小护士很好嘛，你又说太小下不了手，借口。"

"嘿嘿，说不过你，读心术。"

"大海，听哥一句话，心门不打开，再好的姑娘也进不来。"

"别，别拿我挠痒痒，喝酒。"程大海也给他添一口。两人举杯又碰了碰，程大海说："你这几天什么事堵得慌？你不是超级心理巨无霸吗，还记得你以前对我说，不做几个咨询解解闷就手痒痒，嘿，跟《西游记》里的孙悟空一个样儿，不捉俩小妖解闷就闲得慌。"

"那是以前，"章达成搛了块黑椒牛柳放进嘴里，"现在烦着呢，里外一摊事。"

"我看你是瘦了。"程大海看看他的脸，"我说啊，你家小娘子正是三十如狼、四十如虎的妙龄，你可别太殷勤，要把握好哇，老兄。"

"大海,你说,女人到底是什么生物?她们脑子里想的是什么,为什么和我们男人的想法不搭边?"

"我说老章,你问我?"程大海瞪大眼睛,"你平时怎么摆平你那些女病人的?你连女病人都能搞定,还有什么女人不能搞定啊?哎,你——是不是没及时交公粮,小娘子有意见啦?"

"什么小娘子,别打岔。"

"那怎么,你爱上哪个女病人啦?"

"我有病啊,跟女病人搞一起,那不是坐实夏烨的谣言?他是巴不得我搞出绯闻来,授人把柄,我脑子进水了?"

"哎,你别搞得跟夏烨仇人似的,人家年轻人要买车子买房子娶娘子生儿子,还不得一门心思地搞事业啊?要理解嘛,我们也是过来人。"

"不说了,喝酒!"

"你还没说到底什么事堵着你!"

章达成指了指胸口说:"这儿有病,心病,你不懂。"

"啊,"程大海放下酒瓶大叫,"什么叫你有心病?"

章达成举起酒杯说:"喝酒,啥也不说,都在酒里。"

两人喝到六七成醉打着嗝走出菜馆,寒风扑面,胸口的酒意顿时被吹醒了大半。走着走着,程大海说:"哎,老章,前几天周海霞约我吃饭了。"

"对了,你好久没汇报了。她怎么样?"

"她请我吃饭,肯定有事。她也是人精,怎么查到我叔叔的老同学在重点一中当副校长的?我自己都没留心的事。她请我吃饭啊就为这事,这学期她的儿子在那个精英班跟不上,她想下学期给她儿子调个班,要我为她拉拉关系去认识一下副校长。"

"那你帮她了吗?"

"没办法,我当着她的面给我叔叔打了电话。我叔叔本来不答应,我好说歹说才去联系,后来打电话过来说不行。人家校长说了,现在的家长个个是人精,学历高,智商高,情商也高,天天盯牢班主任,抓成绩的积极性比老师还强。别说往班级里塞一个学生,就是塞一只苍蝇,也得他们同意,他一个校长都没辙。周海霞听了我的话脸色当时就暗了下去。"

"嗯。"

"她啥也没说,吃完饭我送她回去,她说看来还是要让她爸去找人解决。我说周校长也搞不定的。现在时代不同,人也不一样了,老师的地位不如以前。她不信,坚决说没有她爸搞不定的事,然后就给她爸打电话,唧唧歪歪说个不停。我说你很焦虑啊,你还是找老章去聊聊吧。她摇头。我问她,你为什么不和你爸妈分开住,自立门户多好。她说不是没想过,就是下不了决心。她下车前,我又问她一句,你现在还游泳吗,你猜她怎么说的?"

"她怎么说?"

"她愣了愣,说了句不记得了。"

"嗯,不记得。"章达成点点头。

"我记得,老章。当年她在游泳池边起跳,站在那里整个人是有光的,我想我就是在那个当口对她动心的。可现在,她完全成了一个家庭主妇,不,一个全职太太,她把她曾经的光辉岁月全忘了。"

"大海,那些我们以为记得的和不记得的,事实上都储存在我们的潜意识里，说不定哪一天，那些我们以为不记得的，会突然蹿出来咬人。"

"你说什么，咬什么人？"程大海停下脚步，扭过头奇怪地看他。章达成扬了扬眉毛。

"老章，你什么意思？"程大海的神情像一把扇子收拢平素的嘻嘻哈哈，变得很严肃。

章达成意识到什么，抬手拍了拍程大海的肩膀说："随便说说，走。"

程大海还是没说话，他们之间弥漫着一种微妙难言的气氛。章达成有点后悔，刚想换个话题，袋里手机响了，一看是冯亚莉来电，他记起来今天一早她去医院检查，忙主动问她："今天看得怎么样，医生怎么说？"

"什么？"他停下脚步，脸色变了变，重复说，"医生说你得了抑郁症？"

第九章

一、人生的苦谛

白桦驾驶着商务车行驶在盘山公路上，一旁的岑晓稚头发毛糙，面容哑黄，精神明显不振。

一上车，她就告诉白桦，她已决定和心视野终止关系，解除协议走人。白桦劝她冷静几天再想想，岑晓稚想不通了，当初她不想离开心视野，白桦口口声声劝她走，现在她要走，白桦怎么又不让她走？

白桦说："不是我不让你走，是时机不对。你这是在和章达成赌气，你一走等于告诉他你败在他手上，这一局你输了。"

"这是什么话？"岑晓稚问。

"你不是搞心理的嘛，我觉得你当下要面对的不是姓章的，而是你自己。"

"我怎么啦？"岑晓稚生气地问白桦，"你这么替他说话，到底是我闺蜜还是姓章的代言人？"

白桦说："啊呀，你别急，你先听我说。"

在白桦眼里，岑晓稚就是个幸福小女人。她最大的幸福是有完好的原生家庭，一对疼爱她的爸妈，特别是她爸岑怀远，从小把她当掌上明珠，事事依她顺她，连晓稚妈都说没见过这么无节制疼女儿的爸。有件事令白桦印象很深，小时候她和晓稚结伴上学，每天早上她会先到岑家等晓稚，那年晓稚九岁，还是她爸给她洗脸抹霜呢，白桦看在眼里暗暗羡慕，她可从来没有这样的待遇。她看着晓稚在蜜罐里长大，有时候她都觉得在晓稚面前，自己就是一个乞丐。

岑晓稚眼睛发红，说："爸爸疼我，可他走了啊！"

"正因为他走了，你心里缺一角。你对章达成有父爱式的依赖和弥补，特别是那场手术后，你能说你后来学心理学纯粹是为小宇？你就没有私心，不想接近章达成这个男人？"

岑晓稚咬了咬嘴唇反驳说："接近他也是为了学习啊，我可是我们学习班理论实践得分最高的学生，我的案例分析也被他当作范本供新学员参考。我做这些又没想向他索取什么，这有错么？"

"没错，晓晓，他改变了你，这是好事；可你陷进去了，这是要坏事的。你现在觉得得不到他的爱甩手要走，这跟小时候你要你哥的玩具，你哥不给你就生气，本质上不一样吗？"

岑晓稚脸色很难看，争辩说："你怎么不说他也撩过我，他就没错吗？"

"他当然有错，可你能改变他吗？"

岑晓稚回不出话。

"晓晓，我问你，你要不要韦凯峰？要不要小宇？要不要这个家？"

岑晓稚不响，两手在膝盖上绞动。

"你看，韦凯峰再不好，那些毛病不足以让你和他离婚吧？何况小宇又是你心尖上的宝。"

"所以我要走，要离开姓章的，有什么不对？"

"我巴不得你离开他。可现在的你是负气而走，今天走个章达成，明天又来个李达成。还是先理顺与韦大爷的关系吧。想想当初这老公可是你自己挑的，对我说怎么好怎么帅怎么体贴怎么热情，为了他，你违背伯父的意愿，铁了心要在一起，怎么现在就看不惯了呢？"

"白桦——你什么意思！"

"晓晓，女人有公主病，好像男人就应该事事依顺围着转，我没这福气，没有一个幸福的原生家庭，我得事事靠自己。你被你爸宠坏了，就会拿你爸的标准去要求韦凯峰。事实上，你老公在一般女人眼里已经好到家了，别的不说，一年挣个四五十万随你花还不是大爷？"

"别和我提那个死鬼……"

"晓晓，说来说去，你还是对他那桩事不原谅，你是不是要报复他？你可别任性！"

车在万慈庵的观音桥前戛然而止，岑晓稚绷着脸，有些气喘。

一个面容清癯的老者徘徊在观音桥上，桥下池塘里的荷花早谢了，零零落落的枯叶浮在水面上，一片萎黄衰败的景象。老者穿了件青灰呢大衣，围着格子羊毛围巾，头发花白，眉目粗浓。看他这通身的气派，不像香客也不像游人，不知道是什么来头的人物。

"樊先生，请留步，"妙净尼师从庵里跑出来，跑上桥对老者双手合十，"师父应该快回来了，她今天被请去讲经，您再等等吧。"

"等不住了，我得赶晚班机回去。"老者向她合掌回礼，又回看一眼万慈庵，转身下桥离开。

主人不在，禅堂里，经书、博古架、桌椅、白墙、蒲团随意放着，墙壁上挂着一幅隶书横披：慈、悲、喜、舍。那两只小兔子悄无声息地爬过地板，转瞬没了影。

"刚才桥上的老先生是谁？"白桦问。

"是师父以前俗家的老朋友。"妙净尼师说。

"对了，我听说师父有个老朋友是台湾的，以前来过，被师父赶走了，会不会就是这位樊先生？"

"他不是台湾的，是后来才定居那边的。老先生和师父是小时候俗家的伙伴，是从小认识的邻居。"

"师父为什么要赶走他啊？"白桦又问。

"师父的怪脾气，谁知道呢？"妙净尼师说，"老先生说我只是来看看你，看看就走。师父隔着门帘在扫地，边扫边说，看，看，看，相上贪取，心上执着，有什么好看？就这么连个面也没见把人家赶走了。"

镜月法师这脾气，白桦听得笑起来。

桌上铺着一张行书册页，墨迹还没干，字迹秀逸清妙，抄录的是苏东坡的《定风波》:"莫听穿林打叶声,何妨吟啸且徐行。竹杖芒鞋轻胜马,谁怕?一蓑烟雨任平生。料峭春风吹酒醒,微冷,山头斜照却相迎。回首向来萧瑟去,归去,也无风雨也无晴。"

"好一句'回首向来萧瑟去,归去,也无风雨也无晴'。"白桦点头,"这幅字是刚才那位樊老先生写的吧?好墨宝!"

妙净尼师给两人沏上茶,白桦闻了闻:"好香的茶,是铁观音吧?"

"是的,这铁观音是从万慈庵后山摘的,师父亲手炒制,可香啦。"妙净尼师说着给她们端过来。

翠绿的叶片在茶杯中沸腾,茶烟袅袅,茶汤清绿,茶香清远。可再好的茶在岑晓稚嘴里都是苦的,她两手把弄青色的莲叶葵口茶盏,脸拉得长长,嘴巴紧闭,额头像写了个解不开的"苦"字。

"师父说过无明起心苦,你看你现在的样儿。"白桦端着茶杯说。

妙净尼师在一旁说:"我们刚来的时候,师父也叫我们参苦谛,苦是四圣谛的第一义谛。"

"四圣谛是什么?"白桦问。

"苦、集、灭、道。"妙净尼师说。

"这不是《心经》里的话么?"白桦说。

"是的。"妙净尼师说着给岑晓稚添上热茶,低首合十说,"心安一切安,心躁一切躁,心甜一切甜,心苦一切苦。"

"说得好。晓晓,妙净师父在给你开示呢。"白桦转头看岑晓稚,岑晓稚默默举杯喝了一口,忽然放下茶盏起身往外就走。

"你去哪儿？"白桦问。

"我去参苦。"

岑晓稚说着人已经走出禅堂。她穿过甬道到前院，出门沿小路穿过观音桥，

朝前再走百来米，眼前豁然出现一片大湖，绵延到视线尽头的万慈湖。

冬天湖面水位高，风把淤积的泥沙翻卷上来，浪头出没无常，一个接一个拍打冲击着湖岸。两岸树木萧瑟，几只黑鸟展开长长的翅膀怪叫着从树梢间掠过。岑晓稚竖起衣领，裹了裹棉衣，踏上临湖的木栈道。

风在耳边猎猎作响，天地这么大，万籁俱静，静得能听到胸腔内强烈的心跳。她感到胸中有什么在涌动在翻滚，非常难受，她不由地跪在地上，把脸深深埋进手掌，泪水渗出手掌沿掌缝慢慢地淌下来……不知过了多久，泪眼模糊中，面前出现了一双沾着泥巴的出家人的芒鞋，她慢慢抬起头，看到一张和蔼又熟悉的脸，是镜月法师！她如见到亲人般，抓住法师的袍角大声哭出来。

"大冷天的，湖边风大，快起来。"镜月法师说着弯腰去扶她。

"不，"岑晓稚抓着法师的袍角不肯起来，边哭边说，"师父，我心里好苦啊，好难受，我的心乱糟糟的，为什么我要受这样的苦和痛？请师父救我！"

镜月法师说："人生八苦，都一样的，活着哪个不痛、哪个不苦呢？都苦的喽！来，先起来，跟我回去慢慢说。"

岑晓稚还是跪着不动，垂头哭泣："求师父明示！"

镜月法师蹲下去,拂开她脸上被泪水打湿的乱发,说:"傻孩子,苦就是在对你开示啊!苦过痛过、挣扎过,就会清醒过来。你看你吃过的白莲藕,不就是从人人嫌弃的淤泥里长出来的吗,是不是?"

"白莲藕?"岑晓稚缓缓抬起头。

"你现在尝到的滋味就是'寒时寒杀阇黎,热时热杀阇黎,一劫过后无寒暑。'像那位微微姑娘说的,感冒发烧咱不怕,等烧退了,人就好啦。"

"师父,真的吗?"岑晓稚半信半疑,抬手擦了擦眼泪。

"我们这颗心啊,经历过寒暑,就如同金刚,能断烦恼,开智慧。现在怎么样,哭过好多了吧?"

岑晓稚点点头,镜月法师扶她起来,两人走下木栈道。岑晓稚边走边问:"师父,当初您为什么出家,您真的摆脱一切烦恼,没有一切妄念了吗?"

镜月法师平静地说:"我不是出家,我是回家。"

"回家?什么意思啊?"

"回家就是一条摆脱烦恼、永离妄念的道路,我在修一条回家的路。"

岑晓稚怔怔地听着,前面已经快到观音桥,镜月法师袍角掀动,大步向前走过去。

二、抑郁症

快下班时,心视野的接待大厅突然闯进来一对七十来岁的老人。老太太长得矮胖,头发花白,穿着厚厚的羽绒服,老爷子两颊瘦削,缩着肩膀,戴顶呢帽,跟在老太太后面东张西望。这老太太一进来,就站在大厅正中拉开嗓门喊:"章达成,你在哪儿,你给我出来!"

这架势,是谁啊?前台的小威赶紧打电话给章达成。

章达成在办公室,隔着玻璃门就已经听到了这个大嗓门。

这声音他太熟悉了,隔了多年依旧像头顶响起炸雷,昔日的一幕幕又被扯开来。当初在她家,老太太拍着桌子,戳着他的脸说:"我女儿跟了你真是瞎眼了!好好的医生不当,卖掉房子背债搞什么心理诊所,害我女儿跟着吃苦喝西北风,从今以后不许你踏进我家一步,楠楠归我们,你也别想看她!以后我们井水不犯河水,你好自为之吧!"

他们今天来干什么?章达成眉头打结,握住拳头站起来。

接待大厅里,老太太咚咚拍着台面还在嚷嚷:"章达成,你竟敢把楠楠私自带回家,你好大的胆子!你以为你小老婆侍候好楠楠,她就归你啦?你想错嘞,楠楠不会认你这个爸的,你死了这份心!我跟你说,你敢再带楠楠走,我就砸了你的诊所。还给人家看毛病,你自己的毛病怎么不医医,我呸!

"你今天给我白纸黑字写下来,写好保证书,保证以后不接楠楠回你小老婆家。楠楠是不会叫你爸的,她更不会认你的小老婆当妈,她妈在国外享福呢,我家宝贝女儿要才有才貌有貌,黄花大闺女嫁给你,半点福没享到,还落个二婚头掉了价,她这辈子不幸福,你要负全责!"

旁边的老爷子拉了拉她的袖子说:"走吧走吧,好嘞,来过了,出过气了,别嚷嚷啦,达成不会做过分的事,我们走吧。"

"有毛病啊,你!"老太太转头指着他骂,"你这老没出息的,不帮我说话，还一口一个达成，他是你什么人？他早已经不是你女婿嘞，人家现在有小老婆，你个轻骨头、不识相的老货，没出息！"

小威在电话里着急地问："主任，怎么办，怎么办啊？"

章达成僵立在桌前，半晌从牙缝里挤出一句："让他们走。"

忽然大厅里响起一个热情的女声："啊呀，大伯大妈你们好。小威，赶紧给二老倒水，这么冷的天。不好意思，章主任今天不在，你们有什么话要转告他先和我说，等他回来，我一定转达给他好不好……"

是陶雪梅的声音。章达成松口气，听她连笑带哄对两老说尽好话，终于把他们请出了门。他坐回椅子，掌心渗出了汗。真是屋漏偏遭连夜雨，楠楠住过来这事，他是隐隐有担心的，担心被两老知道捅娄子，果然闯祸了。

这段时间很不顺，好像所有糟心事都堆到面前来，他感到心力交瘁，闭上眼睛揉了揉太阳穴。

周一他刚参加完严秉正的追悼会，严老去世了。

放疗、化疗没有治好他的病，香灰拌粥也没有留住他的命，癌细胞扩散到肝、肺、脑等部位。医护人员运送遗体去太平间，白布单下，瘦削的骨架耸立，像一具小小的标本。听说临去世前，他铜铃般的眼睛仍瞪得大大的。

昨天他到学校见到楠楠了，这次有差不多半年没见她。父女俩坐在学校对面一家小面馆里，他为她点了店里最贵的一碗面。吃面前，他掏出一张卡，里面有笔钱是他给她买的保险到期，这笔收入算是送给她十八岁的礼物。他还对她说，以后爸爸每年给你存一笔钱直到你成家。她说谢谢爸爸，又没话了。

这一碗面父女俩吃得不咸不淡,让他的心情极差。婚姻分裂的同时也带走了孩子,孩子像断线的风筝飘远了,他抓不住,当初他在离婚协议上签字就应该想到,他从此等于没有女儿了,没有了。

在严秉正的追悼会上,精神康复医院的医护人员和许多病人都来了,大家依次鞠躬行礼,严老的女儿扶着灵柩声声哭喊:"爸爸,你不要走!爸爸,你回来啊,爸爸!"他心潮起伏,眼角湿了。他想,是不是也要等自己老了病了甚至临终这一步,他的楠楠才会来,她会不会也这样发疯般扑过来,扑在他没有知觉的身体上,撕心裂肺地喊他?他不敢再想。

天完全黑下来,章达成走出办公室,出了大楼,走向停车场。新年近了,远处隐约响起爆竹声,天暗沉沉的,没有月亮,也没有星星,据气象台说,明天有股强冷空气到来,气温要骤降。

到家了。推开门,客厅没人,他走到卧室,见亚莉正踩着凳子站在水晶灯下。坏了,他猛地意识到自己又忘事了。他扔下包,赶紧过去扶她下来,嘴里不迭地说:"下来,我来,我来换。"

把新灯珠装上后,一按开关,亮了。这盏水晶灯是结婚前亚莉挑选的,她喜欢海棠花的造型,现在海棠花又绽放如初,他歉然地对她笑笑,她背转身不理他。他发现一堆育儿杂志扔在地毯上,就蹲下身一本本捡起来。他去拉她,她不耐烦地甩开他坐到床边。

他也过去挨着她坐下,拿起床头柜的药瓶看了看。他和她说过,人总有情绪波动的时候,诊断抑郁症是要有依据的,不能轻率定性,她怎么就宁愿相信那些医生的话,不相信自家老公?他摇摇头。

"我的病不用你管,你不是说过医不自治。"她对他说,口气冷淡。

"傻瓜，你是谁啊？"章达成说，"乖，这次是我不好，又忘事，下次保证长记性。"

"算了，我说的事，你哪件记心上了。"

"我不是忙嘛。"

"借口，"她转过身两眼瞪着他说，"你以为我是傻子，嘴皮子哄哄就算完？你自己说，多久没在家吃饭了，更别提干家务活，就厨房的热水器坏了几天，也是我昨天叫家政工上门来修好的。还有，一到家就喊累，除了看电视新闻就是躺床上呼呼大睡，当我不存在。"

"公司里天天一堆事，你体谅一下我嘛。"

"我体谅你，你为什么不体谅我？"

"好，好，是我不对。"章达成把她抱入怀里轻轻抚摸。

她眼圈发红，低低地说："老公，这次又没戏。"

"什么没戏？"

"大姨妈又来啦，这事又泡汤了。"

"来就来，还有下次啊！没关系的，我去冲个澡。"他说着起身，她一把拉住他的衣服，叫起来："别走！"

她突然抽抽噎噎地哭起来："每次都这样，我难过的时候，你就找借口走开，你只喜欢陪你逗笑的我，从来不知道我脸上挂着笑，心里在哭！"

章达成脸上尴尬的笑消失了。

"你有心结，我知道。"冯亚莉眼里泪光点点，喃喃地说，"男人都嫌弃主动追求的女人。那夜，要不是我主动上门来找你，偏你又心情不好喝多了酒，我们也就不会……"

"你说什么呢！"章达成粗声打断她。

"可我不后悔，我愿意的，真的。但是你现在事业做大，身份不一样了，你嫌弃我，你要一个志同道合、带得出去的太太。"

"我有说你带不出去吗？"他背转身，声音冷淡。

"你别想瞒我。我问你，这次心理协会年底聚餐，人家都带家属去了，你怎么单个去赴饭局？"

"你听谁说的？"

"反正瞒不了我。我早看出来了，你的魂不在家。你跟我说实话吧，是不是外面有喜欢的人？"

"越说越离谱，我不和你瞎争。"

"我有种不好的预感……好吧，如果没有的话，那你把工作当情人了，你心里只有工作，没有我。达成，"冯亚莉擦了擦眼泪抬头看他，"你知道为什么我拼死拼活想要孩子？因为有了孩子，咱俩的关系就会不一样，哪怕我不能拴住你的心，孩子可以。就像楠楠，她一直在你心里，谁也动不了。"

章达成目光一闪，眉头不知不觉拧紧。

"好了，"冯亚莉舒出一口气说，"我终于把想说的话说出来了，你爱不爱听我也不管了，反正是我的心里话，我总不能一直当讨好你的傻瓜。"

章达成回身弯腰拉过她的手，握在掌心，说："莉莉，我们是怎么过来的？在我最难的时候你陪着我，照顾我，我是不会忘记的。你还是太闲太空，怎么不想出抑郁症来？听话，找些事去做，你开心我也放心。"

"我什么也不想做，我只想听你说你爱我。"她两手缠上他的颈脖，脸贴到他的胸膛上，"达成，说你爱我，永远不离开我，说了我才放心。"

"嗯,嗯。"他轻轻拍了拍她的脸。

窗外天墨黑,身边人发出均匀的呼吸声,他再度醒来,身体疲乏,大脑清醒。拿手机一看,又是后半夜三点。夜好静,他感到后脑隐隐一阵阵放射性的痛,似乎下班前那个熟悉的大嗓门还在耳边响,持续地响,后脑更痛了,一阵强过一阵。这种体感多年没有,难道要复发?这是一个不好的迹象。

他心里一沉。

翌日,章达成打起精神去上班,刚进办公室就接到岑晓稚的电话,她对他说要解除协议,离开心视野。他来不及说挽留的话,她已经摁掉通话。

下午,她来了。

他听见她在前台与小威打招呼,脚步声近,麋鹿般轻巧又迟疑的脚步声。平时她的脚步声不是这样的,高跟鞋踩着地嗒嗒地响,带着一缕清风。

她站在玻璃门前,下巴变尖,颈脖细长,眉毛和眼睛之间像黄昏的树枝笼着一层薄薄的烟气,连笑都显得不真切。他记得她笑起来爱拿手掩住嘴,怕露出那两颗小虎牙。

他觉得喉咙发干,下意识地咽了咽口水,刚要招呼,小威在前台喊:"章主任,您的电话!"他应声过去,同时对她说:"你坐坐,等我回来。"他走了几步又回转身,反手合上玻璃门。

岑晓稚站在章达成的办公室里。百叶帘、沙发、茶几、电脑、写字桌,还有一排高高的书柜,里面全是心理学专业书。记得第一次看到这排书,她是仰视的,她觉得自己就是汪洋里的一滴水，要学的东西太多太多。

她来领证，他喜滋滋地从书柜里取出红色证书，那表情就像自己考出的一样；夏烨走人，他从德国回来，坚决不让她陪，对她说听话，回去；灰褐色三人沙发打开就是床，他拍拍扶手说，这是他的老伙伴；她从省院出院后的第一次见面，他和她隔着桌上的沙漏瓶对视，他说，脸色不好，来，吃喜糖；向阳国际外国语学校，他对副校长介绍说这是我的助手，意外发生他临危不惧，他的手轻轻落在她后背；咨询师签约庆祝会上他敲着桌面嚷嚷说，我要吃醋的；在包厢里，她靠向他的肩膀，他的手举在半空不敢动，树一般稳定沉着……

那道门。那两扇玻璃门平时是敞开的，可刚才他返身时把门关上了，她似乎读出了他行为背后的潜台词，他在对她说：不要走，不要走。

他从前台回来，手插在裤袋里慢慢推门进来。她从包里拿出那串闪亮的新钥匙，又掏出蓝色工作吊牌一起放到桌上。他们隔着桌子静静相对，他忽然说："你等一下。"

他推开椅子弯下腰，拉开写字台底层抽屉，在抽屉里翻找什么。他把一叠叠的文件和资料拿出来，最后取出一张白纸递给她。其实不是白纸，是一幅画，岑晓稚接过，表情愕然。

一张白纸，一张 A4 白纸，有人用钢笔描了一幅画，一丛飘逸的兰花，线条流畅，有只蝴蝶翩翩飞在花丛的上首。

三、鸿门宴

"东篱下"茶舍正式建成。

原来取名叫"东篱",欧阳闻牧不满意,嫌这名字太大众化不出挑,几个人想来想去又想不出更合适的。倒是白桦听说后,在这名字后面加了个"下"字——"东篱下",什么叫化平庸为灵秀?这就是!欧阳闻牧在一帮老朋友面前毫不掩饰对白桦的欣赏。

踩着窄窄的木楼梯上二楼,东西两边各有两个独立包厢,里面布置简单,明式的桌椅、罗汉榻,条案上供放一尊石雕佛像,一旁的青花瓷瓶里插着几枝含苞腊梅,推开窗,可以看见后院的梅树和桂花树。

正厅的墙上悬挂一幅行书:"草堂幽事许谁分?石鼎茶烟隔户闻。"字迹豪逸超脱,柔中蕴劲,卓然有古风。岑晓稚凑近看了看,落款是欧阳闻牧,不由点点头:"好地方,欧阳会长的地盘就是不一样。"

绿檀木的茶桌散发一股淡香,桌上摆着一套朱砂茶具。白桦煮水洗茶,看上去手法熟练,今天她要让岑晓稚尝一款十二年的老白茶。岑晓稚托着下巴看白桦,就这架势,一点不比茶艺师差,不由问道:"哎,你这手艺哪里偷的师呀?"

"看起来好了。"白桦俯身沏头道茶,答非所问。

"什么好了?"岑晓稚莫名其妙地问。

"你和章专家啊,"白桦瞟她一眼,"瞧这一脸眉眼开花的。老实交代,姓章的给你灌了什么神仙汤?"

"哪里有神仙汤,是你桦妃娘娘灌的好汤,不,好药。嘻嘻,没你的猛药怎么治我的病?说实话,姐,那天我在万慈湖边心里盼着镜月法师来,结果法师就出现了,神奇空降,真神啦。"

白桦嗤地笑了,说:"是妙净师父联系的镜月法师。你一个人跑到万慈湖,万一跳进去,这汪洋一片到哪里去捞人,我怎么跟你家大爷小爷交代？"

"啊？"岑晓稚眉毛一扬叫起来，"原来是这样。"

两人说笑一会儿，岑晓稚回归主题问："哎，你俩到底怎么样了，我看会长都带你出客见朋友嘞，可以谈婚论嫁了吧？"

白桦摇头说："哪有这么快，我们没个别走私。"

"啊呀，动静真慢，我都替你们着急。"

"我也很矛盾。有时吧，想找个人做伴，知寒问暖，说说话，不孤单；有时呢，又想一个人轻松自在，没拘束。欧阳闻牧是个很懂分寸的男人，这点他和我一样，都不敢付出太多。没办法，到这个年龄玩不起啦。"

"我的白总，你终于不闭口开口叫男货了。"

白桦拿起茶巾擦拭茶壶上沾的水，边擦边说："这是一头不简单的老狐狸，他把着我们的距离呢。怎么说呢，是离开不会伤痛、走近或许有希望的那么一种关系，这样的距离，不管是离是合都不伤元气。你看，是不是很狡猾？"

"投射，"岑晓稚指指她笑说，"说别人就是投射自己哈。咦，这老白茶对我的口味，一点不苦。"说着仰头又喝。

白桦说："正经老白茶哪能不苦，一年茶三年药五年八年成宝，这十二年的药效更不得了，偏到你嘴里不苦。上次在万慈庵，镜月法师亲手炒制的铁观音，多好的口感，香气又足，你倒喝出苦来，这张嘴啊。"

"好，好，不是嘴苦是心苦，行吧？"

"是啊，心苦一切苦。"

"法师说过，苦就是最好的开示。"

姐妹俩正聊着，白桦的手机响，欧阳闻牧说他已经带朋友过来。岑晓稚喝着茶问:"这里离市区远,又在山上,会有人来吗?"

"当然有,"白桦说,"欧阳闻牧的朋友,什么摄影家、书画家、篆刻家、作家、诗人、琴家,反正这些文人骚客得空就来,爬山、喝茶、弹琴、吹笛、挥墨作画,谈天说地乐陶陶,他们管这个叫洗肺、静心。现在社会主流就是这些人,他们早早打下物质基石实现了财务自由,现在一心追求所谓的精神享乐。"

"你看,"白桦指着窗外已经初具规模的仿古建筑,"估计大半年就可完工,据说要打造一个八雅书院,把什么琴棋书画诗酒茶统统引进来,反正就是做足传统文化的文章,做到全城第一。"

这时岑晓稚的手机响了,是小威,邀请她参加心视野的迎新年会,地点在城郊的天悦山庄,特意说明要住一晚,说是章达成的安排。

岑晓稚眨巴眼睛,白桦冲她努努嘴,点点头。

"岑心理师,"白桦给她加茶说,"失而复得啊。这个年会,我想章专家怕是会对你有所表示,给你,也给他自己压压惊。"

想不到真被白桦一语说中,天悦山庄的晚宴变成了一顿鸿门宴——章达成出状况了。

天悦山庄背山而建,灰褐色的建筑,远远看像一只迎风展翼的巨鹰。章达成在大门前站着,正接电话。身后竖着红色迎宾牌,一辆又一辆小车开到门前。

是陆国强。他声音焦灼地说周海霞又犯病了,要跳楼,还好被他拦住了。章达成说什么情况,自己这边很忙,让他长话短说。没承想，电话里传来周校长的声音。

原来周海霞的儿子期末考没考好，班主任让她去学校开会，去了才知是几个差生家长集中开会，要他们务必重视。因为差生把班级总分拉下了，其他家长很有意见。周海霞回来后就大发脾气，关起门训儿子，儿子顶嘴她就打，打得孩子直叫。周校长坐不住了，扭开房门进去给周海霞讲道理，说她不能乱来，她儿子也是他外孙，万一打坏怎么办，学习重要还是身体要紧？他要管住她为外孙负责云云。这下周海霞的毛病又发作了，又抓头发又扯衣服，歇斯底里地哭嚷这日子没法过，后来竟冲出房间到阳台上要往下跳，幸亏陆国强反应快，死死抱住她，才避免一场大祸。

章达成眼前忙着迎宾，这个时候也没法和他们详谈。他只能再次对周校长说，周海霞的情况只有去医院一条路，又问陆国强有没有去医院咨询过。陆国强说他找过好几个专家，都说要病人自己来，还说她这种情况肯定要入院收治，可这要是让周海霞知道，她更不肯去了。章达成想了想说，等我忙完年会过去一趟，看能不能和周海霞聊聊。周校长一听非常高兴，在电话里连声感谢，章达成又关照陆国强务必注意周海霞的一举一动，交代后才挂了电话。

此时一辆出租车开过来在大堂前停下，岑晓稚从出租车里下来。

今天岑晓稚穿了件黑呢大衣，里面是粉色羊绒衫，下面配一条烟灰色细格呢裙，胸前一条绛红围巾，显得与平时不一样。章达成上去招呼她，对她说的第一句话是，省城分公司注册成立并租下了房子，设计师已经在画设计图稿，图稿OK就动工装修。

岑晓稚连声恭喜。他叫她过会儿坐到正包厢去，今天省心理卫生协会黄会长也到了，是个大人物，让她也见见。

岑晓稚问他："我合适吗？"

"合适，有什么不合适的，"章达成看看她说，"你今天真好看。"

她也打量他，一件挺括的黑色皮风衣，内衬烟灰色薄呢西装，暗红衬衫，条纹领带，整个人肩背挺拔，神采奕奕。可是，他这身穿打扮怎么与她的有些相似？

他也发现了，看着她，说："很般配呢。"她脸一红，扭头看看周围，他和她一起走进大堂，边走边聊。

前几天，章达成去楠楠学校讲了一堂心理健康知识课，现场挺感人，几个学生抱着爸妈当场哭了。课后他和同学老师合影，学校主管宣教的教导主任也过来和他握手，楠楠嘴里没说什么，可那小眼神和以前看他不一样了。

"这事还亏得你帮我出主意，否则我也下不了决心。"他注视着她，目光凝固，她心头一跳，指着外面说："客人来了，我们过去吧。"

黄会长大约五十出头，中等个子，脸型清瘦，戴了副金丝镶边眼镜，看上去官架子不大，却有几分文化人的矜持。

今天到场的都是业界的领导、同仁，宾主依序入席，一番推杯换盏，男人们的话题从中外新闻谈到全球局势，从行业困境谈到来年发展，也聊到业内种种信息。有人提到夏烨，说夏烨出事了，被一家P2P公司坑了，公司老板一夜之间跑路，他投的百万资金被全部卷走。这笔资金是他向银行抵押房产贷款来的，本想捞些利息差贴补公司，结果血本无归。他只好关闭了那两家新公司,原先的心睿公司名誉受损,也岌岌可危。

岑晓稚听着很惊讶。她想起在一次培训课上见过夏烨,当时他事业正红火,顶着油光发亮的大背头,逢人就谈心睿公司如何前景远大收益良好,还说已经开了两家分公司,俨然一副成功人士的模样,想不到转眼出了事。

饭局过半,大家说话开始随意,气氛也轻松起来,事情的起因是黄会长指着墙上一幅画考大家。

圈内人都知道黄会长附庸风雅,业余时间在书画方面颇有造诣,今天领导要显摆,可没人接得上这话题,席上有点冷场。黄会长架着眼镜扫描全席,和对面的岑晓稚对上了眼,他眯起眼睛问:"岑小姐,你来说说?"

"会长,这应该是南唐画家顾闳中的《韩熙载夜宴图》吧?"

"岑小姐有眼力,"黄会长说,"各位,这可是传世名画啊。岑小姐搞什么工作的,对中国画有研究吗?"

"她是我们心视野的签约咨询师。"章达成补充了一句。

"哦,岑小姐喜欢哪位大家的画,欣赏哪个朝代的作品?"黄会长的兴趣从酒菜转向字画,从字画转向岑晓稚。

"嗯,我个人比较喜欢宋代的山水画。"

"文论唐宋,画推宋元,书画艺术在宋朝是达到巅峰的。不过南北画也有区别,你喜欢南画吧?"

"是的,会长,您猜得真准。"

"这个北画呢,它侧重整体气势,比如范宽、李成的作品,山峦雄浑,树木高远。南画主要以小品画为主,数笔淡墨,山水小幅,所以女士一般喜欢它的简洁空灵。"

"是的,您说得是。不过南画到底格局小,不如北画气象大。"

黄会长点头，推了推眼镜，又问："岑小姐平时习画吗？"

"不，小时候邻居是位美术老师，教过我一点基本功，只能算懂点皮毛。"岑晓稚说，"您喜欢哪位大家的作品？"

"八大山人，特别是他的后期作品。"

"了不得，他的画非一般人能欣赏呢。"

岑晓稚的恭维让黄会长表情自得，他搁下酒杯，刚要开始一通长谈，一旁眯着眼睛的马钧德开口了："小章，你还不给黄会长满上酒。黄会长是我们行业里的文化人，今天我们也长知识，上了一堂国画鉴赏课。来，大家轮流敬一下。"

有人说："黄会长和岑小姐一见如故，岑小姐应该敬会长一杯。"

"对，对！"众声附和。

"国画好求，佳人难得，黄会长这三杯酒要一干到底，干才痛快。"有人起哄，席上的男人不怀好意地大笑，有人走过去挨着岑晓稚，一手搭她肩膀一手把杯子递到她嘴边，没人注意到章达成的脸色由晴转阴。

为了不破坏宴席的气氛和大家的兴致，岑晓稚连喝三杯红酒，很快头晕乎乎的。她提前离席走人，到客房就吐了，章达成的电话紧跟而来："你怎么样？有没有不舒服？"

"还行，现在好了些，你那边结束没？"

"快结束了。我看姓黄的是没喝够，那就再喝，让他今晚喝个痛快。"

"主任，他是领导，你千万别冲动啊。"

"这帮人把你当什么了，我的人，他也敢动！"

"你——都是我不好。"

他不语,她也不说,短短几秒,电话里似乎有什么在无声地流动。半响,他轻声说:"我过会儿来看你,等我。"随即挂掉电话。

已经十点多钟,岑晓稚在房间里来回走动,给章达成打了好几个电话都没人接,她有点担忧,怕一帮男人喝多酒出事。到底要不要等,他会不会来,她无端地焦灼起来。

临近十一点,她一阵阵犯困,决定睡觉了。她换上睡衣洗漱完去整理床铺,忽听有人敲门,打开一看,章达成手扶门框站着,领带松开,外衣歪斜,身体还在摇晃。她赶紧扶他进房间坐下,他的脸红得像块烧旺的炭,鼻子呼呼往外喷酒气,嘴里含糊地说,没事,没事,全搞定,趴下了。岑晓稚皱起眉摇摇头,先倒杯热茶给他喝,又去洗漱间绞了把热毛巾,等她出来一看,他已经从椅子上爬到床上,摊开四肢,仰躺不动。

岑晓稚俯下身拿毛巾给他擦脸,昏沉中的他突然抓住她的手,她想松开他不放,她想扶他起来,他肩膀一歪倒在她身上压得她直喘气。受不住他身体的重量,她只好让他又倒在床上,很快,他闭着眼睛呼呼睡去。

她轻轻松开他的手,给他脱掉皮鞋,拉过被子盖住。她拿过毛毯在沙发上躺下,时间快十二点了,困意袭来,她很快迷糊过去。

大约凌晨三点,章达成醒了。他定定神,看到了沙发上打盹的岑晓稚,昨晚的记忆慢慢清晰起来,他掀开被子起身去洗了把脸,穿上外衣,走向门口。顿了一下,他折回到岑晓稚面前,蹲下身静静看着沉睡中的她,他替她把毛毯拉了拉围住双肩,随后起身走向门外,"咔嗒"一声轻轻合上门。

第十章

一、情归何处

下午四点多钟,阳光斜斜地从窗台照进来,照着深胡桃木色的地板。墙上挂着一幅字:博学、慎思、明辨、笃行。章达成正坐在办公桌后打电话。

"对,这几本书你去读一读,有什么不清楚的给我打电话。好,先这样,我还有事。"章达成说完挂了电话。

刚才他和陆国强通了电话。

从天悦山庄回来后,他去了周校长家。三室一厅的格局,学习资料、作业课本和文具、运动器具堆得到处都是,显得房间很乱。周海霞在午睡,陆国强要去叫她,章达成摆摆手。他们正聊天时,周海霞蓬着头从房间出来,看到他一愣,很快换上一副笑脸。陆国强刚要说话,被周校长推了一把,他马上闭嘴。周校长说:"小宝,难得今天小章来看我,来,来,你也来坐,你们是老同学。"

周海霞搬把椅子坐在周校长旁边,章达成问她孩子学习怎么样,辛不辛苦,周海霞一听来劲了,滔滔不绝地说开来,陆国强要打断她,章达成示意他不要制止。在周海霞倾诉得差不多时,章达成说:"听得出来你很疼爱儿子,母子连心,作为妈妈,付出全部时间精力来照顾都是没错的。不过,"他停顿了一下说,"正因为母子连心,你的精神状态也会直接影响孩子,你的一言一行都对他有影响。儿子要学习,妈妈也要成长,你说是不是?"周海霞点点头说:"嗯,为了儿子,我可以付出我的生命,无怨无悔!"章达成连忙附和说:"理解,我理解。可是你知道孩子心里是怎么想的吗?他其实不需要妈妈付出生命来对待,他只要妈妈健康、快乐、幸福,这是大部分孩子的心愿。你也是父母的女儿,你是不是也这么想呢?"周海霞表情微微有些变化,抬起头看向章达成。

陆国强看了眼墙上的钟说:"今天我去接儿子吧,您们继续聊。"

"不行,"周海霞马上说,"你去接我不放心,还是我去。"在门前换鞋时,她扭过头又看了看章达成,眼神闪烁不定,她想表达什么呢?

刚才的电话,是章达成主动打给陆国强的。

在这个三世同堂的家中,周校长年纪大,观念落后,难免固执,以为可以教育好周海霞,以为她的行为是一时冲动,而不知道是病理性反应。周海霞又排斥看医生,不肯主动求医,这点是最麻烦的。虽说章达成在她家和她说的一番话似乎触动了她,可之后她并没有来联系他。总之，这一家子老的老，小的小，病的病，唯有陆国强是清醒的正常人，要挽救周海霞，只有靠陆国强。他想到一个办法，就是让陆国强自学心理学，去学习了解如何照顾有心理疾病的家人，做病人最好的医生，说不定周海霞在丈夫的感化下会发生转变，至少不让她的病情往更严重的方向发展。

刚才的电话中，他给陆国强推荐了几本通俗易懂又深入浅出的心理学书籍，同时告诉陆国强有问题随时联系他。

这时，玻璃门外一个熟悉的人影闪了闪，岑晓稚走了进来。

天悦山庄年会结束后，岑晓稚就没见过章达成，她觉得他是不是在回避她，有点隐隐的不安。

她把一份大学生案例分析表交给章达成，他接过翻了翻也不看她，问这个案例走得怎么样。她说挺顺利的，按照商定的咨询目标在推进，当事人也很配合，看上去精神状态比第一次好多了，谈话中也表示对将来有信心。她原以为这番话会得到章达成的表扬，但章达成淡淡一笑，给她兜头浇了冷水。

"这是你的错觉。"章达成说，"你不要上了来访者的当。"

心理咨询是一个互动过程，这个过程并不是让当事人来配合咨询师，而是咨询师去配合他们。特别是在一开始，咨询师不能过快地进入引导角色，如果咨询师表现出积极的引导欲，这种心理同样会被当事人捕捉到。有些讨好型人格的当事人会隐藏自己曲意迎合，让咨询师产生对方好了很多、改变很大的错觉，一旦咨询师有这种很享受的心理错觉，等于让对方掌控了。所以在咨询的初期，观察对方，了解对方，辨识对方的意识和潜意识，同时觉察自己，都是很重要的功夫。

至于大学生的心理问题，差不多一个模式，无非是人际关系和成长主题，多做几次会琢磨出应对模式。章达成顿了顿告诉岑晓稚，他决定让蒋微微去负责青少年的成长咨询和青春期心理健康辅导，特别是小、中学生这块，因为微微是校心理辅导员，有自己的优势。

提到蒋微微，岑晓稚忍不住又提问，问他以前是不是给微微做过咨询，还做过催眠。

这个问题专家。章达成瞟岑晓稚一眼，扭头看两扇玻璃门，那上面已经贴了喜气洋洋的红窗纸，春节快到了。

是的，章达成给蒋微微做过催眠。一开始费了些周折，她对章达成提供的物品有抗拒，后来他发现她双肩包的钥匙扣很有意思，是一串用黄绒线编织的小熊猫，大小共三只，熊猫爸爸和熊猫妈妈加一只熊猫娃娃。他让她取下来，用渐进式放松让她回溯到过去……

她回到了童年的院子里。她在那儿看到了父亲，父亲坐在一把藤椅上给她梳头。大约是春天的早晨，空气凉凉的，她的头发是软软的，父亲的手温柔抚摸她的头发，编了两条辫子。父亲手掌的温度、呼吸的节奏、说话的声音似乎就在眼前，恍惚中，她在轻轻呼唤："爸爸，爸爸……"

不知怎么她的声声呼唤让章达成的心起了波动。他是训练有素的催眠师，一般不会有偏差，可那次他内心起了波动，他觉察后迅速把她导出来，后来转介给陶雪梅。当然，这些章达成是不会和岑晓稚说的。

岑晓稚见他不说话，换了话题问："春节要值班吗？您一个人别太辛苦了。"

章达成不说话。

他没让她知道，天悦山庄回来后他被马钧德狠狠批了一通。印象中，这是老师第一次冲他发火，他那两道灰白的八字眉像两条蚯蚓，快拱到一处去了。

天悦山庄的那顿年宴，在岑晓稚离席后，章达成向一众男人发起了进攻。他们架不住他凌厉的气势，一个个被灌得面红耳赤，喝得一塌糊涂。黄会长也喝高了，说话打结，手舞足蹈，章达成又安排他去KTV包厢，让他又喝又唱又吐，丑态尽出。

从精神分析角度看，强行灌酒、干杯，潜意识里都有性臆想的成分，这是章达成暴怒的原因。他向马钧德解释说，他们太过分了，岑晓稚是心视野的咨询师，不是陪酒小姐，怎么可以供他们逼酒取笑逗乐？

"还嘴硬！"马钧德喝了声，"你这是逞强，胡闹，心理冲突归外因！"

马钧德抖动双下巴在办公室踱来踱去，肉墩墩的手指戳向他的鼻梁骨："你别以为我看不出来，你看岑晓稚的那个眼神就让我知道，你没处理好与亚莉的关系，你说，是不是，啊？！

"你轻视亚莉，在你们的关系中你一直居高临下，没有从心里接纳她。该收一收你的傲慢啦！"

"老师，我哪敢啊？我是侍候姑奶奶一样顺着她。"

"呵，表面功夫，你以为亚莉感觉不到吗？实话告诉你，她几次来找我家老太婆，说到怀不上孩子就哭，说到你也哭，劝也劝不住，她都快抑郁啦！"

章达成心头一震，低下头。

"我知道，上一桩婚姻对你有伤害，你不敢进入深层关系。

可你要想清楚,把感情寄托在另一个女人身上就安全啦,啊?你拿女人催眠自己,懂不懂这是在拿你的身家性命玩火?!"

章达成不响,低着头不敢回一句话。

马钧德点着他的胸口喝斥:"病得不轻!"

章达成两颊火辣辣的,像被抽了耳光。

几杯金骏眉下肚,马钧德的脸色缓过来,又恢复了慢条斯理的调调。他说:"要自我觉察啊,小章。凡事循理而为,境中取静。记得,要在事上磨啊。"说完放下茶杯立起,这场批斗会宣告结束。章达成跟在老爷子后面步步小心,送他出办公室,又穿过走廊,一直送到电梯口。

电梯口没人,在等电梯的几分钟里,师徒俩一时无话。半晌,马钧德扬起八字眉看看他,对他说了句意味深长的话:"小章啊,不是老师今天说话狠,你要知道,我们中国人的情感讲究一个归属。情归何处,你要想明白啊!"

情归何处?章达成的内心"咯噔"一下。

现在风暴已经过去,章达成坐在办公桌后表情平静,像什么也没发生。事实上最近他确实在回避她,天悦山庄让他更难堪的是醉酒之夜,他知道自己在岑晓稚心里的形象肯定一落千丈了。

他收起案例分析表瞅她一眼,意思是你怎么还不走?

岑晓稚盯着桌上的透明水晶沙漏瓶,抬手去拨它。瓶体倒置,白沙沙沙沙地朝下泻,她说:"我发现一年多来自己进步不大,时间太碎使不上劲,专业技术又提高得慢,我有点急。"

章达成清楚,这就是兼职工作的欠缺,也是许多兼职咨询师的通病,这种情况他看得多了。每期培训完,总有学员热情满怀地参加实践学习，等学习完又以签约咨询师身份挂上心神野的简介榜为荣，可这股劲通常一年热，两年冷，到第三年就找不到人了。心理咨询师这个职业很特殊，一是投入多，二是学习时间久，战线拉得长，三是不可能一夜暴富，所以如果没有发自内心的热爱，凭一时热情是维持不了多久的。所以他常说好咨询师难找，找来也留不住，特别是兼职咨询师，很少有人会全心全意扑在一门业余爱好上去奋斗终身。

心视野的培训班开办这么多年，每一期他都想捞几个好苗子出来，全力培养为全职咨询师，成为自己的左膀右臂，但愿望一次次落空，他奋斗打拼多年，拔剑四顾，依旧是孤胆英雄一个。

章达成问岑晓稚："你有没有考虑过做全职咨询师？"

岑晓稚眨了眨眼，章达成示意她坐下，说："当初我辞职转行，也是考虑到做事业不放弃一些是不行的。"

"你后悔当初的选择吗？"岑晓稚问。

章达成学医出身，太懂当医生的辛苦了，从医的路又很长，等他考出主任医师很有可能年过半百，家里爷爷爸爸就是榜样。有一天他忽然想通了，他不想步上一辈的后尘，他要另创一条路，一条适合自己发展的路。

当然，章达成不会和岑晓稚说云瑛的事，他只是侧面告诉她亲身经历过一些事，让他意识到心理健康的重要。现在大医院也推出心身疾病科，说明医院也重视起来。不可否认，身心健康是休戚相关的，这些年他经手的个案，生理症状在经过心理治疗后症状相应减轻或消失不是个例。所以他认为，一个人心态相对平衡，心理调节得好，是可以避免和消除疾病隐患的。现在医患关系紧张，过去的老同学碰到他就叹苦经，说医生不好当，压力大，一不小心被病人盯上或出个医疗事故，这辈子就玩完。医生的确是高风险职业，比如程大海在急诊一线，那更是医患矛盾容易爆发的地方。他做心理工作，是为让更多人有心理保养和心理预防意识，更让大众明白，有心理疾病也可以配合治疗。

比如抑郁症，在许多人看来就是心理绝症，这种认知是片面的。抑郁症可以通过药物和心理治疗同步进行从而疗愈，并不是所有抑郁症患者都会走向自杀的。有病求医，生理疾病、心理疾病都一样，寻求专业机构，接受专业治疗，这是他创办心视野的初衷。

他从桌上拿起一份资料递给岑晓稚，上面显示，目前全球抑郁症患者接近3亿，中国的抑郁症患者也将近1亿，而以3000万的患者为例，接受治疗或接受过专业治疗的人数仅为150万左右。全国50%左右的人普遍存在心理问题，25%以上的人处于心理忧患高危状态，15%的人有隐性的情绪障碍和心理创伤障碍。他又递给岑晓稚一份红头文件《全国社会心理服务试点工作初步方案》，桐城名列省城下面四大试点城市之一，未来将在全市各区铺开心理建设服务。

他问岑晓稚："你看，这份事业的前景怎么样，意义大不大？"

岑晓稚翻着文件点点头。

他又说："马斯洛说过，自我实现不只是一种最终状态，而是在任何时刻、任何程度上实现个人潜能的过程。你说，我怎么会后悔？"

坐在白桦家的客厅里，岑晓稚把年会情况全盘说给白桦听，包括章达成醉酒在她房间过夜的囧事，白桦笑了："果然是鸿门宴啊。项庄舞剑,意在沛公,你这是章专家斗酒,意在晓稚。"

"胡说八道,扭曲典故。"岑晓稚说。

白桦笑笑说:"晓晓,恭喜你啊。"

"恭喜我?恭喜什么?"岑晓稚感到莫名其妙。

"恭喜你赢了。你俩的较量,这一局你扳了回来,打个平局。"白桦凑近她说,"可是半夜三更的,你俩同处一室,真的没事?"

那天晚上事发突然,岑晓稚事后也在回想,心情复杂难言。

男人酒后失态她是熟悉的。韦凯峰常有应酬,喝多了还要在她面前装,所以她对醉酒的男人是挺反感的。不能不说,当时章达成的形象在她心里减了分,虽然她给他脱鞋、盖被、擦脸,可头脑非常冷静。

也是这桩意外,让她忽然发现一个现象,即他们认识以来,她总在有意无意地扰乱他,从来没有为他想过,比如他的家庭、家人、事业、名声,她真的像个任性的孩子。他酒后失态,让她联想到那个冬夜自己在他车上执拗的样子,一定也这样失态吧?她似乎理解了在玛吉阿米菜馆他决然离她而去的用意。

她对白桦说:"我和他不要什么较量,我们要双赢!"

白桦动动眉毛,似笑非笑地说:"晓晓,你这是要开悟的节奏么?那天在湖边镜月法师是不是点化你了?"

岑晓稚说:"法师的话我哪能一下子就懂,慢慢悟呗。好了,今天我来是要和你商量一桩正经事。"

对于章达成建议她做全职心理咨询师这件事,她动心了。

九月初,基于大学园区内两所高校发生大学生跳楼事件,园区与心视野联合,由陶雪梅负责、岑晓稚协助开展大学生心理健康摸底排查活动。五所大学，几百名大学生，要进行案例收集和心理测评，写出专题报告，可以说，这阵子她与大学生来了个亲密接触。

第一起个案是个二十三岁的大三女生，因为多次被实习单位拒绝，心情郁闷前来求助。她的样子一看就是没有自信，垂着头，坐不敢坐，看不敢看，说话声音很低，举止畏缩迟疑，目光躲闪不安。几次咨询后，她告诉岑晓稚，她爸从小到大就没表扬过她，总是看到她的缺点，鄙视她，嫌弃她，说她什么也做不好，就算找到工作也做不长，说她就是一个废人。

岑晓稚接上她的话点头说好，那我们的话题，就从"我是一个废人"切入吧。描述着在咨询室门口见到女孩那一刻的感受，岑晓稚在她的个人品质清单上写下了第一个优点：勇敢。

女孩不禁抬起头，显得很意外。

第二起个案是个大一女孩，被查出是中度焦虑症，学校要她退学，她妈妈再三请求，校方同意请病假观察。因为长期吃激素药，女孩很胖，说话气喘。一年来，她妈妈为她辞掉公职到处带她看病。她妈妈向岑晓稚诉说女儿一刻也不许她走开，随时要在她看得见的范围，自己不仅每天要侍候女儿穿衣刷牙洗脸，还要听从女儿的命令，对她保持露出十二颗牙齿的微笑，一天笑下来腮帮子也酸掉了，笑比哭还难看。

这个案例，由陶雪梅督导岑晓稚来做。陶老师的意思，这是一例走向恶性的共生关系。从女儿现在怎么要求妈妈，就可以看到当年这个妈妈是怎么要求女儿的。母女俩同时接受治疗，治疗到中期有了转机。那天女儿发烧，她妈妈整夜陪在床边给她物理降温，半夜女儿退烧人舒服了，看到床边打盹的妈妈叫了声妈妈。她妈妈可激动坏了，抱着女儿大哭。

白桦听到这里忍不住问："你说说，怎么治疗的，做了什么？"

"治疗初期，我给她妈妈布置的作业是：每天睡前花半小时抱女儿睡觉。"

"就这么简单？"

"简单？"岑晓稚说，"要知道一个十八岁的女孩，身高一米六，体重一百五十八斤，睡觉打呼噜，翻个身能压死你，要当她是五六岁的小孩儿抱着哄着，给她讲故事——你试试？"

白桦耸耸肩，问："那为什么要给她妈布置这个作业？"

"因为这个妈妈从小到大没有抱过女儿，母女俩从来没有肢体接触，女儿从小寄养在外婆家，初中、高中到大学一直寄宿，严重缺乏母爱。"

白桦恍然："哦，明白了。你们是让这当妈的重新养一回女儿，欠的早晚要还啊。"

就因为女儿喊出一声妈妈，这个妈妈抹着眼泪来向岑晓稚道谢。那天岑晓稚心情很好，内心充满阳光，像有无穷的力量，原来被人感谢是这么美妙的感觉！而这种感觉是她工作多年没有的，她意识到自己喜欢上了这项有挑战性的工作。

白桦听了并不认同，给她浇冷水说："做心理工作等于听别人倒垃圾，负能量很多，你们怎么处理垃圾，怎么保证不被那些有问题的人传染呢？"

"哪个工作不是风险与机遇共存？要这么说，医生天天和病人打交道是不是都得病了？正因为许多人对心理工作有成见，更要有人去做这件事。心理咨询有很强的技术性，专业性就是最好的防护服。"

白桦托着下巴笑笑，没表态。

"对了，"岑晓稚问，"你还没说，今天检查怎么样？"

"没事，"白桦轻描淡写地说，"浅表性胃炎，管住嘴，少应酬，就太平啦。"

刚才欧阳闻牧送她到家，车开进小区在门楼下停住，他不让她下车，自己跳出驾驶室去替她开门，又扶她上楼，磨磨蹭蹭，六神无主。

但白桦没请他进门，这是她的原则。

她回想当时从检查室出来，四肢虚弱无力，他大步迎上来扶住她，给她披上棉服。他们坐在不引人注意的角落，他让她靠住他的肩膀。在别人眼里，他俩看上去就是一对夫妻，娇弱的妻子和温厚的丈夫，她的头倚着他的肩膀，感到从身到心都暖起来，不由闭了闭眼睛。

多想让他知道，她是那么地渴望，渴望他能收留她，就像收留一只流浪的小鸟。

傍晚，天色转暗，邻家窗台飘过来一阵阵饭菜的香气，她的肚子在咕咕地叫，才想起已经饿了一整天。她打开手提袋，看到里面放着欧阳闻牧为她准备的牛奶和面包。

二、血指印

时针指向五点，章达成拎上包关门出来，今晚他要陪亚莉去她妈妈家吃饭，她还在家里等他。

这段时间他非常守时，推掉了可有可无的应酬，准点下班回家。他也推掉了程大海好几回的喝酒令，每天回家乖乖陪老婆成

223

了习惯。不得不说,马钧德马老爷子那几下棒槌还是有响头的。

正走向停车场时,手机响了,他接起说:"大海,我不是和你说过我戒酒啦!"

"不是,老章,出事了,真出事了!周海霞,她从游泳中心五楼平台跳下去啦!"

"什么?人怎么样?"

"没气了。她弟弟,不是,她儿子掉下去摔在花坛里,受了重伤,在我们这里抢救。"

医院急诊科乱哄哄的,章达成好容易找到被围住的程大海,他正指挥几名护士把一个神志不清的老人送进抢救室,同时询问另一个病人家属:"你妈是几点钟发病的,以前有什么病,有没有药物过敏史?"边说边叫护士做心电图,量血压。

看到章达成,程大海简短地说:"周海霞已经送到太平间,她儿子现在在手术室,头部受伤有瘀血,人还在昏迷中。"

这时门外救护车呼啸而来,又一个脑梗老人被送进来,程大海丢下他,跑过去和护士接担架。章达成看他忙成这样,就打陆国强的电话,没想到,陆国强从走廊那头走过来,脸色发白,满面疲惫。

今天下午,周海霞说陪儿子去游泳中心锻炼,他也没在意,在家准备一家人的饭菜。大概四点多,游泳中心的工作人员打来电话,他才知道出事了,周海霞竟然从游泳中心五楼平台往下跳,还拉上了儿子。

"她自己要死也算了,为什么要拉上儿子,她为什么这么做,为什么?"陆国强嗓子喑哑,眼睛又红又肿。

章达成问:"这几天她有什么反常表现,情绪怎么样?"

"也没什么反常，就是情绪有点低落。"陆国强说，"因为期末模拟考儿子没考好，名次跌到了三十名开外，班里那些家长居然提出要我儿子换班级，说几个差生拖了后腿。这事她也想过办法，她爸也找过学生托关系，可没用，这些家长给老师施加压力，找谁也没用。"

"本来周校长安慰她说大不了换学校，她倒平静了。可昨天，一个家长和她通电话聊了个把钟头，无意中透露了一件事，要她有个思想准备，说那帮家长集体签名向教导处请愿，要求我儿子和几个差生换班或者留级，反正不能继续留在班里，还在请愿书上按血指印，要逐出我儿子。"

"血指印？"

"对，他们联合起来写了一封请愿书，在请愿书上刺破手指按指印，借此给班主任施压。"

"明白了。"

"然后今天儿子和同学约好去游泳，她非说要陪孩子去，想不到出事了。"

"周校长怎么样，他知道吗？"

"他已经知道了。现在就是瞒着她妈，她妈身体不好，吃饭都困难，怎么能让她知道？唉，儿子又昏迷不醒。"

说着说着，陆国强站起来："啊，校长来了。"

周校长像是没看见他们，嘴巴哆嗦着只是喊："寰寰，寰寰在哪里？"他神情激动，完全没了平时的温文尔雅。章达成和陆国强快步过去扶他，这时，手术室的门开了，医生叫着："周雄寰，周雄寰家属在吗？"

"我是，"周校长和陆国强同时应了声。周校长推开陆国强，抢着和医生说话，章达成把陆国强拉到一边问："周雄寰是谁？你儿子的名字？"

"对，我儿子的名字。"

"他怎么姓周，他没有跟你姓？"

"对。这是当时我和海霞订婚前，她爸和我谈好的，说生儿子的话，跟他们周家姓，我答应了。"

章达成想到躺在楼下太平间没了气息的周海霞，心里涌上一丝难言的滋味。

几天后，章达成和程大海参加完周海霞的追悼会回来，程大海问他，今天是不是破个戒喝一杯。

他们在附近找到一家小饭馆，老板娘炒了几盘家常小菜。程大海要打开小糊涂仙，被章达成阻止了，说喝口啤酒过过嘴瘾吧。程大海摇摇头，打开两瓶黑啤，两人举杯碰了一下，一时都没说话。

据说周海霞的母亲已经得知女儿出事，天天在家寻死觅活，不吃也不睡，一天天虚弱下去，估计时日无多。周海霞的儿子手术还是比较成功的，可人还在昏迷中没醒过来，偶尔迷糊中反复呓语一句话："双脚蹬地，伸展手臂，保持住姿势，好，哨声响了，用力，下水……"

程大海琢磨着，这是游泳队的训练提示吧？照此推理，难道周海霞在跳楼前曾指导儿子游泳训练？她指导儿子做这个动作是什么意思，有什么意义呢？

他对章达成说："专家，你来说说。"

章达成没接他的话，自顾自夹菜。

"现在的家长，我真是服了，"程大海说，"怎么想得出按血指印请愿？都什么时代了，还搞这套整人的法子，这就是道德绑架！血淋淋的道德绑架！差生怎么了，差生也是人，这不是逼人家往绝路上走吗？老章，我看不是周海霞疯了，是这帮家长疯了，一点没错，咱就说这样教出来的孩子能正常？我记得有个精神科专家说过，现在的大学生得了空心病，不知道自己在做什么，要什么，为谁而活。空心病据说比抑郁症还厉害，抑郁症的那套治疗全用不上，无效。这么说的话，空心病就是心理绝症，一个人要是心没了，还治什么啊？依我说，整个社会病了，人人都有病，全不正常。"

"大海，人这一生，前半辈子为安身立命，建设外部世界；到了后半辈子就要转而向内，重建内心世界。一味关注外部世界而忽略心理建设，久而久之就会形成神经症。"

"反正一句话，活着都有病，除了佛祖和上帝，那我还结什么婚，生什么孩子？出来也是畸形一个、祸害社会。老章，我想好了，不相亲，就当单身狗，等我老了，养只猫陪着过日子就行。"

章达成看看他，说："你的生活你说了算。"

"我告诉你个事。"程大海眯了口酒，笑嘻嘻地说。

那天他值夜班，那个温柔小护士来找他，悄悄塞给他一饭盒红烧肉，说是她妈妈花两小时煨出来的，还冒着热气呢。那滋味太美妙了，他舍不得吃完，放冰箱里慢慢享用，估计能吃上三五天。

"嗬，"章达成也喝口啤酒说，"知道有女人的好处了吧？"

程大海一口喝干，说："说心里话，有女人焐床被当然是好的，可我怕纠缠，我这人最怕女人纠缠。女人啊，有时温柔得像小猫，有时暴跳起来像老虎，不能碰，太可怕。对了，老章，你上次说你这里有病，叫心病，我还没琢磨出来，那是不是也叫一个什么症来着？"

程大海指指胸口的位置。

"我有说过吗，没有吧？"章达成夹了块肉放嘴里咀嚼，"嗯，这牛筋茄子煲不错，筋道，你尝尝。"

"哎，明明你亲口说的！"程大海叫起来。

章达成说："你听错了，你幻听了。"

"什么，我幻听？"

"傻兄弟，醉话你也信啊？来，最后一口。"

"唉，"程大海放下酒杯叹口气，"我想到周海霞怎么吃得下去？她这叫一个惨啊，她儿子也惨，周校长也惨，好好一个家毁了。"

章达成想到那天在周家，周海霞在换鞋时目光闪烁不定，他希望之后她会主动来找他，他可以慢慢做她的思想工作，可是没有。他心里叹息，说："现在麻烦的是她儿子，处理不好，会有心理障碍。"

程大海说："是啊。这孩子居然叫周雄寰，老爷子怎么想的啊？"

章达成盯着墙上的电视，电视里在播放《动物视野》，他放下酒杯，冲程大海努努嘴。

低沉的男中音缓缓道来："在南美洲丛林深处，有一头母狮产下四五只小狮子，当它们长大时，母狮便带它们走出丛林。有头小狮子被衔在母狮嘴里没有落地，因为它非常瘦弱，母狮不放心。后来，其他小狮子长大了，成为百兽之王，它们爪牙锋利，威风凛凛，一声巨吼让大地震动。可那头小狮子，仍被牢牢衔在母狮子的嘴里动弹不了，它抖动无力的爪牙哀声哭泣，后来连哭泣的声息也弱了。母狮终于放下它，它奄奄一息倒在地上，没有站立的力气，母狮以为它死了，张口衔起咀嚼吞下肚。"

最后的镜头：母狮喷着鼻息，凑近丛林里另一堆产下的小狮子，她俯下头，把其中一头小狮子衔入口中，它的嘴角还在往外渗血，一滴一滴的血，染红了这头还在挣扎的小狮子。

三、沙盘治疗

"听话，别乱跑，过来！"

接待大厅前台，女人一边签字，一边转头盯着七八岁的小男孩，小男孩听到呵斥立刻乖乖回来，跟到身后。

这起个案原本预约的是陶雪梅。不巧陶老师最近生病住院，就推荐了岑晓稚。岑晓稚带着女人走向走廊最里面的一间咨询室，这间咨询室平时是关着的，岑晓稚也是第一次进去。

房间很整洁，贴着淡色花纹墙纸，墙面正中挂一幅水粉画，画里有个扎辫子的小女孩在仰头看星星，她的脚边有一只小狗、一只小猫。画框下面是一张软绒的织物长榻，摆了两只靠垫，窗边是一对暖黄色的布艺沙发和一张玻璃小圆桌。

引起岑晓稚注意的是墙角一个小小的花架，花架有五层格子，摆着各式各样的多肉植物，小小的，矮矮的，胖乎乎，有不同花型和颜色，让岑晓稚联想到幼儿园里排排坐的宝宝们。原来陶老师还有一颗隐藏的童心。胖乎乎的陶老师和这些多肉挺配的，真是什么人喜欢什么花，这也是一种心理投射吧？

这是陶雪梅专人专用的咨询室。几年来，她在这间咨询室接待过上百人，还不包括团体辅导。陶雪梅说，一间氛围好的咨询室是靠咨询师养出来的，要爱护、清理、净化，这也是对咨询师精神上的保护。以前古代人讲究风水，现代人讲能量场，差不多一个意思。确实，在这里进进出出的人，多少身上会携带一些负面能量。

"等到你咨询有经验了，让章主任也给你配一间专用咨询室。"有一次，陶雪梅这样对岑晓稚说。

一间属于自己的专用咨询室？岑晓稚听得心里痒痒的。

这个女人进门就嚷热，岑晓稚赶紧打开空调，又拉拢窗帘，薄荷绿的窗纱，让整个房间显得清凉多了。女人露出满意的表情，在岑晓稚对面的沙发上坐下，上上下下打量她，像一个审核考生的考官。

六月是每年的考试季。这个六月，桐城接连发生了两起学生自杀事件。

一名初二学生因为考试不及格，被班主任留在教室订正试卷。晚上六点多，班主任要去吃饭，就把男孩父亲叫来继续看着，父子俩起了口角，愤怒的父亲一个耳光挥过去，把男孩打翻在地，男孩爬起后，在父亲的监视下继续订正试卷。等班主任吃饭回来，看到了惊人的一幕，男孩在他父亲接电话的间隙冲出教室，爬上栏杆，纵身从四楼跳下，等他们赶到楼下，男孩已经没了气息。

另一个五年级男生，因网络成瘾休学在家，父母把他关在家里断了网络，某天凌晨，他从家里逃出来，后来溜到儿童游乐场的最高展望台，伸开手臂以飞翔的动作跳下身亡。网上流传着这个男生留下的遗书。遗书里说他去另一个世界会他的英雄了。他说如果下一世还做人的话，他要选最好的父母，做他们最好的孩子。他说他是一个流水线上被扔出来的残次品，所有人都抛弃了他，他只有在游戏世界找自己，现在他找到自己了，他要去那个世界与自己见面，与自己合一……他还告诉小伙伴不要学他，要好好学习，爱爸爸妈妈，爱大自然。

这两起事件均没登报，只是在坊间流传。岑晓稚问过蒋微微这些消息是不是真的，微微说是。学校为此已经开过好几趟会，总务处连夜在每层教学楼的走廊安装了防护网，又在每个教室、办公室安装了摄像头。这样还不够，学校还召集家委会的家长义务轮流来学校值周巡查，反正上上下下都处在一级戒备状态。

这几天，心视野的心理援助热线电话也响个不停，大部分来电是家长，妈妈最多。她们主要咨询孩子心理、学习及人际关系方面的问题。

眼前这个女人，她儿子才上小学一年级，有什么问题呢？

她姓贾，留着齐耳短发，眉毛粗浓，眼睛大且肿，穿着设计感很强的格子立领衬衫，一条黑色哈伦裤，背一只棕色GUCCI皮包。说话时她跷起二郎腿，大腿无意识地抖动着。

她说她结婚晚，三十三岁才生下儿子，全家人都对儿子宝贝得很。她是搞家装设计的，和朋友开了家装潢设计公司。她时间很自由，所以儿子的上下学包括兴趣班接送什么的，她全包了。她很爱儿子，除了工作，其他时间差不多都和宝贝在一起，她说恨不得让他活在自己眼皮底下，不离开一分钟。

可上星期，儿子出事了——她说这句话时，眉毛耸了起来，放下抖动的腿，身体前倾。

事情是这样的。一早她送儿子到学校。她明明看着他走进学校，走向教室的，结果她到公司才坐下没几分钟，班主任来电话了，说她儿子没来上课，全班点名没有他。她一听，冷汗冒了出来，感到天塌地陷，勉强站起来，开车去学校。到了学校，她找到班主任又找校领导，命令他们打110，全城搜寻。她坐在校长办公室，一句安慰的话也听不进去，时间过去一分钟，她的心就紧张一分钟，她觉得自己快撑不住，要瘫软了。她开始大吼大叫，拍着桌子骂校长。想当初她儿子进这个民办贵族学校，可是砸了一笔不小的费用，他们怎么可以这么不重视学生的安全问题？尤其是她的儿子，她要求校长以后给学生挂牌上学，像她的儿子就应当属于VIP一类，要全程有人陪同，绿色通道守护。她就这样又吵又闹，差点掀翻校长的桌子。

后来班主任跑进来说她儿子回来了。原来那天他到校早，趁保安不注意，溜出去坐上公交车去了奶奶家，说是好久没见奶奶，后来就是他奶奶把他一路护送回来的。她抱住儿子就冲老太太开骂了，说我儿子要是出一丁点事，你就是有十条老命也抵不过！

"医生，我儿子平时很乖的，什么都听我的，在学校班主任也反映很乖很听话。这次好好的怎么会逃学，做出这么吓人的事情来？你帮我看看，他是不是有什么毛病？如果他有毛病，那我全完了，我的人生彻底完结了。"她说着用手抓挠短发，不停地抓挠，泡肿的眼睛微微发红。

"贾女士，你的心情我理解。不过在没确定孩子是不是有病前，我们是不建议家长早早下结论的。片面地给孩子贴标签，你焦虑，孩子也有压力，你说是不是？"岑晓稚说。

"什么叫贴标签？我是重视他。现在小孩子出毛病的多起来，前几天还听说有学生跳楼自杀，天哪，我都不敢想象。"

她抚着胸口把身体放回沙发，说："我想好了，我要当好一个母亲。从明天起，我要每天亲自把他送到学校，不，要亲自送到教室，亲手把他交给班主任。下午放学，我也亲自去接他。另外，我要在房间装个摄像头，再给他配一个定位跟踪器，定位跟踪器你知道吗？高科技电子产品就是好，把这东西装在我的手机上，这样24小时督管到位，他就跑不了，一切意外都杜绝了。"

"医生，你给他好好检查一下，是不是有毛病，毛病严不严重？钱没关系，只要能治好病，花再多的钱我也不心疼。可是你得保证，一定要把他治好。如果你们这里治不好，我把他带到上海、北京，甚至国外都没有问题。我只有这一个宝贝，他绝对不能出一点点的问题，你明白吧？"

"听起来，你非常爱你的宝贝。"

"当然，这还用说？"

沙盘室里，小男孩独自在玩沙盘游戏。他把沙子堆成一座高高的沙山，一个小男孩躺在沙地上晒太阳，一个戴破草帽的农夫弯腰在耕地。沙山前面划开一条长长的河流，河流对面，他放了一个面貌狰狞、皮肤黧黑的女巫，其实他一开始在架子上拿了一个戴着皇冠、面容尊贵的女王，可是当他看见黑脸女巫后，就毫不犹豫地拿女巫换下了女王。

沙盘里，拿着魔杖的黑脸女巫虎视眈眈地看着沙山上的父子俩，他们中间隔着一条长长的河流。在河流里，男孩还放了一条黑色大鳄鱼，鳄鱼抬着头，朝父子俩张大嘴，像在等待时机准备随时吞噬他们。

送走贾女士，又一个女人出现在前台。她四十多岁，穿一套深色制服，像银行工作人员，眉头紧皱，一脸的焦灼，一边走一边不停打电话，高跟鞋在地上敲出嗒嗒的响声，像小鸡在到处觅食。

小威看到岑晓稚，对女人说："胡女士，这是我们的岑老师，要不她来做？"

"行，行，行，谁都一样，赶紧的。"女人说着看也没看岑晓稚，打着电话朝咨询室走。

"小岑老师，我家儿子闯下大祸了，现在正是期末考的紧要关头，想不到他得罪了班主任，面临休学！"这是胡女士坐下后说的第一句话。

胡女士的儿子读高一。据她反映，儿子初中三年成绩不错，最后凭不错的成绩进了现在这所重点高中。但是，进了这个班后，他发现班里差不多个个是学霸，他那点引以为傲的才能根本不算什么，好在经过一个学期的磨合，他渐渐适应了，成绩能稳在中游水平。眼看可以透口气，想不到这学期他们换了一个班主任，这个班主任是从外校调来的，同时担任校教导主任，学生背地里给她取了个绰号，叫"铁娘子"。"铁娘子"对差生抓得非常紧，要求也非常严，尤其是她所任教的英语更是不放过一个。自从她当班主任后，胡女士儿子被留校多次。很快，他对这个班主任产生了强烈的抵触情绪，每逢周五胡女士去接他回家，他一上车就阴沉着脸，不说话，只玩手机，到家也是把自己关在房间，吃饭也不说话。对了，饭桌上是绝对不许提到"铁娘子"的，否则他就会摔碗扔筷子，连饭也不吃了。

就在上个月，他英语测试没考好，又被点名批评，他不服，回了一句嘴，"铁娘子"抬手就把手里的英语课本朝他扔去。下午上体育课，同学们都去操场了，"铁娘子"罚他一个人在教室订正试卷。他趴在窗台上看远处操场上同学们打篮球，看着看着，他拿起英语试卷一下一下撕开，然后从窗户里扔下，片片试卷像雪花在空中飞扬，飘落在同学们的头顶……这件事轰动全校，整个学校都知道高一五班有个敢和"铁娘子"叫板的男生。

这个事件的直接后果是，"铁娘子"把胡女士请到学校，以教导主任的口吻，让她把孩子接回家，写一份检讨书交上来。要是反省深刻，就同意他来学校上课；要是写得不深刻，就要取消他的期末英语考试资格。

当晚，她儿子就在家里发飙了，叫着嚷着，把英语课本撕成一片片丢在地板上，还用脚狠命踩，楼上楼下都听到了。更让胡女士慌乱的是，她的丈夫也发飙了，他仗着酒劲冲过去拍儿子的房门，死命地拧门锁，还冲到厨房提来菜刀，对着门锁一下一下地砍，嘴里吼叫着："我今天就做了他，这个龟孙子，死了一了百了！"

胡女士吓得腿发软，死死抱住丈夫的腰，哭着说："你要砍他先砍我，你先做了我吧，我两眼一闭，才不管你们的死活！"

说到这里像是有感应，胡女士的手机一阵阵地振动，她触电一般慌忙拿起来看，脸色变了，声音也变了，喃喃地说："儿子，我儿子的电话。"

岑晓稚很意外，她居然没关机，是小威事先没和她说咨询规则？不可能，一定是她自己偷偷没关机。现在要说明也来不及了，胡女士已经接起电话，顿时她的声音柔得像一团白云，堆起笑脸轻轻说:"轩轩啊,不好意思,妈妈现在在外面……"

"你他妈全死光啦,为什么家里断网?"电话里一个男孩子的声音高亢又激烈。

"轩轩,你听妈妈说……"

"你他妈闭嘴,说什么说,你马上给我接上网!"

"轩轩,听话,妈妈马上就回来,处理完事就回家,我们好好聊一下好吗?"

"我他妈和你们有什么好说的,你他妈和那头母猪有什么区别?我不想听你们说话,你给我接上网,否则我去网吧!"

胡女士神色惊慌地看向岑晓稚,岑晓稚示意她关机,她点点头又堆起笑脸说:"轩轩,妈妈现在有事要关机了。妈妈和你说,你要冷静,你答应过妈妈白天不上网、不打游戏的,你把课本和作业再过一遍,不管怎么样功课不能丢下,妈妈会想办法和老师去协调的,保证让你去上课。要是现在妈妈给你接上网,晚上怎么和你爸说,对不对?"

"你他妈听好了,我是不会去读书的,除非那头母猪滚蛋。我再说一遍,你给我接上网,限半小时内!"

"轩轩……"胡女士再度看向岑晓稚,满眼乞求。

"你他妈别叫了,你知不知道你天天叫得我耳朵也快炸了!我不想听到你们俩说话,也不想看见你们,我他妈一天也不想待在这里!"

手机里传来嘟嘟声,儿子挂了电话,胡女士还要打过去,岑晓稚打开了门,这意味着咨询结束。胡女士一看忙把手机放进包里,走过去反手把门关上,转身握住岑晓稚的手说:"小岑老师,求你帮帮我!"

岑晓稚冷静地看着她。

"拜托你能不能去我家和我儿子谈谈？你说个价，我全答应，只要你肯上门，我马上打钱给你，我求你啦！"

"胡女士，"岑晓稚客气而坚决地说，"心理咨询只能在咨询室内进行，并且只对来求助的人负责。今天你来，我对你负责，哪天你儿子来，我对你儿子负责，这是职业伦理，是原则性问题。"

胡女士仍在坚持，说："原则是死的，人是活的呀，你帮帮我好不好？我们私下成交，我保证绝对不说出去。"

"不，胡女士，"岑晓稚说，"这不是说不说的问题，这是我工作的原则，也是我的底线，请你理解。"说完她又打开门向胡女士做出请的手势。

胡女士叹口气把门关上，掏出手机当着岑晓稚的面关了机，房间里安静下来，她们隔着小圆桌坐下，岑晓稚问："胡女士，你儿子这种情况多久了？"

胡女士说："就这学期开始断断续续，后来越来越厉害，我知道这叫网络成瘾症，可我拿他没办法啊！"

原来她儿子刚上高一时，因为不适应新学校环境一度不想读书，胡女士答应给他买新手机，有了新手机，他答应好好学习。还有，高一的新班主任是个三十多岁的小伙子，对她儿子很包容，夸他聪明机灵、有想法、有个性，班主任的鼓励和欣赏对他起了作用，后来他的成绩上去了，也很自觉地向胡女士上交了手机。可这学期开学，新换的班主任很传统又很严厉，很快，他的学习成绩又下降了，特别是英语，次次考砸，周末回家他又玩上了手游。

对儿子玩手游这事，孩子爸爸是坚决反对的，从开始教训到后来谩骂，再发展到动手打儿子，要不是胡女士拦着，他爸冲动之下真会把亲儿子给打死。可把他打死就一了百了吗？到底是自己的孩子，胡女士怎么下得了狠心？于是，他爸管教不了儿子就骂老婆，骂她不听他的话，骂她溺爱孩子，骂她不把他这个一家之长放在眼里。他叫胡女士把儿子押到网络戒瘾所去治疗，可胡女士不舍得也不放心，因为她知道儿子个性刚烈着呢，万一不配合，还做出什么极端的事来，她可承受不了。所以，胡女士在丈夫和儿子之间应付着，不让家庭战火蔓延。

眼下最让她苦恼的是，儿子不肯写检讨，眼看期末考试的日子一天天近了，要是他不考试，那这学期等于白学……

岑晓稚说："胡女士，一个家庭里，亲子关系怎么样，夫妻关系怎么样，是什么导致孩子发展到现在这样，是需要评估的。有时候，看起来是孩子出问题，暴露的其实是家庭问题，你可不可以和我说说，你和你先生的关系怎么样？"

胡女士呆住了，避开岑晓稚的目光，没说话。

沙盘室内，胡女士在沙具架上找来找去，最后把一对古代男女放到了沙盘里。这个沙具的原型是伏羲与女娲。传说伏羲与女娲既是兄妹又是夫妻，他们在远古的造型是人首蛇身。胡女士在这个沙具周围划开一条长长的线，象征一条长长的河流，整个沙盘呈现出一座孤立在水中的岛屿、岛屿中一对男女交缠的形象。奇怪的是，胡女士心心念念、时时提及的儿子，并没有出现在沙盘里。

岑晓稚心里大致有了数。她让胡女士静静地看着沙盘几分钟，才问："看着沙盘里你亲手放的沙具有什么感觉，让你联想到什么？"

她说："很纠结。"

"嗯，很纠结他们在干什么？状态怎么样？"

"他们在吵架，在对质，在互相指责。"

"嗯，还有吗？"

胡女士沉默半晌，喃喃自语："很纠结，不知道该怎么办，他们的下半身缠在一起分不开。"

"嗯，纠结，不知道怎么办，分不开，还有什么？"

胡女士没答话，她的目光停驻在那对男女身上，就像沉浸在某段久远的记忆里。她怎么会选了这两个交缠的男女，他们代表什么？有什么意义？还有，刚才她怎么就没有放儿子进去，明明儿子才是她的心头肉啊。她弯下腰细看，这对男女，他们的上半身截然分开，你是你，我是我；下半身却纠缠在一起，你中有我，我中有你。她的手停在女人的上半身，她轻轻抚摸女人的脸，眼里流露出复杂不可言喻的表情……

"岑老师，你的电话！"小威在前台喊，是陶雪梅打来的。

这次陶雪梅盲肠炎急性发作是累出来的。整个五月连着六月，她在负责几所中学教师的团体心理辅导，一次就三四小时，百号学员，从催眠放松、情绪疏导、理论讲解到个案处理，小组讨论，概括总结，工作量不是一般的大。岑晓稚被临时拉去当了一回助教，也感到累得不轻。

她问过陶雪梅，团体辅导太累，为什么要连轴转地做？

陶雪梅说，因为做一对一咨询太慢了，团体辅导效率高，面广。多一次对教师的心理辅导，就多一次对学生的挽救机会，要知道，一个学校、一个班级、一个孩子、一个家庭，这前前后后全是一连串的反应。早一天做，说不定能早一天留住一个孩子的生命。

来不及了，我们要和时间赛跑啊！她说。

陶雪梅住院后，最后一场学生团辅由两个兼职咨询师顶。他们回来后说学生团辅不好带，这些学生太不听话，凑到一起就发牢骚，说老师坏话，说同学坏话，把好好的辅导课变成了一场批斗会。他们打算请老师和家长过来，和学生面对面开个座谈会，进行当面沟通。

"小岑，你记住，绝对不可以让老师和学生见面，至少近期不可以。"陶雪梅的声音有点虚弱，但口气坚定。

"为什么，陶老师？"

"不要忘记咨询的保密约定，团辅也一样。学生们平时压力大，憋得慌，有个机会能畅所欲言，难免有牢骚，要允许他们发泄，心理辅导第一要素就是情绪发泄。但不可以把老师和家长请来，这样一对质，会对学生造成再度伤害，师生关系、亲子关系会更加紧张，要闯祸的。"

"明白了，陶老师。那这事接下来怎么办？"

"第一，建立学生档案，完善基本资料，对家庭情况进行排查摸底。第二，组织一场学生专场的座谈会，主题是感恩，引导学生多多看到老师和家长对他们的付出，正向引导，积极鼓励。第三，如有个别学生确实有情绪波动或过激行为，要进行心理测评，并给他们单独建私密档案，适当的时候可以进行个别面询，要注意保密。第四，有什么问题，你直接向主任汇报，听他安排就好了。"

"救人如救火，这事尽快安排好，别出娄子。"她再三叮嘱。

第十一章

一、"林妹妹"的个案

下午两点,姓林的女来访者又来了。

这个女人,瓜子脸上一双秀气的杏眼,嘴巴小巧,身段柔弱,说话娇气,很像林妹妹的形象,一眼看去有让人想保护她的欲望。

她穿着条淡黄碎花的连衣裙,纤瘦的双手,一手放在椅子扶手上,一手在胸前第一颗纽扣上拨来拨去,一会儿把纽扣拨开,一会儿又把纽扣扣上。

这次她开始讲她的第三段婚姻,声音和上次一样空洞,不带情绪。岑晓稚觉得那种感觉又来了,随着她的述说,自己像被带进一条幽长、空寂的隧道,没有光亮,也没有出口。

她说,从巴黎度完蜜月回来,她和她的第三任新婚丈夫住进了他的香榭公寓,那可是市中心一处价格不菲的高档住宅区。

"我后悔了,"她蹙起细细的眉毛说,"我那前两个老公是性欲狂,他们不守规矩,不但一日一餐,还要加夜宵。这个第三任,年纪比他俩大,胃口却好得出格,更是变本加厉,不但一日一餐加夜宵,还有精力吃下午茶。"

"下午茶,你懂我说的意思吧?"她问了岑晓稚一句。

"就是大白天的拉上窗帘和我做那事,一次不够还两次,贪多嚼不烂的老东西!每次一冲动就说我是妖姬,是来勾他魂、要他命的。他在我身上折腾个没完没了,有一次把我的肋骨压痛了,好几天翻不了身,你说这算不算家暴?

"每次完事,我就倒冰水给他喝,他说喝了肚子痛,我说没关系,是清理肠胃的。有阵子他发低热,我叫他去医院检查,因为低热是很不好的,许多毛病是从低热开始的。对了,我爸是开医药公司的,我妈是社区保健医生。

"那天他体检回来心情很不好,说血压不稳定,还有脂肪肝,中年人的毛病全出来了,我就买来血压计天天给他量血压。如果量出来好,他一天都很高兴;量出来不好,他一天灰溜溜的。我还给他列菜谱,规定哪些菜多吃哪些少吃,哪些不可以吃。我这么对他,他却嫌我烦,说我把他当病人。你说,他难道不是病人吗?真好笑。后来他心情越来越不好,那段时间,别说一日一餐就是三日一餐他也吃不动了,我倒是太平了些日子。

"有一天早晨他还睡着,我醒来发现他眉毛里跳出一根长长的白眉毛,我吓了一跳,把他推醒。因为我妈说过,这是早期肺癌的特征。他听我这么一说可吓得不轻,跑出去就上医院检查,检查结果没病。我说不能大意,叫他去别的医院再查,他不肯去，和我吵了起来。为了让他相信我的话是有依据的，我让他上网查，网上大部分的回答是微量元素缺乏，不过确有一例是早期肺癌的症状，他看到这条消息，脸当时就灰了下来。

"他再没心思管公司，反复去各大医院检查，桐城的几家大医院都看了，没看出啥名堂。他又去上海，找最权威的医院，最先进的仪器，最有经验的专家大夫。他天天惊恐不安，等化验单或结果的时候，频繁地上厕所小便，有一次拿错单子，把别人的肿瘤切片结果当成自己的，吓得当场尿了裤子。

"他一个月瘦了二十多斤，老得像七十岁老头，天天说做人没意思，吃饭也没胃口，结婚那阵子的劲头全没了，什么一日一餐，夜宵、下午茶统统取消。后来因为他睡不好影响到我，我就和他分房睡，我终于胜利了，没有他在旁边打呼噜，我一觉睡到天亮。可他说他是天天睁眼等天亮，一个时辰一个时辰地挨过去，他说自己的死期不远了。

"有一天，他家里人打电话给我，在电话里骂我是狐狸精、扫把星。他回到家，也板着一张铁锅脸，说我不吉利，是灾星，以前哄我的甜言蜜语全没了。

"后来不知谁给他出的主意，他瞒着我偷偷去看心理医生，回来和我摊牌要离婚。我不知道哪里得罪他了，坚决不肯，我要住在香榭公寓，我已经爱上它了。他说你是爱这栋房子，不是爱我这个人。我说不是的，我也爱你。他说，你爱我就不会诅咒我。我说天地良心，我从来没有诅咒你。他说最毒妇人心，我再也不会信你了，你这个吃人不吐骨头的妖精，从今天起，卷起你的东西滚出我的家！

"你没看到他那天的样子，简直像魔鬼，五官扭曲，眼睛像导弹要喷出火来，我吓坏了，真怕他一时冲动把我杀了。我连夜逃回娘家，就这样，我结束了第三次婚姻。

"我很受伤，真的，我再也不信任何男人了。他们在没得到我之前，把我捧得像鲜花，得到后就嫌弃我，像丢掉一片烂菜叶，这个世上没一个好男人。我想独身到老，可爸妈不同意，他们一定要我找老公，否则就算他们死了也死不瞑目。他们这一辈子为我操心，就怕走了以后，我一个人孤孤单单的怎么过？我妈一说这些就掉眼泪。所以这半年来我又在相亲了，可我没兴趣，真的没兴趣，我已经被前面几个男人伤透了心。让你天天吃炖得烂掉的臭猪肉，你有胃口吗？可我没办法，为了爸妈，我只好委屈自己，天底下，还有比我更不幸的女人吗？

"我好累，真不想长大。"她说完这句话又抬手扣上第一颗纽扣，把整个脖颈遮住。

"听起来，林女士，你的遭遇是挺不幸的。"

"我真想不通，为什么我遇上的全是渣男，你说我怎么这么倒霉？"

"嗯，一个身体健康的男性对妻子有性需求也是可以理解的，如果你觉得他过分，有没有向他提出来？听起来你对他很厌弃，我想问一下，当初他身上有哪些性格特质让你爱上他，并且与他结婚呢？"

"当初，当然是对我好喽，我说去巴黎度蜜月就去，我喜欢他的香榭公寓，他也答应了，我哪知道后来他那样啊？"

"那你有没有和他讲过你的想法呢？"

"和他讲有用吗？贪多嚼不烂的老东西。"

"我再次感受到你对他的厌弃。"

"难道你在怀疑我和他结婚的目的？我还遭遇了家暴呢。"

"不，我只是在和你一起探讨。听起来这前后三次婚姻都对你造成了伤害，你认为所有的过错都在男方吗？"

"当然，难道还是我的错吗？我对他们每一个人都是真心实意的，是他们对我要求太多。我现在算明白了一个道理，男人全一路货色，没个好东西，他们要的是我的身体，不是我这个人！"

"嗯，谈谈你的婚姻观吧，你觉得什么样的男性才是你心目中的理想爱人？"

"我心目中的理想爱人？"

"对。"

"……这个话题我不想谈，今天就这样吧。"

"好的，那下周我们再继续。"

"下周再说吧。"

她说完一阵咳嗽，苍白的脸透出一丝光，拎起包扭动腰肢走出咨询室。

这次咨询就这么不愉快地结束了。

岑晓稚对着电脑，打字的手慢了下来。为什么我有沮丧的情绪，是因为对方的防御和阻抗吗？是我出手太早了吗？她可以想象，"林妹妹"身段款款地走出咨询室，那一脸得意的胜利者的微笑。

在婚姻中，指责对方是很容易也很解气的，指向自己恰恰需要很大的勇气，要慢慢引导来访者去打通那一道关，记得陶老师这么对她说过。或许，时机还没到，是自己操之过急了，岑晓稚感到这个案例有阻力，她要请求督导。

章达成又去省城了。这段时间，分公司在火热装修。

办公室百叶帘低垂，岑晓稚拿出钥匙开门，提着水壶走进去。靠窗放着一排高高低低的耐阴植物，发财树、滴水观音、八角金盘、棕榈竹、南天竹、绿萝，她给它们浇水除叶，做完这些，她舒展手臂伸个长长的懒腰。

角落的鱼缸里，几条锦鲤在水草里游来游去，她往水里洒了鱼食，鱼儿迅速围拢过来，很欢快的样子。

不知怎的，她想到一脸严肃的史玉成馆长。她觉得他也是一条鱼，一条精神抖擞的大鱼，在文山会海里游得欢。自他上任后，馆里每周一要开会，周五要开会，中间几天有事也要开会，哪怕搞个大扫除他也要开个短会交代，似乎不把馆里的人召集起来听他指示，他这个馆长就不存在。

或许在他心里，会议就是他精神统筹的高地，指挥作战的前沿，会议是属于他这条大鱼的那片海。

她记起，那天她第一次进馆长办公室交文案，史馆长一副面无表情的样子，就在她转身离开时，他莫名其妙地问了一句："你就是那个岑晓稚？"

真奇怪，她想，他是什么意思呢？

"你的沮丧感来自哪里？"岑晓稚才开口说两句话，章达成就单刀直入地问，"你与她的心理距离是不是过近了？"

"我，我一开始是有点同情她。"她翻动咨询对话记录。

"同情不是共情，要区别开来，还有呢？"

"还有……"她心想，又来了，职业化的腔调，平和后面藏着锐利的小尾巴，她尴尬地把话筒移开一点点。

"要看到，婚姻中没有绝对的受害者和施害者。受害者往往也是施害者。她三次婚姻背后一定事出有因,帮她找内因。"他提醒说。

"受害者同时是施害者?"她重复这句话,琢磨着。

"你再过一遍她的资料,这个来访者内心有冲突——显意识是为了外界的种种压力而相亲结婚,潜意识里又找种种理由在排斥深入亲密关系。她的问题不在性上,不要被她主述的表象迷惑,她在用性这件事阻挡和回避核心问题。"

"哦。"岑晓稚恍然想起她述说的前两桩婚姻。她的第一任老公,心心念念要小孩,她却没和他商量就擅自做了人流,她老公一气之下打了她,她说他家暴因而提出离婚。第二任老公,因为她一次又一次限制对方的性行为,对方推了她一把,她跌下床伤了筋骨,于是又一次离婚。第三任丈夫,因为她怀疑对方得病,甚至暗示他患癌症而愤怒离去。看起来问题卡在性上,可深入分析,男人的种种行为也是她有意无意地激发出来的,那么,她到底在抗拒什么?她为什么要激怒他们?

"要从当事人的行为中看到背后潜伏的动机。"章达成说。

"她把三次婚姻的过错都归于对方,指责三个男人全是渣男,我试着让她自我觉察,可她很敏感,马上启动防御,坚决说自己是受害者。"

"披着受害者的外套很安全——意味着本人不需要成长或改变,同时可以消除作为施害者的愧疚和罪恶感。晓稚,"章达成说,"艾瑞克森讲过,每个社会人都是由儿童角色转化过来的个体,我们必须注意到有些成年人身上残留的幼稚性。"

"哦,您这么一说,我想起她走前说过的一句话。她说:'我好累,我真的不想长大。'"岑晓稚说,"这就是儿童角色残留的部分特性吧？"

"你认为呢？"

"我知道了，从儿童角色中成长起来，让她的潜意识意识化。可是她对我有阻抗心理，可能下次不来啦。"

"说明你还没赢得她的信任嘛。第一步，先建立好咨访关系，你们是同盟的关系，不是对立的关系，明白吗？"章达成继续说，"不急，要尊重来访者的心理规律。"

"唉，我怕这个案子要脱落。"

"脱落也很正常。你要记住，"章达成说，"作为心理工作者，我们只是运用专业技术去给予帮助——帮助这个人拯救自己，而不是我们去拯救这个人，我们不是救世主。"

"嗯，明白。"岑晓稚对着电话频频点头。

挂了电话，岑晓稚继续写案例分析。蒋微微来电话了，她的声音一反常态，透出抑制不住的兴奋。她告诉岑晓稚，主持家庭系统治疗的益真老师要来桐城开工作坊，有心理问题和情绪困扰的人都可以来。

岑晓稚第一个就想到了白桦。

第二周，"林妹妹"果然没来。第三周，她来了。

她的脸比上次更苍白，一双杏眼也没有神采。岑晓稚觉得，用"雨打梨花深闭门"来形容她一点不矫情。

"我已经好几天没睡好觉，这头又痛又沉。"她靠在椅背上，示意关掉空调，说怕冷。

"我这几天接连做噩梦，梦里有好几个男人在追我，他们手里提着一只很大的竹笼子，说要把我关进笼子浸到河里去。我拼命地跑啊,可是两脚像被捆住了一样怎么也跑不快,他们在后面追着喊着,要抓我进笼子,说我是罪人,是贱人。我慌不择路,突然脚被石头绊倒摔在地上,吓得我抱头大叫,醒来一身汗。"

她说着用纤瘦的手掌托住前额,似乎承受不住脑袋的重量。

"来,躺到榻上放松一下。"岑晓稚拉拢窗帘请她躺下,在她身后坐下,放慢语速进行情景式引导放松。

"闭上眼睛,深深地呼吸。想象你走在阳光下的草地上,前面是水流哗哗的瀑布,周围是凉凉的空气。感受清凉的水从头顶流下来,流经身体的每个部位,每个细胞……你沐浴在水中,感受到水流的纯净,身心的放松,此刻的你平静祥和,放空大脑,放开你的潜意识,自由地想象……现在,有什么感觉?"

"不要走开,陪着我。"

"嗯,好的。"

"……我看见他们了。"几分钟后,她眼皮抖动,低低说了句。

"他们?"

"他们在草地上玩,好开心。"

"他们,有几个人?"

"一个小女孩和一个小男孩。她穿着公主裙,他穿着海军T恤,玩得真开心,笑声好清脆。"

"嗯,你愿意去打招呼吗?"

"不,不可以,会把他们吓着的,远远看着就好了。"

她五官柔和,嘴角上扬,流露出一种少女情态。

"好幸福啊,军哥哥。有你陪着,我好幸福。"她喃喃地说。

十分钟过去了。

"……现在，我从十数到一，你要慢慢回来了。"岑晓稚提高了声调。

"不，不要走……"她伸出手像要抓什么。

"十、九、八、七、六、五，"岑晓稚倒数着，"回到现实中来，动动手，揉下脸。"

她睁开眼睛，脸庞泛红，含着宁静的光泽，仍旧一动不动地躺着，盯着天花板。半响，她深吸一口气说："他们说得没错，我是个罪人。"

她摸索着从皮夹里抖出一张折叠的纸，一张剪成爱心形状的红色卡片，上面歪歪斜斜地写着"真真和军军"。

"这是什么？"岑晓稚问。

"真真是我的小名，军军是我表哥，这是我俩九岁时做的一张结婚证。你看，字还是表哥写的，多可爱啊。"

"表哥？"

"对，就是我爸爸的姐姐的儿子，"她纤细的手指轻轻摩挲红卡片，"我们从小在一起玩，可开心了。可是我们不能结婚。表哥大学毕业后考进了北方一所海洋学院，后来在北方结婚定居，我已经好多年没见他了。"

"这么说，你心里爱的人是表哥，可你们不能在一起，你为此非常痛苦，是不是？"

"嗯。"她的手指轻轻摩挲红卡片，眼里闪着光，低低地说，"在九岁那年，我就把我的心嫁给他了，后来给那些男人的不过是我的躯壳。"

她又说："所以他们说得没错，我从来没有爱过他们，我用躯壳换一本结婚证，是为了安慰爸妈而已。我的心一直藏在红卡片里，它只属于一个人。"

她又重新低下头，纤细的手指轻轻摩挲那小小的红卡片。

二、《布列瑟农》

"什么家庭治疗工作坊，跟我有什么关系？"白桦懒懒地说。岑晓稚在电话里听她的口气，估计大晚上的又在家泡上澡了。

岑晓稚隐隐知道，这段时间白桦和欧阳闻牧又在闹别扭，这次貌似闹大了，白桦不但端着架子不理人，还拉黑了欧阳闻牧的微信和QQ。她记得，三月初这两人还结伴去上海听过一场音乐会，后来不知发生了什么，回来就成这样了。因为白桦不肯对她细说，岑晓稚也没法子，她想借这次工作坊的机会，让白桦去现场看看，说不定能帮上她。

三月初，欧阳闻牧搬进了桃渡小区与白桦成了邻居。说是邻居其实也离得不算近，差不两三公里的路，刚好完成一圈晨跑。

春天的早晨，天气晴朗，绿树葱茏，白桦撩开白纱窗帘，看到一个高壮的背影，穿一套灰色的李宁运动服，在林荫道上跑步，几分钟后隐入对面的人行道。她对着背影笑笑，心里绽开了一朵幽香的花。

就这样，欧阳闻牧常常假装路过，发信息问她有没有起床，有没有煲粥吃早餐，像个好脾气又爱唠叨的老爸。

有时，白桦睡眼惺忪刚起床，有时穿着睡衣对镜梳头发，有时正一下一下往脸上涂乳液。她的手机来电铃声是钢琴曲《假如爱有天意》，在清晨响起，她觉得这真是一天中所听到的最曼妙的声音。

但是她还是没向他发出上楼的邀请,这一点她把关很严。离婚多年,她是不会轻易把男人带回家的,她把"家"这个概念看得很重。

"下个月上海有一场环保音乐家马修·连恩的音乐会,要不要和我一同去?"一天晚上他打来电话。这是他很喜欢的音乐家,她爽快地答应了。

马修·连恩是一个可爱的外国老头,穿了件中式的红绸夹袄,银灰长发梳成小辫,像个外国版的男喜儿。音乐响起,他像音乐之王坐在山巅指挥,加拿大的原始森林、湖泊、平原、瀑布与峡谷,还有天空、飞鸟、成群的牛羊,历历而过。压轴曲是那首著名的《布列瑟农》,钢琴、民谣吉他和萨克斯,演奏出忧伤与怀念、自然与生命的主题:

> Here I stand in Bressanone
> With the stars up in the sky
> Are they shinning over Brenner
> And upon the other side
> You would be a sweet surrender
> I must go the other way
> And my train will carry me onward
> Though my heart would surely stay

现场许多人眼里噙着泪水,掌声与歌声交织成巨大的冲击波,欧阳闻牧和白桦不知不觉十指交扣,手紧紧握在一起。

音乐会结束,越野车如一尾深海鲨鱼,喘着气滑过热闹的外滩,黄浦江上灯火点点,浦东高楼层层矗立,LED强光灯束如闪电刺破长空。车子在酒店前的林荫道拐弯时不知怎么熄了火,一次次发动不起来,他有点紧张,手足无措。黑暗中,她按住他发抖的手,顺势倒向他,世界变得窄小,男性的气息扑面而来,像一片浓郁的森林,她呢喃着,纠缠着,贴面依偎无限情意……窗玻璃映出一团模糊的人影,分不清是谁,只是交虬着,缠绕着。

进了酒店,他办手续开了两个房间,她坚决要 AA 制。在她办手续时,他拿到了房卡,一时他表情很不自然地对她说先走一步,晚安,随后不等她回答,拎起行李仓促离开。

午夜,整个酒店静悄悄的,厚重的门外没有一丝声响。黑暗中,他给她发来《舒伯特小夜曲》,她看也没看摁灭了。少顷,他又发来信息,一条奇怪的信息,问她看过《剪刀手爱德华》这部电影吗。莫名其妙,她想也没想索性关机,拥紧被子,翻过身去。

次日一早,欧阳闻牧往白桦房间打电话,无人接,打手机,关机,去敲门,门紧闭,他感到不妙,跑到前台一问,才知白桦已经退房走人。她是在凌晨五点离开这家酒店的。在离开的同时,她拉黑了欧阳闻牧的微信。

接下来,她把自己像枚零件扔进高速转动的轴承,出差,加班,开会,培训,无休止地运转,不许停下来。一停下来,那种细细碎碎的疼痛立时辗过来。

很快,她又在QQ空间发现欧阳闻牧写的一阕《点绛唇》:"叠翠南山,清光万里天在水,花飞云吹,青竹风中醉。香墓旧时,窄窄罗裙坠。凌波碎,春痕隐晦,半是离人泪。"

一阕悼词,怀故人,念旧恩。她意识到,又一个磨人的节日

253

快到了——清明节。她狠狠心,把他的QQ也拉黑,彻底清空,不留余地。

出差回来后,她提着行李箱进门,屋里没人,一屋子家具静静围观她。她扭亮灯,甩掉高跟鞋,趿着拖鞋打开CD机,《布列瑟农》的旋律响起——这寸寸揉碎人心的节奏,还让不让人活?!她换上小野丽莎专辑。

白纱窗帘外天暗了下来,她摊在沙发上不开灯也不吃饭,抱着靠垫发呆。手机响了,她没精打采地接起,是南山镇政府工作人员来电,告诉她新一批助学名单已列出。

前不久,她又去过一趟南山镇。于燕一家已从山上搬到镇上,五十平方米的安置房虽然简陋了些,可对他们来说已经很好。

让她意外的是,于燕告诉她,上次在西郊街道爱心车间认识小芳后,她俩成了好朋友。小芳?那个患小儿麻痹症的女孩。于燕在欧阳闻牧的鼓励下与她一直保持着通信,小芳生日,于燕还用积攒下来的压岁钱买书给她。如欧阳闻牧所说,她那次的生日过得很有意义。白桦很欣慰,觉得真没看错这孩子。

她很想问问于燕,这段时间欧阳伯伯有没有找过她,他最近怎么样,有没有消息,但是到底还是忍住没问。

现在保险公司上层对公益助学这块很重视,几个领导的意思,打算把南山村作为一个基地长期开展工作。这次出炉的新一批助学名单,她打算联合青少年基金会来做。说起来,做这些也是受欧阳闻牧的影响。

肚子叫起来,她强打精神爬起来走进厨房,加热一杯燕麦牛奶和着几块饼干填进肚子,又回到客厅。她打开手提电脑查收邮件,凑近一看新邮件的发件人是欧阳闻牧。这刚想到人,人就来捎信了，她坐正身体，看到他发来的是一首诗《流星》：

流星划破天际，
是夜神之剑割裂了长空，
预示着，只有把过去彻底地遗忘，
才能使灵魂重生。
流星——
昨天的完结，
未来的起始点。
流星划落天际，
是一抹绚丽的流苏燃烧了夜空，
就如同，
美好的感情总伴随着伤痛……

她读着读着，往事涌现眼前。

南山村初相识，他像一个父亲，粗大的手掌抚摸着男孩裸露的小脚板。于燕奶奶过世，他陪她上山，她给于燕讲自己的过去，他为之动容，伸开手臂轻轻拥抱她俩。那天居然是他生日，在镇上小菜馆两人以茶代酒，两只茶杯叩在一起像古人作揖。更记得她胃痛发作，他连夜赶来送药，帮她预约医生又陪她检查。她从体检室出来，他疾步上前给她披上棉衣，让她靠住肩膀休息。春三月，在上海，马修·连恩的音乐会上，他们混在年轻人当中像情侣那样十指相扣，音乐会散场，鲨鱼一样密封的越野车内，他们情难自禁，隔座拥吻……

诗句模糊了。她用手蒙住脸，不让眼泪淌下来。

不，不能再回去，不能再幻想，她与他已经没有任何关系。

她起身洗把脸，重新坐下翻手机通讯录，里面大部分是客户、领导、同事、下级，要好的朋友，除了岑晓稚，不，她是她的妹妹，不是朋友。她没有朋友，她突然发现，真的，自己居然没有一个朋友，尤其是同性朋友。

有一个号码进入了她的视线。

这个号码，她已经很久没用了。最后一次是因为什么呢？对了，在这个手机里，她看到了好几个女孩的照片。这个男货花样翻新的速度，与他骑马的速度有一拼。后来她对他嗤之以鼻，把他当一块抹布扔到脑后。现在，盯着这个号码，她又想起他来，想起他指导她骑马凝神专注的样子，想起两人在跑马场逆风驰骋的那种畅快。这是一个精通马术胜过精通红酒的商人，也是一个精通女人胜过精通马术的男货。

"是白总啊？难得打电话，怎么，想我了？是不是手痒，让我陪你去溜几圈？"

"人比马贱，是得拉出去溜一溜，透透气。这些天真把我憋死了。"

"明白，我就是你一备胎哈。热闹的时候，轮不上我；寂寞了，才是我的事。"

"放屁，你以为你是小鲜肉，老娘寂寞找人，还轮不上你。"

"哈哈，小鲜肉有什么味道，老腊肠才有嚼劲，嘿嘿。你今天有点激动，受刺激了？火药味好重，我喜欢。你看春暖花开天也发情，怎么样，今晚老地方度良宵？换几个花样，包管……"

她摁断通话，一阵难以抑制的恶心从喉咙涌上来，上腹区条件反射般起了一阵痉挛。

又一个早晨。

拉开白纱窗帘,楼下人来车往,邻居在互相打招呼,学生背着书包唱着歌,清洁工在修剪花木,小车轻捷地驶出小区。春天来了,满世界的花都在盛开,可她与他的世界却是沉寂的,心与心,隔山隔水般遥不可及。

不,不,她努力掐断脑子里乱糟糟的念头,告诫自己不要心软,不要幻想,不要乞求,不要软弱。忍一忍,再忍一忍,一切伤痛都会结疤,一切苦难都会过去。

今天她要主持例会,开年第一季度的形势还是不错的,要筹划下季度的指标和任务了。她在穿衣镜前最后一遍检视自己,正面、侧面、背面,茄紫色的职业套装笔挺有型,脸上妆容精致光洁,松开眉头,努力展出一个微笑。好!拎起包,拿起车钥匙,出发吧,白总!

"啊呀,想什么啊,你到底去不去?"岑晓稚的问话把白桦拉回现实,她吁了口气说:"我昨晚做了个梦,这样吧,你先给我解梦。要是解得好呢,本宫陪你去玩玩;解不好,恕我不能奉陪啦。"

这个梦很奇怪,到现在她还清晰记得。奇妙的是,梦里还出现了岑晓稚。她清了清嗓子,先说第一个场景。

她和岑晓稚走在一条田埂路上,梦里出现的不是以前小女孩的她们,而是现在的她俩。白桦不小心一脚踩进路边的泥洼,觉得好脏,马上拔脚出来。路的右边,种着一片郁郁葱葱的绿苗,不知道是什么。岑晓稚在梦里跟她说这是荠菜地,然后又指指路左边的一片绿苗,说那是芹菜地。

场景切换，她俩走上了一条大路，前面是开阔的坡地，要穿过一片开着淡粉、淡白色花朵的杏花林。说来奇怪，白桦本来不清楚杏花长什么样，可在梦里，她像是知道——这叫杏花。她和岑晓稚从这片杏花林穿了过去。

听完这些，岑晓稚没出声。

"哎，大心理师，给点反应好不好？"白桦催问她。

半晌，话筒里传来岑晓稚响亮的笑声。白桦说："这回不关素包、荤包的事了吧？"

"刚开始我也对这个荠菜地、芹菜地摸不着头脑，"岑晓稚说，"直到第二个场景——杏花林的出现，前因后果串起来啦！"

"别绕弯子，说！"

"说出来还是和素包、荤包差不多，被代表的东西不一样，要表达的还是同样的主题：性与情感。"

"性与情感？我怎么没看出来？"

"你别急，听我说。注意第一个场景，你嫌脏，拔脚出来。这个细节说明，在你人生路上或许有一段感情纠葛，你觉得脏，嫌不干净，从梦境看你走出来了。关于荠菜地和芹菜地呢，代表你近来面临的一个选择。右边是荠菜地，荠菜，隐含畸形的菜，可能是代表前面的泥沼地；左边是芹菜地，有情有义的菜，代表你可望不可即的某种向往。你是选择畸形的菜还是有感情的菜呢？哪块地才是你的菜？在梦里，我把你的迷惑点出来了，也就是我在梦里提醒你，好好选择。"

"啊哟……"白桦在电话里突然大叫，随即传来一声巨响，像有什么重物跌落在地。

"怎么啦？"岑晓稚唬了一跳。

"我，我，哎哟，我从沙发掉到地板上了。"

"啊——哈哈哈哈哈。"

"别笑，继续。"

"好，好。现在说第二个场景，杏花林——杏暗通性。梦里出现的花海，按理说淡粉淡白的花有上百种呢，可你怎么认定它就是杏花呢？知道为什么吗？因为杏即性，象征，隐喻，明白吧？潜意识太可爱了，它在向你传信号哈，你要是能读懂潜意识的表达，你就读懂了自己的心。这个梦的结果很好，你从这片花海里穿过去了，说明你越过某个困扰你的障碍，解脱了。"

"……呃。"

"怎么不说话？白总，给点反应啊？"

"额滴娘，我说岑晓稚，你怎么不在你们馆里开个析梦讲座？或者到市中心设个摊——岑婆解梦，外带测字看相算命理，保证生意兴隆。"

"这么说，你同意和我去工作坊？"

"本宫愿赌服输，陪你走一趟喽。"

三、家庭治疗现场

这位心理导师叫益真，四十多岁，身材高挑，穿一袭香云纱复古长袍，袍子上印染大朵如意云纹，披一条墨绿真丝大披肩，宽颐长颊，眉目淡扫，朱唇微染。她踩着软底锦缎苏绣鞋进来，一步一涟漪，裙裾微微风。

岑晓稚看看这位导师，又看看旁边坐着的白桦，把两人在心里比了比，得出结论——白桦强的是气质，益真老师强的是气场,没有对比就没有伤害啊。她东看看西瞅瞅,很意外地发现对面竟然坐着郑永娣老师!

郑老师明显瘦了,厚厚眼镜片后的眼睛呆滞,没有光泽,最明显的是她两鬓密集的白发,看上去让人触目惊心。岑晓稚想起蒋微微的话,因为脸部抽搐症和被害妄想,她儿子已从北京某重点大学退学了。

"大家先来学习放松。"益真老师环视全场,带头走到场地中央。

"好,现在闭上眼睛,放松四肢,想象自己是一棵树在风中飘拂,放弃控制,让身体听从感觉松动,随心所欲,完全地放开。找到感觉了吗?"

益真老师看看大家,几分钟后坐回导师台说:"好,我们开始。第一个个案,谁上来?"

"我。"郑永娣举起手。

"好。郑老师,你的课题是什么?"

郑永娣一愣,说:"课题?我的课题是我有焦虑症。"

"你有焦虑症?"益真老师问,"你有焦虑症和别人有什么关系?"

郑永娣又一愣,笑容僵了僵。

"你有焦虑症,你有病。嗯,当一个人不断向周围人宣布 TA 有病时,大家想想,让别人知道自己有病的最大好处是什么?"

大家看着益真老师,静默无声。

"我有病,不是一般的病,是焦虑症,是心理毛病,所以——你们统统得让着我,顺着我,听我的!"

郑永娣的表情像被水呛住。

"不,不,"她用手扶了把镜片,不小心镜架又扭歪了,她歪歪扭扭地戴上它，说，"我的课题不是我，是我儿子。他是北京重点大学的高才生，因为生病被学校劝退，我到处找医生，我还皈依佛门真心诚意替他赎罪。"

"皈依佛门，你解脱了吗？儿子得救了吗？"

"这个，我也不知道。"郑永娣尴尬地笑。

"在上一期的工作坊，二十个学员中有十六个居士，被称为居士班。一个个进来都是戴满佛珠，说佛语，见人合掌，笑得团团圆圆。个案开始，一个接一个坍塌，呼天喊地，撞墙擂地，什么状态都有。我问他们，你们学佛学什么？学破贪、嗔、痴。很好，那就从自我下手，拿自我开刀。你要是绕开自我谈学佛，那就是没解缆绳的船，一辈子在原地打转，还以为开到了大江大河。郑老师，你说是不是？"

郑永娣的笑僵在脸上，比哭还难看。

"避不过的，逃不掉的。生命中来临的人和事，都是在让我们修正这颗心，用佛家的说法，叫破我执、破我见，是不是？"

益真老师看看大家继续说："我们每个人都有两个我，一个表象自我，一个内在自我。表象自我是应对或适应外部世界而发展出来的，它像一张面具，人格面具，不是不能有，是你要清楚这是个面具。表象自我如果没有内在自我整合，麻烦就来了，心理问题、神经症、人格障碍统统来了。"

学员们噤声屏息，地毯吸附冷气，中央空调发出单调的嘶嘶声。

"郑老师，别笑了，收起你的笑，我都看得累。什么时候把这层假笑拿掉，你就没病了。"

郑永娣尴尬地笑着，一副茫然的样子。

益真老师说:"从小到大,我们已经把表象自我当成自己,把假我当真我,要剥掉这张面具很痛,需要勇气。许多人害怕改变,怕改变后不是自我了,不,应该说是改变后你找回了那个真我。"

"表象自我很狡猾,不打通七卡八关内在自我出不来。记住,真正的疗愈必定触及内在的伤痛,一旦出来,你会领悟到,那是上天赐你的礼物。"她目光转向郑永娣问,"郑老师,你还有什么想说的吗?"

郑永娣吸了吸鼻子,发起几声抽泣。

益真老师说:"没有的话,下一位,报个案。"

"不——等等!"郑永娣抬起头,大声喊道。

大家的目光集中到她身上,她慢慢站起来,摘掉眼镜,低下头发出沙哑的声音,像在自言自语:"我们学校虽说不是重点中学,可老师也是一个比一个强。我是总务处主任,听着名头好听,其实就是个打杂的,里里外外什么活都得干,什么人都可以差遣我。我表面上嘻嘻哈哈,点头哈腰逢人便笑,可我自己知道,我心里是没底气的,我很自卑。所以我报考了心理学,想证明自己不比人差。

"我有个弟弟得了家族遗传病:白癜风。他十五岁时因为这病被学校劝退,一年后病没治好,却患了抑郁症。当时我们不知道还有这种这病,他在开学前投河自尽,这个事是我心头的痛。我万万没想到儿子在大学也得了病,被学校劝退,历史又一次重演,我非常害怕。因为当年弟弟投河自尽被捞上来的尸体,我是亲眼看见的,他们说不是,可我认识,因为他脖颈和手臂有大片白斑。是我背着弟弟尸体回家的,很沉很沉,很冷很冷,我边走边哭。不知道怎么到家的,那段记忆很恐怖,以致好长时间我一想起就心惊肉跳。儿子的发病让过去的一幕重现，我反复做噩梦，儿子要被弟弟带走，醒来大叫大喊，吓出一身冷汗。

"朋友对我说，你弟弟死不瞑目来拉你儿子，你要去找出家师父替他做法事，消业障，以后你儿子就太平无事了。所以我到寺庙去捐钱捐物，还找师父皈依。我做的一切全是为儿子啊，我儿子不能死！"

"停一下，"益真老师说，"我问你，你儿子是不是你一手带大、亲自管教的？"

"是，是我亲手带大的，为养他我吃了多少苦啊。"

"好。你一手管教的儿子出了事，与你死去的弟弟有什么关系？不要扯开去，你说，要我下手还是自己动刀？"

"老师，你，你……"郑永娣哭了。

益真老师看着她不说话，神色平静。

"好吧，我承认儿子出事我有责任。我弟弟死后，我爸妈就把希望寄托在我身上了。我本来名字叫郑永芳，他们给我改成郑永娣，对我严格管教，不允许有一点点松懈。后来我有了儿子，我不知不觉也在以我爸妈对待我的方式对待他，甚至比我爸妈还苛刻，为什么？因为我在学校。学校是个什么地方？每个人眼睛都盯着你，还有你的孩子，她们明里暗里处处较劲，孩子就是老师之间较量的武器，我也一样。我希望儿子出人头地，从小逼他学习，一点点娱乐也不给他，一点点的放松也不允许。后来他如愿考入北京的重点大学，我在学校也扬眉吐气，这事成了全校的荣誉，校长逢人便夸我，我感到我整个的人生因为儿子翻转过来了。

"老师说得对，我有假面具。我自卑又爱面子，无能偏又死要强,所以老天以让儿子得病的方式来惩罚我啊!我的宝贝心肝,他曾经歇斯底里地摔电脑,撕课本,中考前半夜出走,我满城乱找;高考前他趴在阳台上说要跳下去,被我死死拉住,我让他坚持再坚持。他说恨我,他咬牙切齿的样子和我当年仇视爸妈一个样儿,是我害了他,我害了他啊!"

益真老师问:"郑老师,你有没有想过,你所做的一切到底是为了什么?"

郑永娣满脸是泪,摇摇头。

"那么,你知道自己最不能接受的是什么?"

"是别人看不起我。在学校,我每天去上班心里都是害怕的,同事们表面对我客客气气,暗地里都瞧不起我。我的出身,我的家庭,我的学历,什么都比不上他们,我天天笑嘻嘻的,像个小丑去讨好他们。"

郑永娣说到这里,呜呜咽咽,泣不成声。

益真老师走到场地中央,招手让岑晓稚和蒋微微也上来,拉着她俩站到郑永娣的两边,说:"郑老师,这是你人格中的两个代表,代表你内心不愿接受的弱小和卑微。现在,请你真心拥抱她们,对她们说:对不起,我忽略你们太久。我承认,你们是我的一部分,现在,我愿意全然地接受你们。"

郑永娣泪眼婆娑地看向两人,岑晓稚和蒋微微同时向她伸出手,三个人不由抱在一起,郑永娣放声大哭,持续一阵才缓下来。

"好,现在有什么感觉?"

"胸口透出气,舒服多了。"

"很好。要去接受自己阴影的部分,"益真老师继续说,"郑老师,你从这样的家庭出来却没被打倒,在学校里做到主任,这足以证明你的优秀和坚强啊。母子连心,要相信你好了,你的儿子也会好起来的。"

"老师,那到底怎么救我的儿子?"

"问问自己,你拿什么救儿子?"

"哦,哦,是先救我自己出来吗?"

"你说呢?"

益真老师回到导师台,问:"第二位是谁?"

纪博士举起了手。

他的妻子在五年前病故,他现在有了新女友想再婚,但十六岁的女儿和女友关系处不好,他为此非常苦恼。老师让他选择,他选白桦代表他亡妻,蒋微微代表他女儿上场。

纪博士的家庭状况在场地中央一呈现,学员们就起了轻微的响动,益真老师很淡定,说:"每个家庭都有它运行的系统,是顺势而为还是逆道而行,只要看这个家庭的呈现就清楚。大家看看,这个家混乱的根源在哪里?"

大家把目光投向场地,纪博士站在第一的位置,女儿第二,他的女友第三,他的亡妻没位置,远远站在场地边缘。

"一个家里,女主人走了,空间的位置还得给她留着,这是对家庭成员的尊重。现在,女儿替代妈妈占着第二位,孩子行使着妈妈的义务与权利,她不累才怪!"

"博士,你需要一个仪式,"益真老师对白桦说,"来,躺下来,躺在地上。"

"我不懂这些。"白桦说。

"没关系,不需要懂。"益真老师挽着她到场地中央,她看看老师，不情愿地躺下。

"老师，我没感觉。"纪博士说。

"没感觉是什么？是感觉被封闭出不来，"益真老师说，"看着地上的她，在心里唤你亡妻的名字，直到有感觉出来。"

全场寂静。

纪博士凝视地上的白桦，眼圈慢慢发红。他蹲下来拉起白桦的手，单膝跪地，声音哽咽："娴，你离开我们五年了，我们的佳佳也成大人了。她很漂亮，像你一样，学习也好，可医生说她有自闭症，特别是我有女朋友后，她越来越不爱说话。娴，我该怎么办？

"……这五年，我一直在想你，忘不了你。虽说有了女友，可我心里还留着你的位置，脑子里还是你的音容笑貌，娴——你是佳佳的妈妈啊！"

一滴眼泪从白桦闭着的眼角渗出来，她徐徐睁开眼，看看纪博士，又转头去看女儿代表，她似乎有满腹的话要说。

益真老师示意女儿代表蒋微微走近白桦，指导她说："看着妈妈的眼睛，对她说，妈妈，我会好好的，不干涉爸爸的生活。我只是一个孩子，我会管好自己。"

随后，益真老师引导纪博士看着白桦说："娴，我将和女友开始新的生活，她会和我一起照顾好佳佳。我们心里有你，愿你安息，请祝福我们。"

这个家庭系统被重新排列组合，家庭序位依次是纪博士、亡妻（娴）、女友、女儿，益真老师问站在最末位置的女儿代表蒋微微有什么感觉，她说："现在感到轻松多了。"

白桦回到座位上，悄悄问蒋微微："刚才我是不是被老师催眠了？我躺在地上，真的有很多情绪出来。"

蒋微微抿嘴一笑，说："正常。"

"我看见纪博士拉你的手诉说时，你流眼泪了。"岑晓稚说。

"是，我也不知道为什么，就是难过。"白桦说。

"那你说说刚才躺在地上是什么感受？"岑晓稚问。

"最大的感受是，与这个世界告别，一切无关紧要，但希望亲人活得好，不要以我为念；我还希望这个新女友接替我照顾好他，看到他有人照顾我很欣慰。"白桦说到这里顿住，目光闪动，定定地与岑晓稚对视。

岑晓稚"啊呀"一声，仿佛领会到什么，说："你不会是联想到……"

白桦意味深长地点点头。

下一个女案主二十八岁，某公司职员，因与男友关系紧张，濒临分手，前来求助。益真老师让她选一对男女代表她原生家庭的父母，然后与他们互动找感觉，她面对父母代表一步步地后退，双手握拳，身体绷紧。

"你们看到了什么？"

"对抗。"

"还有愤怒，对她爸妈的愤怒情绪。"

"很好。"益真老师说。

征得她同意，益真老师请与她生命相关联的男性代表上场。六个男学员或靠近或退后，有的背对她，有的低头，有的远离，像七零八落的叶子飘散在她周围，她站在中央，像一棵树立于荒野。

她突然表情悲恸，眼泪雨一样落下来。

"一个不接纳父母的人，怎么接纳周围人？怎么去与他人建立深度关系？与父母的关系是一切人际关系的源头，你对父母的态度，决定你对周围所有人的态度。"老师说。

岑晓稚看到白桦的脸色不对劲，皱着眉头，似乎很不舒服。

"这个个案，呈现出一个家庭方面受伤的孩子的模式，即以一种破坏自己、惩罚自己的方式向父母抗议，向父母宣战。这种模式不处理的话，会延伸到成年后的关系中，把自己像陶罐一样摔碎，碎到拼凑不出完整的——以此表达孩童式的绝望与愤怒。"

白桦垂下头，她的手摁紧腹部，估计胃病又犯了。

"来，孩子，"益真老师挽起女案主的手说，"你没错，你一直被伤害，所以你愤怒。可是你知道吗，愤怒的背后还是爱，对父母的爱以恨来表达，懂吗？而他们是无辜的。来，现在从第一个男友开始，去拥抱他。"

"不，老师，我做不到。"

"没关系，慢慢走过去。"

女案主迟迟不动，益真老师走过去教她拥抱的动作，右手在上左手在下，然后轻轻推她上去，与第一个前男友代表拥抱。她身体发抖，前男友代表上前一步向她张开手臂，她的身体还在抖，他迟疑地抱住她安抚她的后背，她慢慢抬起头看着对方，肩膀耸动，哭起来。

当女案主去拥抱第二个男友时，白桦出了状况。

她一阵阵干呕，按着肚子，弯下腰找纸篓。岑晓稚站起来想过去扶她，被益真老师严厉的眼神制止。她只好坐下，眼睁睁地看着白桦大口大口地喘气，捂住嘴，转身冲出会场。

接下来的个案，女案主三十九岁，外企职员，和男同事有婚外情。

这就是一部现场版的你追我逃剧情片。男同事一上场，女案主的眼睛就跟着他，男同事害怕了，在场地打转。她始终追着男同事，都没有去看一眼自己的丈夫——他孤零零地站在场地边缘。

益真老师解下长长的墨绿真丝披肩，横在她与男同事之间，制止了这场无休止的你追我赶的闹剧，一男一女，隔着墨绿色的披肩对望，像隔着一条河。

益真老师问女案主："你想和他在一起？"

"是的，我离不开他。"

"好，可以啊。很简单，离婚。"

女案主沉默了。

"怎么不说话，刚才的勇气呢？说！"

"我，我也离不开我的孩子，我不想离婚。"

"好，不离婚有不离婚的做法，"益真老师问，"现在回答我，你的位置在哪里？你的角色是什么？"

她又沉默了，持续地沉默。

"你是一个男人的妻子，一个孩子的母亲，对不对？那你告诉我，你怎么做？"

"我不知道。"

"不知道？那你跟着我说。来，面对他，对你的同事说：'对不起，我要回归我的位置，我的角色。你是你，我是我。'"

她小声跟着说："对不起，我要回归。"

"继续说，你是你，我是我，我们有各自的家。"

"你是你，我是我，我们有各自的家。"

"我要回到原来的位置去，以后我们各不粘连，我要离开你，彻底与你分开。"

她不响，低头咬住嘴唇。

益真老师加重语气说："抬起头来，看着他，看着他的眼睛，去正视他。"

她抬起头，面对男同事。

"对他说，我要离开你，从此我们各不相干。"

一分钟，两分钟，三分钟……时间像条皮筋被拉长，长到很长很长，眼看皮筋就要绷断，"不——"她突然喊叫一声，学员们伸直身体，瞪大眼睛。

"来，纪博士，你来代表她儿子，站到她面前。好，看着她的眼睛，不要压制自己，让感觉出来。"

纪博士的脸上渐渐显出悲伤，意外的事发生了，他朝女案主跪下，跪前几步靠近她，拉起她的衣角说："妈妈，你回来，我们需要你。"

岑晓稚觉得内心某个地方被狠狠捅了一下，尖锐地痛，她像是听到小宇喊她的声音，她的小宇……眼泪涌出眼眶。

女案主低头看着儿子露出大梦醒来的表情也跪下，把儿子拉进怀里哭起来，抽噎着说："对不起，宝贝，对不起，妈妈鬼迷心窍，把你忽视了，妈妈好糊涂啊。"

"抬起头去看你的丈夫，看他在哪里。"益真老师的语调平静有力，控制着整个场域的节奏与走向。

女案主向站在边缘的丈夫伸出手,他们目光对视,她拉起儿子慢慢走向老公,哽咽着说:"对不起,老公,对不起。"

老公代表用手擦了擦眼睛。

益真老师问:"你有什么感受?"

他说:"我刚才看她追那个男人内心很愤怒,很想冲过去打他们。现在平静了,平静好多,我愿意原谅她,我要这个家。"

课间,岑晓稚给白桦打电话:"你怎么啦,跑哪里去了?下午来不来?"

白桦说:"下午来,我也要做个案。"

下午工作场坊开始前,临时进来一个人打乱了秩序。这人瘦高个子,戴黑边白框眼镜,大背头揉得乱糟糟的,表情落寞,眼神无光。

居然是夏烨。

第十二章

一、七夕节晚上

精神康复医院住院部，章达成和程大海两人并肩从大厅出来，走向前面的停车场。

刚刚他们去看了周海霞的儿子。孩子苏醒过来了，但是大脑受伤还是有后遗症的，他的智力看起来仍停留在五六岁小孩的状态，醒来后就问："妈妈？妈妈怎么不在，妈妈来陪我。"

他不知道，在他昏迷的近半年里，家里走了两个人，妈妈和外婆。

他对妈妈的最后记忆停留在游泳健身中心五楼的平台上，妈妈对他说："注意，双脚蹬地，伸展手臂，保持住姿势，好，哨声响了，用力，下水……"

他在病床上会时不时地想起这些话，于是坐正身体，双手伸展，打开两臂，做出游泳跳水的动作。可是因为长达半年的卧床，他的四肢有萎缩，所以每天要在护工的陪同下进行康复训练，痛得直叫。

看到章达成和程大海进来，他习惯性地抬头问："叔叔，你们知道我妈妈去了哪里吗？"

章达成和程大海对视一眼，看向陆国强。

陆国强已经说得很溜，告诉儿子："爸爸不是和你说了，妈妈去了很远的地方工作，暂时不会回来，你要乖。"

"我很乖的，天天训练，再痛我也忍着。叔叔，你们能联系她吗？让她早点回来好吗？我想妈妈。"

送他们出来时陆国强不好意思地说："这孩子，谁来看他都要问一问。"

程大海说："这怎么行，这事瞒也瞒不了多久的。"

陆国强说："先瞒着再说，瞒一天是一天。"他明显衰老不少。

程大海问他："你接下来打算怎么办？"

"能怎么办？"陆国强苦笑，"家里还有一老，这事对老爷子打击不小，我不能退啊。"

章达成点头说："你多保重。孩子有什么情况随时和我联系。"

他说："好，谢谢你们。"然后一直把他们送到大厅。

他们到了停车场，钻进章达成的凌志，程大海问："怎么，你回心视野？"

章达成说："对。"

程大海说："老章，悠着点，我们也别拿命搏，耗不起咧。"

章达成说："我命里注定是干活的，有什么办法？"

"对了,"程大海说,"前些天顾一鸣来过医院。"

"哦?"

"大半夜的,正好我值班。他说心脏不舒服,我给他查了一下,心电图看着没什么大问题,就给他配了一盒倍他乐克。他说近来睡眠不好,又叫我配了舒乐安定。我看他脸色确实不太好,人发黑。唉,我现在看到你,就想起他在周海霞追悼会上说过的一句话。"

章达成问:"什么话?"

程大海说:"他说你们在这里悲伤,人家走的人很安详。对患抑郁症的人来说,死亡是一种解脱,因为活着没有解药,你们不懂。我说你这话有意思,怎么不和老章去探讨探讨?他说老章是专家,有什么讲头。奇怪了,他的意思这话题要和得抑郁症的人讲才有意思喽,比如周海霞要是没躺在那里,或许他们有共同语言?"

章达成没说话,自顾自开车。

程大海说:"这个顾一鸣这么内向,不会也得抑郁症了吧?"

在章达成的印象中,顾一鸣是全班唯一一个不爱打篮球的男生,他的体育成绩老垫底,可是他有艺术细胞。他懂音乐,爸爸是剧团指挥,妈妈是女高音,他从小在剧团宿舍楼里长大,弹得一手好钢琴。学校有音乐社,他是社团干事。有一回音乐社搞表演活动,顾一鸣上台弹钢琴,弹一首叫《初雪》的曲子,征服了台下很多女生,"钢琴王子"的绰号就是女生们给他起的。他考进师范学院,毕业后当了中学老师,后来调进教育局,从副科长、科长升到副处长,仕途也算平稳。可听他的言论,对人生很消极、很悲观。

章达成想，不知道他现在还弹不弹钢琴？

下午两个案例，一男一女。男的是个公务员，自述有性心理障碍，过不了夫妻生活，老婆吵着要和他离婚。章达成翻查资料，其家族母亲一系有精神病史。女的是个刚生产不久的年轻妈妈，有产后抑郁倾向。

做完个案，他觉得有点累。可能因为这段时间在省城和桐城来回跑，他早早回家打算好好睡一觉。

打开房门，他愣了一下。

乳白色的玄关位置，一只瓷瓶里插着大束鲜花，红玫瑰、蓝鸢尾、剑兰、满天星，还有他叫不上名字的花。客厅茶几上，一只陶罐里插着冠状的花，看上去也是鲜艳缤纷。他明白过来，这些花花门道无疑是冯亚莉的作品。

春节时，他们去拜访了马钧德夫妇，马师母介绍冯亚莉报了一个艺术插花班。这些插花班的学员都是有钱有闲的主妇，除插花外，还结伴喝茶、逛街、看电影、做瑜伽。太太团自主结盟节目多，冯亚莉的生活一下子丰富了。

说实话，看到她有好转章达成心里是很感谢马钧德的。当然他也尽量抽出时间来陪她。这次七夕节他生日，冯亚莉说要好好准备，他是无所谓的，只要老婆开心。

冯亚莉确实为这事早早开始筹备，太太团比她还起劲，说又是七夕节又是生日，这双重喜事一定得隆重庆祝，所以这开门见花的小献艺，算是她们计划的开场。

经过智囊团的指点，冯亚莉又在"维多利亚"西餐厅预订了情侣套餐，价格990元，可把她心疼坏了。

七夕节晚上,"维多利亚"西餐厅前停满了车,美女绅士盛装出席,餐厅里布置一新,银器、烛光、玫瑰、巧克力、菜肴……小提琴手在台上拉着旋律优美的《梁祝》。冯亚莉今天装扮一新,桑蚕丝长裙涂着油画般绚丽的色彩,深V形低领,钻石项链若隐若现地掩住乳沟,脸上薄薄化过妆,红唇饱满,长睫毛一扑一闪。

今天她这身装扮也是来自太太团的眼光,众人拾柴火焰高,她从丈夫的眼里看出他的满意。不过章达成提醒她,这条裙子不许穿到外面去。冯亚莉一听乐了,举起红葡萄酒杯对章达成抛去秋波,说:"老公,生日快乐。"

"好,好,生日快乐。这里人多,别乱喊。"

"又来了,假正经。"

当台上的曲子由《梁祝》换成《魂断蓝桥》时,章达成起身去洗手间。经过拐角时,他愕然停住——眼前一对用餐的男女,女的是岑晓稚!

"怎么啦?"冯亚莉瞧他回来后神态有点异常,不由地看看四周。

"没什么,碰到一个熟人,"章达成边说边示意她尝尝法式鹅肝,"不错啊,正宗法货,法国南部空运来的,有没有尝出冰激凌一样细腻的口感?"

冯亚莉慢条斯理地吃了口,说:"细腻是细腻,可这口感,我咋觉得和家里的腐乳差不多?啊呀,沾了我的口红,我得去补补妆。"

章达成握着刀叉,哭笑不得。

趁冯亚莉去补妆,章达成一个人踱到餐厅的平台上。平台很空旷，与餐厅内的繁华喧闹形成鲜明的对比。章达成从裤袋里摸到一包烟，取出一支点上。他把点燃的烟搁在栏杆边沿，那支烟静静地躺着，幽幽地燃烧，烟丝袅袅升起，散开，然后消融在沉沉的夜空。

就在昨天他接到程大海的电话，顾一鸣因服过量安眠药抢救无效而亡。

想不到，顾一鸣也走了这条路。

章达成想起去年在周海霞安排的饭局上见到顾一鸣的情景。程大海说顾一鸣有拖延症，说当年追你老婆你也这么好心态？顾一鸣说，各位我不急，你们先追她，我没关系，等等好了，惹得大家一通哄笑。后来酒席散了，大家得知他还在开那辆宝来轿车，程大海说都太爷级别了你还不换？奇葩了，你小子将近三十年的拖延症怎么就改不了？顾一鸣笑笑没说话，喷出一口烟，烟丝缭绕，看不清楚他的表情。

在章达成印象中，他就是这么一个少言寡语的人。在公共场合，他更像个旁听者，身在其中又似乎抽离其外。

凭章达成的职业敏感，顾一鸣有心事，只是藏得很深。不过作为老同学，自己又是干这行的，章达成是不会主动问他什么的。

心理工作强调隐私保护，因此章达成恪守两条原则：第一，医不叩门。他不会主动和周围人推销心理咨询，有需求的自然会找上门。第二，医不自治。不随随便便对亲友熟人出手，开导几句聊个天没问题，咨询必须在工作场所进行，特别是到了治疗阶段要运用专业技术，没有信任和敞开是很难疗愈的。这就是他一般不接熟人宁可转介他人的原因。多年的从业经验让他知道，越是熟人，越要保持心理边界，这样自己轻松，别人也舒服。他上次去周校长家，从情感上讲可以理解，但从原则上讲已经破了例。

顾一鸣在周海霞的追悼会上说，对患抑郁症的人来说，死亡是一种解脱。因为活着没有解药，你们不懂。他还说，和章达成没有讲头，因为他是医生。在章达成看来，这种心理很正常。同样，对于周海霞，章达成也没有主动出手，周海霞也不肯主动找他。就是因为是熟人，谁的伤口愿意让熟人看到？

"等等，再等等"是顾一鸣的口头禅。听起来他一生都在犹豫，在徘徊，在摇摆。从心理学角度看，一个人最大的痛苦，莫过于内心的摇摆，即持久的心理冲突，那么让他痛苦摇摆、让他敢于作出死亡决定的，究竟是什么？

还有，他为什么选择在昨天自杀？以他的个性，一定是经过反复思考才决定的。死亡对于任何人都是一个重大决定，到底是什么力量推动着他？又是哪一根稻草压垮了他？

程大海说他顾一鸣自杀确实有原因，他是为情所困，为一个女人。

烟快燃尽了，烟灰一截截掉落在地上，烟头滚落，最后一缕烟丝在夜空消散得无影无踪，章达成站在栏杆前，背着手望向天空。

专家说，今晚用高倍天文望远镜可以看见银河两端的织女星和牛郎星，织女星是青白色的，牛郎星是淡黄色的，它们中间隔着一条银河。眼下，城市的霓虹灯把整个星河搅乱，他四处找寻，可肉眼哪里找得到传说中的两颗星星？

情侣套餐时间结束，章达成和冯亚莉从餐厅出来，有意无意地瞥了一眼那个座位，已经没人了。

他想不到今天会在这里遇到岑晓稚。

那个坐在她旁边的应该是她丈夫，身形高壮，眉宇疏朗，穿一件圣罗兰条纹 T 恤，从外表看两人年龄相近，也很般配。今天岑晓稚也穿了条裙子，领口绣着花，脖子上挂着珍珠项链，化了淡妆。这样的装扮和平时的她不一样。

相比之下，章达成觉得自己是老了。年轻时，什么挫折磨难也打不垮，并且越挫越勇，无所畏惧，可现在，一年比一年经不起折腾。特别是今年，他发现自己眼角松垂，鼻翼两侧有明显的法令纹。说实话，他讨厌现在的自己，每天早起洗漱，他都不去照镜子。

"奶奶，天上真有牛郎织女吗？有神仙吗？"

小时候过生日，他每每这样问奶奶，奶奶拍拍他的小脑袋说："当然有，天上有菩萨，好人才能升天当神仙。"

"是像爷爷这样给人看病的叫好人吗？"

"是啊，小阿成长大了，想不想当医生啊？"

"不，我要当神仙，当二郎神！"

"噢哟，二郎神那是开了天眼的神仙，小乖乖你更要当个好人，今天吃过鸡蛋面，我的小阿成又大一岁喽。"

"云瑛妹妹也大一岁啦，可我还是她的哥哥，我要保护她！"

"对，像哥哥的样儿。"

"可是隔壁婶婶说，云瑛妹妹不是我妹妹，是我老婆。奶奶，老婆和妹妹有什么不一样？"

"傻孩子，这是以后的事儿，以后的事谁知道呢？"奶奶哼着小调轻轻摩挲他的小脑袋，他便沉沉地睡去了。

小时候，他享受云瑛一叠声"阿成哥哥"的叫唤，他从河里摸到小鱼小虾或是和小伙伴打水枪赢了他们，云瑛就仰起头看他，她的眼睛忽闪忽闪会说话。

他想起岑晓稚，她看向他的眼睛也会说话。

在咨询室内他们第一次交谈，他其实失态了。那天，面对他的步步质问，她脸发红，分辩说："我没有，我不是这样的人。"

他问："你是怎样的人？"

他居然会问出这么直白的话。无疑，他在攻击她，为什么？他不是不知道，心理分析讲，有攻击的地方就有恐慌，有防御的地方就有虚弱。他的问话暴露了内心潜藏的虚弱和紧张——是对自己心理反常的恼怒，对移情反应的掩饰，还是内心深处害怕城池失守的担忧？

她的反应如此敏捷，令他暗暗诧异并对她刮目相看。当他们四目相对时，她迎向他的目光清澈坦然，又有某种坚定，像一束光投进他内心。

马钧德说："这个女人的眼睛会说话。"

马钧德指着他呵斥："病得不轻！"

曾经有个小男孩，渴望成为英雄，渴望得到异性的崇拜，渴望被别人认可，渴望成功，渴望完美，渴望强大。在他层层包裹的心灵深处，住着一个小小的男孩。

他承认，一开始对岑晓稚的感情附有对云瑛的投射。可随着交往的加深，他发觉她不是云瑛。她是另一个有着全新生命力、感知力丰富又行动敏捷的女性，她空降到他的生命中，对他意味着什么？

他的后脑一阵阵涨痛，痛得耳朵嗡嗡响，他知道又一轮心理防御启动，那是大脑里的俩小人在打架。好吧，收起伸向自己的爪牙吧。

半夜，他被冷气吹醒，关了空调，头仍不舒服，嗓子也发痒，断断续续咳到凌晨。

省城分公司的装修委托一家资质不错的家装公司，目前到上漆阶段。再环保的材料还是有刺激性的，他想这咳嗽一定和这个有关，他决定暂时不去了。

一早，他开车到心视野，刚进办公室，岑晓稚便跟着走了进来。她神情激动，对他道："主任，我在家庭系统治疗工作坊遇到了夏烨！"

二、白桦的真相

下午，家庭治疗工作坊现场，白桦要求第一个做个案，老师点点头。

白桦选好她的父母代表，他俩各站在会场一边，她本人在中间站住，背朝他们，三个人的位置呈现出一条奇怪的直线。

父亲的代表就是夏烨，他看看老师说："我怎么觉得膝盖发软要往下蹲？"老师点点头。夏烨又看看妻子代表，她两臂交叉，神情高冷。

"大家看到了什么？"老师问。

"这个家里，父亲没有地位。""这个妈妈很强势。""妈妈压制了丈夫和女儿。""女儿和爸妈有距离。"

老师问白桦："为什么背对你的父母？"

"我不想看到他们，"白桦冷冷地说，"他们三岁把我送到奶奶家，八岁又接走我。奶奶生病不让我去，奶奶过世也不让我奔丧，他们就知道让我学习、学习，考试、考试，把我当机器，当成向外人炫耀的机器——我恨他们！"

老师问："怎么做你才肯回头？"

"让他们向我道歉。"

"那么，是谁给了你生命？"

"生命不是我要来的，他们没经过我同意，我对这个世界没有留恋！"

"你有孩子吗？"老师问，"你有没有征得孩子同意把她生下来？"

白桦沉默了。

"不管她同意不同意，你是全心全意、掏心掏肺对待你的孩子的，对不对？"

白桦不语，咬住了嘴唇。

老师语调平静地说："关系出问题，首先是你的心出了问题。心坑坑洼洼的，每逢下雨天，那里就积满了水……"

白桦慢慢地转过身来，低着头，手指绞动衣角，像个做错事的小女孩。她在父母中间不知所措，三个人远远地站着，形成一个尴尬的局面。大家屏声静息地看着，不知道接下来她会怎么做。

就在她孤零零不知所措地站着时，那一边父亲代表夏烨朝她伸出了双臂，这是一个迎接的动作。白桦看着夏烨怔住了，几秒钟后，她喊了声："爸爸……"然后一下子跑过去，投入夏烨的怀里。她哭起来，边哭边含糊地说："爸爸，爸爸……我心里一直爱着你的啊，爸爸！"

老师示意妈妈代表走过去，走到父女身边，三人团团抱住。

"妈妈，你可不可以对爸爸好一点……你不要骂他好吗……他是个好人。你也不要骂我，我会很乖的，不让你失望……"

岑晓稚再次看到那个九岁的白桦。拎着行李袋，瘦弱的身体，怯生生的脸，土气的衣裤，潦草的头发，孤零零地站在院中惶然四顾……

"来，你需要一个仪式。"老师示意郑永娣代表白桦奶奶在场地中央躺下来，在她和白桦之间抛下长长的墨绿围巾以隔开距离。老师对白桦说："好，现在你跪下来，跟奶奶说，我来看您了。"

白桦看向老师，老师对她点点头。

"奶奶——"白桦一下跪在地上，已经泣不成声。

"奶奶，我来看您啦！这么多年来，我一直在想您。每当遇到坎儿，我就想到您。记得小学有一次我数学考了89分，妈妈回到家饭也不做，冲我大吼，推我出门。外面下着雪，好冷，我没地方可去，走到学校，门卫爷爷让我在值班室过了一夜，床上被子脏脏的，有股烟味，像爸爸的味道，我闻着爸爸的味道睡着了。考高中时我又不听话，填报了寄宿学校，被妈妈刮了一巴掌，说不会给我付学费，把我关进小房间，我是抱着您给我缝的小棉袄才睡着的。奶奶，我多想跟您走，这么多年，我好累好累，好想停下来跟您去天堂。奶奶，带我走，带我走吧……"

"好，"老师说，"我成全你。来，你也躺下，躺到奶奶身边。"

老师抽走了围巾，让白桦挨着郑永娣躺下，白桦抱住郑永娣

283

的背，幸福地合上眼睛。

老师招手叫蒋微微，说："你代表她女儿，以同样的姿势躺下，躺在她后面。你还有孩子吗？流产的也算。"

白桦说："流产三次。"

"好，"老师点了三个学员上来，"你们代表她流产的孩子，以同样姿势躺下。"

场地中央呈现出这样一幅场景：地上的死者是奶奶，奶奶背后跟随着她的孙女及重孙女，包括两个活人、三个死胎，全部朝一个方向，像一个家族在慷慨奔赴死亡的盛宴。

老师平静地说："现在，跟奶奶说：'我来了，我带着我活着的孩子和死去的孩子跟随你来了，他们将和我一起去死，走向毁灭，走向终结。'"

"我来了，带着我活着的孩子和死去的孩子，跟随你来了，我将和我的孩子们一起——不，不！"白桦像是从梦中醒来似的，自言自语，"不，不行，我不能死，我已经杀了三个孩子，我不能再叫琳儿陪我死，不能，绝不能。"

她腾地坐起身，嘴里反复说："我不能死，我的琳儿不能死，我们起来，要活着，好好活下去。"

躺在地上的郑永娣闭着眼睛，泪水流了一脸，她指着胸口说："老师，我这里很痛很痛。"

老师问白桦："你还记得代表亡者躺在地上的感觉么？"

白桦说："希望活着的亲人平安、幸福。"

"好，"老师问，"那你听到奶奶的话了吗？"

老师指指胸口，一字一句地说："她说她这里很痛很痛。"

会场一片沉默。

老师坐回导师台,目光扫视全场,声音转向低沉:"我们不知道,当我们在人世间痛苦一分,我们去世的亲人便在地下为我们痛苦十分。无论是我们的先辈、父母,还是兄弟姐妹、爱人、朋友,所有认识不认识的,全人类躺在地下的亡灵,他们的心愿是一致的。"

　　白桦垂头哭泣。

　　郑永娣胸口起伏,继而嚎啕大哭,嘴里叫着:"弟弟啊,弟弟……"

　　老师看着神情悲戚的学员们说:"好,接下来,全体起立。让我们为生命中逝去的亲人默哀三分钟,请大家站好,低下你高贵的头颅。"

　　全体学员站起来,表情肃穆,依老师的指示,弯腰向虚空鞠躬。

　　有一个人例外,是夏烨。他昂着头,握着拳头,表情生硬。老师走过去,轻轻拍了拍他的肩膀,然后推动他的脊背,推着他慢慢地弯下腰,弯成90度的直角。在低下头的刹那,夏烨拳头松开,从胸腔里迸发出一声哭叫:"妈,妈——"

　　全体学员都哭起来,哭声高高低低,夏烨的哭叫变成了一声声哭号,然后意想不到的事发生了,他瘦高的身躯砰的一下倒在地毯上,大家吃惊地看向他,有人想过去扶,被老师的一个眼神制止。

　　老师坐在导师台上等大家情绪平复。之后,她再次来到场地中央,叫郑永娣重新躺回地上,拉过白桦,把墨绿色长围巾一撒,隔在白桦与奶奶中间。她对白桦说:"来,最后再给你完成一个仪式,对着奶奶好好磕三个头,向她道别,告诉她,我会好好活着，不放弃自己。"

白桦听话地双膝跪下，刚要磕头，老师拦住她说："慢着。"白桦看着老师。

"记住，磕完这三个头，从今以后，不许回头！"

白桦"啊"了一声，又哭起来。

一拜奶奶。身体弯下去，再弯下去，额头触地。

那个夏天，她刚上大一，暑假没回家，在一家炸鸡店打工。

午夜，顾客像潮水般退去，餐厅空空的，没有一个顾客。她肚子咕咕叫，钻进厨房找吃的，暖光灯照得里面像一碗蒸熟的鸡蛋羹，人懒懒的，心头莫名地躁动和困倦。

胖胖的厨师长和她混熟了，他总是私留好吃的带回家给三岁儿子，也会留一点给白桦。虽然时不时要讲黄段子有点让人讨厌，可她还是叫他胖哥。

胖哥抖动肉墩墩的大腿躲在不锈钢餐柜后面翻杂志，看她进来，慌忙过去关门落锁。

"看什么呢？"她好奇地凑过去，胖哥说："没什么。"说着把杂志往柜子里塞，她不让，拿出来一看，脸上顿时火烧火燎起来。

《花花公子》画页，赤裸的人体，特写的器官，骇人的姿势和开放的动作……她慌张迷乱，心跳加速。一双肥软的手环住她的腰，伸进工作裙，上上下下地抚摸，她本能地反抗，可身体被牢牢控住动弹不得。那双手老熟地动作，滑向更深处，她整个人昏沉绵软，像一摊水要化掉。

窄小的厨房，封闭的空间，她仰躺在不锈钢餐台上，反手抓住高高的杂物架，突然一阵撕裂般的疼痛袭来，眼前发黑，身体本能地拱起来，一声尖叫被肥手捂住。那双手铁钳般钳住她，她退缩着反抗着扭动着，储物架上的胡萝卜、青椒、番茄、土豆纷纷滚落砸到身上，他停下来松开手，喘着气说："娘的，还是个雏儿？"她往外吐气，用尽力气推开压在身上的那堆肥肉，牙缝里挤出一个字："滚。"

几天后的一个傍晚，她来到国际商厦顶楼28层高的旋转餐厅。

这座商厦在当时算是城里的最高建筑，顶层的旋转餐厅配的是全落地钢化玻璃窗，顾客可以边用餐边欣赏风光。

她预订了靠窗的位置，为自己点了一份昂贵的西餐，花掉了她一个月挣的工钱。在等待上菜的时间里，她静静地坐着，俯瞰窗外无垠的天空。旋转启动了，轻微的移动几乎察觉不出什么，只是慢慢转动着，变化着，从城市的东边转到南边，又从南边转到了西边，再到北边，不知不觉，她在空中巡游了整个城市的地貌。

记得大约六岁时，她的爸爸妈妈把她接到城里来过春节。他们带她去儿童游乐园，她第一次坐旋转木马，还是爸爸抱她上去的。她两手握住马头又紧张又好奇，旋转木马转起来啦，转起来啦，她好开心啊，迎着风，扬着头，一圈又一圈在风中欢笑。她看到眼前的风景随着旋转在变化，从这边到那边，从那边又到这边，可是不管风景怎么变，爸爸妈妈总在那个位置等她，向她扬手。那旋转的一圈在她心里，就像游历了一个世界那般漫长，而哪怕旋转了整个世界，也总有爸爸妈妈熟悉的面容，在那个位置等她。

就在前几天，她又去了儿童游乐园，和孩童一起坐上旋转木马。在他们的欢叫声中木马旋转起来，不同的风景从眼前掠过，孩童的父母在招手叫唤，期待的脸，欢笑的脸，陌生的脸……木马旋转了一圈又一圈，她再也看不到曾经熟悉的两个人，两张冲她欢笑的脸，她从木马上下来，独自离开。

上菜了。上好的精品牛排，选的是牛肋骨附近最嫩的那块。她拿起刀叉，在七分熟的牛排中间部位切开一个口子，鲜红的血丝渗出来染到刀叉上，她一块一块地切着，连着血丝慢慢吞进嘴里。这顿饭，她吃得很慢，吃了很长时间，直到把所有菜品全部吃完，她擦擦嘴准备离开。她的目标是观光平台，就在旋转餐厅上面，一个百米大的平台，可以俯瞰城市全貌。

她背上双肩包，就在她起身的那刻，意外发生。超大落地玻璃窗外闪过一个身影，来不及看清相貌，是个和她差不多年纪的女孩，她从上往下像只麻袋膨胀得大大的，长发飞散，手臂展开，倏忽一闪往下掉去。

她手按住玻璃窗瞪大了眼睛。几乎同时，顾客们冲到窗前往下看，一片喧哗惊叫，大家冲出门去。

很快，警笛鸣叫，白桦随着人群来到一楼，外面围了好几层人。警察在现场拉起白色警戒线，无数人在七嘴八舌地说话，她只听到一句："女孩没气了。"

她远远地站着，一种无可言说的恐惧弥漫全身，身体控制不住地发抖。她不由得抱住自己，紧紧地抱住自己。这时前面走过一个白发老奶奶，背影像极了她的奶奶，她看着那个蹒跚远去的老迈背影突然泪流满脸。她明白了，奶奶在告诉她，这个女孩是替她死去的，奶奶要她好好活下去。

那年，她二十岁。她曾对岑晓稚说，不要看我容颜年轻，我的心早已经白发苍苍。

二拜奶奶。头放低，再放低，脖颈垂下去，双手贴地面。

读大二时，主讲外国文学的副教授，四十多岁，据说是个不嗜烟酒、不近女色、不苟言笑的"标准好男人"。可是好男人很快被她迷倒。不久后的一个夜晚，他们沦陷在他办公室陈旧的皮革沙发上，他一遍遍发颤地叫："哦，我的安娜，我的洛丽塔。"他急吼吼脱下长裤，露出竹竿一样瘦的细腿，一边耸动一边哼哼叽叽，像只摇尾乞怜的癞皮狗。

她大学毕业后到报社工作，分配到新闻部。新闻部主任，横眉、鹰眼、国字脸，身材魁梧，鼻翼上有颗硕大的黑痣，随着讲话会抖动一下。年会上，他举着酒杯走过来，毫不掩饰对她的贪婪。猎物与猎手开始一场斗智斗勇的游戏，很快，这个外表倨傲的男货，同样光着屁股匍匐在她脚下，吻着她的脚趾，像一头被降服的公牛。不久，一个烫着鸡窝头的女人冲进办公室，一把揪住她大喊大叫，整个报社沸腾了。

从报社出来后，她发现自己怀孕了，就一个人去了私人医院。在手术台上被扒下裙子，耻辱地张开腿，冰冷又尖锐的器具像要把肉体扯碎，就像那天她在西餐厅吃的最昂贵的那份牛排，她就是医生手术刀下的一块牛排，从中心部位切开来……她咬破嘴唇没出声，把咸腥的血和着眼泪咽下去。

徐永健是典型的高白帅，毕业于财经学院，在银行工作，看上去腼腆、内秀，从恋爱到结婚，她和他半年速成。婚后，她发现他是一个妈宝男，看几场电影拉几次手都跟他妈汇报。他不抽烟也不喝酒，可是喜欢嗑瓜子，有时可以在纸篓前嗑一下午，她简直怀疑他是不是属鼠的。琳儿六岁时,他在性事上三天不行两日不举,某个晚上,被她一脚踢下床。

最后一拜,拜奶奶。身体伏下去,再伏下去,贴近大地。

不知从哪一天起,她在照镜子时发现自己越来越像她妈妈,戾气堆在眉头,嘴唇线条僵硬,这还是大学里号称"冷美人"的白桦吗?她一遍遍匀粉擦脸,勾眉描线,养成了不上妆就不出门的习惯,后来又养成了每天泡浴的习惯,再忙再累,回家再晚,她也要泡一次浴,一日不泡就嫌自己脏。

婚姻走进死胡同后,她索性放开,与大学同学老耿约会,喝茶、泡吧、跳舞、去丽江玩,放任自己直到和老徐离婚。

红酒商人虽说花心不正经,可他骑马的范儿特 MAN,她喜欢雄性激素旺盛的男货,喜欢被他们压在身下,在被征服中享受征服的快感,在极致的放纵中麻醉自己。越飞升,越坠落;越坠落,越飞升。

上午在工作坊现场,那个二十八岁的女案主站在场地中央,身后立着一排六个男人,当时她身体一阵阵发冷,她看到那个孤零零站在场中央恸哭的女人分明就是她——白桦。

"一个家庭方面受伤的孩子的模式,即以一种破坏自己、惩罚自己的方式向父母抗议,向父母宣战。这种模式不处理的话,会延伸到成年后的关系中,把自己像陶罐一样摔碎,以此表达孩童式的绝望与愤怒。"

是的。她管男人叫男货。在她眼里,男人是货,他们全是一种货,好色的货,肮脏的货,交易的货,玩弄的货。

那些年她玩弄男货,特别是有家室有地位的,更激发她的斗志，拉下他们高高在上的虚架子，扯掉他们身上的遮羞布，让他们一个个伏在脚边。孩童式的报复，幼年报复父母，成年后报复权威，在幼年的她眼里，大人们在外面彬彬有礼，客客气气，关上门却虚假、伪善、独断、丑陋、自私，他们面目狰狞地吵架，互相咒骂，同时他们也不放过她，指责她，嫌弃她，他们是压制她生命的恶势力。

就这样，她的人生不知不觉走进某种畸形的循环。得到，扔掉，再得到，再扔掉……直到从别人的故事里看到自己。

"夏烨，在哪个环节出了状况？"章达成问岑晓稚。

那天夏烨倒在地上，益真老师不让学员去拉。等工作坊结束，学员们发现他还躺在地上，老师还是不让大家去拉，说爬不起来是他的事，就躺着吧，直到他能自己爬起来。不过这些她没说，团体辅导也有保密规定。

"章主任，具体我就不说了。我只能说，他对他妈妈的爱没有放下。"

"嗯，"章达成点点头说，"夏烨他妈妈死得早，死于乳腺癌。他认定他妈的病是被他爸气出来的。他爸属于九十年代发家的富人，喜欢演艺圈女明星，身边常有女朋友，听说结过三次婚。去年老头子七十大寿，新娘四十岁，比夏烨大不了几岁，这些事对他有很大影响。我想，去年来访者投诉他那桩事，极有可能是触到了他的痛点。"

章达成说到这里连连咳嗽，拿起杯子喝了口水。

"啊，他爸七十岁还娶新娘？"岑晓稚恍然明白过来，"原来他在这样的原生家庭里长大，怪不得是个不婚主义者。"

章达成看看她，忽然说："其实，我很早的时候也参加过家庭系统治疗工作坊。"

"哦，你有感觉吗？"

"当然有，不过我是以一个观察者的心态去对待的。家庭系统治疗的核心原理来自《道德经》，西方讲神性，东方讲道，这是宗教哲学的体系学问，形而上的东西，与心理学不同，也不属于心理学的范畴。要知道，心理学是现象学，有临床案例，有鉴别诊断，有实证有经验，有方法有技巧，所以作为一个咨询师，你要扎扎实实地从基础学起，记住，不要去蹚不知深浅的河。"

"哦。"岑晓稚漫应一声，表情若有所思。

章达成看着她深思的表情，捂住嘴又一阵咳嗽，调转话题说："夏烨，我抽空去找一下他。"

"啊，你想再用他吗？"

"先聊聊，看看。"

"可他辜负了你啊，能再用吗？"

这事章达成不是没考虑过。他事后分析，一方面，夏烨当时急于求成，因他老爸的名头摆在那里，无论是名是利，要想超过老爷子谈何容易；另一方面，他对章达成有成见有想法，说明章达成工作没做好，沟通不够，而章达成在潜意识里也确实有压制夏烨的想法，这也是为心视野的将来考虑。再有，章达成也没料到他少年丧母的创伤这么深，根本没处理好，至于后来他被P2P公司坑了这事也可以理解。连开两家分公司，摊子铺得太大又没盈利，想捞点高利息增加收益，结果上了当，被搞得人财两空。那家公司答应给他高利息，一个月也才几万块钱，他都会押上去，可见他的公司穷困到什么程度，根本维持不下去。这孩子不容易啊,他毕竟是自己一手培养起来的,章达成怎么忍心看他现在落魄到一无所有,无人收留呢?

章达成相信经过这次教训,夏烨会醒悟过来,人才还是人才嘛,这一点章达成对他是有信心的。

这次章达成在省城注册分公司,用市区一类地段的钱,在三类地段的创意园区租到八百平方米的写字楼,还有税收优惠等政策,三五年内周围商业圈发展成熟,以后是很有前景的,所以他计划年底装修完工年后开张。

谈到培训这块,他对岑晓稚说:"近年来,报考咨询师的人员结构有变化。以前是社会团体为主,现在个体增多,如全职妈妈、白领、自由职业者、大学生等等,说明个体心理意识加强,关注心理健康的人多了。不过桐城毕竟是小城市,小富即安意识浓厚,而省城人口是桐城的两倍多,人员来自全国各地,信息量大,视野广,中产阶级有心理保健意识,肯花钱找心理咨询师。目前,省城的心理机构只有二十几家,远远不能满足市场需求,所以我们要力争在明年开张,这事不能再拖了。"

他说完这些胸腔起伏又咳一通,岑晓稚赶紧给他添了热水递过去,他接过来说:"要做的事情太多,我是有心无力,老啦,老啦。"

"您还不到五十岁,怎么算老?"岑晓稚说,"按照世界卫生组织的说法,二十五到四十五是青壮年,尤其男性,你的年龄正是黄金时期呢。"

"黄金时期?"章达成苦笑,揉揉鼻子说,"我是人在江湖,身不由己。"

他起身踱到窗前,背对岑晓稚说:"你看,从这里往下看,人是多么渺小。你说,人一辈子辛辛苦苦,汲汲营营,到底为了什么?"

岑晓稚琢磨着,一时没答话。

"有时候,人活着真还不如一只蟑螂。"

"啊,蟑螂?"

章达成回头看她,笑了笑说:"对,蟑螂。"

三、轮岗

一早上班,岑晓稚就得到一个坏消息。

文印室的小姑娘告诉她,她去参加工作坊那几天,馆里开了内部会议,传了很久的轮岗举措正式落地,第一批拟定的名单里有她岑晓稚的名字。

轮岗这事说了好久。史馆长上任后成立了理事会,理事会成立后的头件事是整顿考勤制度,第二件事是精简人员,几次会议开下来,差不多把馆里的聘用工全清理光了,接下来阅览室将安排正式员工去上岗。

阅览室的工作,无非是对书进行捡拾、搬运、整理、查询、报备等,扎着围布从早到晚泡在阅览室。这不算什么,最辛苦的是每次新书上架,几百上千册图书要分类、编目、贴签,还有上架,加班加点不说,还很费精力体力,而这些活儿以前都是聘用工做的。

馆里二十几号正式员工,吃闲饭混日子的人多了去,为什么轮到她?岑晓稚第一时间给白桦打电话,偏打不通。她又打韦凯峰的电话,他在外地出差,说是去外海的集装箱码头查一批货,风大,声音也听不清,简单说了几句后他说尽量当天赶回,等他回来再说。

不知是不是心理作用,开完例会出来,岑晓稚觉得内勤科那俩同事看她的眼神有幸灾乐祸的意味,人的眼神是藏不住事的。她在办公室里走动着,没有心思干别的事。

晚上韦凯峰才到家,开了几小时夜车,他头发乱糟糟的,眼睛发红,来不及洗把脸,就问岑晓稚是怎么回事。岑晓稚把内部消息又对他讲了一遍。

"这个轮岗要多长时间?"

"目前说是半年吧。"

灯光照着他半侧的脸,他说:"你不听我的话,现在麻烦来了。早和你说过,要和新馆长搞好关系。"

岑晓稚说:"史馆长不是那种热衷于搞关系的人。"

"你好幼稚,当官的背后那些勾当能让你看出来?"韦凯峰解开衬衫扣子,接过岑晓稚给的毛巾胡乱抹把脸。

"不是,"她解释说,"这几年馆里招来的人,学历一个比一个高。去年来了个哲史学双料硕士,图书管理专业的更不稀罕,我一个老大学生怎么和人家比?优胜劣汰,史馆长就是要盘活我们这潭死水。我想不通的是为什么轮到我,平时工作我也不差的。"

"一个区级图书馆搞这么多花头精,盘不盘活那是你想的?他就是要搞政绩给自己脸上贴金往上爬嘛,"韦凯峰鼻子嗤了声又说,"学历算个屁,工作能力才是王道,你们馆里吃闲饭的人多了,编制全给关系户塞饱。对你下手,只有一个理由,你外面跑得太勤不安心工作——我可提醒过你的。"

"我们上下班早实行指纹考勤了,我哪里还能溜出去。"

"那你请假去什么工作坊,你的活儿不得让别人顶啊?上次搞书展你也请假,去上什么催眠培训,"韦凯峰皱起眉头说,"我跟你说过,心理学玩玩可以,别走火入魔。我们隔壁部门那傻叉男,据说在寺庙给自己办了灵位牌,说以后不买墓地,咽了气直接进小房间升西方极乐净土。小房间三万块一间,现在不买以后要涨,等于省了墓地钱还能进西方极乐世界。他还隔个把月跑山上上什么禅修班闭关班,进出一口一个佛怎么说凡夫怎么说。我就奇怪了,别人活得好好的又没求他渡苦海,他不吃饭不拉屎?上个月被上头开掉了。这叫不成佛就成魔,脑子坏掉啦,所以什么事都别玩过头!"

"拜托,你说这一堆什么意思啊?"岑晓稚的声音大起来。

"好,不扯这个。"他挥手说,"既然是内部会议,就还有回旋的余地。这样,你现在就给老馆长打电话,他是你的老上级又是你爸的故交,老人家也不会不帮你的,这事拖不得,越早解决越好!"

他把话说得斩钉截铁,岑晓稚只好拿起手机打电话。老馆长听了后很谨慎,说去了解一下再回复。过会儿老馆长来电话了,给她一个地址,叫她去拜访一下史馆长当面沟通。

岑晓稚一听傻了,韦凯峰一拍大腿,说:"好,有戏。"

等天完全黑下来,他俩一前一后走进某小区。

礼是韦凯峰准备的,怀里还揣着张消费卡,这岑晓稚可不知道。虽说老馆长再三关照史馆长很亲民,拎点水果就行,韦凯峰不这么想。在这件事上,他和岑晓稚又闹过。岑晓稚坚决不肯送烟酒,说这个是行贿,犯法的。韦凯峰说,什么犯法,你懂什么,在社会上混,那些套路你还是听我的吧。岑晓稚拗不过他,也就不管了。

一个门牌挨一个地找,到史馆长家楼下时,她站住了。

公正地说,除了开会上瘾,这个新馆长做事还是有魄力的。他来了以后,对外布展过几次国家级、省级的展览活动,对内成立理事会,整顿考勤制度,精简人员,提高效率。这轮岗制是尝试,新官上任三把火,不知道接下来还会有什么动静。

她想到父亲。这个时候,她想起了父亲。

想当年为了能分配一套房子,父亲和她一样,手里拎着母亲备好的烟酒去找他的上级领导。他一定也是这样,在领导的楼下徘徊再徘徊,进进退退好几次,最后,灰溜溜地拎着烟酒回家了。

岑晓稚始终固执地认为,父亲的厄运是从调离教师岗位后开始的。

人人羡慕他从一线教师岗位调到教委后勤当科长享清福,只有岑晓稚知道,父亲还是喜欢当自由自在的孩子王,他说过他的志向就是当一名快乐的教书匠。局里那次出台分配职工房的政策,他家是不符合条件的,可母亲偏逼着他去找领导,他拗不过,只好硬着头皮去。

除夕夜,他们吵了一架,母亲当着她和哥哥的面,骂父亲是无能的男人。几天后,母亲亲自上门去找领导,在领导办公室哭诉家有老小的困难现实,要求照顾。母亲又是撒泼又是卖惨的苦情戏成功了,不久分房名单下来了,有岑怀远的名字,家里欢天喜地,他们都没发现父亲落寞的表情。

那件事以后,母亲一下子站到了家庭的主导地位,指使父亲干这干那，父亲唯唯诺诺没有反抗。她后来常想，假如父亲不当科长，继续当他快乐简单的孩子王，假如局里不出台那个政策，母亲不逼他去找领导，假如她兄妹俩不站在母亲的立场，甚至假如，她听从父亲的意见嫁给他看好的那个书呆子硕士，父亲是不是不会得那个病，他的寿命是不是会延长？

她抬脚把一粒石子踢得远远的，韦凯峰两手抱肩看着她。她扭身往回走，韦凯峰跟上她问："你可要想明白，这事没有第二回。"

"想好了，轮岗就轮岗。"

"好，"韦凯峰说，"那就回家。"

他拉过她的手，他的手温暖有力，他们手拉手走出小区。

四、《初雪》

章达成一早到心视野，远远看见有个黑衣女人站在门口，看起来像是等了很久，他走近一看，竟是顾一鸣的妻子。

他把她请进办公室关上门，她的脸上有着刚刚丧夫的悲苦相，整个脸愁云密布，刚坐下第一句话就说："章主任，我实在找不到人说话，这样下去我会憋死的，我只好来找你。"

章达成点点头。

顾一鸣的死与一个女人有关，这是程大海告诉他的。这个八卦分子消息灵通，而今天顾一鸣妻子来找他，同样也提到了这个女人，这个与顾一鸣有瓜葛的女人是当年他们隔壁班的文娱委员，叫杨小雪。

"章主任，一鸣是我害死的。真的，是我害死了他！"

她忍不住呜呜咽咽地哭起来:"这几年来,他一直过得不开心,他很痛苦,我知道,就因为那个女人——杨小雪。"

章达成只知道,当年顾一鸣加入校音乐社,在一次钢琴演奏后得了"钢琴王子"的绰号。而所有人都不知道,这首曲子其实是顾一鸣为那个他暗恋的女生杨小雪而弹的,这是一次含蓄的表白。

关于他们学生时代的事,顾一鸣妻子知道得不多。据她回忆,顾一鸣有变化是参加了高中同学会后,她说不清具体变化在哪里,反正从那年起他睡眠不好了,在断断续续吃安眠药。

事实上她的感觉是对的。

那次同学会让顾一鸣得到了杨小雪的消息,两人联系上了。杨小雪在省城安了家,可是生活并不幸福,她丈夫在外面事业做得大,在家脾气很差,还对她家暴。有一次杨小雪向他哭诉被老公打伤肋骨住院,刚巧那几天顾一鸣在省城开会,他去医院看她,之后两人就好上了。

章达成问她是怎么知道这些事的,怎么知道杨小雪这个人的。顾一鸣的妻子擦了擦眼泪说,是通过顾一鸣的朋友圈。他的朋友圈人不多,特别是女性更少,她把他朋友圈里的女性信息拉出来,叫公安局朋友去调查,结果用杨小雪的生日输入顾一鸣的手机,手机密码解锁成功。

她在顾一鸣收藏的照片中发现了五百多张杨小雪的照片,还有他俩断断续续将近十年的对话记录。她崩溃了,想死的心都有,不过揩干眼泪冷静下来后,她心里生出了一个念头:绝对不能让他俩的婚外情得逞,她要誓死捍卫她的家!

章达成问:"你发现他俩这事有几年了?"

她想了想说:"有五年吧。"

章达成想着怎么来安慰对面这个悲痛欲绝的女人。这个女人在一家机关单位当会计,她穿着黑色衬衣,拎着黑皮包,年纪应该和顾一鸣差不多,面相看上去却像五六十岁的妇女,特别是一脸的黄褐斑,大大小小深深浅浅,布满整张脸,和她的年纪很不协调。

在顾一鸣的追悼会上,她拉着一双披麻戴孝的儿女哭得天昏地暗,让所有人看得心酸。对一个家庭来说,正当盛年的丈夫突然以这种方式离去,不仅仅是很大的打击,更是让家属蒙羞。

那天,章达成跟着吊唁的亲友依次缓行,到顾一鸣遗体前行礼,他把一枝白菊花放在覆盖遗体的白布上,停下脚步看着老同学的遗容。高中时代,顾一鸣成绩中游,人也长得不出挑,班级活动很少参与。他是属于人群中不被注目的那类人,除了弹钢琴这个亮点。在章达成的印象中,他是一个旁观者,听别人说话,对别人笑,为别人鼓掌,为别人让道。

记得那次饭局上,周海霞说,我们顾处啊,约了一回又一回,电话打了一个又一个,他老说没关系不必要,后来又推说等等再等等。程大海问他什么时候换掉他的老爷车,他笑笑说不急,再看看,等等吧。酒席散后,大家出来打车,他让他们先走,说没事,你们先走我不急,再等等。

这样一个愿意等等的人,却先他们一步走了,他才四十五岁。

他躺在那里眼睛闭合,面容平和,嘴角微微勾起,想说什么又好像没什么要说,一副没有牵挂、永生解脱的样子。章达成想到他对程大海说过的那句话,活着没有解药,真想问问他:你这样撒手一走算是解脱了么?可是,顾一鸣听不到他的发问,也永远回答不了他的问题。

顾一鸣妻子在哭泣,章达成问她:"这五年中,你就没对他说破这件事?"

"没有,"她说,"我不敢,我害怕。我怕万一挑破,他会就此跟我摊牌,要和我离婚。我不能失去他,孩子也不能失去爸爸,我无论如何要保全这个家啊,所以我一直假装不知道。"

她低下头一下一下地抽泣:"五年来,他基本不碰我的身子,说是睡眠不好,让我和他分房睡。这也没什么,我不会计较,只要他这个人在家,只要逢年过节我们一家四口齐齐整整地进出,我就知足了。哪怕他回家不和我说话,把自己关进书房玩手机看电脑,常常一待好几个小时。"

章达成又问:"他的社会关系怎么样,有没有谈得来的朋友?"

"很少,"她说,"他这人内向,话又不多,同事关系也一般,有活动或是应酬也是能推就推掉,说和这些人没话可说。有几个大学同学偶尔念叨,过年过节生日什么的会打电话,反正他就是个独来独往的人。"

章达成点点头,问:"五年,不容易啊,你是怎么做到的?"

眼泪又一次涌出她的眼眶,她抹了抹,抽噎着说:"我能做什么?我就是尽我的责任照顾好俩孩子,还有他爸妈。我全心全意地侍候他们,每周去给二老烧饭做菜,陪他们看病配药,还有家里修修补补的活儿,基本是我一人照应。二老退休后就叫了保姆,可是仍喜欢吃我烧的菜,还喜欢让我扶着在小区里走动,碰到邻居就夸我,说这媳妇比亲女儿还亲,比亲儿子还孝顺。还有他家一帮子乡下亲戚,不管哪个来城里,我都是好饭好菜地招待他们，不漏下一个。里里外外，我已经尽到了一个妻子的所有责任，该说的说，不该说的咽进肚，可是我这么做他仍不领情，他与我之间就像隔着一层玻璃，他把自己罩在玻璃里，我看得到他的人，感受不到他的温度，你不知道，他有时看我的眼神就像看一个陌生人，叫我生生地寒心……"

她说到这里说不下去了，又低头啜泣。

章达成咳了声，又问："你们是怎么认识的，是自由恋爱还是相亲的？"

她迟疑一下，缓缓说："他和我结婚其实是奉他父母的意愿。我们两家是世交，在剧团住同一幢宿舍楼。我比他大三岁，他父母从小就喜欢我，他也从小听父母的话，是一个很懂事的人。我以为，我可以用大半辈子的时间来暖他的心，让他喜欢我，可我现在才知道，他的心是石头，是焐不热的，哪怕我给他生了一双儿女，也没能改变他。章主任，我真的不明白，世界上怎么会有这么冷酷的人啊？"

章达成没答话，抬眼看了看窗外，没有阳光，今天是个阴天。他沉默半晌才问："你知道他有什么爱好？对了，他在家弹钢琴么？"

"我知道，"她点点头说，"他第一次来我家，看见放在客厅的德国进口钢琴，眼睛就亮了，那是我特意为他买的，为此还和爸妈吵了一架。可是我们结婚后他很少弹琴，有段时间他看起来心情不错，打开琴盖弹曲子。他弹琴的架势和沉浸其中的表情，让他焕发出平时没有的神采，我会呆呆地看着他，像不认识他一样。后来我在他与那个女人的聊天记录里看到，这个杨小雪说他弹琴的样子是'一个人的圣经'。我不懂这句话是什么意思。现在回想起来,我们结婚这么多年,他其实一直活在自己的世界里,把我们关在了门外。"

章达成点点头,又问:"我听说他有抑郁症?"

她表情黯然,一时没说话。

章达成也不催她,陪着她沉默,半晌,她开口说:"是,他有抑郁症,一直在断断续续地吃药。"

"你是什么时候知道的?"

她说:"在那个女人死后。"

"死后?"章达成重复着,吃了一惊。

在顾一鸣和杨小雪的聊天记录里,说得最多的是他让杨小雪等等他。他说,他们还小,等这对孩子上了中学自己就提出离婚。后来又说等他俩考上高中吧,初中正闹青春期,家里鸡飞狗跳的,你等等我。再后来他又说等他们高中三年读完吧,最后又说等他俩考上大学,我一定娶你。

有一次杨小雪被老公一顿暴打后,给顾一鸣留言说我等不了了。不久她和老公离婚,搬到娘家住,半年后身体不适,查出是肺癌晚期,很快去世了。

在得知她患病的当天,顾一鸣关起房门向老婆挑明了与杨小雪的事,明确表示要离婚,他老婆当然坚决不肯。他就摊牌说杨小雪患了癌症,时间不多,他要陪她,给她名正言顺的名分,为她补办一场婚礼,这是他曾对她许下的诺言,他老婆听得心肝欲裂。

这么多年有名无实的夫妻,人前欢笑人后咽泪,她的苦为什么他就看不见?凭什么她苦了半辈子没有功劳,还要被他一脚踢出顾家门？那天她也彻底发作了，她从厨房提来滚烫的热开水，全部倒在钢琴上，又拿厨房的擀面杖死命地砸钢琴的黑白键，边哭边砸说："让你弹，让你弹，这是我的钢琴，我绝不会让你们得逞！决不同意离婚，我就是死也要把你们拖死！"

为了取得支持，她又跑到婆家去告状，把这事抖给公婆听。两老一听当即把顾一鸣叫去，要他当着他们的面向他老婆下跪道歉。他妈还骂他没良心，色迷心窍，诅咒那个女人不得好死。老太太提起手头的拐杖戳地板，简直要把地板戳出洞来，她亮着女高音的嗓子尖声对顾一鸣说："小鸣，谁给你的胆子？你眼里还有我这个当妈的吗？好，你要是胆敢离婚再结婚，我就去婚礼现场，当场一头撞死给你们献礼！"

顾一鸣从他父母家出来，收拾东西要搬出家去。他老婆害怕了，意识到坏事了，她有点后悔自己的做法，死死拉住他不放手。最后她妥协了，说同意他去陪那个女人，她也会替他瞒着他爸妈，只一条，不许离婚，这是她的底线。她想，只要不离婚就让他俩待一阵子，反正也好不了多久，等那个女人一死，他顾一鸣还是她的男人，还得回归这个家。

半年后，那个女人真的死了。她后来猜想顾一鸣应该是从那之后去找心理医生配的药。有一回她从他书房抽屉里找到过一瓶药，很陌生，一看说明书，是抗抑郁药。但她真没想到抑郁症这么厉害，他会做出这样自绝于世的事。不，她后来又反复回忆推翻了这个猜测。她想到他床头的安眠药是常备的，他有吃安眠药的习惯。那么如果这样的话，她猜他的抑郁症可能更早，因为他吃安眠药已经将近十年，这十年也是他和杨小雪重逢的十年，相恋的十年，这十年中的哪一天，他都有可能患上抑郁症！

"我好糊涂,我太大意,他就这么丢下我们娘仨,跟着那个女人走啦!"她说到这里放声大哭,边哭边说,"是我害了他,是我害了他啊!早知道他会走这条绝路,我就答应他了,大不了离婚。虽说我没了老公,可至少孩子们还有爸爸,两老还有儿子在。现在他走了,一个家散了,我上对不起老人,下对不起孩子,我,我什么都没了啊!"

章达成递过去一盒纸巾,又轻轻咳了声,她才慢慢止住哭泣。

章达成又问:"听你这么说,杨小雪是在去年七夕节前去世的,而顾一鸣是今年七夕节前一晚走的,时间刚好一年,这是巧合还是有意安排的?他出事前,你们之间有没有发生什么事?"

她泪痕满脸,摇摇头说:"我不知道,我没有去刺激他,他都在吃抗抑郁药了,我哪敢惹他啊!"

"那么,他近来有没有参加什么活动或者和什么人在一起?"

"也没有啊。对了,之前那个周末,他去大剧院看了一场叫《梦幻经典》钢琴之旅音乐会,买了两张联票。票是我在他口袋里翻到的,我也没问他怎么有两张票,约了谁去看。"

章达成若有所思地点点头。

"孽缘啊,他们居然到那个世界还要一起,他就一点不顾我们孤儿寡母以后怎么办,他真的太绝情啦,我怎么会嫁这么个男人,我的命好苦……"

她肩膀抖动,又抽出一叠纸巾擦眼泪,她脚边的废纸篓里,堆起高高一叠白色纸团,像堆着一朵朵的白菊花。

送走顾一鸣的妻子,章达成回到办公室。

他打开电脑搜索桐城大剧院近期的节目名单,果然有一场

《梦幻经典》钢琴之旅音乐会。在音乐会的演奏节目单上,赫然出现了那一首《初雪》,两张 A 级嘉宾席套票即情侣票,票价1999元,在演奏大厅正中最好的嘉宾位置。

精美的节目单,封面有这样的题词:"七夕之夜的约定,一生一世一个故事,一期一会一段曲子,生作死别,爱弥珍贵。"

章达成点开钢琴曲《初雪》。

这是一首有着淡淡忧伤的曲子,节奏舒缓,安静,悠远。他听着音乐不由得闭上眼睛,眼前似乎出现了一幅画面:一对少年手牵手走在樱花树下,粉白的花像雪一样点缀在树枝上,形成一条粉白的长廊,樱花瓣一片片落下来,如一场落到人间的初雪,落在少年的肩膀、头发上,落在相视而笑的两张脸上,他们手拉手,在一片茫茫的雪世界越走越远……

门外突然响起了敲门声。

第十三章

一、回家

岑晓稚在阅览室轮岗当班的第一周,就发生了一件事。

那天是周五,阅览室人不多,几个老年读者在看书。有个头发花白的老人要借两本明清历史参考文献,他不会用电脑,岑晓稚就帮他完成借书手续。可当她把书名输进去后发现这两本书不能外借,是馆阅书,不是借阅书。她和老人说明,老人挺失望,不过没说什么,问岑晓稚借了纸和笔,坐下摘笔记。

岑晓稚推着工具车在阅览室走动,把散落在桌上的书收起来放回去,口袋里手机响了,她走到外面去接,一听是小宇。

前阵子他们家来过一个小客人叫妍妍,是小宇班里的英语课代表,来给小宇补习英语的。小姑娘很认真,指导小宇做这做那,俨然像个小老师。

期末考前,小宇开足马力,按老师布置和妍妍下达的任务复习。一个男孩子这么玩命,岑晓稚看着也心疼,韦小爷就这样临阵磨枪,终于在期末考创下好成绩,刷新了纪录。他可高兴了,第一时间打电话给岑晓稚,在电话里"噢耶,噢耶"地狂啸,像头胜利的小豹子。

可小豹子很快泄气了,因为妍妍姑娘要调走,更让他郁闷的是,她和新学校的班长学打网球,那个热乎劲,照片都发到微博了,韦小爷整个人不爽起来。

"谁动过我的桌子啊,我不是说过不要动,谁要你整理啦?"小宇从房间冲出来吼着,火力十足。

"怎么说话的啊?"韦凯峰放下手机。

小宇低头回房间,被韦凯峰叫住:"回来!什么屁大的事,跟你爸说,我给你拿主意。"

岑晓稚说:"小宇,妈跟你说过,情绪来了怎么做,先问问自己我怎么啦。"

"我怎么啦,我知道还问你啊?"他嘀咕一句闷头进房关上了门。

"这孩子,吃枪药啦?"韦凯峰说。

"别管他,过几天说不定就好了。"

几天后小宇同学的心情果然又阴转多云。原来他在同学生日会上遇到妍妍,人家仍旧当他是好朋友,还为他的好成绩喝彩。妍妍与他约定新学期的期始考后,她去看他的篮球赛。这下韦小爷又有精神了。

韦凯峰说:"这小姑娘,要是能给咱小宇当媳妇,我做梦也要笑开花了。"

岑晓稚拧了拧他的胳膊,说:"那——你就做梦吧。"

今天小宇来电话是告诉她,和同学先练球再回家吃饭。

挂了电话,岑晓稚刚要进阅览室,远远看到欧阳闻牧从廊道那头走过来,还冲她扬手。

欧阳闻牧受市摄影家协会委托,准备办一场"夕阳红"老年大学摄影作品展,他已经和副馆长谈好这桩事,今天得空过来看看场地。

岑晓稚先带他去二楼报告厅看了看,欧阳闻牧表示满意。从报告厅出来,岑晓稚请欧阳闻牧在楼下茶吧小坐。欧阳闻牧边喝茶边问岑晓稚,下月初是否有空。原来志愿者协会有一场为孤儿院儿童送温暖献爱心的公益活动,现场需要心理咨询师为儿童提供心理方面的服务,岑晓稚一听欣然应允。她马上想到章达成,问欧阳闻牧有没有和章主任说,可以多派几个咨询师来。

欧阳闻牧嗯了声,没明确回答。

他和章达成见过几次,最早是在之前一次星宝(自闭症孩子)活动现场,当时章达成带咨询师来做心理援助。活动现场有个李大妈,她的两个儿子,一个当教师在西藏支教活动中出意外去世,另一个是消防支队队长,在一次火警中光荣牺牲。后来她孙子得了自闭症,大妈差不多花光了积蓄,后来和老伴沿街叫卖水果筹备医疗费。章达成听说后主动接手并陪同李大妈去省城找专家治疗。

星宝孩子是世界性难题,欧阳闻牧认为,需要心理医生和精神科医生共同联手来攻克难关,这点他和章达成的想法是一致的。

欧阳闻牧对岑晓稚说:"现在越来越多的人有心理问题,你利用业余时间发挥专长献爱心,很好啊,社会需要这样的人才。"

"哪里哪里,我是新手小白,要说有资历有经验非章主任不可,"岑晓稚接过话说,"这次您去孤儿院献爱心,您直接问章主任要人吧。"

欧阳闻牧犹豫着说:"这个,不妥吧?"

"有什么不妥的,我来联系他,"岑晓稚说着拿起手机,欧阳闻牧忙摆手阻止她,说不着急,不要打扰章主任。

岑晓稚说:"这是好事啊,您不是需要咨询师吗?"

"呃,你一个人来,先这样,"欧阳闻牧含含糊糊地说,"章主任很忙,这点小事就不打扰他了,我会联系他,我有他的电话号码。"

岑晓稚奇怪地问:"你们没有加微信?"

"我,我微信用得少。"欧阳闻牧一愣,尴尬地说,他搓搓手转移了话题,"晓稚,白桦白总,是你的好朋友吧?最近你们有联系吗?她怎么样?"

白桦?岑晓稚恍然明白过来,原来今天会长过来是为了打探白桦的行踪,他居然不知道白桦这些天不在桐城回老家了。

说到白桦,从家庭治疗班回来后她对岑晓稚说,自己这三天流的眼泪抵得上过去十年,原以为自己已是铜墙铁壁不会流泪了。

工作多年她都没好好享受过年假,这次她请了假,要去做两件事:一是回乡下给奶奶扫墓,花笔钱好好改造一下,种上花树,建成像模像样的陵墓;二是回老家看父母,这次她打算不住酒店,住家里,至于住几天她心里还没底,她的房间一直保留着不动,不管怎么样,她要回一趟家。

岑晓稚送走欧阳闻牧没几分钟,白桦就来电话了。这两人真是心有灵犀!岑晓稚怪她回老家怎么不和会长说一声,害得人家巴巴地跑到图书馆来打探消息。

白桦在电话里哼了声说:"爸妈要给我过生日。"

她这么一说,岑晓稚才记起今天是白桦的生日。那么会长亲自登门,一定是想到白桦的生日了。

白桦说:"这事我倒不在意,我爸妈准备积极。说起来,有些事情不得不信,等回来我们面谈。"

这边岑晓稚正打着电话,那边文印室的小姑娘跑来找她,有人口口声声要投诉她,馆长让她马上去他办公室,岑晓稚一听暗想糟了。

傍晚五点多,星巴克咖啡店内,岑晓稚叫了两杯饮品,抱着靠垫听白桦说事。

白桦穿着一件丝质宽松白衬衫,脖子上挽着大撒花真丝围巾,下面配淡蓝直筒牛仔裤。岑晓稚见惯了她一向正统修身的职业装,这么休闲度假式的装扮倒是不多见。

两杯饮品端上来,白桦拿小勺子轻轻搅拌焦糖玛奇朵,岑晓稚捧起香草拿铁喝了一口。

白桦问:"晓晓,你还记得工作坊现场益真老师的话不,讲心理残疾妈妈的。"

岑晓稚当然记得。当时益真老师念出这段话把学员们都惹哭了,她怎么不记得?益真老师让大家低下头,想象妈妈就在面前,她抚着一个学员的背指导大家深深鞠躬:在心里看着你妈妈,看着她的眼睛,她的神态,看到她身后的整个家族——她只是家族系统里一个小小的女孩,和你一样不完美。她有她的伤痛与不幸,与生俱来,难以改变,她的残疾你不懂。当你抱怨她跑得慢时,是你没看到她瘸着爬行的腿;当你指责她不扶持你时,是你没看到她失去双臂的身体;当你生气她不如别人妈妈时,她的心在悄悄哭泣;当你嫌弃她不给你关爱时,是你没发现她本身就是乞丐;而当你认为她不配当你妈妈时,她恰恰愿意放弃生命来成全你的私心。

"现在念出来就煽情了,像演话剧,"白桦说,"可当时在现场,那叫一个震撼。晓晓,我算明白了一件事,我骨子里还是受我妈的影响,否则我不会越来越像她。你不知道我那几个下属背后叫我什么,他们叫我包租婆,说我骂起人来那凶样恐怖至极。益真老师说得对,我们恨父母,我们不愿成为他们那样的人,可长大后不知不觉成了父母那样的人。家庭系统治疗让我懂了什么叫看见即解脱,也体会到什么是置之死地而后生,说起来我是躺在地下死过一回的人啊。"

一排排的老式住宅楼,四方平整,是九十年代建造的老房子。水泥路杆,高压线斜穿过小区,外墙石灰剥脱,贴满密密麻麻的家政广告,墙根发黑,隐隐扑来一股尿臊味。白桦掩住鼻子加快脚步往家走。

隔着铁栅栏的防盗门,她看到爸爸在厨房炒菜,老式油烟机发出拖拉机一般隆隆的响声,高压锅嘶嘶地响,饭菜香飘了过来,她愣了愣。

印象中,烧饭是妈妈的活,妈妈是不让爸爸进厨房的,嫌他拙手笨脚,只会添乱。可现在,爸爸站在灶前烧菜摆盘,洗涮利索,像个勤劳的"模范丈夫"。

爸爸老了,老年斑爬上颧骨,头发灰白稀少,像一把稻草寥寥无几垂挂在前额。他看到她很意外很惊喜,说:"小桦你怎么来啦,也不说一声,我现在就去买菜。"

"不用了爸,我带了菜,够咱们吃了。"白桦说着把酒店半成品菜拿出来。她看到小方桌上,一碟笋干炒芹菜,油煎老豆腐,心里有点发酸。

记得春节回家,妈妈烧了一桌菜,她礼节性地夹了几筷就推说有事走人。元宵节值班,她往家里打电话,爸爸说:"你走后,你妈妈整理房间,翻到给你买的布偶娃娃,抱着布偶娃娃抹眼泪。"她记得的,布偶娃娃是很早的时候妈给的奖品,奖励她那篇纪念奶奶的作文获得全省第一。

高中军训前她曾偷偷回过家,小房间留下她踩过的一串棉袜印,她妈下班回来,看见那串脚印,扑倒在地,脸贴着脚印亲了又亲。

"你妈要强,可她心里有你,毕竟是你亲妈啊。小桦,有空多来看看她,她现在身体也不好,我很担心。"爸爸对她这么说。

那天,白桦和她爸说着话,把给爸妈买的礼物一一掏出来。她妈听见动静,窸窸窣窣地从房间走出来,穿得齐齐整整,像见客人一样。她看上去面容萎黄,更瘦了些,白桦竟有种心疼的感觉。

她妈说:"小桦来啦?"这让她有种错觉,觉得眼前这个病恹恹的老妇人不是她妈妈。印象中,妈妈是个叉腰挺胸、说话苛刻的女人,永远板着脸,像全世界都欠自己一样,对她除了指责就是训斥,她怎么做都不能令其满意,曾经的害怕、紧张、恐惧、不安又潮水般涌上来……白桦的嗓子像哑炮发不出声,她还是没有勇气叫一声妈。

后来她妈妈扶住门框弯下腰要去换拖鞋,脚因为没力气在抖动,她冲白桦笑了笑。白桦想也没想一步过去单膝跪地,托住妈妈的脚放进拖鞋里。她妈妈手碰到她的头,然后把手轻轻搭在她肩膀上……那一刻,白桦心上涌起一股热流,眼里涌上热泪,在心里说了句:"妈妈,对不起。"

白桦说:"我活了四十多年,这一趟才是真正意义上的回家。"

说起来在她妈的原生家庭有三姐妹,她妈是老二,照她的话说,是爹不亲、娘不疼的多余货。少女时代的她把全部精力放在学习上,成绩优秀突出,从师范学院毕业后当上了老师,还是一般人不能胜任的物理老师,她就成了全家的骄傲。三姐妹中就她最有出息,可同时,她也把自己的人生放进一个有限的物理空间,像一枚核桃皱巴巴地缩在里面,一辈子没有走出去。白桦觉得,她就是益真老师说的那一类心理残疾妈妈。

白桦说:"现在查出她有冠心病,这次回去我发觉他们是真的老了,再不是以前精明强干又好斗的中年人,他们步入老年,吵也吵不动了,就让过去的恩怨烟消云散吧。要感谢上天给我尽孝的机会,晓晓,谢谢你,如果没有这次工作坊,我到死还要和他们对抗,等到他俩两眼一闭躺进黄土,我会悔恨一辈子……"

白桦抽出纸巾擦眼睛,说:"现在变得特别脆弱,特别容易掉眼泪,你可不许笑话我啊!"

"怎么会,是你以前太坚强了。"岑晓稚说。

白桦擦掉眼泪,岑晓稚看着她又问:"那你打算什么时候和欧阳会长和好?你看你和父母都和解了,还要和他扛到什么时候?"

"又来了,"白桦淡淡地说,"我有什么资格和人家好不好的,我是破烂事一堆的人。"

"对了,姐,"岑晓稚想到什么,"那天会长来找我,要我去参加他们组织的一场活动,他明明很需要咨询师现场服务,却不肯和章主任联系,说话含含糊糊的,他和章主任应该没有过节吧?"

"这事我不清楚,"白桦说,"他心里想什么鬼才知道,反正畏畏缩缩、瞻前顾后,懒得理他。哎,说说你吧,那天好好说着话怎么一下子把电话摁掉了?"

开门不利,岑晓稚叹口气。

那个周五,借书不成的老人后来发现有人借走了和他查的一模一样的明清历史参考文献,就去找岑晓稚,却找不到她。有同事陪他到服务台,结果在服务台的电脑里输入那两本书,显示可以借阅,老人非常生气,认为岑晓稚刚才是故意不借给他,他要向领导投诉。

工作人员对他解释可能是电脑设置出了问题,老人不相信,固执地说本来可以借走的,说因为岑晓稚说不可以外借,害他耽搁了时间。他还说图书馆连书是借阅还是馆阅也搞不清楚,说明内部工作没做好,管理上有漏洞云云。

岑晓稚在馆长办公室向老人道歉,说尽好话,才算平息了这场风波。老人走后,史馆长问她当班时间不在阅览室在哪里。她知道他的意思,要是当时她在现场,这个事就可以解决,不至于闹到服务台前,还引来其他读者的围观,给馆里造成不好的影响。

岑晓稚沉默着不知怎么说才好。不管怎么说,这事就是她的错,阅览室明确规定当班人员如要离开需有替班人员。

史馆长挥手叫她回去反思,下不为例。她起身时,看到他投向她的眼神透着一股说不清的意味,让她很不舒服,她不由得联想到上次没有登门去给他送礼，一时心里烦乱，思绪纷纷。

周一例会，史馆长提到这桩事，虽然没点名，也让岑晓稚很不安。很快，这桩事传遍馆里，中午她去食堂吃饭，内勤科那俩女同事就在看她，还交头接耳说着什么。她没理她们，像往常那样找到靠窗的位置坐下。看到那俩人又在打包新出锅的包子，她摇摇头，单位福利好，食堂隔几天就有点心供应，一般人吃几个拿几个，她们是能拿多少就往包里放多少，恨不得把食堂三顿搬到家里去，只要免费的就想拿走。人跟人的差距就是这么大。

说到这俩女同事，最近又发生了一桩事。

前些天，馆里一个门卫得病了，说是白血病，工会发动大家捐款。史馆长带头捐了一千元，岑晓稚捐了五百元，其他人大部分捐了一百元，这两个同事居然一分没捐，后来还是工会负责人去做她们的思想工作才各捐五十元。这事岑晓稚没说什么，她们却在背后议论，说她捐五百是作秀给馆长看。依岑晓稚以前的性子，有可能和她们去对质，可现在她不会了。

这次轮岗锻炼了她。虽说辛苦些，可工作本身没有贵贱之分，主要还在于心态，她觉得只要自己能放下面子不介意同事的眼光，这轮岗就不算个事。

不过总的来说，她感到待在馆里越来越没劲，不管是共事的人还是图书馆的环境都让她感到一种莫名的压抑。外面的世界日新月异，她日日待在馆里，却看不到希望和前景，难道一辈子就混在这里等退休么？不，她不甘心。

"姐，"岑晓稚凑近白桦说，"我想辞职，我要当一名全职心理咨询师，你看怎么样？"

白桦吃着甜品不说话，岑晓稚使劲推她。白桦耸耸肩——

她能说什么呢？想当初劝岑晓稚不要学心理学，她不听；要她离开章达成，她不肯；现在倒好，越学越入魔，还要辞职去当全职咨询师。自己说了她就会听？白桦太了解这个小女人了，别看她平时小打小闹模样依顺，一旦有大事，她是有主见的人，属牛的女人，牛脾气一上来谁拉得住啊？

今天岑晓稚和白桦杠上了，非要她表个态说句话，白桦被推得像个不倒翁，只好发言："好，好，你说从天悦山庄回来后，姓章的发心戒酒，现在一般场合他都滴酒不碰了？"

"对。"

"这说明什么？"

"说明什么啊？"

"说明人家在以实际行动向你表明，他是一个有自制力的男人。"

"哦，那又说明什么呢？"

"说明从目前看，你俩的较量算是告一段落，我觉得可以换个方式。"

"你的意思是？"岑晓稚歪着头看她，眼睛发亮。

"你不是说有试用期嘛，心视野那边先试试水，这边馆里按兵不动。还有，"白桦目光灼灼地盯着她说，"先安内再攘外。这事，得先把韦大爷给摆平。"

"明白，姐，"岑晓稚举起咖啡杯对她说，"来，我们干一下，为希望干杯！"

两只冒着热气的陶瓷咖啡杯，轻轻碰在一起。

二、亲不隔疏

"咚咚咚",有人敲门。

章达成睁开眼,关掉电脑播放的《初雪》,令他意外的是,冯亚莉款款地走了进来,他一愣,脱口问:"你怎么来了?"

冯亚莉噘起嘴说:"你这记性真有病了,昨天我不是和你说过,今天我们花艺班结业聚餐啊?"

"啊,对,对。"章达成讪笑着。她也不理他,把手里提的一只藤编提篮放到桌上,移了移又看了看,左摆右放,直到满意。

章达成问:"这是什么花?"

"这是红棘、南天竹和小雏菊,我的结业作品。晚上我们订了包厢庆贺一下,"她说,"送给你,看看绿色植物对眼睛有好处。"

"好,好。"章达成一叠声地应着,就差低头哈腰。

"对了,这个星期天你排出时间来,陪我去一趟万慈庵。"

"万慈庵?"章达成怔了怔。

"对,万慈庵。你不知道吧,那个庵里有尊观音菩萨,据说求子很灵。我们班有个女的结婚几年没动静,从庵里回来不久就怀上了,现在一心一意回家保胎去了,我们说你还插什么花,好好养种子吧。"

"这个,你也信?"章达成摸了摸鼻子。

"心诚则灵啊。周日是个黄道吉日,我翻过日历的,你记得处理好手头的事,别到时又说没时间。记住,要夫妻俩一同去才显灵。"

章达成嗯嗯应着,抬腕看表说:"一会儿我还有咨询。"

"知道,我也要走了。"冯亚莉说着摆动长长的裙褶走了出去,他陪她到电梯口,又一叠声地祝她聚餐快乐、玩得开心。

这些天,章达成面对妻子冯亚莉是有点心虚的。七夕节那天两人在西餐厅吃过奢华的情侣餐,又一起去看了场电影,到家后冯亚莉和他腻歪一通,她说:"我看过,今明两天是最佳排卵期,就两天,不能错过,听我的。"

章达成能说什么,他只好配合。

"嗯,这一回保佑有希望。"亚莉自言自语地说。

章达成闭着眼睛不说话。

她搂着他的脖颈喃喃地说:"老公,前几天同事生宝宝,她们结伴去看,我又没去。你也知道,我不是不想看,是害怕看,不敢看,我怕我万一冲动抱了孩子就走可怎么办?你说,我是不是得了妄想症?"

"乱说,"章达成抚着她的肩膀问,"太太团怎么样?"

"说起来要感谢马师母,介绍我认识了她们。前几天她们又帮我物色了一个资深的不孕不育专家,可要预约半年才轮到。唉,要个孩子真难,我到底能不能生?时间等不起呀,等过了四十转眼就是更年期,还有戏啊?那我这辈子彻底完了。真奇怪,明明各种中西药都吃了,专家也看了,江湖郎中的偏方也试了,就是没动静,他们没一个人保证我能生。老公,我不想这事还好,一想这心就好痛……"

小夜灯渐渐微弱,黑暗中冯亚莉贴着他后背絮絮地说着,章达成无话应对,他又想到了楠楠。

楠楠今年高考,说到这事,章达成挺失落的。高考前,他给她送去一碟考前放松心理减压指导光盘，可她反应淡淡的，说不需要。还有，填志愿这么大的事也没和他来通个气，真郁闷。好在楠楠被省城艺术设计学院录取，她的理想是当一名优秀的家装设计师。他听到这个消息又高兴又难过，高兴的是女儿优秀有志向；难过的是，这孩子心里空得慌，他明白，他欠她一个家。

高考后，楠楠又来他这里住过两天。亚莉请了假陪她，带她逛街、买衣服、吃美食，电视剧、流行音乐、明星大腕、穿搭、综艺都聊得来，亚莉照顾人的功夫是一流的，要说娶到这样的女人真是男人的福气。

那两天家里难得热闹，两个女人，一个做菜，一个打下手，有一搭没一搭地说着话，一会儿开饭了，餐桌上六菜一汤，非常丰盛。亚莉不时给楠楠夹菜，烧的都是她爱吃的，他看着她俩胃口出奇好，吃了满满两碗饭，把剩菜也统统扒完，那几顿饭他吃得特别香。

楠楠要上大学了，他决定送一份大礼给女儿，他开车陪她去买了一台最新的苹果手提电脑，又买了新手机，算是大学生的标配。当天他早早起来，亲自开车送她去省城，路上，楠楠对他说，爸，阿姨待我挺好，不过我有点不适应，谢谢她。

那天她坐在他身边，话不多，小脸蛋安静平和，他感到他们之间有什么在松动，他希望眼前的路再长一点，长一点……

楠楠将在省城读大学，他的分公司也将在省城开张，这是老天对他的垂爱啊，可他又有点担心。这次瞒天过海把楠楠接来，他其实是悬着心的，怕那边两老发现，一旦发现，他们极有可能又冲过来闹事。想起两老人对他咬牙切齿、恨之入骨的样子，他的心又沉了下去，这多年结的梁子什么时候有个了断？

这么一时喜一时忧，思前想后哪里睡得着？后脑壳又一阵放射性的疼痛，像有一把冲击钻在使劲钻，挖壁打洞，他知道老毛病又犯了，其实他早已经在吃药，一日两颗度洛西汀。正是一点多，他在黑暗中摸索着拉开抽屉，摸到药片，剔除锡纸，把一粒舒乐安定放进嘴里。

身边的亚莉翻过身来抱他，他轻轻躺下，装作一动不动，发出熟睡一般轻微的鼾声。

这鬼天气。出门前，章达成抬头看了眼阴沉沉的天，皱起眉头。

离中山大桥还有三四百米，车辆远远排成长龙，刹车灯亮成一片。下雨了，雨点落在窗玻璃上，雨刷器发出机械的嗞嗞声，听得人无端地烦躁。

"看，还看，长成这样，撩叔不过分！"左侧的车尾贴着一句话。"别关注我，越关注我，越陷得深。"右边的车尾贴着这句话。冷不防前面加塞进来一辆帕萨特，车屁股上贴着"专业回收各类小媳妇、大姑娘、二手娘们"。

章达成皱起眉，摇摇头。

前方终于亮起绿灯，前面的"小媳妇"仍伏地不动，章达成忍不住猛按喇叭。"小媳妇"开动了，眼看它驶过绿灯，章达成紧跟而上，不想绿灯已经闪成黄灯，只一眨眼黄灯亮成了红灯，他一个急刹车，凌志车重重地耸动，依着惯性往前冲了冲才停下。他骂了声见鬼，一记拳头捶在方向盘上。

这几天，省城的心理协会成员又来桐城。那个在天悦山庄被章达成灌了黄汤的黄会长又来了，带着一帮专家对心视野评头论足。令章达成想不到的是，晚上的宴请招待会上，他竟然又提到岑晓稚，问岑小姐怎么没来，章达成说她外出有公干，他问去哪里外出，几时回，章达成说近日回不来，要出去一段时间，这样才把他怼了回去。

今天一大早，他派了岑晓稚去买些土特产准备送客人，自己去宾馆，把这帮客人拉到文化博物馆去参观。

车终于开上中山大桥，刚挤进密集的匝道，接到岑晓稚打来的电话，问他这一批专家几男几女，他说三男两女。她挂了电话，很快又打过来问是全部买食品还是给女士买礼品，他说女士买礼品可以的。当他打起左转方向灯下桥时，她又来问金额多少，有没有限定。

他说，当然有限定，不能超过标准。现在送礼不能乱来，严格按标准招待，就这样，早点把他们打发走。"

岑晓稚连连答应，他摁断把手机扔到副驾驶座，在车流里寻找突围，终于急赶慢赶抄路开到宾馆。他把这些人拉到博物馆后看时间倒还宽裕，便给岑晓稚打电话，问她采购得怎么样。她说已经全部买好，统一打包下午送到公司。章达成说好的，两人约好十点钟在土特产中心北门见。

乌龙事件来了。他在北门等了十多分钟没见她出来，打她电话也没人接，时间一分一秒地过去，他不停看表，窝了一肚子无名火。

终于岑晓稚回电话过来，气喘吁吁地说："对不起，手机放包里没听到。我刚才走到南门去了，现在马上过来。"

天！章达成拍了记额头。他想起冯亚莉，记得结婚时他带冯亚莉去香港，在铜锣湾时代广场百货大楼，她和他走散，她也是没方向感的人,电话打爆了还说不清在哪个位置,两人花了将近一个小时才会合。女人啊,有时情商高得爆表,有时其他方面又低得可怜。

岑晓稚低头坐进后车厢,从后车镜窥视章达成。她发现他脸色不好,小声解释说:"我是第一次来这里,心急找不到出口,我又不会开车,方向感很差。"

章达成缓和了语气说:"一大早也是辛苦你了。"

正说着,前方马路突然冲出来一对年轻人,手拉手横穿马路,章达成猛踩刹车,然后摇下车窗探出头厉声呵斥:"你俩有病啊,谈恋爱不要命是不是?!"

岑晓稚"喔哟"一声,她的膝盖撞到了,章达成放慢车速,打双跳灯靠路边停下,问:"撞到哪里了,怎么样,还好吗?"

这时手机响,小威打来电话问:"主任,下午预约的个案,来访者说能不能换到后天?""不行,"章达成说,"我的时间全排满了,你不是不知道。"小威嘀咕说:"他说家里出了事,老人中风,要赶回老家去处理。"章达成顿了顿说:"那先取消,告诉对方改天再约。"

一会儿手机又响,是桐城电视台记者请他参加《新闻会客厅》栏目的婚姻家庭心理访谈,章达成没等对方说完一口回绝。

"这个栏目的收视率还是不错的,为什么不去呢?"岑晓稚忍不住问,"这也是提升心视野品牌效应的好机会啊。"

"我哪有这闲工夫,咨询已经排到下下周了。"章达成面无表情地说。

"那可以叫陶老师去啊,她是中级社会工作师,又是婚姻家庭咨询师,她研究的萨提亚模式,应该适合家庭治疗吧?"

章达成不响,气氛有点沉闷,岑晓稚意识到自己又多嘴了。章达成岔开话题问:"打心理热线的通灵女孩怎么样了?"

前几天岑晓稚接到一个奇异的心理援助热线,电话里的女孩自称有通灵力,可以看到前世今生多维度空间,还说她这一世的男友曾经与她经历多生多世,他们爱恨纠缠没法了断。她还曾做梦回到前世,某一世她是法王,而他是她的仆人,在她身边不离不弃,因为仰慕她而发愿生生世世追随她。这一世他俩因缘俱足,彼此相恋,可又爱恨交加,令她非常痛苦。

这女孩说的一切到底是真是假?岑晓稚心里第一时间浮上问号。

当时章达成提醒她,对于这一类人,首先要用病与非病三原则进行鉴别诊断。如果是丧失自知力,即主客观世界分不清的,把幻想当现实,极有可能是精神类病人,那就不在心理工作范畴,应停止与她对话;如果思维正常清晰,有自知,可考虑进一步开展工作。

怎么开展工作呢?岑晓稚自知在女孩所说的方面一无所知,这个女孩是不是穿越剧、玄幻剧看多了,自编自乐呢?

"不管对方讲什么故事,我们的工作始终围绕核心,即对一个人开展心理分析。如果她对通灵很享受,就像许多女孩爱看剧,那么自娱自乐就好,为什么要打心理热线?这说明什么,说明她内心有冲突有需求,这是要关注的点。"

"嗯嗯,察因入手。"岑晓稚想到一个词。

"对。对于这类人得把她拉回现实,比如她从事什么职业,现实中与男友交往怎么样,具体是什么原因让她痛苦,时间地点人物事件一个不少,深入进去。"

"记住，"章达成嘱咐说，"心理工作的第一阶段是与对方的显意识打交道，到第二阶段要与对方的潜意识打交道，这个时候，要把自己从对方的思维框架里拔出来，引导到你的思维构架中，真正的工作从这里切入。"

他们说着话到了公司，章达成打个呵欠自言自语道："昨晚又没睡好，这脾气一上来就关不住。"

岑晓稚没理他，低头看鞋尖。这双奶白色高跟鞋新买不久，今天是第一次穿，结果一上午在土特产中心跑上跑下地折腾，现在每个脚趾都在痛，还有膝盖也隐隐作痛——那个出其不意的急刹车。

他说："今天辛苦你了，回去吧。"

她说："不，我还有一个咨询。"

他想起她说过，那个"林妹妹"又来找她了，对她点点头。

等岑晓稚走后，章达成也走进催眠室，他要给自己好好放松一下。

咨询室内，林妹妹两手交握平躺在沙发榻上，岑晓稚坐在她榻后的椅子上，说："真真，你现在不是九岁，是二十九岁。你喜欢现在的生活吗？嗯，你不喜欢。可是你回不去，你面对的现实是，你的表哥已经有爱人，有儿子，他们一家很幸福。那么，你打算守着九岁的红卡片过一辈子？"

林真真的嘴唇轻轻颤动，抿了抿，不说话。

"要是你愿意守着纸片过一生，那就守着它，这是你的权利。你可以从二十九岁到三十九岁，再到四十九岁、五十九岁、六十九岁……有没有想过你六十九岁时的样子？来，接下来我陪你看场电影。"

"当你六十九岁时，你的爸爸妈妈已经很老很老，老到他们根本没办法再照顾你，相反你要照顾他们的起居了。当然，你也可以送他们去养老院，那么家里就剩你一个人了。你全天在家，没人陪你说话，没人和你共进三餐，没人晚上给你焐被子，没人出门扶你一把，生病没人递水，冬夜没人给你拥抱。你一个人吃饭，一个人睡觉，一个人发呆，一个人从这个房间走到另一个房间，听到的是自己的回声。当然，让你发愁的还有一桩事，就是你打算托谁来打理你老去后的事？"

林真真细长的眉毛蹙在一起。

"好，我们再换一部电影看看。"

"你决心要改变当下的生活。你清楚地知道你有一个表哥，他只是你的表哥，你们是亲戚关系。现在你要找的是一个爱人，一个伴侣。其实你明白，前几个老公是喜欢你的，只是你的心给了另一个人。所以只要你愿意打开心门，你的爱人就会出现。想象你们恋爱结婚，有了家，有了小孩，老公呵护你，关心你，孩子依赖你，喜欢你，你的父母高兴，放心。你看到孩子一天天长大，好像看到自己的生命在延续，你觉得生活很美好，你再也不怕黑夜，不怕孤单了……"

"可是，我还能拥有幸福吗？为什么我觉得我不配？"她喃喃地说。

"真真，你对感情执着、专一，这是非常难得的好品质。你是个善良的姑娘，同样会有善良的男人来配你。不过，看起来你现在还不需要。"

"不，我要，我渴望啊，可是要怎么做才能得到幸福？"

"拿出你的红卡片，做个了断。"

她睁开眼睛脱口说："不，不行，这太残酷了……"

"那么你就继续现在的生活，就像第一部电影那样过下去，你现在就能看到你的将来……"

林真真又闭上眼睛。岑晓稚在后面观察她，她的手反复绞动，像两个小人在扭打。半晌，她抬起头，从皮夹里掏出那张皱巴巴的红卡片，用纤瘦的五指轻轻抚摸。她低着头，泪水滴下来打湿了小卡片，打湿了上面歪歪斜斜的字，那些字在泪水的浸泡中颜色变深。

"真真，现在把卡片放在心口，好，闭上眼睛，深深地吸气……"

"对不起，表哥，我要和你告别，开始新的生活。祝福我吧，我需要你的祝福……这么多年，无数个夜晚，当我想你的时候你会想我吗？不，你不会，你已经忘记了我，因为你有家，有爱人和小孩……我们注定是两颗无法靠近的星星，只能隔着银河对望……表哥，我想和你说，我不再是那个跟着你跑、跟着你笑、和你闹和你撒娇的小真真了，也不是自欺欺人、活在梦幻里的林真真，我已经长大，我知道有些事情命中注定到头就要回转……今天，我要亲手送你走。

"表哥，请允许我最后对你说一句：我曾经是那么、那么爱你，我爱过你，这没什么可耻，爱一个人是无罪的，爱本身没有罪，爱是美好的，我不后悔……当下我接受我的爱，接受我的纯真，也接受我的幼稚，从我接受自己的这一刻起，我们各走各的路。表哥，请祝福我，我也会祝福你的……"

林真真的长发披垂下来遮住脸，一下一下地撕着红卡片，撕一片哭一声,哭一声撕一片,像个八九岁的小女孩。

"看着我的眼睛,不要闭上。"岑晓稚说。

林真真抽泣着抬起头,眼眶红肿,窄窄的肩膀一抖一抖。

"都过去了,过去了,你今年二十九岁,你是全新的林真真。"

渐渐地,哭泣声低下去,林真真的眼睛像洗过的黑玛瑙透出一股光亮……岑晓稚知道,这个案子终于可以收尾了。

三、路怒症

"姐,他有路怒症!"

一大早,岑晓稚在电话里对白桦说了句没头没脑的话,当时白桦正赶着去公司开会。她俩约好在"老书虫"书吧见面谈,等到白桦赶到"老书虫"书吧,岑晓稚人还没到。

书吧主人知道她是岑晓稚的好朋友,给她端来一杯鲜榨柳橙汁,还有一叠新到的畅销书。白桦本想说我不看什么心灵鸡汤,想想没说,拿起书随手翻着等岑晓稚。

她预料的事,果然发生了。

以白桦的经验,男女之间有那么一层意思是很难罢休的。虽说天悦山庄当晚,岑晓稚和章达成同处一室没发生什么,可那时因为章达成喝醉了,她相信这世上没有全知全能的上帝,也没有无欲无求的圣母,以岑晓稚的心智,她对章达成还是有幻想的,人是斗不过幻想的。

要检验是爱情还是幻想很简单,一方面是床上见分晓,肉体是一场考验,许多人嘴里所谓的爱情就是见光后死的;另一方面是日常接触,俗话说"相爱容易相处难",章达成不会是完人,日常接触难免会暴露本性,比如这个路怒症。路怒症算什么?章达成还有什么症,天知道。所以她同意岑晓稚加入心视野其实是一招险棋,可除此也没有更好的办法。

假如他俩合作顺利,磨合得当,今后成了一对搭档,那自然是好事;假如经不起考验,矛盾百出关系闹僵,那么无需她劝解,岑晓稚自动会退缩,从此安心于工作、安心于家庭;当然,还有另一个结果,万一这两人配合默契,感情升温——这样的话便是天意了。天意的事,谁做得了主,那是岑晓稚的命!

不管哪种结果,与其回避不如去面对,这是她一贯的人生态度。

一本名叫《愿你拥有被爱照亮的生命》的书引起了白桦的注意,她刚拿起书手机响了,是岑晓稚的电话。她说不能过来了,韦凯峰不知吃了什么又拉肚子,她要陪他去医院。

"好好陪他去瞧瞧,别像我落下毛病。"白桦关照她说。

"我还有话对你说,姐。"

"我知道。十个男人九个路怒症,你家韦凯峰不也是?你怎么跟我说的?人家开得慢,他就骂人家脚底生疮;人家开得快,又说人家屁股尖尖急着去投胎。"

"好吧,是我把男人想得太好了。"

"对啊,人无完人,"白桦说,"另外有一点要提醒你,以前他是你的老师,带你入门,现在他是你的领导、上级,当领导的遇到事情当然有他的考虑,你听从就好,别乱出主意。"

"位置不同,考虑也不同,"白桦又加了一句,"领导是迎风站立的头一人,所有风雨一人担着。"

"我懂,"岑晓稚说,"你们都是站在风口的人。"

"你不懂的，"白桦说，"只有等你也站到这个位置才会懂。晓晓，你知道古代皇帝为什么不让后宫嫔妃干预朝政吗？"

"为什么？"

"因为朝堂是江湖，是战场，刀枪相对、血肉横飞，不能有妇人之仁；后宫呢，适合风花雪月、诗酒歌舞，所以嫔妃只会看到皇帝温柔潇洒的一面，不会看到他铁腕杀伐的另一面，明白吧？所以我给你提个醒，在江湖上行走，没有哪个是圣人贤人，事业是男人的江山，以后你会看到姓章的更多面，别大惊小怪，我给你打个预防针。"

"啊呀，哪里就被你说得这么血雨腥风的。"

"江湖就是血雨腥风啊！桃李春风一杯酒，江湖夜雨十年灯，我就是这么闯过来的。"

白桦把手机放入口袋，打开手头的书，在前言里，她读到一段文字：

成为你自己。我们渴望做自己。同时，我们又渴望得到别人的认可。显然，这是矛盾的。

在我看来，这是每个人生命的头号矛盾。

或者，你会说，你只要自己认可自己就 OK 了。但这是真的吗？当你登上世界的巅峰时，却无人分享，无人喝彩，那种滋味，你能想象、能体会吗？

一个朋友在我博客上留言说，他登一座山，到了山顶，却发现没有什么瑰丽的景色，那一刻，他好像悟出了什么，从山上下来后，就给一个女孩打电话，说他爱她。

白桦的目光停留在这最后几行字上,她也好像悟出了什么,忽然很想给一个人打电话,那个高高壮壮的老男人——好久没联系他了。

倒不是有意冷落他,她是想拉开距离,给自己多点时间来梳理这段关系。

前几天,她在志愿者群里看到消息说欧阳闻牧生病住院了,大家商量一起去看他。当时她心里"咯噔"一下,本来她是顾虑自己一个人去看望,会不会撞到其他志愿者,可她又不喜欢和他们同去。现在顾不得这些了,她匆匆下楼,驱车去医院。

综合医院心内科在8楼,白桦先到护士站询问情况,护士问她是不是欧阳闻牧家属,她含糊地应了。病历上写着:"半夜房颤发作,心律失常,病人感到心悸、气短、心前区不适,经查,心脏有房性早搏和室性早搏……"怎么他也得冠心病!

推开虚掩的房门,欧阳闻牧正倚在病床上打吊针。还好,他看上去只是面容苍白些,她暗暗悬着的心放下了。他看到她也没表现出惊讶,像是知道她会来似的,淡淡一笑说:"回来啦……"

她把水果篮放到柜子上,挨着床沿坐下。

护士进来量血压,说该吃药了。欧阳闻牧点点头,伸出左手去拉抽屉,白桦已经替他拉开抽屉,从里面拿出一盒药片,打开锡纸递给他。他把胶囊倒入嘴里,接过她递来的水一仰脖吞下,把药片还给她时,碰到她的手,他一把把她的手和药片捏在掌心。

他的掌心温热而有力度,她心跳加快,从眼角余光看到隔壁病床的病人和家属在看他俩,于是努努嘴。他松开了手,她问:

"怎么样，几号可以出院？"

他说："快了，再观察两三天吧。"

她说："到时我来接你出院。"

他说："忙你的，我不给你添乱。"

她说："说什么呢，和我客气。"

他笑笑不语，看着她。他的目光很深，让她都有点抵挡不住。她又和他寒暄了几句便准备走，欧阳闻牧像想起什么，说："你等一下。"他用左手费力地从枕头下掏出一只礼盒递给她。

她看看他没接，他笑着说："本来想生日那天给你的，听说你回老家了。我不会挑东西，也不知道你喜不喜欢。"这是他让人特意送到医院的。

她打开礼盒，里面是一条高档的丝绸围巾，质地柔软细滑，一串串淡粉红的合欢花，花与叶相倚相偎相缠绵。

记得她无意中说起过，她喜欢合欢花。

第十四章

一、禅堂吃茶

听说镜月法师病了。

岑晓稚走进法师寝房,里面一床一柜,一桌一椅,四壁空空,没什么多余的摆设。靠墙的板床很简陋,罩着一顶发黄的蚊帐,应该是九十年代的老东西,岑晓稚记得以前奶奶的床也挂这样的纱布蚊帐。帐子里没人,床上堆着很多书,中间放着个圆圆的打坐垫。

"咦,这是怎么回事,难道师父不睡觉?"岑晓稚问妙净尼师。

"对,"妙净尼师说,"师父大部分时间是不睡的。"

"真不睡?"岑晓稚又问,"那师父整夜就在垫子上打坐吗?"

"这叫倒单。打坐到禅定,是不需要睡觉的。"

"妙净，"是镜月法师进来了，她摘下斗笠说，"和你说过不要说这些，不要在客人前显特殊相。"

"师父，您整夜不睡怎么行啊？"岑晓稚说。

"没什么，"法师摆摆手说，"这就像你们上班工作，打坐是我的本分，一样的，不稀奇。"

这里的小楼因款项没到位，内部装修耽搁了。可能连着奔波劳累，又兼秋冬季节气候交替，镜月法师受了风寒，又是咳嗽又是发热，连着几天被妙净尼师守着调养身体不许出门。不过法师是闲不住的，今天一早退了烧，就戴上斗笠去后山干活，到现在才回来。

镜月法师洗把脸的当儿，万慈庵门前停下一辆奔驰越野车，从车里下来几个人，白桦在前，身后是欧阳闻牧和他的老同学、房产界大佬、"东篱下"茶舍的大老板，姓孙。

他长得肥头阔耳，满面红光，穿一件藤黄的中式禅修服，胸前挂一块硕大的和田玉佛像挂件，手指佩戴祖母绿嵌镶戒，腕上缠着深褐色108颗佛珠串，一只大随身包挂着黄翡貔貅，别着只"楞严咒"标记的小黄袋，大腹便便，仙风飘荡。

他不喜欢人家叫他孙总，要叫他孙居士。

欧阳闻牧带着孙居士一行人走进万慈庵，妙净尼师领他们进观音殿，见到了盛传的那尊古樟树雕刻的观音，大家啧啧点头，说这样的观音全国怕也不多见。孙居士带头，点香、磕头、礼拜，还合掌绕观音念念有词地走了几圈，忙乎一阵才出来。

接着一众人又去颐一苑转了转。妙净尼师向他们介绍说，这座小楼是镜月法师发愿接应附近老弱病残尼师终老的处所。孙居士背着手转了转说，这楼前面的路要铺好，老年尼师进出，方便

第一，要修一条路接引她们，这事才算圆满。其他人附和着点头，这么说着话，大家来到镜月法师的禅堂。

宾主落座后，妙净尼师拿出法师藏了多年的一款古树普洱，一字排开粗陶茶杯，镜月法师烧水、冲泡，大家围坐着说话，气氛祥和。

有人问："请教法师，什么是法？佛法的法到底讲什么？"

镜月法师正等水开，手捻佛珠笑了笑，一时没答。

旁边的妙净尼师说："法无定法。要是落在名相上，便是非法。"

众人不解，看向镜月法师。水开了，法师放下珠串，提起水壶顿了顿，说："非得说呢，那姑且说说这水吧。"

"水，是什么法？"众人仍不解。

妙净尼师解释说："师父的意思，清净是法。"

法师提壶专心注水，大家的目光落在法师手里的水壶上，看着水从壶嘴徐徐流出，少顷，法师把泡出的茶水倒入公杯。

妙净尼师问："诸位看到了什么？"

"水嘛。""水泡出了茶啊。""法师的意思，水就是法？""能不能具体说说？"大家七嘴八舌说法不一。

妙净尼师又开口说："诸位说得是，水即是法。水本质是清净无染的，所以能把茶叶的味道泡出来。水既可以融在小小一盏茶里，又可以化身千千万，变成雨云雾霭，或是融入江海，流入淤泥，渗到土壤里，水就在表法啊。"

孙居士听了微微颔首，捻动他的佛珠说："嗯，以水喻法。不过，这个譬喻不新鲜。"

"阿弥陀佛，"妙净尼师双手合十说，"本无一切法，即生一切法。执着一切法,一切法非法。师父常常教导我们言语不得法,不落文字相。"

镜月法师举起公杯为席上各位一一添茶,说:"来,吃茶,吃茶。"

孙居士忽然说:"法师,你身上空空,怎么不戴个物件护身?"

镜月法师将公杯放在桌上,笑道:"这位菩萨,物件是法不是?"

孙居士目光闪了闪,答:"是亦不是。不执一切法,即是一切法。一切法不得,即得法一切。"

有人说:"法师好厉害,不愧是修禅宗的,可我还是听不懂。"

孙居士转头对那人说:"这是禅机,老弟。禅机不是听的,是参的悟的,你们不懂。法师,清净是法这个说法,依我看还是落在小乘了。"

旁边妙净尼师又插嘴说:"师父是方便善巧,随顺逗教。十方佛土中,唯有一乘法,没有大小分别的。"

法师抬眼看了她一眼,问:"你今天的功课都做完啦?"

妙净尼师答:"是的,师父。"

法师说:"我看没有吧。去后院扫厕所。"

妙净尼师脸一红,低头合十,徐徐退出。孙居士放下茶杯,眯起眼睛看法师,她面容平和,手捻佛珠默然不语。

"请教法师,参禅到底参什么?有什么好处呢?"有人问。

"这个简单,我来告诉你,"孙居士说,"参禅的第一好处是离苦得乐,第二是得解脱自在,再参深一些的话,行深般若,就是得究竟圆满的菩提智慧。"

"哈,我只要第一道好处便知足了。"那人答。

孙居士哼了声说:"没出息,没气性。我们啊,要从安乐道到解脱道,再到菩提道,要得般若智慧,要成佛,要得法。"

法师泡出第二道茶,要给孙居士添上,提醒他说:"您的杯满了。"

孙居士低头把杯中半截凉茶倒掉,法师往他的空杯里添了热茶,一旁的欧阳闻牧说:"老孙,你要得太多,太执着了吧。"

两只小兔子不知什么时候潜入禅堂,一先一后蹦跳到法师的座上,黑兔子钻入法师怀里安然不动,灰兔子则竖起长长两耳,像是也要听经闻法,法师笑着拍拍黑兔子的脑袋。

欧阳闻牧放下茶杯,问:"我也请教一下法师,人人都说要活在当下,那么从佛学角度,怎么来理解这个当下?"

镜月法师点点头,放下小黑兔,拿起茶桌上的一只小棒槌,敲在圆鼓鼓的钵上,钵顿时发出"铛铛"的声音。她问:"诸位听到了什么?"

"铛,铛,铛。"

"这个铛,是什么呢?"

"我的理解,就是当下。"欧阳闻牧说,"当是过去的下,下是后来的当,就在这'铛'的一霎,此时此刻,此分此秒,我不念过去,不念将来,安住在这个当下,照见五蕴皆空,清净自在。"

"铛铛铛"的钵声响起,小灰兔像听到指令般从座上一跃而下,小黑兔也跳出法师怀抱,两只兔子一前一后从禅堂穿过,轻巧地消失在门槛外。法师也不管它们来去,把水壶放回炉上,手捻佛珠,等水烧开。

"不,不对,欧阳,你这个说法不对,说明你还在生灭道,"

孙居士抖动肥厚的双下巴反驳说,"你的意思,这前一声是落,后一声是起,前一声就是生,后一声就是灭嘛,那么,'铛铛铛'就是过去、现在、将来,它还是落在五蕴,在生灭法里打转。我认为,活在当下的当和下,不是相续相成的关系。"

欧阳闻牧摇头说:"老孙,你说得太绕了。"

水开了。法师放下珠串,掀开杯盖,提壶注水,然后合上盖。

"各位,"孙居士环视周围提高声调说,"我来讲讲这个当下。什么是当?河流日夜奔腾不息,这个就是'当',就是表面的千变万化,就是我们的五蕴色受想行识嘛。那什么是下,就是那个河流的底部,不增不减,不生不灭,如如不动的坚固河床,它便是'下'。所以各位,我们要修菩提,悟正道,要得佛果,就不能定在当下的当里,当是相状是生灭法,我们要关注的是下,这个下才是如如不动的真我本性,是不会成住坏空的。法师,我讲得怎么样?"

法师像没听见,又把公杯举起来,把热腾腾的茶依次倒入宾客杯中,抬手示意:"吃茶,吃茶。"

有人忍不住说:"法师给评一评,到底谁对谁错,怎么越听越糊涂?"

法师笑问:"现在,茶汤该泡出味道了,滋味怎么样,各位先说说。"

大家低头各拿各的杯,各吃各的茶,露出不一样的表情。有人说醇厚,有人说甘甜,有人说香,有人说浓,有人说苦,各说各的滋味。

法师说:"诸位,这不同味道有对错么?"

欧阳闻牧似乎悟到什么,说:"法师的意思是不是——活在当下,各人有各人的活法,不必拘于佛理知见?所谓理上穷尽,不如止观。"

法师伸手示意,只是说:"吃茶。"

"还是吃茶?"孙居士看向法师,"太简单了吧?"

"简单?"法师微微抬眼,直直喝问,"你可认清了当下吃茶的你?"

孙居士一怔。

"我知道了,"欧阳闻牧说:"这就是活在当下嘛,法师是在向我们表法啊。离一切相,得一切法,所谓何期清净,本自具足啊。"

"不对,"孙居士马上反驳说,"应该是何期自性,本自清净;何期自性,本自具足。"

法师咳了几声,举起手中的茶杯说:"各位菩萨,回来,该回来喽,吃茶。"说着她又转向孙居士,说:"您的茶又满了。"

孙居士看看杯内凉了的茶抬手泼掉,双手奉起空杯,等法师添茶。法师的手举在半空不动,说:"再看看,还是满的不是?"

孙居士眼光往下落,看到两手珠宝、碧翠透亮的祖母绿嵌镶戒指,缠在手腕乌亮沉褐的越南芽庄白奇楠佛珠串,还有胸前硕大无比、洁白如雪的和田玉佛像挂件,这些东西在眼前闪闪发光,把手腕缠得满满如一副锃亮的手铐。他神情变了变,蓦地叫了声:"啊呀,禅机!"

欧阳闻牧在旁边笑起来,说:"老孙,《金刚经》说法尚应舍,何况非法。"

"欧阳,这可是老孙的身家宝贝,他怎么舍得?"有人说。

孙居士不吭声,啪地放下茶杯,动手解头颈上的挂件,随即又啪的一下把挂件搁在桌面上，玉佛像不小心触碰到法师那只钵，发出一声清脆的"铛"。

座上几个人露出很意外的表情。他们知道这块佛像可不是平常料，是由新疆和田玉里级别极高的羊脂级籽料雕刻而成，虽说不是价值连城，可也堪比一辆奔驰S350了。

孙居士向镜月法师合掌说："法师，这个玩意儿，我今天就放在这里，算是与您结个缘。"

"老孙，你还真舍啦？"有人叫起来。

欧阳闻牧哈哈笑起来："好，老孙，这趟算你没白来，得了法啦！"

从万慈庵出来，白桦仍坐欧阳闻牧的车，越野车一路飞驶回市区把白桦送到小区楼下，白桦忽然说："今天还早，上楼坐坐吧。"

欧阳闻牧一怔，说："这个，不能坏了你的规矩。"

白桦说："什么破规矩，要舍嘛，不是你说的统统要舍？"

欧阳闻牧笑了。他明天要离开桐城去北京出趟差，参加一个古村落文化保护研讨会，各地走走，估计要十天左右。难得白桦主动邀请，他自然是乐意的。

"来，来，参观一下单身女性的家，也不叫家，房子而已。"白桦带他进门，又领着他经过客厅、书房、起居室，到二楼阳台。欧阳闻牧在阳台上站着东看西看，说这个阳台不错，又说："你不是喜欢紫藤花吗？紫藤好种，我那里有现成的。等插活了，明年春天就有花，搭个木架子，到了夏天，你就可以在花下喝茶乘凉。"

"被你一说,好像很美好的样子。"白桦笑着说。

"美好的生活要亲手去创造。"欧阳闻牧也笑了。

"你坐坐,我去烧一壶水。你想喝什么?咖啡还是红茶?对了,咖啡对心脏不好,还是红茶吧。"

白桦进了厨房。

过一会儿,欧阳闻牧从楼上下来也进了厨房,白桦站在灶台前等水开。窗外,对面阳台有人在晾衣服,楼上楼下,灯一盏接一盏地亮起来,有小男孩在叫喊,声音明亮,像在唱歌。

欧阳闻牧走过去靠近白桦,轻声问她:"想什么呢?"

他的声音很温柔。白桦闭了闭眼睛。她想起那次胃检后出来,虚弱地靠住他的肩膀,她努力让自己不要想,不要想,警告自己会被淹没的。

天暗了下来,暮霭从四面包合过来,深秋天气,太阳西落就有了凉意,刚才进门脱了风衣,现在上身只穿薄薄的羊绒衫,围着一条围巾。对,这还是欧阳闻牧送她的生日礼物呢,她下意识地抱住手臂。

一股力量从背后围拢过来,胡子拉碴的脸触到她的面颊,气息温热。那双手轻轻触到她的手臂,蜻蜓点水般掠过,她握住它不让它退缩,把它拉到腰部按住。她转过身来贴到他胸膛,贴上去,听到胸膛里清晰有力的心跳,心头一松,感到自己像一片叶子落了地。

她取下围巾盖住彼此的头和脸,淡粉色的合欢花,花瓣纷纷,围住两个人。隔着半透明的花朵,他的吻像朵薄薄的雪绒花,辗过她的发梢,她的额,她的眉,她的眼睛,又沿着下巴,到脖颈,到露在羊绒衫外的性感锁骨。

她要解羊绒衫的扣子,他捏住她的手不让,俯下头轻吻她的手背,把她的手放进怀里,再度拥抱她。深深吸气,没有声音,他摩挲她的头发抵在自己的下颌,他在喘气,很深很长的一个呼吸。

她的身体贴着他的身体,像倚着大树,要攀爬,要融入,紧紧贴住不放,嘴里喃喃自语:"求求你,不要折磨我好不好?我们不要再斗了好不好?你说的,要活在当下,我等不住了,我们的时间不多了……"

她脸色酡红,寸寸靠近他,他躯体僵硬,步步后退。突然他呼吸紧促,两手松开了她,他的手在发抖。怎么回事?他的手怎么啦?她疑惑地看向他,他扭头就走,她反手抓他的外套,他挣脱她的手,迅速冲出厨房门去。"咔嚓"一声,门合上,从外面锁住了。

她扭动门锁,打不开,门被外力顶住了,顶得死死的,纹丝不动。

"欧阳——"她在门内边擂打门板边叫,但门外没有任何动静。

"欧阳,你听我说……"门外仍没有声音。

她倚着门板无语。她已经明白了,就在刚才她贴住他身体时,她已经明白了上海音乐会他为什么逃走,她有了答案。

外头的房门"砰"地一响,她打开门跑过去,客厅没人,他走了。

二、放生

周日一早,章达成和冯亚莉就来了万慈庵,不巧镜月法师上山去了。妙净尼师带着冯亚莉穿过院子,踏进观音殿,冯亚莉点上香,对着观音像合掌并跪下,恭恭敬敬地磕了三个头。

回去路上,冯亚莉嘟嘟囔囔地抱怨章达成,说他没踏进观音殿心不诚,害得她没遇到法师传授养生秘法;又怪他猴急,脚不沾地非得中午前赶回去,说心视野没你在会关门啊?

章达成向她解释说,下午的个案是秘书长亲自打招呼的,不能怠慢。再说养生方法,百度上什么答案没有?他说,你们女人啊,就是爱轻信别人。

"你不懂,"冯亚莉说,"镜月法师是出家人,手头一定有秘方。"

"出家人也是人嘛,"章达成边开车边说,"现代人动不动去寺庙拜佛求菩萨,这种心理现象也可以立个研究课题来探讨。"

"三句不离本行,"冯亚莉打断他说,"下次我拉太太团来,不叫你。"

"好,好,"章达成赔笑说,"你们来,我没意见。"

延绵二十余平方公里的万慈湖碧波浩渺,沿湖是一条长长的木栈道,白茫茫的芦苇一丛丛随风飘荡。前方百米处站着两个人,近看,是一个村民和一个戴斗笠的出家尼师。

"停,"冯亚莉拍了拍章达成说,"停车,那个是镜月法师!"

章达成刚把车停稳,冯亚莉就打开车门跑过去,镜月法师正和村民说着什么,这个村民六十开外的年纪,红脸膛,黑皮肤,一手提一条活蹦乱跳的鲤鱼,另一手则提着一把亮闪闪的刀。

冯亚莉迫不及待地凑到镜月法师面前合掌说:"法师,我还以为碰不到你,想不到在这里遇到你,真是太好了!"

镜月法师对她合十回礼。

"这是怎么回事啊?"冯亚莉问。

原来这个村民刚刚在湖边钓到一条鲤鱼,打算送到饭店去卖掉换钱,镜月法师请他放生,他不肯,说最低一百元卖给法师,可镜月法师身边没带现金,两人就在那里商量。

没等静月法师说完,冯亚莉就让章达成抽出一张百元钞票递给村民,说:"给你,拿去,你把鱼放回湖里。"

"啧啧,"冯亚莉看着鱼说,"这么大的鱼,你怎么忍心杀它啊,真是罪过。"

"阿弥陀佛,"镜月法师向他俩合十致礼说,"放生功德无量,两位菩萨既然布施,请亲手把鱼放回湖里吧,我来摇船,带你们去湖心。"

冯亚莉很高兴,拉着章达成上了船。

船是无篷木船,两头尖,中间宽,一脚踩上去,晃晃悠悠地摇荡起来。章达成紧紧扶住冯亚莉,法师示意他俩坐下不要动,她在船头把桨,船桨一推,船离开了泊岸慢慢往湖心驶去。

天空高远,树木繁绿,山水近在眼前,法师手里的船桨利落地划动着,一下一下,湖水也随之一漾一漾地荡开来,发出有节律的汩汩声。微风吹过湖面,波光闪闪,像有成千上万的小鱼儿在跃动。

章达成清晰地记得,去年他带岑晓稚去向阳国际外国语学校,出来后一场大雨把他俩带到万慈庵,想不到今天阴差阳错地又见到了这个老法师。不同的是,上次他们是在大雨如注的观音桥上遇见,今天是在万慈湖的船上;上次他身边站的是岑晓稚,今日他旁边坐的是冯亚莉。

章达成扭头去看车子停的那条木栈道,船已经离岸百余米,那条沿湖的长长木栈道，早已隐没在芦苇丛深处。

"法师，都说万慈庵的观音菩萨很灵验，我今天就是奔这个来求子的。法师，你说我心这么诚，会灵吗？"

"你是来求子的啊？"镜月法师说。

"是啊，法师，我千求万求只求一个宝宝。我们结婚将近七年，为生宝宝我是操碎了心，日想夜想，看见人家抱孩子就羡慕妒忌恨。因为生不出宝宝，我在家人同事面前抬不起头，我的苦没人懂，求法师帮帮我！"冯亚莉说得眼泪汪汪动了情。

静月法师点点头说："观世音菩萨能听到我们一切苦厄的声音，求助的声音。不过，要菩萨灵验得有条件。"

"啊，什么条件？"冯亚莉问。

"你要心愿得偿，得先与菩萨相感应。"

"我，我怎么和菩萨去感应呀？"

"你要生孩子，不能单单满足自己的私心，你可以为孩子的来临做一些准备。比方说当下怀不上孩子，你先怀一颗慈悲心，视所有的孩子为自己的孩子，爱有父母的孩子也爱没父母的孤儿，爱健康的孩子也爱有病的孩子，爱出生的孩子也爱未出生的孩子，普爱天下的孩子，看到他们生欢喜心，敬畏生命，长怀慈悲，你便有了菩萨心肠，就与菩萨相感应了。"

"法师，你讲的道理我是第一次听，我好像不是很明白。"

法师笑笑，摇着桨说："没关系，慢慢会明白的。"

冯亚莉想到什么，转头对章达成说："对了，你不是和我说有一个佛教徒来找你做咨询吗？有什么难题，你也问问法师呗。"

法师看向章达成，问："您是从事什么工作的？"

冯亚莉说："他呀，是个心理医生。"

"阿弥陀佛，"镜月法师说，"《地藏经》云：毛发善事，悉皆救拔。您的工作就是在行菩萨道啊。"

冯亚莉说："是的，法师，他的工作就是您刚才说的听苦难的声音，求助的声音。"

章达成和镜月法师听得笑起来。

那天章达成接待了一个佛教徒。

这个女人今年四十九岁，在一家房产中介公司工作，因出现心慌、气短、失眠、烦躁等情况去医院看病，医生说她是更年期综合征，中西药结合治疗最好，再配合心理疏导，于是她找上门来。她一坐下先自我介绍说她是皈依的佛弟子，请叫她悟慧居士，随即开门见山甩过来三板斧，把章达成问住了。

"章主任，你知道虚云老和尚吗？"

"知道宣化上人吗？"

"知道印光法师吗？"

章达成停顿一下，如实回答说："我只知道净空法师和弘一法师。"

"哦。"悟慧居士眼珠转了转，有点失望。

章达成拉回话题，说："和我说一说你最近有些什么困扰？"

"这个说起来太多了，家里一堆事，公司一堆事，天天忙得我连轴转，连诵经的时间也没有。"她说话时，肥厚的嘴巴习惯性地朝前倾，像在寻找什么。

"我的功课已经落下好几天，怎么和我师父交代？和我的师兄相比，我太不精进，想到这些我就烦。要是我结婚前就听闻佛法，我就不结婚也不要孩子，一心一意修行，了脱生死苦海，临命终时一念去西方极乐世界多好。现在有老公，又拖个叛逆期儿子天天给我找事，我呢又更年期，你说我烦不烦？"

章达成问："嗯，这是你家里的事。那么，在公司呢？"

她说："一提公司我更烦。我们每周要公布房子销售榜单，每人业绩怎么样要在群里排名。我纠结啊，要挣钱就不得不和客户说谎，有时房子有暗毛病要蒙蔽他们，天天领客户看房子，同事们说谎说得溜，他们相信卖出房子是王道，可我是佛弟子，怎么可以这么做？师父叫我们慈悲为怀度众生。还有我是吃全素的，不碰荤腥，可食堂的菜没有纯素又不干净，同事们笑我说我该住寺庙，我和他们聊不到一块儿。领导老把别人干不了的活儿派给我，同事也是，危房老房晦气房过时房推给我做，说我是活雷锋，可我也有一堆事，我就是三头六臂也忙不过来。我老公说我学佛学傻了，你说我烦不烦？"

章达成说："听起来，家里和单位都让你挺烦的，还有吗？"

"还有，"悟慧居士的嘴巴又朝前拱了拱，"我老爸住院，我再忙也要去侍候。我爸说我做得好，说我妹妹没用，我说你要两个女儿还是一个女儿，他说要两个，我说那你不要嫌弃她嘛。说我好，嫌妹妹不好，这个就叫'分别心'。我忙了走不开，妹妹来帮我搭把手不是很好，你说是不是？对了，还有个事。和我爸同病房的那个小伙子是外来打工仔，他老婆怀孕了，他要她打掉，说没钱养孩子，等过两年攒到钱再要。你说造孽不？打胎那是要下地狱的啊！我对他说千万别打胎，小伙子不信，愚痴啊无明啊，我对他说你没钱，大姐我先助你一笔生育费，让你老婆生下来嘛，再苦也不能苦孩子，为什么要打胎，对不对？我和师父说了这事，师父说实在不行让他们生下来放寺庙去，师父养着，他们什么时候去接都可以,你看我师父慈悲不?"

章达成没有明确表态,只是说:"你很善良。小伙子怎么说?"

"小伙子还在和老婆商量,他那个老婆没主意。不行,我晚上去医院还得再劝劝他,一定要让他回头,回头是岸啊。"

章达成说:"好了,回到你自己的问题上吧。这是别人的事,我们继续你的话题。"

"章主任,这个你说得不对,"悟慧居士认真地对他说,"在我们师父看来,这个世界没有别人。《金刚经》里说:我相、人相、众生相、寿者相。我们要破这些相,不要以为别人是别人我是我,我们所有人都是有共业担着的。共业,你知不知道?我们这一世遇到的人统统有业力牵扯,所以我帮了别人等于在帮自己,我们佛弟子要以身、口、意去做有益众生的事,这是师父教诲我们的。"

章达成问:"好,依你的逻辑,别人等于你,你等于别人,那么我问你,一个非常乐于助人的你,怎么去帮另一个有烦恼的你?"

"呃,你这个问题难倒我了,"悟慧居士想了想说,"唉,还是那句话,要帮别人先做好自己。我老公就是这么说我的,他说你老嫌我这没做好那没做好,你自己怎么不带头做好?还是师父他老人家说得对,说我们到处求佛拜菩萨,家里现成一尊菩萨不去拜一拜,我还是不够智慧啊!"

"对了,章主任,我家的蟑螂会听经拜佛。"她说到这里,不但嘴巴,连身体也前倾过来,眼睛里放出一抹光。

每天早上她会在佛龛前敬一杯茶,点香放佛经,那天她放的是《华严经》。点香后她发现桌面上有只蟑螂。中午回家,她发现那只蟑螂还在那里一动不动,以为它死了。等下班回家吃好饭到佛龛前,她发现蟑螂还在,于是拿起夹子去夹。突然它动了一下,她蹲下去一瞧,天啊,蟑螂居然是活的,那两条细细的脚拱着朝下趴在桌面上,那是跪拜的姿势,也就是说,它一动不动跪拜听经十二个小时!

她看傻了。

"章主任,你知道吗,这只蟑螂在向我示现表法啊。那一刻,我觉得自己还不如一只蟑螂。真的,蟑螂还能一心一意拜佛听经,我呢,天天像只无头苍蝇在外面瞎忙,连每天半小时诵经都做不到,浑浑噩噩不知道活着为了什么,我真不如这只蟑螂!"

蟑螂听经,章达成也是头一次听到。

万慈湖上一时风大,船左右摇摆起来,冯亚莉慌了。镜月法师示意她不要动,又对章达成说:"扶住您夫人,坐稳喽。对,坐到正中位置,身体摆正船就不会摇摆,船要是起了摇摆,那船上的人就危险啦。"

章达成咳了一声说:"法师,就在这里放生吧,回头我还有工作。"

冯亚莉说:"你好烦。我喜欢听法师说话,我还没听够。"

镜月法师放下船桨,对鲤鱼合十行礼,随即捧起它交给冯亚莉说:"来,接着它。"

这条鱼通体灰褐色,浑圆长条,鳞片闪光,确实很大,足有五六斤重。它轻轻摆动鱼尾,眼睛注视冯亚莉,鱼嘴一张一翕似乎在说话。

"哦哟,"冯亚莉接过来嘴里念念有词,"鱼宝宝乖,你不要动,我把你放回水里去找妈妈。"她把鱼往外一送,眨眼工夫,大鱼尾巴轻挥,潜入湖中眨眼就不见了。

三、结婚纪念日

天下着小雨,章达成穿着风衣撑把伞,在雨中边走边打电话。是程大海的电话,他正享受医院福利在度假村休养。电话里他告诉章达成,恰好这一趟小护士也同行,昨天晚上,她坐在他边上一起吃的晚餐,饭后一伙人还去KTV唱歌,他没想到小护士歌唱得那么好。

"恭喜啊大海,"章达成说,"火候差不多了,抱得美人归吧。"

程大海说:"你别乱说。我是看她那小眼神有点意思,可是我大人家十二岁,足足一轮,怎么好去表白?说实话,我没那个胆。"

章达成说:"陪人家树底下走走晒晒月亮,挺灵光的人,紧要关头怎么变傻了?"

程大海说:"不是说了我没那个胆?你也知道我属猪的,只会嘴皮子拱拱。"

章达成大笑起来,说:"今晚抓住时机好好表现,拿出相亲的劲,练练你的胆。"

"哎呀,"程大海说,"我难得跑出来放松两天,你搞得我又紧张。"

"你呀,早晚得走出这一步。"章达成说,"我说过,心门要打开,人家等着你表示呢。好了,我有事不和你说了。"

今天是他和亚莉的结婚纪念日,他特意推掉下午的活儿,早早去接亚莉,想给她一个惊喜。

花艺教室在文化公园内,沿着弯弯曲曲的碎石小路走到头,有一方池塘和枫叶林,那间临水的古色古香的房子就是。

隔着格子花窗,他看到亚莉在上课。亚莉一直坚持学习,一晃已经从花艺初级班升到了中级班。她的眼睛睁得大大的，认真听着老师的指导，不时地观察、摆弄、修剪手上的花束，神情专注。

这让他想起第一次见她的情景。那时她还在医院检验科上班，戴着白手套和口罩，神情严肃地摆弄各种试管，当时她的表情和现在不一样。现在，她摆弄手里的花像照料襁褓中的小婴儿，表情怡然，他看到有几缕发丝垂下来在她耳边晃，她也没察觉，自然更没发现窗外有人在看她。

雨天的公园没什么游人，章达成将衣领竖起，撑着伞，站在雨中。

前几天，是爷爷方寿庭的寿诞日。当天，来宾的礼物堆满房间，送的无非是一些高档补品，如虫草、灵芝、蜂胶、海参。冯亚莉却别出心裁，用黛青的大阪松，配金黄的国华菊，插几枝火红的三角梅，做了一个漂亮的花艺作品。老人家生日不就图个吉祥富贵嘛，这插花一摆上桌，顿时让来客们称赞不已。

不过这个酒席，亚莉是很不情愿去的。章达成知道，她是怕那些大姨大婶的盘问，所以一直陪在她身边，一旦有七姑八姨走过来问长问短，他就马上转移话题打个哈哈把她们送走。亚莉神情暗淡地坐着，吃什么也没胃口，他给她夹菜给她盛汤，陪着她说话逗乐，她才露出笑容。

下课了，冯亚莉和几个女人从教室出来，她没想到章达成会出现在这里，惊喜地跑过去，挽起他的手。两人一起走出文化公园。

晚餐安排在一家新开的泰国餐馆，这也是太太团的推荐。两人吃完饭，章达成又陪她去逛商厦，买了新衣服，还买了一只大大的航空箱。

这次冯亚莉要去日本京都进修"小原流花道",这是她第一次出国。记得当年新婚他们去了一趟香港,因她当时的梦想是去香港买衣服。现在问她的梦想是什么,她说早点退休,开一家小小的花艺店。

章达成笑着抚了抚她的脸。

次日一早航班,从桐城直飞京都。小女人兴奋啊,在枕头边不停和他说话,问这问那没完没了,为了让她早点安寝,章达成打叠起百般精神,千般情意,尽兴抚慰,直到她心满意足,搂着他的脖颈沉沉睡去。

早上五点,他还在梦中迷迷糊糊会周公,闹钟响了,冯亚莉拎着他的耳朵催促说:"大懒虫起床,一会儿要赶飞机。"

昨夜春风醉良宵,今早起来精神还是照样好,女人啊!

他吃着早餐,她在卧室里磨磨唧唧大半个钟头,出来后让他眼前一亮。一条提花绿色旗袍,外披乳白色短款风衣,脖颈上挽印花丝绸小方巾,脸敷过粉,抹了唇红,长睫毛下眼睛一闪一闪顾盼有情。

到了机场,章达成推着航空箱,冯亚莉拎着包,并肩走进候机大厅。不时有陌生男士回头看冯亚莉,这让章达成很不爽。

"我走啦!"在出境检验口,冯亚莉接过箱子对章达成说。

"记住不要单独行动,特别是晚上必须跟团出行。还有,学不学无所谓,就当去玩,开心最重要,懂吗?"

"知道了,婆婆妈妈的。照顾好自己,记得每天吃早餐,马大哈。"她说完转过身又停住,对他笑笑说,"也不过来和我表示一下?"

章达成一愣，没反应过来。

她扭着腰走过去，两手环住他。他摸了摸鼻子，看看周围说："这个，这里不合适吧？"

"你这是哪门子的难为情？"冯亚莉嘟起红红的嘴巴。

章达成讪笑着，伸手轻轻揽住她的腰，她反手搂住他的脖子贴上来，温热柔软的身体在他怀里沁出一股清香，他感到心头一热。冷不防两片红唇凑近面颊，啵的一声，吓得他马上放开手，扭头看周围。

冯亚莉笑着松开手，甩给他一记秋波，然后扭动腰肢款款走向安检处。他像还没从那个吻里醒过来，站在原地，下意识地摸了摸脸。

第十五章

一、名人白玉兰

周六上午，心视野等候厅的吸烟区，坐着一个衣着时髦的女人。

她戴一顶镶有蕾丝纱的贝雷帽，黑色蕾丝纱遮住大半个脸，露出珠光红唇和微翘的下巴，身上披着褐色的高级貂皮大衣，手指夹着根香烟，伸长脖颈，吞云吐雾，一副目无旁人、优雅自得的样子。岑晓稚走过去招呼她，她眼皮也没抬，问了句："你们章主任呢？"

"对不起，章主任临时接到任务去做心理危机干预了。"

"那陶雪梅呢？"

"陶老师今天有课。您要是想约他们，要不换个时间？"

她没说话，微微抬眼瞟了瞟岑晓稚胸前的工作吊牌，自顾自地把最后一口烟吸完,摁灭烟头站起身说:"好,你来试试,我没那么多时间。"

"好的,请您签个名。"岑晓稚把咨询表递给她。她落笔签名龙飞凤舞,潦草得看不出是什么名字。

在咨询室坐下,这个女人才取下黑纱贝雷帽露出脸,岑晓稚不由暗暗吃惊,这张脸好熟悉——对,她是白玉兰!

白玉兰是省城电视台老牌主持人,不仅会主持还会编导、制片,属于才艺出众的综合型人才。九十年代末,她是省城公认的形象大使,她的脸出现在大小道路、机场、火车站、公园、广场等广告牌上。虽然后来不当一线主持人了,她仍是电视上各类文化、娱乐节目的嘉宾或评委。

淡定、淡定,岑晓稚努力让通通跳动的心像秤砣往下沉。

"很奇怪是不是,"她眯起眼睛,有意无意地瞟她一眼说,"我一个大名人,怎么从省城跑到你们桐城这小地方来做咨询?"

果然是个厉害的,开门见山,自亮底牌。岑晓稚稳了稳心神回答:"谢谢您对我们工作的支持,还有对我的信任。"

白玉兰盯了岑晓稚几秒后收回目光。她的侧面,鼻梁高挺,眼睫毛刷得浓密,钻石耳坠在耳垂下晃动,不过脖颈松弛的皮肤和眼角的鱼尾纹暴露了她的年龄,岑晓稚猜她应该有五十多岁吧。

"最近我老做一个梦,断断续续的,"她面无表情地说,"其实有好多年了,不过最近严重影响我的睡眠。现在我的睡眠更差了,一晚上最多四五个小时,睡了醒,醒了睡,折腾,去医院瞧了瞧又查不出什么病。"

她下意识地抬手抚了抚脸,高级粉底霜掩不住眼皮下青灰的眼圈。她把背靠到座椅上,目光一时变得复杂难测。

一个陌生的地方。天色暗下来,一层层地暗下来,小女孩被男人拖着在山上走。这是一座野山,很荒凉,小女孩的鞋带松了、辫子散了,可男人攥着她不让停,他加快步伐像在寻找什么。她很恐惧,想喊妈妈,想停下来,想逃离,可她被男子控制着。他拖着她死命地跑,直到前面出现一座高高的牌坊,牌坊上四个大字模糊不清——她蓦地醒来。

后来在梦里甚至不等那座牌坊出现,远远看到模糊高大的那座影像时,她就会自动醒过来,不让梦继续,像是知道后面有更怕的事情要发生似的。

白玉兰还要说下去,皮包里手机响了,她接起一听,眉心立时皱了起来,声音变得又高又尖:"他脑子有毛病,你脑子正常吧?我花钱让他住那里,就是让你们好好服务的,情况特殊就加钱嘛!"

"我刚才说到哪里了?"她放下手机,上身靠回椅背,脸上显出疲惫的老态。

"一个小女孩被一个男人拉着在山里走,像在找什么,她很害怕,想逃离又挣脱不了,是这样吗?"

"对。"

"您梦中看到的小女孩,大概几岁?"

"六七岁的样子吧。"

"在您六七岁时,有没有发生过什么事?"

她垂下眼睫把弄手指,十指涂着粉色珠光,指甲边缘有淡淡的黄色痕迹。

"我五岁那年妈妈走了,"她说,眉头一挑又说,"这和我妈没关系,别跟我提这是童年创伤,这些套路我也懂一些的。"

"那您的爸爸呢?能谈谈他吗?"

她不吭声,精致的五官有一种匪夷所思的冷淡弥漫开来。沉默几秒后,她说:"小时候,我对他没印象,更谈不上有感情。"

"那么,什么时候对他有印象的呢?"岑晓稚问,小心地步步跟进。

她眉毛蹙起来,眼光变得锐利,盯着岑晓稚问:"你什么意思?这个人和噩梦有关系?我和你说了,我对他没印象,更没有半点关系!"

"对不起,"岑晓稚意识到自己踩地雷了,"您看,我们再换个话题,聊聊其他的好吗?"

她明显没有进一步谈话的兴致,抬腕看手表,面无表情地对岑晓稚说:"时间差不多了,今天就到这里。"说完戴上帽子,岑晓稚替她开门,她瞟了一眼岑晓稚,想说什么又没说,头也不回地走了。

防御,强大的防御。岑晓稚回顾整个过程,理解白玉兰的反应是正常的,绝大多数的来访者非常害怕面对过去的创伤,躲避或者抗拒是本能的反应,而对于一个女人,一个名女人,恐怕更是这样。

不要着急出手,建立咨访关系是第一步,记得共情,要先共情,她想到章达成对她再三强调的话。可面对一个盛气凌人的大名人,怎么和她共情啊?

岑晓稚拎包下楼,韦凯峰的车已经停在门口,她跨进车呼了口气说:"今天的个案真让我头涨。"韦凯峰说:"涨什么,我带你去吃火锅。"

北风起,肉飘香,美食街上的火锅店生意兴隆。老字号火锅店,巨幅的彩绘玻璃蒙着一层白白的雾气,里面人影晃动。走进店内,一桌挨一桌都是人,他们好容易找到一张小桌坐下。左边一桌,桌上堆满啤酒瓶,几个男人在吆五喝六地划拳。右边一桌,是一对年轻情侣,说说笑笑,涮得畅快。再隔壁一桌很安静,应该是三口之家吧,穿校服的儿子在低头打游戏,爸妈低头看手机,人手一机,火锅热气腾腾地冒白气,锅内沸水翻滚,似乎与他们无关。

很快汤锅和配菜上桌,韦凯峰涮着羊肉片大口往嘴里送,一会儿盘子见底。"服务员,再来一盘!"韦凯峰打个响指。

岑晓稚看到他的T恤上沾了汤汁,就拉他过来,一边拿纸巾擦一边说:"和你说多少次了慢慢吃,急什么?你看,才穿一天又要洗,真要给你戴个婴儿肚兜出门。"

韦凯峰说:"穷唠叨,说那么多,你怎么不给我缝一个?"

又一盘羊肉片上来,韦凯峰提起筷子就涮,岑晓稚说:"哎,我点的虾滑呢?"韦凯峰说:"我已经叫了,等等。"一会儿虾滑端上来了,韦凯峰替岑晓稚把虾滑涮进汤里,这时他的手机响了。他接起一听马上摁掉,岑晓稚问他怎么不接,他说卖房的电话有什么好接的。岑晓稚说刚才那女的声音挺好听。"好听也不接。"韦凯峰说着把涮好的虾滑夹到岑晓稚的盘子里。

岑晓稚瞟他一眼,说:"又假正经了。"

"这怎么叫假正经?我跟你说吧,"韦凯峰边吃边说,"你老公我在公司的形象可正得很,大姑娘小媳妇,一口一个韦经理叫得嗲,我是目不斜视,岿然不动,让她们浪去。"

岑晓稚笑了。

"兔子不吃窝边草，拿身边熟货下手，蠢男人才会干这事。"

"什么意思？"

"什么意思？"韦凯峰忽地笑起来，"说你傻真傻，办公室恋情是赔本的买卖，一要丢名声，二要惹麻烦，懂吗？"

岑晓稚吃着虾滑没说话。

"我跟你说，男人混江湖得把住两件事。什么事？一膝盖不能软，二裤带不能松。这个把住，其他统统是小事。"

两人正吃得热乎，岑晓稚的手机响，一看是蒋微微，她在电话里说："岑姐，告诉你，我给我爸打电话啦。"

"啊？"岑晓稚一时没反应过来。

"你忘啦，上星期我请你和白桦姐吃饭，你俩鼓励我，叫我一定要给我爸打电话，我当时没打。"

"噢，对，对的。"岑晓稚记起来了。上星期，蒋微微约了自己和白桦吃饭，她们聊起了家庭系统治疗。

蒋微微第一次详详细细和她们说了她的原生家庭。其实，她爸在她心里的形象是很高大的。他是九十年代毕业的大学生，是工程师，后来从一家国企出来，自己成立公司挣钱。他聪明好学又能干，事业很不错，而且特别疼蒋微微。相比于她爸，她妈就很小市民，一点小事都要和她爸计较，抱怨他不做家务不顾家。后来她爸在外面有了女人，她妈这边的亲戚以他为耻，骂他，咒他，家里吵架不断，她妈就像祥林嫂逢人诉说不幸，快把他们住的那一条街说遍了。两人离婚后，她听从她妈的话再没有和她爸联系，可还是听说了她爸很不顺，做生意亏本，开公司倒闭，那女人也离开了他，他的生活陷入困境。她妈听了幸灾乐祸，她心里却暗暗难受。

一直以来，蒋微微不理解自己的这种难受。而在家庭系统治疗现场，当她代表许博士的女儿站在现场时，她忽然理解了父母，同时也看到了自己的真实状态，即陷在父母的战争中，被他们的力量拉扯而不知所措。其实她内心是爱父亲的，可是她不能表露，因为怕母亲伤心，于是她让自己恨父亲。而现在她意识到这种恨，骨子里还是有爱的，而她一直以来的难受就在于她既恨她爸的无情又可怜他的落魄，可以说她对父亲又恨又爱。

现在她明白了，要从父母的拉锯战中出来，接纳自己的感情，承认心里父亲的位置，这是谁也撼动不了的，她愿意与父亲和解。

岑晓稚问："那你爸怎么样，接到你的电话，一定很开心咯？"

"他很意外，没想到我会给他打电话。第一句就问我有什么事，我说没啥事。我的心在怦怦跳，我在心里说，爸，我就是想给你打电话，听听你的声音，可这话没说出来。爸问我工作好不好，开不开心，我努力保持平静对他说，我就是想你了，给你打电话。哇，我终于说出来了。我还说我和妈妈都挺好的，你多保重，过年回来看看我们。我爸一叠声地答应，听得出来他也很激动，声音都变了。"

听着蒋微微的诉说，岑晓稚的心也不平静。

她想到了自己的父亲。多好啊，微微想到她爸，哪怕他远在北京，她也可以去电话，过年过节父女团聚。可她呢？她想爸的时候到哪里去找？一晃父亲离开她五年了。这五年，她不敢回老家，不敢进父亲书房，不敢和妈妈聊到他，父亲的手机被妈妈锁在抽屉里,她再也拨不通那个电话,它也发不出任何消息,曾经电话那头一声熟悉又亲切的"晓晓",已经和主人一起消失,永不再响起……

她觉得心口堵得慌,韦凯峰问她怎么了,她摇摇头。

这时手机又响,是心视野的小威,通知她晚上七点到心视野来开会。开会?好好的突然开什么会?小威说他也不清楚,是章主任叫他统一打电话通知的,特别关照所有咨询师务必全部到会。

这事蹊跷。她觉得哪里不对,一定发生了什么事。

二、紧急会议

晚上,心视野公司的会议室灯火通明,人员到齐后,章达成踱步进来,手里拿着文件夹,板着脸,神情是少有的严峻。

今天上午他接到市心理协会的电话,说有人投诉心视野。这个人经心视野的咨询师推荐,去参加了家庭系统治疗工作坊,因曾经患幽闭恐惧症,学习一天后感到不适,要求退还费用。可是工作坊规定当天费用不能退,他和对方交涉没结果,一怒之下,把心视野告到心理协会。

那么,是谁推荐这个人去参加家庭系统治疗工作坊的呢?

章达成冷峻的目光扫视全场,岑晓稚一脸纳闷,蒋微微照例像平时一样抿着嘴,不说话。

"我在这里给各位提个醒,"章达成开口了,一字一句说得刚硬冷肃,"你们签约了心视野就是加入了我们的团队,签约协议上写得清清楚楚,要严守职业伦理规范,遵守我们的规章制度,依心理工作的原则行事。家庭系统治疗严格来讲在业界是不被认可的，因为牵涉太多，已经超出心理工作的范畴，所以我给你们提过醒，不知深浅的事不要去碰。"

他的目光有意无意地扫视到岑晓稚，又扫到岑晓稚旁边的蒋微微，目光中别有深意。

"大家记住，任何一种治疗再好也不可能适合所有人。一对一的心理咨询、谈话疗法、榻椅疗法那是有历史有年头的，有它的独特优势和不可替代的权威性。当然，团体辅导也有优势，团体辅导的抱持性、共享性、即时疗愈性对成员有抱团取暖、当下见效的作用。不过，同样要看到团体辅导的短板，要考虑到它的私密性、分享性、成员之间关系协调等因素不一定适合所有人，所以有些人适合团辅有些人不适合，特别是那些有焦虑倾向的人，这类人在封闭的环境里，更容易激发焦虑紧张的情绪，是会出状况的，一旦出事就是大事。

"我在这里重申一遍，各位，如果你想在心视野发展，那就按我们的规则来，按正统的专业学习一步步走。如果不想遵守游戏规则，OK，可以，现在就解除协议立马走人，以后你们出了事，和心视野没有任何瓜葛。"

在座的咨询师都默默地听着，没有人说话。

章达成的目光又扫视一遍全场，落在蒋微微身上。她咬住嘴唇似乎觉察到了什么，忽地动了下身子，两手抓起双肩包，岑晓稚马上伸手按住她。

"另外，还有个事要跟大家交个底，"章达成说，"前些天有人问我，在外面参加其他心理培训能不能让心视野给开发票，好向单位去报销学费。我明确告诉他，不可以。你在我们这里学习，我们提供给你正规发票，这无可厚非，但你在别处学习就该问别处要发票，违法乱纪的事，绝对不允许发生在心视野。还有，我跟大家提个醒，我知道个别几位在别的心理机构挂牌做咨询，这没关系。凡是心视野的活动，我都给大家配发工作吊牌的，你们挂牌上岗。但要是在别做咨询，就不要打心视野的旗号，我也不会承认，你们在别处做咨询出现问题一律和我们心视野无关，这一点再次申明。"

"好了，"他把文件夹里的协议交给小郑分发下去，说，"现在，我把修正协议发给大家，你们再好好看一看。如果没问题就签字，我们的合作继续。如果有疑问或是不愿签字，也没关系，协议就此终止。"

岑晓稚握着笔，迟迟没在协议上签字。她转头看蒋微微，微微脸红红的，嘴抿得更紧，眼睛凹得更深。岑晓稚刚想问她怎么了，蒋微微已经站起来，拎起双肩包，推开协议，快步走出会议室。

"岑晓稚，你来一下。"

会议结束后，章达成叫住岑晓稚，她只好跟着章达成走进他的办公室，远远地在沙发那头坐下。章达成看着她问："这事与你没关系，你怎么不签？"

岑晓稚的手在皮包上无意识地划来划去，就是不说话。

章达成问："怎么，不愿说？"

"主任，你想听真话吗？"

"当然。"

"你内心有阻抗。"岑晓稚说。

"阻抗？"章达成奇怪地问，"我阻抗什么？"

"我亲眼看到家庭系统治疗工作坊对学员是有疗愈作用的。可你告诉我说你当时只是在现场观摩，观摩有什么用啊，参与体验才有效果，这不是说明你内心有阻抗吗？"

"你知道什么，"章达成语调生硬地说，"你们以为学到一丁点本事就无所不能了？一叶障目。"

"不是，我是就事论事，"岑晓稚辩解说，"凭我的直觉。"

"直觉？"章达成提高声音说，"我在跟你谈工作、谈专业性，你跟我谈直觉？"

"可是，"岑晓稚说，"我们的工作不就是与心理打交道吗，为什么要回避直觉呢？您和我们说过，以前催眠培训班上您的同学还叫您'直觉王'呢。"

"嚄，"章达成反驳她说，"可我也告诉过你们，心理活动是各种头脑观念活动的结果。"

"对，可你也同样说过，感觉在整个心理活动中起着重要的作用。"

"你……"章达成握起拳头，眉头拧了拧。

"还有，"岑晓稚又说，"在学习班，你还给我们讲过一个钟馗捉鬼的典故。"

"钟馗捉鬼？"

"对啊，"岑晓稚说，"你借这个典故要我们学会自我觉察，说有的人当了一辈子的钟馗，结果发现自己就是那只鬼……"

"够啦！"章达成喝了声。

岑晓稚收住话不说了，手指在皮包上比画着，气氛一时有点僵。

章达成微微喘了几下，挥手说："不签字也没事，你走吧。"

岑晓稚的手指停止了比画，抬头看他。他不理她，她低低地说："对不起。"拎起皮包站起身，朝他颔首致意。他仍不理她，她迟疑着转过身慢慢往外走，拉开了门，这时章达成蓦地咳了声，对她说："你回来。"

岑晓稚背对着他不动，章达成叹口气，站起身走过去合上了门。"过来，"他说着，又拉了拉她的袖子，"坐下。"

两人在沙发两头坐下，谁也没说话。过了一会儿还是岑晓稚开了口。

"主任，我是真想不通，"她态度诚恳地说，"你说家庭系统治疗不被业界认可，还说它牵涉太多不在心理工作的范畴。可是我亲身体验过，工作坊现场运用的就是心理疗法技术，像催眠、解梦、完型疗法、意象对话、认知疗法等，为什么它不被业界认可？还有，不被认可就不可以做吗？"

"不是不可以做，是你们驾驭不了，"章达成加重语气说，"曾经有咨询师盲目去做这个家庭系统治疗，结果惹上病自身出了问题，还有做了这个后跳楼自杀的，这是真事，不是开玩笑。这就是我说的超出了心理学的范畴。所以我给大家开会，前车之鉴不得不防，你怎么还不明白？"

"那你为什么不私下和微微说啊？"

"必须开大会。要让大家都知道，有些事是碰不得的，我的团队我得负责。"

岑晓稚若有所思地点了点头。

"你不知道，我们这种机构最忌讳被人投诉，要么不出事，一出事就是大事，你不懂。"

"我懂。当初夏烨被人投诉,我看出来了你很紧张,像受到了什么刺激。"

"是,刺激还不小。我跟你说过,当年心视野的第一例投诉事件是当时的副主任陈总,可我没和你说下去,那个投诉事件差点把我整得去见马克思。"

"啊?"岑晓稚坐直身体,看向章达成。

那段往事他以为忘记了。可是,夏烨投诉事件一发生,他整个人如箭在弦上立刻紧张起来,包括这一次这桩意外的投诉事件。是的,他不是没有觉察到自己的异常状态。他承认,那个事件在他心里是一个还没完全过去的心理障碍。

陈总是他的老朋友,在他最艰难的时候出资共同创办心视野,所以心视野的架构就是一正两副,陈总和陶雪梅是副主任。陈总考出咨询师证书后也兼做心理咨询。他接待的那起个案,案主是个有婚外情的中年女人。她与丈夫分居两地,结婚多年没有孩子,夫妻感情比较淡泊,后来这个女人与单位一男同事有了婚外情。婚外情是心理咨询当中比较常见的,在章达成看来这类事件不稀奇,可这个女人身份非常特殊。

婚外情让她很纠结,一方面她害怕与男同事的私情被曝光,担心他会被判刑;另一方面内心承受不住良心的谴责和对丈夫的愧疚,她严重失眠,神经衰弱,情绪低落,不得已悄悄来心视野求助。当时陈总对她进行了严厉的指责与抨击,说她道德败坏,玷污了自己的身份等等。这个女人当场和他起了争执,并向章达成投诉,章达成介入这起个案没几天,万万想不到她竟然在家里服毒自尽。

那一天的经历让章达成终身难忘。

一大早，心理诊所来了个高大英武的男人，直接就冲进章达成办公室，把他拎出来塞进他的车子。章达成下车后一看惊住了，面前是一个摆着花圈、挂着白幔的灵堂，灵堂正中摆放着那个女人的照片。男人让他对着遗像下跪，他默默地跪下，男人又命令他对遗像三鞠躬，他也依言做了。就在他要站起来时，冷不防那人一招擒拿，虎口牢牢扼住他的咽喉。他顿时感到呼吸困难，本能地拿手去推，可男人的手铁钳般纹丝不动，喷着鼻息盯着他："说，我老婆为什么要来找你，她为什么要自杀，她到底和你说了什么？"

章达成摇摇头。男人的虎口稍一用力，章达成顿时感到眼冒金星，呼吸不出，仿佛要窒息了。他的脸因为憋气涨得通红，他使劲掰对方的手，却掰不动分毫。

"你说不说？不说也可以，很简单，一命抵一命。"

"她，她说了一件事。"

"说什么？"

"说，想要一个孩子，你俩的孩子。为了要，要孩子，她失眠，睡不着觉，精神衰弱，找我来说说。"

紧紧被卡住的咽喉稍微松开一点，他透了口气，对方仍紧盯着他问："就这些？"

章达成说不出话，只有点头。

那人与他目光对视，似乎想从他的眼睛里证实他的话是真实的，不是谎言。就在谎言与真相对峙的几分钟内，外面响起一阵警笛声，很快，110巡特警人员的脚步声由远及近地过来。章达成瞟见门前有人，是表情惊慌的陈总和胖乎乎的马钧德，马钧德高喊住手，几乎同时男人松开了手，可是章达成来不及换口气，又遭到狠狠一拳，顿时他的身体像只沉重的麻袋被对方抛了出去，头撞到灵柩的边角，昏了过去，接下来发生什么就不知道了。

听到这里，岑晓稚双眼圆睁，失声叫了起来，她拿手掩住嘴问："那后来呢，你有没有受伤？"

"还好，"章达成指了指太阳穴说，"这里撞开一条五六厘米长的疤痕，不过现在是看不出来了。"

岑晓稚长长舒口气，喃喃地说："我明白了，我终于明白了。"

章达成问："你明白什么？"

"明白你常说的一句话：激烈不可控的情绪背后，一定事出有因。"

这个女人，章达成显出怪异的表情，挠了挠太阳穴。

"性命攸关，怪不得您对投诉这类事有那么大反应，"岑晓稚又问，"主任，您当时哪来的勇气应对那个人的？要是被他发现您说谎，后果不堪设想啊！这太可怕了。"

"为当事人保密，这是原则。"章达成说，"再说逝者已矣，生者还是要好好活下去，要是说出真相，那才叫一个后果不堪设想啊。"

"这个陈总也是，"岑晓稚说，"怎么忍心叫你帮他收烂摊子，当领导真的是太不容易了！"

章达成笑笑，当年陈总因为这事和他意见不和，后来撤资退出，他背了债事业走入低谷。

"好啦，这话题打住。"章达成说，"今晚我也是借机压一压大家的傲慢，收收心。前阵子偷懒，团建工作还是要跟进的，太散漫要出事的。嗯，我刚才说话是重了些，蒋微微有情绪，回头你去做做她的思想工作。"

　　岑晓稚点着头走到桌前，提笔在协议上签下名字，签完放下笔。忽然她发现他的桌上少了什么，她东瞧西瞅又扫视一遍，不对，那只小巧透明的水晶沙漏瓶不见了。她扭头看他，他似乎猜到她的反应，笑着说："怎么，还想再听一个故事？"

　　一个高二女生，停经两个多月，中西药无效，去医院检查得出重度抑郁的诊断。医生给她配了抗抑郁的药，吃了两个月，她觉得人难受，说不出的躁，特别是到晚上，烦躁加剧，脸潮红，睡不着，要摔东西。后来医生又给她配了抗躁狂的药，人是不焦躁了，可就是打不起精神，白天会嗜睡，脑子迷迷糊糊没法听课。这样前后折腾大半年，妈妈辗转托人找到章达成。

　　女孩跟在妈妈后面进来，面色苍白，身体羸弱，一看就有明显的气血不足症。她妈妈一见到章达成就滔滔不绝地讲开了，她远远地站着，嘴巴紧闭，神态冷漠。直到离开前，无意中看到桌上摆的那只小巧的水晶沙漏瓶，她盯着它，脱口说："THE TIME FOR MEMORY——时间记忆？"

　　章达成笑着点头，她迟疑地看看他，问："我，可以摸一下它吗？"

　　"当然可以。"他把沙漏瓶递给她。

　　她拿在手里轻轻抚摩，很喜欢的样子。章达成问："是不是你也有一个？"

　　她眨巴眼睛说："我读小学时，班主任奖励我助人为乐，送过一个，比这个小，是蓝色的，后来我妈打扫房间把它摔坏了，扔了。"

"哦,"章达成点头说,"助人为乐奖?很特别啊,做了什么好事,能和叔叔讲一讲吗?"

他与女孩的对话从这个沙漏瓶开始了。

女孩妈妈是政府机关干部,爸爸是某建筑公司的工程师。起初,爸爸推说工作忙拒绝过来,章达成建议咨询中止,对方表示不理解,章达成说:"未成年人的心理咨询,父母必须参与,这不单单是一项规定,更是对您和孩子负责。我们做心理咨询工作的第一目标首先是助人。"

他又补充说:"无效的工作,浪费我的时间和精力,也耽搁您的孩子。从某种意义上说,她的时间比我们都宝贵。"

这对父母到场了。很明显,两人在女儿教育上有分歧,一说话就彼此指责,谁也说服不了谁,态度恶劣,情绪强烈,有一触即发的吵架苗头。通过交谈,章达成了解到,他们有等女儿高考一结束便离婚的想法,两人甚至已经谈到财产分割问题,还有女儿的抚养问题。

好在这个高知家庭还是有危机意识的,当咨询走入深层,章达成说,每个问题女孩的身上都背负着妈妈一颗受伤的灵魂。这句话让这个妈妈眼圈发红,向他开启了心扉。她承认和丈夫有隔阂,也承认自己把工作压力带入了家庭。爬到处长职位,享受正处级待遇,是这个干部妈妈的目标。机关里讲论资排辈,同一个办公室,人家资格老,就不用卖命干,一杯茶一张报纸,照样工资待遇比你高。她眼看年龄一年年爬上去,到出头那天,恐怕离退休也不远了,那些雄心壮志还有什么用?荣耀与光环还有什么意义?十多年熬下来,她心头积着一座无形的火山。

她对章达成说:"我知道,他们想逃离我,我有我的错。"

他又和女孩爸爸单独进行了谈话。这个爸爸对妻子有很深的不满，同时对女儿又有很深的爱，章达成似乎看到了当年的自己。他运用自我开放技术，假借别人的故事，把自己离婚的遭遇以及离婚到现在，努力修复与女儿关系的种种艰难向对方袒露，女孩爸爸听了后很受触动。

家庭治疗像竖一面镜子，让父母看到孩子表达爱的方式，是替他们承担不应承担的压力；看到抑郁、恐惧、不安、担忧等情绪，如何影响并紊乱孩子身心；看到孩子以牺牲自己的方式（生病）吸引他们关注，并想借此让他们不分开。

在一个家里，父母处于什么样的状态，孩子心里明镜一样。

穿着笔挺的干部装、开口闭口某处某局、很有官本位意识的妈妈，在后来某次谈话中放下架子，哭了起来。

这个被诊断为重度抑郁的女孩，说起来让人难以相信，章达成做了三次咨询便缓解了她的情绪。孩子压抑得太久了，三次咨询章达成几乎没说什么，就是听她说，让她说个够，说个痛快，说个舒畅。之后，她妈妈又陪她去医院复查，医生很奇怪，她的抑郁和焦虑指数都回到了正常指标，什么重度抑郁烟消云散。

这起个案最大的成功是，干部妈妈终于松口了，同意女孩报考她喜欢的专业，而不再强迫她报考政法大学（当一名律师或者法官曾是这个妈妈的梦想），至于他们夫妻的关系，也在慢慢修复中。总的来说，这个家庭因为女儿的重度抑郁不但没有解体，相反，在朝积极的方向改变，这是一件好事。

"章叔叔，你知道吗？"女孩说，"我妈居然给我写信了，偷偷压在我枕头下，亲笔写的哦，她居然会给我写信！"

章达成笑着不说话。其实，这是他给她妈妈布置的作业。

他发现这个女孩长得像他的楠楠，圆圆的脸，微翘的鼻尖，还都长了一颗痣，不同的是，女孩的痣长在嘴巴左下方，楠楠的痣长在嘴巴右下方。他想，要是楠楠也这么和他说说话，该多好。

楠楠上大学后，他偶尔联系她，她仍是老样子，不多说一句话，也不多写一个字，他们的关系似乎又回到原地。面对女儿，他总有一种无力感。

女孩走后，章达成在办公室坐了很长一会儿。他拿出信纸提起笔，也想好好给楠楠写一封信。可是写什么呢？他想对她说爸爸想你。可不行，这话他说不出口，更别说写出这四个字。他趴在写字台前，揉碎了一张又一张信纸，最后什么也没写成，把纸团统统扔进纸篓。

最后一次咨询结束要结案时，女孩提出要求，她想再看看那只小型的透明沙漏瓶。她在他办公桌前拿着沙漏瓶左看右看，爱不释手，他笑笑，把它当作奖励她读大学的礼物送给了她。

隔着办公桌，岑晓稚在专心听他说话，脸上的表情有点微妙，她的手在桌面无意识地画来画去写着什么。刚才她坐在沙发上，也在手提包上画来画去写着什么，章达成知道她内心一定又有什么想法了。

是的，他明白，这只沙漏瓶对他们来说有着不一般的记忆和情感，可是，他还是把它送走了。他想对她说，时间成就了记忆，可经历更帮助我们获得人生的意义。或许，经历就是很好的纪念品，而不是时间和记忆。

"不早了，走吧。"章达成拿起外套，关掉灯，和岑晓稚走出办公室。

穿过幽暗的廊道，前面电梯口亮着一盏小小的应急灯。等电梯的时候，他对她说："晓稚，你很像当年的我，热情满怀，激情满满，可是我不得不给你泼点冷水，这行业要坚持下去是很不容易的。"

"不容易我也要坚持，"岑晓稚看着他说，"主任，您太消极了。"

章达成笑了笑。电梯来了，他扬手示意她进去，两人在电梯里都盯着指示灯没说话，电梯无声地把他们往下送，红色指示灯一层层朝下递减，直至一楼大厅，灯光大亮。

岑晓稚说："主任，下周是不是要去一趟敬老院？"

"对，差点忘了，"章达成拍了拍额头说，"我还要去看一个人。"

三、敬老院

那天他们刚走进敬老院，就看到一个白发老人摔倒在台阶前。

章达成快步过去扶起他，老人哆哆嗦嗦地拉住他，含糊不清地说着什么，章达成顺着他的目光看到地上掉落的一顶假发套，捡起来交给老人。老人胡乱地往头上戴，稀疏白发和乌亮发黑的假发混杂着，看上去不伦不类，女护工过来帮他戴，老人还嘟嘟囔囔，护工说："行啦行啦，戴好给谁看啊？"

老人坚持自己动手把歪斜的假发戴好，露出满意的表情。当章达成看清老人的脸时，不由惊愕地叫出声："周校长？"

老人正是周海霞的父亲周穆良。章达成今天来敬老院，本来就是来看他的。

程大海和他说过周校长中风了，幸好抢救及时保住一条命，可没法走路也没法说话，整个右肢无知觉，陆国强把岳父送进敬老院后，就带儿子回老家了。

记得上一次，他与老校长在他办公室见面，老人精神矍铄，思维敏捷，不输年轻人；后来那次他登门拜访，老人还是一头乌发，精神不错；想不到这次师生在这里见面，他差点认不出人。

面前的老校长两颊干瘪，皱纹深长，眼神昏花，眼角塞着眼屎，一顶乌亮茂盛的假发套，看起来像个小丑。章达成和他说话，他也没反应。女护工说你不用叫，老爷子脑子不清爽，认不出人，他吃饭要喂，屎尿要把，啥也不知道，就像丢了魂儿，剩这一副虚壳在挨日子。

章达成推着轮椅把老校长送到楼前才离开。这时从后院远远传来一阵京胡声，在长长的围廊里坐着个老人，瘦小的个头，佝偻着背，靠着栏杆在听戏。

"我本是，卧龙岗，散淡的人；凭阴阳，如反掌，保定乾坤……汉诸葛，怎比得，前辈的先生？闲无事，在敌楼，我亮一亮琴音；我面前，缺少个，知音的人……"黑色半导体里唱的是一出京剧《空城计》。

听戏的老人姓凌，他侧着耳朵，指节压着京拍，一下接一下。

"他们都是地下派来刺杀我的，我心里一清二楚。他们要收我回去。我不怕，我只是和他们商量，杀头的时候是不是可以动作轻一点，快一点，让我少吃些苦头。"

他沙哑的嗓音停了停，闭上眼睛，缓口气。

"他们天天变花样，今天给我送水，明天给我端饭，今天变男的，明天变女的，变着花样来，看上去在侍候我，实际上想暗杀我。他们对别人说我有病，脑子有毛病，那是骗你们的。"

"可我没办法，他们代表上面，"他伸出枯瘦的食指朝向天空说，"上面，你懂吗？上面就是天上，代表中央的指令。中央你知道吗？地球只有一个中心点，这个就叫中央。从这里统一发出的指令，谁也违抗不了。这次我榜上有名，逃脱不了，因为我罪名大。

"什么？你问我犯什么罪？这可不能说。姑娘，至少现在不能告诉你，绝密。你知道我以前是做什么的？我是科学家，国家领导人在北京天安门接见过我，和我握过手，亲自给我颁奖。以前啊，我得过的荣誉多得数不清，家里别的没有，除了书，就是奖状奖杯。"他声音提高，像回到了辉煌的过去，眼里透出一丝神采。"

"可是我有罪。"他垂下头，脸颊两边往下耷拉的皮肉薄薄地抖动几下，眼睛收回神采，又变得混浊昏花。

"五十多年了，我以为这事过去了，快入土的人，老朽无能，入土为安啊，可他们饶不过我，他们一笔一笔都记在账目上，现在报应来了，终于来啦。

"姑娘，我算想明白了，人活一世不能欠债，欠债必还。你说什么？是什么事？不，这不能说，一说就暴露，我一生的名誉全毁了。这是天机。嘘，天机不可泄露。"他竖起食指做出一个嘘声的动作，又警惕地四下张望。

"不过我看得出，你和他们不是一伙的。小岑医生，你是真的，他们是假的，他们是上面派来收我的，不但控制我的大脑，把我的家人也控制了，现在没有一个人信我，没有。

"也许明天，也许后天，也许就在今天晚上，说不定就在和你谈话后,反正什么时候都会发生。我的命掌握在他们手里,随时随地——'咔嚓'。"

他伸出瘦得皮包骨的手,在头颈处做了一个动作。他瞪大的眼睛又眯起来,眯到只剩一条缝,仿佛不能承受真相,之后合上眼睛,重新侧起耳朵,指节压着京拍一下接一下地哼唱起来。

"我正在城楼,观山景,耳听得,城外乱纷纷。旌旗招展,空翻影,却原来,是司马发来的兵……"

以模糊、钝化感知觉,来抵挡老去;以忘记当下,忘记现实,来消除死亡的恐惧;以回到过去,回到年轻美好,保存最后的慰藉;以切断一切关联,保护自己,来等待终结的来临……退行性遗忘,是退出与所有人交往的边界,包括子女,把自己永远封存在那个叫"过去"的漂流瓶里——这是章达成曾经对失智老人的心理解读。

岑晓稚曾问过章达成:"这一类老人有心理访谈的必要吗?"从医学角度来看,失智老人属于精神类疾病,不属于心理咨询范畴,而精神类疾病只有服药收治一条途径。

"凡是可以对话交流的,都可以进行心理治疗,即使不能痊愈,至少可以辅助治疗。"章达成说,"精神分裂和天才也是人类的两个极端,没有绝对界限,有时候是他们比我们先行一步,看到这个世界的真相。"

一个瘦小的老太太坐在屋里,穿着一件对襟蓝布罩衫,灰白的头发梳拢在后脑盘成圆髻。她神情呆滞地反复对岑晓稚说:"医生,你救救我,救救我。"

她的老伴几年前去世,剩下她一个人住。她说她一辈子的积蓄,都在两本银行存折里,那是她的保命钱。可是,女儿女婿盯上它了,盯上它了,她说到这里,神情起了变化,嘴哆嗦着,手反复擦弄着两个膝盖。

岑晓稚说:"别急,您慢慢说。"

她从蓝布对襟罩衫里摸出一块手绢,低头擦了擦眼睛。

"他们隔几天来看我,说是看我,就是来看它,看存折。他们还对别人说我有毛病,我脑子不正常。我是记性不好,可我脑子没坏。没用,我说啥他们全不信。我天天想法子藏这两本存折。今天藏在抽屉下层,明天又藏到柜子夹板里,上午藏到被子里,下午又缝进枕头芯。哎呀,反正不行,藏哪里他们都搜得到啊!他们说,我们代你保管,你这样东藏西藏要丢的。我不信,我不信他们的话,他们就是要拿走我的钱。医生,我一把年纪日子不多了,要是钱被他们拿去,我怎么活啊!

"后来,我想到一个好办法。我把存折缝进棉背心里,天天穿着它,睡觉也不脱。你说夏天?对,夏天也穿着,后来后背生了疮,我女儿说我有精神病,把我送医院去,我宁可撞墙死掉也不肯住院,他们就送我来这里了。

"他们说我是老年痴呆,我没病,医生,他们为啥就是不信我?"她再次低头用手绢擦眼泪,啜泣着说,"我的命根子,我的两本存折,现在还在家里那件棉背心里,我的命,捏在他们手上啊!医生,我怎么办?我要回家,回家啊!"

岑晓稚做完访谈回到敬老院会谈室,看到章达成在椅子上垂头打盹。阳光从窗户照进来,照着桌上一盆蟹爪菊,花瓣金黄,开得娇艳。她返身轻轻关上门。

他老了,五官松弛,眉峰微微蹙起,拧成一道"川"字。记得当初第一次见面,他向她迎面走来,步伐稳健,眼神明亮,挡不住一身的英气逼人。

似乎有某种感应,他睁开眼,看见岑晓稚,挺直身体说:"你结束了?"

"嗯。"岑晓稚点点头。

"我刚才是不是睡着了?"他抹把脸,自言自语了一句,"这药不好,就是嗜睡,犯昏沉。"

"啊,你说什么?"岑晓稚问。

"没什么,"他拎起外套披上,"我说真的是老啦,老啦。"

"主任,"岑晓稚说,"你这是限制性观念。"

他指指她笑着说:"我看,用不了三年,你的水平就要赶超我。"

"这个我可不敢想,你是老师啊!"岑晓稚说。

"你看,你这不也是限制性观念?"

岑晓稚不好意思地笑了,他捂住嘴打了个呵欠,她看着他说:"主任,我给你做个放松吧?"

"哦。"章达成感兴趣地看看她,放下外套坐到椅子上,岑晓稚站到他后面,一时有点紧张。章达成回头瞅她一眼,冷不防伸出手,反手扣住她的手腕按住,少顷点点头说:"脉搏正常,很淡定啊,小岑老师。好,我们开始吧。"

岑晓稚的手轻轻按住他的肩膀,一时,章达成的微笑定住了。

四、野山岗

几周之后，白玉兰又出现在等候区。不过，今天她没抽烟，两手翻动杂志，不时交换双腿，显得有点焦躁。

这个案例，岑晓稚向章达成汇报过想转介。章达成的意思，既然当事人没有提出换人，那就继续。他对她说，碰见硬骨头是要啃下来的，放大胆，再试试。

得到白玉兰的同意后，岑晓稚决定启动水晶钵来进行深层的放松催眠。

"深深地吸气……缓缓地吐气……想象一束光照在你的头顶，从头到脚进入你的身体，你在光里，在宁静里……穿越时光的隧道，你回去了，回去了……"

"嗡……嗡……"钵音一轮一轮，声波有长长的回响，她的五官渐渐松弛，像婴儿那样进入似睡非睡的状态。

"嗡……嗡……"钵音环绕着，振动着，刺激神经系统，启动深层的能量意识。她呼吸均匀，嘴角微微张开，几分钟后吐出两个字："妈妈。"

"妈妈。"她又低低地呼唤。

"妈妈？"岑晓稚轻轻地重复。

"我看见你了，"她的嘴嚅动着，口齿含糊不清，"你病在床上，没力气下地……妈妈，你不要走，不要扔下我……不，我没有爸爸，我不走，不离开你……"

"咚——"水晶钵响起，"嗡……嗡……"声波持续在散开，在扩大……

"冷，好冷，"她握起拳头继续梦呓着，"好累啊，我好怕，不，不要，我看到它了，不要，前面危险……"

岑晓稚说："我在这里。我陪着你，你是安全的。"

"不，不，太可怕了……"

"看到了什么，告诉我。"

"是牌楼，高高的，小山岗，坟堆，墓碑歪七竖八……"

她拳头握紧，神经质似的伸直脖子，露出恐惧的表情。

那年秋天，妈妈生病死了，一个陌生男人跨进家门，跪在妈妈床前哭。他说是她爸爸，要把她领回家好好养。

他带着她坐上火车，在中途一个小站下了车。天暗下来，他在路边小店买了两个馒头，一个给自己，一个塞给她，然后拉着她往山上赶。她不知道他为什么这么急，山上一个人也没有，阴森森的，像藏着无数的鬼魅，她害怕极了，心里一遍遍喊妈妈。她腿脚酸痛，鞋带也散了，辫子也松了，可停不下来，他拉着她的手不放，在山林里乱转，直到前方出现一道高高的石刻牌坊，他松了口气。

"二妮子，爸来啦，爸来找你啦！"他向空中喊着加快步子，走过一个又一个坟堆，"不是，不是，"他自言自语，"在哪里，在哪里呢？"他拉着她乱转，暮色笼罩下来，黑暗在加重，眼前什么也看不清。黑暗吞噬了他们，她忘记哭泣和喊叫，像丧失生命的小木偶被拖来拖去……

二妮子。她曾听奶奶说过，她有个妹妹叫二妮子，是个病秧子，周岁不到就死了。

她爸爸是搞地质勘测工作的，长年在外。梦中的情境，极有可能就是大妮子——白玉兰和她爸在山上找妹妹的情景，然而在那个神秘的中转小站，不知名的荒山坡，到底发生了什么？

在她的记忆中，他好像迷了路，到处是可怕的坟堆，周围是高高的松柏，乱石堆垒，野果子撞脸，灌木丛扎得人浑身痛。他停了下来，攥着她的手发出绝望的呼叫。

现在，岑晓稚也握着白玉兰的手……这是一次很大的突破，压得很深的伤口松动，再难也要沉住气，坚持到治疗结束……

"现在，要回来，回来了，你在这里，你很安全……动动手和脚，深呼吸，慢慢睁开眼睛。"

白玉兰仍闭着眼睛，沉浸在情绪的余波里。

几分钟后，岑晓稚指导她睁开眼睛回到现实，又拉开窗帘，让阳光照进来，照亮了房间。

"现在，是不是可以谈谈您的父亲？"

白玉兰没有马上说话，眼睛盯着天花板不知在想什么，但情绪已经平静下来。岑晓稚在旁边静静地陪着她，也不说话。

"小时候我是真对他没印象。"她缓缓开口，"六岁那年才有些模糊的记忆。就是我妈妈病死，他出现在我家，说要带我走，结果带我去了那座野山。可以这么说，我在六岁那年就死了，我的心智和情感就死在那里了。"

她又说："他心里只有一个女儿，没有妈妈和我，你说我怎么不恨他？"

"您怎么确定他心里没有你这个大女儿呢？"岑晓稚问。

"因为他一直在找二妮子，他心心念念的人就是她，而她的死对他是个结。他很痛苦，我想他的魂魄肯定也在那晚埋葬在那里了，那座野山把我们父女三个全埋葬了。是的，他很痛苦，可我更痛苦，我一生都没走出那座山的阴影。他后来功成名就很风光，可这和我有什么关系？人人都对我说，他是你父亲，他为事业奋斗一生，他是著名的地质专家，你要理解他体谅他。呸，我理解他，谁理解我？谁理解我妈？他的什么事业、名誉、地位、贡献和我们有什么关系？"

"让我们再回忆一下当时的情境，他在找二妮子，可您说他的手却一直攥着你不放，是不是？"

"是的，那能说明什么？我说了——他要找的是二妮子，他心里眼里只有二妮子！"

"不，您注意他的动作，注意这个动作后面他的想法。"

"想法，他满脑子除了二妮子，还有什么想法？"

"您听我说，接下来我说的可能对您很重要。对，他已经失去了二妮子，所以，他不能再失去你——他的大妮子。对于二妮子，他只是要完成一个安魂仪式而已，但在接下来的人生中，你才是他最重要的人——所以他攥着你的手不放！"

她整个人定住，慢慢从榻上坐起来，目光复杂地看着岑晓稚。

"心理学强调从一个人的行为看内心，语言会撒谎，可行动不会。行为往往是一个人内心想法的直接体现，您想想，再想想您父亲的这个动作，是不是这样？"

她缓缓说："你说什么？你再说一遍。"

"他是一个女人的丈夫，两个女儿的父亲。你想，小女儿走了，爱人也走了，他还有什么？他生命中最重要的人，不就是你吗？你是他唯一的亲人——所以他攥住你的手不放，这个动作不就是最好的说明吗？"

"不，不，你在糊弄我，在安慰我。"

"我是旁观者。在我看来，你父亲对你的爱就在这紧紧一握中，他这辈子对三个女人的爱也在这一握中。男人比女人现实，男人也比女人更付诸行动，行动是最好的证明，不是吗？"

"我……"她扭过头去，目光变幻不定，阳光照得墙壁亮堂堂的，像一面白纸。

"你再想一想，从小到大，他还有没有其他对你表达父爱的行为？"

她两手抱拢膝盖，眼睛直直地盯着白墙，好像上面有字。

"哪怕一件小事，一个动作，一个行为，有吗？"

"……那年，我读小学五年级。病了，发高烧，他坐了两天两夜的火车来看我，买的是站票，到家后，奶奶说他的脚肿得迈不动步子。那晚，他陪着我，给我擦汗喂水，整个晚上没睡，他对奶奶说他舍不得睡。第二天一早他就回去了，我的枕头边放着粗拙的心形石头，是用火山岩打磨出来的小玩意，还有一本崭新的绿皮封面的笔记本。我把石头扔了，笔记本送了同学。"

"嗯，还有吗？"

"……我大学毕业的汇报演出很成功。他在台下坐着观看，我知道他坐在哪个位置，因为他旁边坐着校长和副校长。等演出结束我没上台去谢幕，从后台溜走了。

"我一直没结婚。有谣言说我与某某领导有关系，其实没有。那人确实对我有意思，可被我回绝了，因为我觉得男人不靠谱。

"他退休后定居北京，有一年回来过年，顺便祭拜奶奶，我为了避他去国外度假。年三十晚上，他给我打国际电话，信号不好，听不清，我很不耐烦，就在挂断前我听到他最后一句话说'我只是想对你说声新年好，听听你的声音'。"

"嗯，还有吗？"

她不再看墙壁，两手合在眉心骨不说话，西式壁钟嘀嗒嘀嗒地走着。

"不行,"她抬起头莫名其妙地说了句,"来不及,来不及了。"然后腾地跳下长榻,披上外衣拎上包,拉开门就往外冲。

"哎,白老师,您的帽子!"岑晓稚拿起黑色蕾丝纱帽跟出去,白玉兰像一阵风在前台闪过,喊也喊不住。

第十六章

一、忏悔录

九点的例会,岑晓稚匆匆忙忙往会议室跑,偏手机响了,一看是蒋微微。这个蒋微微自从上次开会跑走就没了消息,今天打电话来是想通了?果然,蒋微微在电话里说:"岑姐,我想通了,我去找过镜月法师。"

岑晓稚一听"镜月法师",条件反射般地想到那天禅堂吃茶,头顶像又敲响了一声"铛",忙问:"法师是不是在你头顶敲了铛,然后你就想通了?"

蒋微微笑着说:"我哪有这智慧,除非天天当木鱼被师父敲呢。"

岑晓稚哈哈笑了,问:"那你快说,镜月法师是怎么修通你的?"

蒋微微说:"法师让我好好内观。"

岑晓稚问:"怎么内观?"

蒋微微说:"法师说了,人啊,一生烦恼无非喜好。当外境不符合自己喜好的种种标准时,烦恼就出来啦。法师还说,万法唯心所现,唯识所变,内观是将伸向别人的手指朝向自己,去深入观察心灵的运作模式,改变那种思维方式,而那个攀缘外境有喜好、有烦恼的自我,就是要去修习的对象。"

岑晓稚听得云里雾里:"你具体说说。"

蒋微微解释说:"比如我与章主任斗气这事,其实与他无关。我起烦恼是因为我好心没好报,闯了祸又丢面子,我生气讨厌的是自己。"

"这不就是心理学上的投射吗?"岑晓稚说,"投射机制就是把自己不能接受的阴暗面投射给外在客体,在对方身上显现。至于喜好,嗯,我想,你对你妈妈不满意,是因为她不符合你心中理想妈妈的喜好,对吗?"

"哎呀,岑姐,你又扯上我,我跟你说……"

"哈哈,先不说了,我要开会啦。"

会议室内,史馆长稳稳坐在首位,他要派任务给大家。为配合全市开展的"书香桐城·读书月"活动,馆里筹备开读书夜市,也就是利用双休日晚上,在文化公园内举行换书、购书、读书活动。这是中心区图书馆推出的"亲民、近民、爱民"系列活动之一。

正如韦凯峰所说,这个史馆长真是花头精多,什么读书夜市,意味着她们又要加班。岑晓稚边抱怨边低头记笔记,口袋里手机在振动,她赶忙摁掉,很快,手机又开始作响,她很尴尬,索性关机。

等散了会打开手机,电话又来了,是敬老院工作人员打来的。对方对她说,姓凌的老人这几天又犯病了,白天睡觉,夜里写字,说是写一部忏悔录,谁的话也不听。老人身体本来就弱,这么一折腾更消瘦了,院里很担心,准备通知他的家属来接他回家。

岑晓稚心里明白,老人在等一道"死"令。

上次的访谈她已经有所了解,在她看来,老人已经在潜意识里把自己杀掉了。他认定自己该死,那个假想出来的、来自天上地下不可违抗的"神"——就是他本人。

工作人员又说,老人很固执,坚持要给她打电话,说和她只说一句话,他们劝了半天也没用。

"小岑医生啊,我是老凌,你还记得我吗?"老人家沙哑的嗓音有气无力,比上次听到更弱,气息一起一伏,声音微微颤抖。

"我记得,您是凌老先生。"

"小岑医生,她们不让我打电话给你,我说我只讲一句话。"

"嗯,我听着。"

"我想问你一句话:我的时间是不是到了?"

岑晓稚心里"咯噔"一下。

"我这几天做梦啊,又看见那批人了。虽说黑乎乎的看不清相貌,可我心里头清楚就是他们。我说我可以跟你们走,可我得跟小岑医生说一句话再走。我知道,你跟他们不是一伙的,你的话,我信。"

"小岑医生,我要上路了。"老人的声音透出一股苍凉,"我,我是说你说话的声音很像我女儿……你不知道,我女儿不要我了。"

"不，不对，"岑晓稚急中生智说，"您的时间还没到。"

"什么？你说什么？时间没到，你是怎么知道的啊？"

"您说的这一批人是有任务的，可他们的任务是抓坏人，坏人还抓不完，怎么会轮到您？您是好人，不在他们的名单上。"

"小岑医生，你再说一遍，你刚才说什么，他们说我是好人？真的？真的说我是好人？"老人颤巍巍地提高了声调。

"是的，凌老先生。他们说您是好人，您年轻时为国家做贡献，您还受到过领导人的接见，您是英雄，所以，您离那上路还早着呢。"

"是吗，真的吗？他们是这么说的吗？可我的罪状呢？一笔勾销？"老人有点激动，低声嘀咕几句又问，"可他们的行动你是怎么知道的？按理说这种行动是保密的，他们执行的是绝密行动，只有天上的神知道，神是无所不知的。"

"这个不奇怪，您想，您是怎么知道的，我也有办法知道对不对？"

"噢。"老人应了一声，好像在琢磨什么。

"您好好吃饭，睡觉，安安心心过日子。"岑晓稚说。

"哦，"他答非所问，"那他们，他们真的不来抓我，不拉我去杀头了？"

"放心，名单里没您。不过这也是绝密，不要和别人说。"

"哦，哦，好的，我听你的，小岑医生。"

"听我的，您就安安心心过，该吃饭时吃饭，该睡觉时睡觉。"

"喔，好的。"

"我会再去看您的。"

"喔,好的。"他又问,"那你什么时候再来啊,哪一天啊?"

"下星期吧。"

"喔,下星期几啊?"

"星期六吧。"

"喔,好的。"

"不过,您从现在开始好好吃饭,听工作人员的话。"

"喔,好的,我听你的。"

"晚上不要起来,好好睡觉。"

"喔,好的。"

"白天可以起来写字啊。"

"喔,好的,行……那你一定要来啊,小岑医生。"

几天后,岑晓稚不放心,打电话给敬老院的工作人员,对方说老人家已经被家属接回家去了,岑晓稚听了才放心。可没隔几天,她又接到工作人员的电话,说老人当夜在家突发心梗去世了。

这天她在心视野值班。下班前,前台传来一个女人的声音,大呼小叫非常激动,她听到小威说:"您没有预约,改天再来吧,我们要下班了。"

"不,我要见她,我一定要见她,加班费我来付,我加倍给。"

岑晓稚挺纳闷的,出来一看,是白玉兰!

她头发蓬乱,面容苍白,貂皮大衣袖上赫然别着一圈黑纱和小白花。她一见岑晓稚眼泪就下来了,泣不成声地说:"我爸走了,爸走了……"

一叠发黄的旧稿纸,大概有二三十张,是九十年代那种老式稿纸,上面歪歪斜斜、密密麻麻地写满了字,蓝墨水钢笔字。每一个字都像老人在哆嗦,在发抖,随时要倒下去的样子,可每个字的骨架又恰恰很刚正,很峻直,像是老人撑住自己不肯倒下去。

在稿纸的扉页上,写着三个大大的钢笔字:忏悔录。

"您,您是凌老先生的女儿?"岑晓稚差点叫起来。

"是。"

"可是您姓白啊!"

"不,我姓凌,原来叫凌霄,是我自己后来改的姓,跟我妈姓白,白玉兰是我的艺名。"

有关二妮子的事,在凌老先生的忏悔录里算是找到了答案。

那是一场瘟疫。一个外地乞丐无意中把病毒带到村庄,村民一个接一个中招,包括白玉兰妈妈怀里的二妮子,当时二妮子还不满周岁。村卫生院接待不了这么多病人,二妮子的父亲得到消息后从千里之外赶过来,夫妻俩商量后,决定由他带二妮子回城治疗。

二妮子的死因,从凌老先生临终前的交代看,他也没搞清楚。他说,那天火车上人挤人,人贴人,像人墙肉饼透不过气来。他挨着别人的座位站着,半夜实在撑不住打了个盹。他觉得自己仅仅是打个盹,可时间过去了两小时,当他醒来,他是被冻醒的——他怀里棉袄裹着的二妮子身体僵硬,隔着棉被,她的手冰冷冰冷的,像抱着沉甸甸的冰块,他一摸鼻息,孩子已经没了呼吸。她是怎么死的?是病毒发作,缺氧窒息,还是被他的手臂压死的?他睡着的这两小时里发生了什么?

当然,这一切都不重要了,重要的是——她死了,死在他怀里。

来不及悲伤，恐惧攫住了他的心。这封闭的车厢，密集的人墙，转个身，事情就可能暴露。二妮子身上带有感染性很强的病毒，如果被发现，他和孩子就全完了，他决定就近下车。

这个小村庄他有印象，在车站附近有一座山，他去勘察过地形地貌。他鬼鬼祟祟地下了火车，又鬼鬼祟祟地上山，在天色掩护下爬上山坡。这里是个小山岗，四面是松柏树，他在一棵最壮的柏树下，胡乱地把孩子埋葬好，还在柏树的躯干刻下了二妮子的名字作为记号，然后匆忙下山。

之后，他推说工作忙没去见妻子，妻子问起二妮子，他总是说挺好的，可就是不让她见。妻子身体病弱又思女心切，时间一长，她预感到了什么。在她病危时，他两手空空赶到，她已经没了呼吸。他跪在她床前抱头痛哭，处理完妻子的后事，然后带大妮子回城。

他决定再次中途下车，他要为二妮子招魂，再想法子移到老家让母女合葬。

可是，他找不到她了，那棵做过记号的柏树找不到了，更可怕的是那片坡地仿佛一夜之间堆起好多坟包，高高低低，前前后后，起码几十个坟墓，看上去非常瘆人。他是地质专家，对勘察过的地形一般过目不忘，可那天，他在这片坟堆中迷失了方向，就好像二妮子在故意和他捉迷藏。天越来越暗，很快黑暗吞没一切，他绝望了。他觉得一定是二妮子的魂灵在惩罚他，要他背负一生的愧疚。没办法，他拖着大妮子下了山，走一步回个头，心里充满悲伤，他怎么舍得把二妮子扔在这坟堆遍地的荒山，他又怎么对得起死不瞑目的妻子？

就在他转头望向小山岗时，他没有发现手里紧拽的大女儿正用仇恨的目光看着他,眼里凝结着深深的恐惧和愤怒,他以为此后生死相依的大妮子,恰恰因此与他结下了一生的仇恨!

他是国家级的地质专家,一生奉献给了工作,他德高望重,功勋无数,退休后继续发挥余热,出过多部专著,直到八十岁才动了归乡之情。

他想借回乡的机会好好弥补和大女儿的关系,可是他想错了,除了抵达当天她去机场接机,然后把他安顿在自己名下的一套小户型房子,还为他叫了保姆外,她就没过过他再见面的机会。他的生活圈子原则上没变,等于从一个人在北京独居变成一个人在桐城独居。从去年开始,他有了丢三落四的毛病,说话前后不着调,记忆差得厉害,有时会叫错保姆的名字。保姆对他大女儿说这是典型的老年痴呆症,她本来要把他送进精神康复医院的,可他头脑还是清楚的,死活不肯进,没办法,她只好把他送进敬老院,按国家级干部享受最高的待遇。

有一天大女儿突然把他接回家,远远近近、兜兜转转了几十年,终于父女团聚,多好。但半夜,他感到心脏异常难受,打了120,可是来不及了,大女儿急忙给老父亲做按压抢救,可是不行,一口鲜血,两口鲜血,继而满口的鲜血从老人口中喷出来,溅了她一脸,溅湿了她的睡衣。保姆要拖她走,她死活不肯,抱住父亲的身体哭着叫着喊着……等医护人员赶到,老人已经全身僵硬,没了气息。

在凌老先生没来得及打开的行李包里,她发现了一只大牛皮袋,里面塞着厚厚一叠稿纸,稿纸的首页上赫然写着三个大字:忏悔录。

白玉兰说到这里又哭起来，哭声里有深入骨髓的悲痛："我没法原谅自己，没法原谅啊，爸爸走得太快……从今往后，我再没有机会孝敬他……他们都走了，妈妈走了，爸爸走了，妹妹也走了，抛下我一个人活着有什么意思……"

她将脸埋进手掌，肩膀抖动，哭得气噎喉堵，岑晓稚说："你睁开眼，看着我，看着我。"

她像是没听到，仍闭着眼睛，缩起身子，表情悲恸。

现在的她不再是名女人白玉兰，她已退行到过去，她是一个六七岁的小女孩。岑晓稚意识到，那是她失去妈妈的年纪，也就是说她现在的悲痛是叠加式的。不行，要阻止她情绪的无节制泛滥。

"你已经不是六岁的小女孩，你妈妈走了四十多年。回到现在，你是一个成年人，你是凌霄，你叫凌霄！"

这个名字似乎让她清醒了些，她睁开眼睛怔住，忘记了哭泣，随即又一下子扑倒在岑晓稚的怀里。

"爸爸，爸爸……你叫霄霄到哪里去找你，霄霄对不住你啊，爸！现在我连补偿的机会都没有啦，爸爸……我该怎么办……"

这一声"霄霄"，让岑晓稚的心脏顿时重重地跳了几下。

"听着，孩子。听爸爸跟你说，爸爸从来没有恨过你，你是爸爸的女儿，爸爸怎么会恨你？要说请求原谅的人——是我。

"霄霄，你要好好活下去，记住，爸爸没有离开你，爸爸在你看不见的地方看着你呢。当你想爸爸的时候，就朝天上看，去找一颗很大很亮的星星，你就可以和爸爸说话。你一定一定要相信，爸爸是爱你的，爸爸懂你，爸爸是多么高兴，因为我的女儿聪明、优秀又善良，你要好好活下去。听爸爸的话，把你对爸爸的爱给到身边更多的人，把你的爱和价值发挥出去。好孩子，爸爸这辈子对得起国家，对得起人民，对得起这份事业，可是爸爸最对不起的是你们母女仨啊！霄霄，爸爸妈妈还有你的妹妹，我们在天堂祝福你，守护你，我们是永远的亲人，没有力量可以把我们分开。记住，爸爸没离开你，爸爸只是暂时在与你不同的地方待着，我们的心是连在一起的……"

岑晓稚抬起头，她在虚空中似乎看到一个老人，枯瘦的面容……他叫她小岑医生，他说她的声音像他女儿，他说他的女儿不要他了，不，现在他似乎在对她颔首致意……

然后她似乎又看到了另一个老人，他在更高、更远的时空深处，向她微笑，对她点头，他叫她"晓晓"……

二、起飞

章达成坐在一辆老旧的吉普车里。

他坐在副驾驶位置，旁边驾驶位置有人在开车，不过看不清相貌，好像是个领头人。车子在一条陡峭的公路上开着，发出拖拉机式的噪音，似乎不堪重负，车越开越高，倾斜成接近90度的直角，看起来非常危险。他很担忧，想要阻止车子往上开，可是方向盘在那人手上。他扭头看那人，那人头朝后仰，身体调节到差不多平躺的姿势，很有老司机的范儿，于是他也只好学那人的样子。这时，车窗外已经接近天空，白亮亮的一片，他感到自己不是坐在刚才那辆老吉普车里了，而是坐在一架私人飞机里。然后他的腋下生出一对翅膀，他变成了一只大鸟，轻飘飘地飞起来。他像鸟儿一样拍打着翅膀，两脚腾空，感到从未有过的轻松自在。眼看着他要从车里飞出去，这时有个声音告诉他不可以，这一飞你就彻底飞出去，飞不回来了，于是他安慰自己就飞一会儿过过瘾。

这么一想他又落了地，外面没有天空白云，仍是陡峭粗粝的公路，吉普车停了下来，好像到了目的地。他从车里出来，面前是广阔的平原，远远出现一座高高的纪念碑。

这是一座纪念抗战胜利的英雄纪念碑，灰白色的碑身很高，呈梯字形，渐渐插入云霄，看上去还在无限伸展。"打倒日本鬼子，把鬼子赶出去！"纪念碑周围隐隐有人群在涌动，传来一阵阵呼喊。

他在纪念碑前低头鞠躬，看到碑上刻着密密麻麻的抗战英雄名单，他发现，居然有爷爷章寿庭和父亲章国栋的名字，还有他自己和姐姐章芬芳。他有点惶恐，倒退一步，突然，脚后跟被一块石头绊倒……他一下醒了过来，原来是个梦。

章达成随着人流登上飞往北京的班机，在靠窗的舱位坐下来。

乘客陆续进来，一个挨一个在狭窄的过道上找位置，有个年轻女孩在他旁边坐下，戴着耳机，涂着唇膏，披着瀑布般黑亮的长发，一阵阵香水味扑鼻。他捋了捋西服，摆正身体，随后把目光投向窗外。

不远处的跑道上，停着一架白色的国航飞机，机尾中国红的凤凰标志很醒目，像一面红色的旗帜。

他望着窗外，不知怎么想起那天在敬老院心理会谈室的情形，岑晓稚引导他做放松，她的手轻轻按住他肩膀的那一刻，他的笑容定住了。

"现在，放松身体，放空大脑，闭上眼去感觉背后的力量……家族的力量，来自父辈、爷爷辈、一代代先辈的力量……请感受这股力量，家族正性的能量，感受它像一道光，照到身体的每个细胞……深深地吸气，全然地接受和打开……当你对付出的努力有所怀疑时，请想起他们……你是家族的一员，你不是孤立的存在……继续感受光，感到身体从里往外越来越透亮，现在的你，心志坚定，情意充沛……"

章氏祖籍河南，后从中原迁到浙东，老家现在还存有家族族谱和祠堂。章氏根系庞大，出过官员，但医者为多，章氏伤科传到他爷爷已是第七代，称得上是医学世家。

当年章达成遇到人生两大事：辞职改行和离婚独居。他父亲坚决不同意，说章家历来没有离婚的先例，这是家族的耻辱。他爷爷得知后批评他父亲说，这是封建家长制，孩子大了有自己的想法，走自己的路，要允许他、支持他。爷爷还说，章氏技术为民服务没有秘方，所有技术贡献国家，所以在爷爷的授意下父亲成立了章氏伤科工作室，作为中医临床研究基地，父亲带出了一支年轻的传承队伍，而他也在心理界慢慢树立起威望，父子才和解。

几年前，章氏祠堂还着意翻修过，几个表弟像模像样地在网上建了家族祠堂，每年春节，爷爷必带天南海北一家子后辈回老家去祭祖。

爷爷常说："积善之家必有余庆。一个人功劳再大，也不可忘本忘祖，贪天之功；反过来，失败了也不气馁，不妄自菲薄。"

行医七十多年,爷爷对病人说得最多的一句话是:"我不敢说彻底治好了你的病,但只要你按嘱服药,注意饮食锻炼,是一定可以带病延年的。"

这话同样被章达成拿来说给他的来访者:"我不敢说彻底治愈了你,只要你注意心理调节,保持心情愉快,相信你一定会生活得更好。"

他办公室墙上的那幅字就是爷爷亲笔所书,他知道,老人用心良苦啊。

从敬老院回来的当晚,章达成就做了那个开车上山的梦。

这个梦所呈现的无疑是他目前的真实状况。吉普车、老旧、不堪负荷、陡峭的公路、负重前行,代表他的事业;车里正副驾驶座的人是他的两个不同子人格,一个意志坚定不畏惧,一个心思犹疑想退缩,那个坐在私人飞机里要飞出去的,就是心思犹疑想退缩的章达成,好在他没飞出去,方向盘也把控在那个有经验的老司机手里。至于后来那一座高高的纪念碑,不能不说,和岑晓稚白天对他所做的家族意象链接有关,不过让他想不通的是,如果说这座纪念碑象征着他的家族,那么日本鬼子代表什么?

"打倒日本鬼子,把鬼子赶出去!"梦里的呼喊一声高过一声。

现在他盯着舱窗外那架玩具般大小的国航飞机,脑子里跳出一句话:"别以为自己是钟馗,捉了一辈子的鬼,到最后发现,自己就是那只鬼。"

的确,这话他上课时讲过,意在提醒学员要学会自我觉察。心理咨询师也是常人,也有心理阴暗面,要敢于承认自己的内心也藏有鬼。

想不到这句话岑晓稚记住了。这个女人，叫他又好气又好笑。

"打倒日本鬼子，把鬼子赶出去！"梦中一声声的喊叫在耳边回响，耳朵嗡嗡的。该来的还是来了，他把头靠向椅背，感到后脑又隐隐痛起来。

他的右脑是"工作脑"，具有超强的共情力和直觉。在工作中，他能很快看穿来访者的心理，见招拆招，化解花样多端的心理防御。在他看来，狡猾的潜意识是搅动一个人内心冲突的小鬼，他的工作就是把隐藏很深的小鬼一一揪出来。在心灵的解剖台上，他思维跳跃，觉察敏锐，灵感迸发，时有顿悟，所以他热爱这份工作，享受这种超然的精神运动。他始终认为，心理工作不仅仅是一门科学，更是一门艺术。

他感到学医那几年，被数据、映像、解剖图和生僻名词压制的右脑细胞在心理工作中渐渐复活过来，得到了前所未有的淋漓尽致的发挥。是的，在催眠培训班，几个同学给他取过"直觉王"的绰号。

他的左脑是"日常脑"，也是"意识脑"，擅长理性思考。当然，左脑也同样在工作中担任要职，负责对个案的逻辑推理、条理分析和辨识判断，并且高瞻远瞩地布控全局作最后概括性结案。在实际生活中，他的左脑是主宰者，或许这是男人的天性，左脑具备比右脑更庞大且警醒的觉知系统。从小到大的经历告诉他，男人流泪是懦弱的，表露情意是羞耻的，男人应该沉稳、冷静、理性，不做情感的奴隶，所以左脑在日常生活中更像个忠诚的老卫士，把他的私人情感包得密不透风，不露出一点缝隙。

如他对岑晓稚所说，他也参加过家庭系统治疗，不过在现场他只是远远观摩，没有投入，更不会做个案——他的左脑勒令他停在意识层，不许深入，严禁打开。

可是在敬老院会谈室，岑晓稚给他做放松，实际上她运用了催眠，对他的心灵进行家族意象的链接——他就这么没有防备地被这个女人推上心灵的解剖台！

而在此之前，没有谁可以站到他背后，没有人能够接触他的身体，更没有人敢揪他内心的小鬼。

当然，心理咨询有例行的督导，他一般隔月会去省城找导师进行督导。可是，如同老熟的来访者能成功避开心理师的捉拿，他这个资深心理师，也有办法巧妙避开督导的检视。

他心里藏着鬼。这个鬼牢牢护着他手里的一副牌，在他看来不能见人的一副烂牌。什么知名心理师、资深专家、心理危机干预第一人，包括今天去北京参加全国性行业会议，这些头衔和光环统统是亮给别人看的。他心里雪亮的是，他这个看上去日夜不分、忙于工作的事业达人，其实是在用忙碌的工作回避生活中的一堆烂事，他的底牌是——与前妻不合，现任不孕，女儿不亲，事业不顺，还有身体每况愈下。

是的，他的人生就是一辆老旧不堪、吭哧吭哧负重前行的吉普车。

在小鬼面前，他是钟馗；在钟馗面前，他是小鬼。在病人面前，他是医生；在医生面前，他是病人。

曾经，他对岑晓稚说，人嘛，总是向往美好的。其实，他的潜意识想表达的是：妈的，我的人生为什么他妈的这么不美好？！

广播里，空姐柔美的声音开始播报，他把视线从窗外收回来，感到喉咙里似乎有痰，连咳几声，又喝了口沁凉的矿泉水，不过瘾，又连连喝几口咽下，才感到喉咙清爽舒服多了。

窗外那架银白色的国航飞机在跑道上缓缓动起来，红色的标识很醒目，像一面胜利的旗帜，他看着它，知道它马上要起飞了。

那天，他没有告诉岑晓稚，在催眠状态中，他的脑海里恍惚出现了一对小孩子，一个小男孩和一个小女孩，两人手牵手跑向远方。

不破不立啊。他吸一口气再度挺直腰背，拉伸脊梁，他感到胸口情意充沛，心志坚定。他后来才想到，当时岑晓稚按住他后背的那个位置是心俞、神道和灵台三个穴位，中医说这三个穴位是定心神、聚魂魄的。说起来这人体经络和穴位知识，还是小时候爷爷教他的。

他常常想，这个女人的出现意味着什么，现在有点领悟过来。"感觉是不是好些？"轻轻一句话，还响在耳边。

对面的国航飞机轮部滑动，加速了引跑，几秒钟后从跑道脱离，昂首冲上天。今天天气不好，有层层乌云。不过他知道，一般飞上八九千米就没问题了，上面是一片万里晴空。

他再次摆正身体，扣好安全带，等待这架飞机起飞。

三、决定

这个夜晚，对岑晓稚来说有点长。

凌晨五点多她就醒了，身边的韦凯峰还在蒙头大睡，她听到窗外在下雨，天透出一丝朦胧的光亮。她在这朦胧的光亮里作了一个重要决定。

那天例会没有半点预兆,她被史馆长当场点名批评。事情的起因还得从夏天说起。

暑假时馆里办起了儿童书画培训班。整个夏天,小孩、家长还有陪读的老人在馆里走来走去,时不时说话喧闹。中午在食堂里孩子们也叽叽喳喳地说话,把剩饭剩菜撒桌上,地面上各种果皮、纸屑、饮料渍,被清洁工多次说没法打扫。

同事们凑一起说起这事,你一句我一句发牢骚,岑晓稚也说过,因为确实不少读者特别是老年读者向她反映环境不好,意见挺大,说实话,她也担心这些老年人万一滑倒怎么办。后来这些闲话不知怎么传到了史馆长的耳朵里。在例会上他点她的名,问她对他有意见为什么不当面提。众目睽睽之下,她毫无准备,满脸通红,说不出一句话。

屋漏偏遭连夜雨。紧接着馆里一批新书要上架,这是个大工程,岑晓稚足足忙了一个星期,终于把将近三百册图书装上架,累得浑身酸痛,还闪了腰,动不了,是同事打车把她送回家的。她病休的几天,馆里又开会,据说有新动作。

上次为响应"书香桐城·读书月"活动,馆里开过读书夜市,市民反响很好。这次史馆长又在读书夜市的基础上筹办"读书周"活动,即每个周六在馆里开展换书、购书、读书活动。

每周六是岑晓稚在心视野值班的时间。要是周六加班,意味着她不能去心视野,手头的案例也没法跟进。可她又不能换到周日,因为周日是韦凯峰的休息天,是一家三口的黄金时间。韦凯峰本来就对她值班很有意见,要是换到周日再往外跑,那韦凯峰还不卸了她?

她撑着没好的腰去找史馆长,恰好内勤科的女同事正在和馆

401

长谈事，女同事似笑非笑地说："哟，我们的心理老师来了。"

岑晓稚没理她，过去和史馆长商量，说自己身体还没恢复，能不能不参加这次活动，史馆长翻着一堆材料没看她。她尴尬地站着，走也不是，留也不是，后来史馆长丢下一句回去写份书面申请来，她才出来。

这天她在阅览室分类图书编目，文印室的小姑娘告诉她，她在阅览室的轮岗要延长，刚刚馆长开过内部会议。她很意外，问要延长多久，小姑娘说半年。

她霎时心里明白过来。怪不得她打上去的申请书馆长没批。还有，明知她腰伤了，为什么还要她继续轮岗。紧接着，下午她被人事科从工作人员群移了出来，这是一个很明显的信号，随即人事科通知她去开会。开会，开会，又是开会，她是不会傻等着他们下逐客令的。

她考虑了一晚上，在晨光微亮的早上为自己作了抉择。

第二天她向馆长递上了辞职申请，当天下午就得到了批准。这次批准得很快，好像史馆长就等在那里，等她递上这份辞呈。

她解下系在身上的围布，交出阅览室钥匙，回办公室整理东西。她把一盆文竹送给文印室小姑娘，清理柜子时发现了一双放在角落的鞋，35码的绣花鞋，是父亲送她的十六岁生日礼物。

那年父亲去苏州出差，回来后捎给她一双鞋，深蓝色绒面，绣着一丛兰花。她读高中时，脚从35码变成36码，这鞋穿上小了，可她没扔掉，一直留着。现在她拎起鞋，掸掉上面的灰，鞋面的花样她很熟悉，一丛兰花，线条流畅，花朵小巧，有只蝴蝶飞在花丛上首——这不就是自己那次在心视野随手画的兰花图吗？多么有意思的巧合。

她收拾完东西，提着两个袋子从楼里走出来。

几个工人在清理外墙。夏天，爬山虎铺满老式窗台，斑驳的墙面一片盎然的绿意；到了冬天，爬山虎要清除，那些枯藤虬枝会让外墙看上去更加斑驳萧条。它真的像一个耄耋老人。

这栋图书馆，解放前曾是桐城有名的教育人士的故居，既有中国传统的建筑元素，又吸收了近代西方的建筑风格，是桐城不多的历史建筑之一。原来它周围全是老巷和老住宅，后来拆迁了，九十年代进行了改建，就这栋主体建筑保存了下来。在图书馆正前方，辟有一个小小的水池，水面平静如镜，倒映着这栋古老的建筑。

自从新建的市图书博览中心建成后，像中心区这样的区级图书馆基本走向了没落。新的图书博览中心建在城区新部，建筑宏伟，占地上千平方米，有五层高，里面不仅有海量的藏书，更有先进的高科技设施，软硬件兼备，吸引了大量市民，尤其是年轻人。每到双休日，图书博览中心人丁兴旺，座无虚席。相比之下，区级的图书馆越来越门前冷落，包括岑晓稚她们这个图书馆，除了一些老年读者来借书看书，基本上很难看到年轻人。它真的老了，顶着一块老招牌在城市中苟延残喘。

就在前些天她还听同事们说，图书馆可能要被文化集团收去合并，打造新媒体中心。当然这消息是真是假不知道，反正也和她没关系了。

落叶铺满草坡，踩下去脚底沙沙响，有只硬壳虫悄悄地钻出来在草坡上爬行着。岑晓稚的脚步慢下来，一步一回头，毕竟她在这里工作了多年，对这里的一草一木还是非常有感情的。

包里手机响，是章达成。她很意外，这几天他应该在北京出差。她接起电话，不等招呼，章达成已经在电话里大声说："晓稚啊，我在北京遇到一个老相识，以前和你提起过的。嚄，想不到啊，真是想不到！"

"哪个大人物？"她好奇地问。

"不是大人物，不过也算个人物哈。等我回来，让你们认识认识。对了，省城分公司的活儿已经结束，我们找时间好好筹划筹划下一步。"

"卖关子呢？"岑晓稚说，"我也要告诉你一桩好事。"

"什么好事？"章达成问。

"现在不说，见面说。"

"嚄，你倒学得快。"

四、观想这杯沸腾的茶

"咚"的一声，一枚珍珠戒指从檀木盒子里掉出来，岑晓稚拿起它怔住了。

这只檀木盒子里放着她从初中、高中、大学的学历证书和成绩单，工作期间的工作证、荣誉书等杂七杂八的东西。想不到今天一整理，掉出这枚戒指来。这是韦凯峰与她的定情信物。

那一年她和韦凯峰订婚，韦凯峰带她去北极岛玩，他一个发小在那里工作。

北极岛离桐城约七十公里远，号称桐城的"天涯海角"，是年轻人见证爱情的地方。傍晚，海滩边摆开一溜的海鲜大排档，刚捞的牡蛎搁在火架上烤，一个个肉质鲜嫩，香味诱人。可韦凯峰不许她吃，怕不干净会吃坏肠胃。两人在沙滩上手拉手，她高兴起来甩掉高跟鞋转着圈子跳舞，不小心脚掌被沙砾磨破了皮，痛得哎呀哎呀叫，韦凯峰抬起她的脚去舔伤口，说唾沫一口治百毒，然后背起她回宾馆。

夜晚，远方零星的几座岛屿，矗立着小小的灯塔，一束光投射到海面，潮音阵阵，他们依偎着看海上升起的月亮。

清晨去逛老街，渔民们挑着货担在街头穿行吆喝，店铺开张了，紫菜、虾米、黄鱼鲞、淡菜、目鱼干摆放得整整齐齐，空气里有一股咸腥的气味。韦凯峰买了顶尖尖的斗笠戴在头上扮孙悟空，一帮小孩跟着他叫嚷打闹，她在旁边拍掌大笑。

回去前，两人趁船没到在码头边的工艺品小摊转转，岑晓稚一眼看中了枚淡粉色的珍珠戒指，韦凯峰就给她戴在中指上，两人相视一笑。摆摊的中年妇女也戴着一顶尖尖的斗笠，笑眯眯地说："真是般配的一对啊，祝你们相亲相爱、白头到老。"

这戒指就这样被赋予了美好的祝福，虽说它只花了韦凯峰三十块钱。

韦凯峰升任部门经理不久，他们搬去了新小区，这枚戒指她一时没找到，还以为搬家时弄丢了，也没记在心上，反正不值钱。

结婚后特别是自打有了小宇，家里乱得鸡飞狗跳，岑晓稚不知不觉把所有的时间和精力都花在了家里，侍候一大一小两个爷。她终于明白哪里有什么王子公主，十多年的婚姻像把锉刀，足以把任何的美好磨钝磨灭，也足以把两个相爱的人磨成一对仇敌。

对岑晓稚来说，韦凯峰的懒惰她可以忍受，工作忙也可以忍受，粗枝大叶、东西乱撒统统可以忍受，但她最难忍受的是韦凯峰的聒噪。

405

她认为，一个男人到了中年，应该举止沉稳，少言静笃，像她父亲那样。是的，她后来发现自己一直在拿父亲的标准套韦凯峰，她总是不满意。她不得不承认，自己身上也有妈妈的"小市民习气"，虽然她读了那么多书，又在图书馆工作，自以为清高不凡。而韦凯峰也在以他的方式向她反抗，向她表示，我不是你父亲，我是我，我这辈子怎么做也成不了你父亲那样的！

那年九月，小宇上课出现怪异行为，拿笔戳脸、戳课桌、戳课本，扮各种鬼脸，同学们拿他当怪物看，起哄取笑，她忧心如焚，到处求医。一个心理热线电话给她带来了转机，章达成的盘问可谓句句戳心，她不得不静心反思她与韦凯峰的关系——她想到了暑假一家三口的那趟北极岛之旅。

那一晚，到底发生了什么？

韦凯峰的发小很热情，盛情招待他们，还摸着小宇的脑袋说，时间真快啊，一晃小宇都这么大了。

韦凯峰安排这趟家庭游是有用意的。那段时间岑晓稚还没从父亲去世的阴影里走出来，韦凯峰的种种习性被她无限放大，她对他指责、抱怨、厌烦，与他冷战不停，连小宇放学回家都小心翼翼地先看一看他俩的脸色，家里充满低气压，气氛紧张得能榨出水来。在小宇快过完暑假的最后一周，韦凯峰推掉了工作，安排一家子去北极岛玩，因为那里是他俩的定情地。

晚上韦凯峰和发小去吃夜宵，很晚才回来，他带着七八分醉意上了床，却发现岑晓稚竟然穿着白天的牛仔裤睡觉。韦凯峰勃然大怒，动手就扯她的牛仔裤，岑晓稚推开他，他又扑过来，两人在床上激烈扭打起来，直到旁边小床上小宇翻动身子才停手。

黑暗中她看不清韦凯峰的面容，只听到他喘着气，然后霍地从床上起来,拎起衣服摔门而去。

从北极岛回来后,韦凯峰就搬了床褥到书房,随后一连几天都没回家,那是他俩关系最糟糕的时候。后来在白桦的劝说下,韦凯峰回家了,两人关系勉强有点好转,万万想不到一次岑晓稚无意中发现他手机里有女人给他发的一段视频,那是一段男女色情视频,她的直觉告诉她韦凯峰在外面有女人!

一场吵架又爆发了,岑晓稚拍着桌子说要离婚,可是在离婚前,她要韦凯峰说清楚那档事,那个女人是谁?他与她是什么关系?有多久了?韦凯峰态度冰冷,再度离家出走。

又是白桦赶过来做工作,她一方面怪岑晓稚太偏执,没有实证,只是一段视频不足以说明韦凯峰出轨;另一方面也做韦凯峰的思想工作,要他体谅岑晓稚的不容易。韦凯峰这才回了家。这个三口之家就像一艘小船在风浪里激烈摇摆晃动,就是在这样敏感动荡的时候,小宇出问题了,班主任的一个电话把岑晓稚从夫妻关系的痛苦中,拉到了亲子关系的痛苦中。

岑晓稚掏出绒布把珍珠戒指擦干净,再试着戴到无名指上,不大不小,倒是刚刚好。第二天,她戴着戒指和蒋微微一起去万慈庵。颐一苑小楼已在内部装修,楼前的路也快修好了,要是顺利的话,年后就可以接待尼师入住,也算圆了镜月法师的一桩心愿。

寂静的禅堂,茶桌上铺开笔墨宣纸,妙净尼师刚刚写好一副字:"九九八十一难,皆是极乐砖瓦;一切苦厄淤泥,莫非妙法莲花。"

晓稚只知道九九八十一难是《西游记》里的故事,难道也与佛法有关?

妙净尼师说，发心修行必先遭磨难。《西游记》里唐僧发愿为众生取真经，他一启程，"吃唐僧肉可长生不老"的说法就传遍了三界，天上地下各路妖怪都来找他，使得他历经九九八十一难才取到真经。师父说了，我们一生不也在捉妖降魔平息这颗妄心吗？

岑晓稚和蒋微微露出恍然的表情。

"我听说前些天樊老先生又来过？"蒋微微问。

"对，"妙净尼师说，"这回樊老先生终于见到师父了，俩人吃了一盏茶，师父可能会考虑接受樊老先生的邀请，明年开春去我国台湾讲经说法。"

蒋微微高兴地说："太好了，师父要去那里弘法啊。"

妙净尼师点点头，从柜子里取来两个蒲团说："师父交代过，今天带你俩打打坐。"

她们在蒲团上坐好，妙净尼师指导她们把身体摆正，合上眼睛，先调息，静静观想一杯沸腾的茶水，在心里看着它，看它沉淀，直到水清如镜……

渐渐地，岑晓稚的脑海里浮现出一幅画面：一只盛着100度沸水的水壶在火架上炙烤，壶盖突突地往上顶，壶嘴哧哧往外冒气泡，这些气泡不断地破灭，又不断地生发。然后，火消失了，泡沫消失了，沸水也消失了，面前出现波平如镜的大海，一对年轻人依偎着坐在海边礁石上，看一轮圆月升起。海上的月亮又大又圆，海平面的尽头出现了一个人的面容。

七月，岛上阳光热烈，他让她躲在他背后，他个子高，可以帮她挡住中午强烈的紫外线。

圣诞节他带她去教堂，在赞美诗唱诵里虔诚地祈祷。出来时外面下雪了，好冷，他把她的手放进他的口袋，他的手很暖，他们呵着气跑上中山大桥。

小宇出生，他抱儿子的手势很笨拙。儿子睡在小床上，他弯下腰傻傻地看他，说："我有儿子了？我真有儿子喽！"

父亲弥留之际，他握住父亲的手说："爸，你放心，只要我在，一定照顾好晓晓。"当父亲的灵车推向炉房时，她已经快昏厥过去，他抱住她，替她高声喊："爸，你走好，一路走好，晓晓有我。"

为了工作，他不得不陪客户胡吃海喝，而这是她最头痛的事，每次都不给他好脸色。深夜应酬出来，冷风扑面，他的肚子立时绞痛起来，知道肠胃不争气的老毛病又犯了，赶紧到医院配药打针。疲惫地回到家，他看到老婆一张冷脸，打起精神堆起笑脸赔不是，走进沐浴间使劲搓洗，想把酒气搓掉。

终于，一天的忙碌告一段落，听着枕边人均匀的呼吸，他脑子里还想着业务、业绩、指标、考核，想着明年要换更大的房子、更高档的车。

在北极岛的半夜出走，他一个人在海边游荡到天亮，酒醒了，心也冷了。

岑晓稚忽然想起那次沙盘游戏培训，她第一次搭起的沙盘，里面有躺在沙地上穿着盔甲的受伤男人、踩着高跟鞋跳舞的女人，童话一样的宫殿，骑马去参加婚礼的英俊男士和美丽少女，飞翔的丘比特和仙女天使，还有乐队，场面很热闹。

这一刻，她真正看清了那个沙盘的意象表达，那个半截身体埋在沙地里、受伤倒地的男人是谁？

她曾控诉他家暴出轨，不能原谅。如白桦所说，她在潜意识里报复他。为了那段色情视频，为了一个没出现的隐身女人，她如鲠在喉，万般难受。在他俩关系最糟糕的时候，他到底有没有出轨，有没有外遇，有没有沾惹别的女人，这是一个永远没有答案的问题，也是梗在她心里难以消除的卡点。

这几年，他越来越聒噪，不停地和她说话，她嫌他烦，不想听。他们两人就像木棉树上的两枝分杈，对立着。那么，他是想通过聒噪表达什么，是想得到她的关注，得到她的原谅吗？

这一刻她终于知道，不是所有问题都有答案。她所能知道的唯一答案是，他对这个家是用心的，他爱她和小宇，他们娘俩是他生活的全部，也是他工作打拼的动力。

她生日那天，他买来九十九朵红玫瑰扎成一大束，贺卡上写着："祝我的爱妻晓晓，生辰快乐，永远年轻美丽。"

岑晓稚坐在蒲团上，一行泪顺着她闭着的眼角流了下来。

第十七章

一、最浪漫的事

　　章达成拔出钥匙进门，家里安安静静，一点声音也没有。他朝客厅张望了一下，明明和亚莉说好，他下午到家的。
　　说来有意思，从日本京都学习回来后，冯亚莉的品味就换了。最明显的是她衣橱里那些衣服，之前红红花花被她称为喜气的衣服已经不见，成了清一色的日系风。
　　家里的风格也变了。角角落落有插花，卫生间的洗漱台、厨房台面、冰箱、客厅电视柜，更别说书房和卧室，反正哪里都有花。还有大大小小的插花器皿，圆的方的矮的长的，木的陶的铁的瓷的，他真不懂也不知道她从哪里淘来这么多奇奇怪怪的玩意儿。
　　他放下行李，脱掉外衣，冷不防冯亚莉从书房探出头来。她系着围裙，拿着抹布，冲他说："咦，这么早就到啦？"

"飞机没延误,我打车直接过来的,亲爱的。"他说。

冯亚莉移出大半个身子,歪着脑袋说:"你说什么?再说一遍。"

"嗨,你在干吗,鬼鬼祟祟的?"

冯亚莉手扶门框打量他:"我想再听一遍你刚才说的。"

章达成讪笑着去拉她,她用胳臂挡住他,又扭扭捏捏地用身体挡住门。他更奇怪了,探头往书房一瞧,全变样了。

这间朝南的书房连着阳台,当时阳台用玻璃包起来做成一间阳光房,后来成了杂物间。现在,这间阳光房不但收拾得干干净净,而且变成了日式榻榻米房间。

地上铺着榻榻米,中间放一把榆木矮茶几,茶几上小口径陶器插着朱红的茱萸,小巧的竹编茶盘,摆放一套茶杯茶盅,墙角大束绢制的樱花插在瓶内。还有,她居然把窗帘也换成了日式折帘,阳光透过折帘照进来,暖融融的。

"这是怎么回事,你什么时候搞的啊?"章达成正要往里走,冯亚莉忙喊一声:"脱鞋,啊呀,先脱鞋。"

"哦,哦。"章达成忙甩掉拖鞋。

"怎么样?我趁你不在搞的,一次性搞定,多亏双十一囤了货。"

"嗨,双十一,你们是被马云催眠了,集体无意识。"

"又来了,三句不离本行,你们男人就不被催眠么?那什么期货股市就让好多男人一夜疯掉。"

"嗨,亚莉,很不错啊。"

"好啦,以后你就躺这里看看书,喝喝茶,听听音乐,少在我面前装腔作势,叫苦喊累,明白吗?"

"嗯,嗯,听老婆大人的。"

"对了,我还在杂物堆里找到一件你的东西。"

"什么东西?"

"你的老相好。"

"老相好?"章达成一脸惊讶。

冯亚莉从茶几下取出一只盒子递给他:"看看,还认识不?"

他接过打开盒子一看怔住了,是一支口琴,旧口琴。

那是多少年前的事啊,仿佛隔了一个世纪。当时他用第一个月的工资买了这口琴,他给前妻吹过,给楠楠也吹过。和亚莉结婚的头一年,事业没起色,他心情低落,夏天的夜晚,饭后在阳台乘凉,亚莉整理房间时帮他找到了这支丢在杂物间的口琴,她缠着他叫他吹给她听,于是他拿起口琴吹起来,亚莉倚着他的肩膀听……

二十多年前的爱好,曾经手口不离的家伙。他抚摸着发锈的边角,里里外外察看它,像检查一份迟到的礼物。

"来,吹一首。"亚莉趴在他身旁说。

"恐怕不行,锈了,吹不好啦。"他抚摸着它说。

"啊呀,试试呗。"她坚持。

他摩挲着口琴坐下来,她也挨着他坐下,他问:"你想听什么?"

她想了想说:"吹那首我喜欢的《最浪漫的事》。"

他笑了,说:"那个太难,早忘了谱。"

"没事,我备着呢。"她说着变戏法一样递过去一本琴谱。

他看看她,拿起口琴试着放到嘴边,出了几个基本音。

背靠着背

坐在地毯上

听听音乐

聊聊愿望

你希望我越来越温柔

我希望你放我在心上

你说想送我个浪漫的梦想

谢谢我带你找到天堂

哪怕用一辈子才能完成

只要我讲你就记住不忘

我能想到最浪漫的事

就是和你一起慢慢变老

一路上收藏点点滴滴的欢笑

留到以后

坐着摇椅

慢慢聊

我能想到最浪漫的事

就是和你一起慢慢变老

直到我们老的哪儿也去不了

你还依然

把我当成

手心里的宝

……

　　曲不成调，一次次卡住，没法吹下去，章达成摇摇头，放下口琴说："忘啦，全忘啦，不会了，不习惯了。"

她说:"放心。我已经给你买了一支新的,明天就到。"

他看向她,摸摸她的脸,把她拉过来,她软软地依偎到他怀里。

他说:"下个月心理协会的元旦聚会,你陪我去。"

她说:"我行吗?"

他说:"怎么不行,当然行。"

"啊呀,"她拍拍他的脚说,"不要伸过去,会碰翻花瓶的。"

他收回脚,摇头说:"插花是门艺术没错,可也别搞得太精致。生活嘛,不要形式大于内容。"

"你懂个什么,"她白他一眼说,"我们老师说过,生活是需要仪式感的,对物器的敬重,就是尊重我们自己这颗心。"

"好,好。"

"对了老公,我想去孤儿院领养一个小女孩。你还记得吗?上次万慈庵的镜月法师说过,怀不上孩子,先怀一份爱孩子的慈悲心。太太团也劝我领养一个,说养一个会带一个来。你看,双休日你不在,我把孩子接来,教她插花多好。"

"那你不怕人家爹妈哪天找上门啊?"

"不怕。我又不会亏待孩子,当她亲生的来养还不成?真找上门来,你想,一个孩子有两家大人记挂,不是很幸福?"

"嗯,我听你的。"他刮了下她的鼻子。

"别讨好我,谁知道你是不是真心?就我这个傻瓜被你哄得啥都信你。人家说,宁可相信世上有鬼,也不要相信男人这张破嘴。"

他大笑:"好,不信就不信,反正我信你。嗯,亚莉,我累了。"

章达成说着拉过她的手放在胸口，身体平躺在榻榻米上，头枕着她的膝盖，闭着眼像是睡了过去……

矮茶几上，小口径的陶器里，红茱萸轻微颤抖了几下。

晨曦微亮，章达成醒了。窗外淅淅沥沥地下起了雨，他习惯性地看表，时针指向五点半，难得一通好觉啊，昨晚没吃药片，头也不痛。他吸了吸鼻子，闻到厨房飘来一阵淡淡的米粥香，是亚莉煮的小米粥。这方面她是专家，她说要把他饲养得肥肥壮壮，几年下来他小腹微微凸出，真的发福了。

他转头看亚莉，她侧身靠着他的肩膀睡得正香。

一直以来，他守着一个秘密没对亚莉说，这辈子她应该是不能生育的，不能当妈妈了。婚后，她曾经动过一次卵巢单侧囊肿切除手术，年轻医生的操作失误，导致盆腔严重粘连，手术后果是怀孕概率几乎为零。这起医疗事故，他瞒住了所有人，包括姐姐章芬芳。

明天会发生什么谁知道，万一有奇迹呢？有时他也这么安慰自己。所以几年来，亚莉为求子到处寻医问药，他也不阻止她，或许在他心里也祈求她的苦心能感动上苍。他知道，她太苦了，她没有寄托，他对不起她。

冯亚莉动了动，曲起双腿把腿搁在他腿上。她总是这样，睡觉要挨着他，不是手放在他胸前，就是腿搁到他腿上，或者干脆钻到他腋下，或者就这样头枕他的肩膀。

他的肩膀因为长时间被压已经麻木无知觉了，可他还是没动，伸出另一只手帮她披了披被子，盖住她露在外面的肩膀，同时撩开垂在她脸颊的几缕头发。她面容安详，睡得很香，很沉，很踏实。

窗外雨沙沙,多么宁静的早晨。他定定地看着沉睡中的她,她是他的枕边人。他俯下身,在她额头轻轻吻了一记。

二、秋山又几重

听白桦说她人在医院,岑晓稚赶紧打车过去。

在医院消化内科,白桦一个人虚弱地倚着门,岑晓稚忙过去扶她。这次白桦的胃病发作得厉害,她担心自己会不会得了恶性毛病。好在检查结果是没什么大问题,只是原来检查报告上写的浅表性胃炎,这次是轻度胃溃疡,医生对她说要重视了。

"这么大的事也不告诉我,没当我是自家人。"岑晓稚把珊瑚绒毯抖开来围住白桦。

白桦说:"这几天应酬多,晚上进出没注意,估计是灌了一肚子冷风给闹的,没事。"

岑晓稚看看她,表示不相信,白桦笑着推她一把说:"行啦。说说你,真辞职了?那你说,这么大的事怎么不和我吱一声?"

岑晓稚笑了,答非所问:"姐,你还记得我爸爸的追悼会吗?"

白桦一时回不过神来,不懂岑晓稚突然提这事是什么意思。

当时父亲的追悼会给岑晓稚印象最深的是前来吊唁的学生。一批又一批闻讯前来的学生,有的在本地,有的在外地,而这些学生大部分她是不认识的。

岑怀远得病后半年就离开了人世,这些学生得到消息就赶了过来。人到中年,各处打拼,却还记得中学一个很普通的语文老师,他们来见他最后一面,送他最后一程。他们在灵堂依次排队,手拿一枝白菊花,恭恭敬敬行礼,道一声岑老师您走好……有个男学生说,没有岑老师当年的鼓励,他不可能有今天的成就;另一个男学生红着眼圈说,幸亏岑老师及时阻止他,否则他就出事了;还有一对夫妇,妻子泪流满面,说没有岑老师的开导,她这个家差点就保不住了……

当时岑晓稚感觉自己的眼泪已经流干,可看到这些学生,看到他们肃穆悲伤的表情,看到他们对父亲真诚的礼敬,她的眼泪又一次淌下来。

她不得不承认,一直以来她心里多少是有点轻视父亲的,因为他在教育局混了半辈子也没升上去,他太普通,普通得像一粒微尘。而在那天,普通如微尘的父亲却让她看到了他的不平凡。她感到深深的羞愧,她是父亲的掌上明珠,可她对父亲的了解和情意远不如他的学生。那天她妈妈和哥哥也眼圈发红,他们一定和她一样感到羞愧。父亲一辈子非权贵非富豪,可就在他生命结束的这天,给他们一家人上了无比深刻的一堂课!

那次在催眠室,岑晓稚给白玉兰做导向催眠时,父亲的形象再度浮现在眼前,在解读凌老先生的同时她也在解读自己的父亲。她理解了父亲从小的志向,理解了他为什么说只想当个简单快乐的孩子王,他是真心热爱教师职业、热爱学生的,他的一腔真心让他无愧于"人类灵魂工作师"的称号。岑晓稚在那一刻,深深以父亲为荣,并发誓此生要成为像父亲那样的人!

"晓晓,你要好好活下去,记住爸爸没有离开你,爸爸在你看不见的地方看着你呢……当你想爸爸的时候,就朝天上看,去找一颗很大很亮的星星,你就可以和爸爸说话。你一定一定要相信,爸爸是爱你的,爸爸懂你,爸爸是多么高兴,因为我的女儿聪明、优秀又善良。听爸爸的话，把你对爸爸的爱给到身边更多的人，把你人生的价值发挥出去……"

当时岑晓稚自己也不知道怎么会说出这番话来，一定是父亲冥冥中与她对话，赋予她的灵感。

白桦点点头，说："看到你现在这么优秀，伯父在天之灵一定很欣慰。晓晓，姐也支持你去做你喜欢的事。不过，"白桦停顿了一下，她的意思自然是你怎么摆平你家韦大爷呢？

岑晓稚笑了。韦大爷的脾气也不是好侍候的，那天她一提到这事，韦大爷就和她脸红脖子粗地争执起来。

看到他激动得太阳穴青筋也暴突了，岑晓稚知道不行，不能和大爷来硬的，得调转策略。她不再和他争，拿起大浴巾把他推进洗浴间说，洗澡水快满了，你说今天挺累的，先进去躺躺。

韦凯峰泡平了气性，换上岑晓稚备好的睡衣走进卧室。房间里点了香薰灯，灯光摇曳，散发出淡淡的精油香，岑晓稚坐在床头正拿手费力地按摩腰，她的腰还没全好。韦凯峰走过去挨着她坐下，给她按摩，边按边说："老公我不傻，你那点小心思当我看不出来？"

韦凯峰拧了拧她的耳垂说："女人嘛，守着金饭碗过日子挺好，要知道，多少人想进你们馆都进不了。你爸当初把你安排进去，不就图这单位给你一个安稳清静嘛。不是我说你头脑简单，女人在外面做事是很不容易的。"

"不容易我也要做，女人要有自己热爱的事业？"她甩开他按摩的手说，"你别把女人看扁了。"

"好，好，"韦凯峰继续给她按摩说，"你这个人就是骨头清高太硬气了，上次我可是问过你，要想明白啊，一步走出就收不回啦！"

"对呀，我想明白了。我是坚决不会送礼的，饿死也不会！"

"这脾气，没人当你是刘胡兰。难怪姓史的要把你开掉。"

"我还是那句话，史馆长比老馆长有作为多了好吧。"

"他作不作为和你有半毛钱关系，给你涨工资还是发奖金了？一个区级图书馆应付得过去就行，要什么作为，他这么搞花样，不就是图年底政绩报告打上去漂亮好看嘛。就你傻，人家能推就推，混着日子，你呢，丁是丁卯是卯，去轮岗干体力活，三天两头加班不算，还把腰给损了。"

"喔哟，轻点嘛。"岑晓稚拿开韦凯峰的手，一点一点移动腰部。

"好啦，"韦凯峰拍拍她说，"我这一百七十斤的身坯还能挣点钱，这些家底也够你们娘俩下半辈子花了。男人养小三犯法，养老婆天经地义，辞就辞，不看那张鸟脸。"

"又来了，谁要你养，我有工作。韦凯峰，你听好了……"

岑晓稚直起腰，表情严肃地对他说："今天我正儿八经跟你说吧，我决定的事谁也改变不了。当初嫁给你是我自己选的；可工作不是，工作是爸爸托老馆长关系才找的。我原以为我会待在那地方混一辈子，可现在我不这么想了。我不能当一个眼里只有老公儿子的家庭妇女，我有我的奋斗目标，我要走一条实现人生价值的路。说实话，这事还要感谢史馆长的促成呢。凯峰，我已经不是爸爸膝下的晓晓，请你理解我，如果不理解，也请尊重我！"

"好，好，"韦凯峰一听她讲这些调调就头大，举起双手说，"行了，别给我上课，我服输，我投降，你爱干吗就干吗，好吧？"

岑晓稚绷住的脸松下来,一笑露出两颗小虎牙,韦凯峰趁势拉过她,拖长腔调说:"老公我深明大义,你也要表示表示慰劳我一下。"说着,伸手探入她的睡袍。

几天工夫岑晓稚就把事情办妥了。她也是怕夜长梦多,办好了手续,哪怕韦凯峰事后变卦,这事也没退路了。岑晓稚自认为这件事办得干脆利落,大有白桦的风范。

"好一出《苦肉计》。女诸葛智斗关云长,温柔乡夫妻秀恩爱,我说韦大爷天不怕地不怕,就怕你来这套。"

"好啦,说说你,我可是老中医,"岑晓稚伸长脖子凑近她看,"你这胃病犯得一定有缘由,情绪波动第一影响的就是脾胃。你别蒙我,是不是又和素包先生闹翻了?老实交代。"

"哼哈,看相解梦的岑婆变老中医了。"白桦拉过毯子围紧身体。

一天夜里,欧阳闻牧在白桦家楼下徘徊,他没给她打电话,只是在楼下来来回回地走着,不时抬头望一下她房间的灯光,直到灯光熄灭才离开。

这个夜晚,他辗转睡不着,索性起来打开电脑写邮件。他该和她聊一聊他的过去了。

小桦:

　　原谅我一直没跟你聊聊心里话。不是不肯,是我没勇气。在遇到你之前,我是个很随性的人,有人说我是一道标杆,有人说我伪善虚假,怎么说都无所谓,我说过我是个散架的人,谁的话也绑不了我。可遇见你后不一样了，在你面前，我好像开始介意一些事。

她在世时，我们也是平常夫妻。平常夫妻掀开底子，谁不是一地鸡毛蒜皮？不过她禀性善良，我们的三观还是相合的。

存在久了以为理所应当，一旦被卸下便是鲜血淋漓。她的出事，把家撕开了一道口子。都说人世无常，这四个字，墨迹落到宣纸上是一种美，可落到现实中，会让你绝望。

那一年我表面微笑，内心绝望。白天有工作还好，到了晚上是最煎熬的，守着空房子像守着一处墓地。是的，我要为她守着，因为我的生命来自她的放手，而我没有抓住她的手，我是造成她丧生的凶手啊。那段时间，我莫名地恐惧、不安、心慌、发汗，那是一种濒临世界末日般的感受。理智告诉我，这是一场虚幻的情绪风暴，过后风平浪静，可发作时的真实感几乎把我摧毁。后来抗不住，我偷偷去找心理医生，吃了两年的抗焦虑抗抑郁药。确实，得到了改善，可是不知怎么搞的，身体机能出了状况。

当一种锐痛慢慢转成钝痛，人便麻木了。我和你说过，痛苦与幸福一样，时间长了也会麻木的。时间，是投向尘世的一场皑皑大雪，最终会覆盖一切，没有什么可以屹立不倒，没有。

某夜，我梦到了她。她拉我到山顶，我看到山脚下的房舍有孩子在奔跑，那个场景好熟悉。后来我想起来，那是我们去援助过的山区，我决定继续她的公益事业，也算减少一份我的愧疚。这几年来，我把业余时间都花在这块，带着志愿者帮扶孤老、救助残困，忙到没空想自己——后来我发现，"关怀别人，忘记自己"确实是一种很治愈的方法。

这样的生活我很知足，不是还有书法陪伴我？当我铺开白宣凝神静气落笔时，一切烦恼都远离了。可是偶尔夜深，一个人仰望天空，也有失落。我对自己说，不要期望什么，这样终老一生也知足了。

不，心底有个声音在反抗，然后——你出现了。

搬到这里离你更近了，呵呵。清晨醒来，睁开眼想到你心情舒畅。假装晨跑到你楼下，看见白纱窗帘低垂，想象你刚起床，打着哈欠，临镜梳妆，多好啊，一天的工作有了干劲。

带你做胃镜，在检查室外来来回回，那种不安又浮上来。我不停地祈祷，不停地安慰自己，直到你出来，看到你对我微笑，整个人才放松下来，我那天是不是特激动？有没有失态？

别笑，我还幻想过我们的将来：早上为你煲粥，夜晚你枕着我的肩入睡；春天，我们一起去爬山，在泉边读读叶芝的诗或辛弃疾的词；秋天，一起窝在家听雨，或者听你喜欢的小野丽莎；下雪了，去南山村摘梅花，把梅花插在书房，你在花枝下看书；夏天，紫藤花架下乘凉，饮小盅杨梅酒，允许我微微醉……

你扬起的短发，你睥睨的回眸一笑，你的本真、率性，你的敏锐和才华……你说你的过去有阴影，小桦，谁的人生没有挣扎，我愿意去拥抱那部分阴影——如果你允许的话。

上海音乐会对我是一场考验。看到星光下你的眼睛，里面海洋般深沉的渴求，我退缩了。我是一个逃兵，神没有赋予我足够的勇气，我承认害怕失去你胜过得到你，你可知我的恐惧……那夜辗转难眠，我问你有没有看过电影《剪刀手爱德华》，你不理我，从那夜起你就不理我了。后来我那一场急病把你召到面前，看到你走进病房，我多高兴，许多话想说不敢说，怕说错话又把你气走……从万慈庵回来，很意外你竟同意我上你家，我以为自己好了，好到有足够的胆量来面对你，可不行，还是不行，我又犯病了……

小桦，电影中的爱德华没有手，他的手是两把尖利的剪刀，每当他伸出手去拥抱他的爱人时，锋利的刀口便把爱人伤得鲜血淋漓……如果有些感情只会给所爱的人带来伤害，那么，远离是唯一的选择。

《创世记》里有个故事，说上帝取男人亚当身上的肋骨，造就了一个女人夏娃。有一天，夏娃走到亚当面前，亚当认出了她，对她说："你是我的骨中骨，肉中肉。"

你不要笑我矫情呵。五十知天命，这把年纪该有自知之明。老诗写得好："别来沧海事，语罢暮天钟。明日巴陵道，秋山又几重。"

临时起意码了这些字，如有冒犯，见谅。不管怎么样，小桦，我祝福你，你我相遇一场便是上天对我的厚爱，我已知足。祝福你，一如既往。

闻牧

白桦发烧了。

早晨醒来，四肢酸乏无力，额头昏沉。临近年末，连日的加班、开会、应酬，再加上情绪的波动，她知道身体又抗议了。

从医院吊完针出来，已经中午十二点多，街上挂着一串串红灯笼，新年快到了。她走进临街一家麦当劳店，找靠窗的位置坐下，要了杯热牛奶。

窗外那棵掉光树叶的银杏树让她记起去年带于燕进城过生日，也是在这家店的这个座位，欧阳闻牧走进来，目光含笑，炽热难挡，让她心头一跳。他们还去了新华书店买书，在书店门口被他的同事打趣。

想到这些她笑了，心里却酸酸的。

昨天整理衣柜，又看到那条印有合欢花的丝绸围巾，是他送她的生日礼物，她忽然想起他曾问她：有没有看过电影《剪刀手爱德华》？

她上网搜索这部老电影。影片讲一个在城堡里的机器人爱德华是科学家的最后一项作品，科学家为他换上人脸、四肢还有灵魂，但没来得及给他换上人类的一双手。所以，他与人类唯一的距离便是一双手，一双永远改变不了的剪刀手。有一天他被带出城堡，遇到了一个心仪的女孩，他爱上了她，他用这双剪刀手为她修剪出漂亮整洁的花园，又用这双手为她雕刻出圣诞雪人。可是他不能拥抱她，一拥抱她，这双锋利的剪刀手便会伤到她，把她伤得鲜血淋漓。

爱德华说，如果晚上月亮升起的时候，月光照到我的门口，我希望月光女神能满足我一个愿望，我想要一双人类的手。我想用我的双手把我的爱人紧紧地拥在怀中，哪怕只有一次。如果我从来没有品尝过温暖的感觉，也许我不会这样寒冷；如果我从没有感受过爱情的甜美，也许我就不会这样痛苦。如果我没有遇到善良的你，如果我从来不曾离开过我的房间，我就不会知道我原来是这样孤独……

白桦没看完电影，泪已经流了满脸。

一对小情侣在她对面坐下，头抵头吃汉堡，窗玻璃映出两张开心的脸。女孩吃完汉堡又吃冰激凌，一口一口很享受的样子，忽然她打了一个很大的喷嚏，男孩马上脱下外套给她披上，两人甜蜜地相视一笑。

这一幕让白桦想起那个上海之夜。在越野车里，她靠向他，他为她裹上外套把她抱住。当时她的身体一阵战栗，因为在她过往的生命中，没有一个男人为她穿上衣服，他们只会剥下她的衣服。他是例外，他是唯一为她裹衣服的男人。

她从窗玻璃中看见了一个不认识的自己：四十多岁的中年女人，穿着厚厚的菱形格鸭绒服，身材臃肿像一只捆绑结实的粽子，没化妆的脸萎黄泡肿，皮肤松弛，唇色淡白。这是她——别人眼里的明星人物白桦吗？

她又想起那个诡异的梦。岑晓稚问她要芹菜还是荠菜，她们穿过了一片杏花林……在万慈庵，她走进观音殿，向观世音菩萨下跪，为他俩的未来祈福……

她一口气喝光热牛奶，身体暖和了，脚也有了力气。这时助手来电话告诉她下午的会议提早到两点。"天杀的，一刻不得安生。"白桦裹好围巾走出门，怏怏地走向马路对面的停车场。停车场隔壁是家音响店，声音放得很大，旋律很熟悉，她站住了——是雅尼的《夜莺》。

弦乐轻轻，若有若无落在琴键上，夜空下大地山川显现，大提琴奏出笨拙、庄重、欲行又止的犹豫与踟蹰，小提琴演绎出细腻、宛转、心意婵娟，大小提琴合音慢慢交融，遥相呼应，如两股溪流汇入宽阔的大河。蓦地，竹笛模拟出夜莺的一声鸣叫，如闪电刺破无边的黑暗……

夜莺坚贞、柔情、深绵、无畏，这在生命中飞翔的精灵，你是否愿意接纳它的降临？

她走进这家音响店，掏出手机拨了一个号码。

这个时候，欧阳闻牧正在驱车返回桐城的路上。

今天一早，他应邀去参加南山村书院的落成揭碑仪式。"八雅书院"已经落成，将向全市招收茶艺、香道、插花、琴箫及诗词、曲艺学员，这是桐城头一个上规模的传统文化培训班，于公于私，他都是要去捧场的。

午宴设在南山镇最大的酒店，欧阳闻牧推掉了。应酬饭、应酬话、应酬事，这些他一概没兴趣，他在附近小餐馆点了素菜，草草扒了几口便驱车返回。

冬日里路两旁的云杉呈深褐色，蓊郁的枝条齐刷刷地伸向天空，一排排景观树延伸到未知的远方。

再过几天便是新年了。可是新与旧，在他眼里又有什么区别？不过是日复一日的重复罢了。

有个人好久没联系了。他让自己更忙,可以不去想那个人,可是一旦空下来,那人的身影还是会浮现眼前。此刻,他开着车,脑子里又开始漫无边际地乱想。手机响了,是白桦,他忙不迭地接起,调整声音,大声招呼:"你好啊,白总!"

电话里响起一阵非常熟悉的旋律,是《夜莺》,他听出来了,她在用手机给他播放。

弦乐轻轻落在琴键上,夜空下大地山川矗立,大提琴出现了,笨拙、厚重、欲行又止,小提琴也随即出现,清越、宛转、心意婵娟,慢慢地大小提琴自然交合,小提琴的柔亮灵动与大提琴的宽厚隽远遥相呼应,如两股溪流汇入一条宽阔的大河。他听到夜莺的一声鸣唱凌空而起,如闪电穿破漫漫长夜。

那旋律深处演绎的坚贞、深绵、无畏,那生命中飞翔而来的精灵,你是否愿意接纳……

他握方向盘的手不知不觉收紧,眼眶发热。

她问他:"《夜莺》讲的是什么故事?"

他对她说:"国王病了,夜莺日夜在窗前为他歌唱。它只为国王唱,为懂它的人唱。"

这是一场似真似幻的梦境,他听到她喃喃地说:"请收留我吧,收留我。"

他眼里含笑,轻轻对她说:"不,是你收留了我。"

三、一切法门都是药

下午两点,岑晓稚提前到了会议室,把厚厚的丝绒窗帘拉开,阳光顿时照进来,整个会议室透出了光亮。她又和小威一起把桌椅摆放好，还把一束鲜花放在桌子正中，让会议室有了温馨的氛围。

很快，章达成走了进来，今天的他看起来精神不错，神采奕奕的。他告诉岑晓稚，夏烨主动来找过他。

让章达成意外的是，当初夏烨被P2P公司骗走百万资金，他老爸知道后大笔一挥就把钱全额打到他的户头上。可夏烨没要这笔钱，原封不动地退了回去。他对章达成说，他的事不要他爸来插手，更不要那些钱财，他说老头的钱不干净，不知是干了多少乌七八糟的缺德事挣来的，他不要。他和老头已经谈好，庞大的家产他统统不要，随便给哪个年轻老婆还是孩子，反正与他不相干，他要从头创业给自己翻盘。

至于两年前那个高中生投诉案，夏烨主动向章达成提了。他承认当时说的一句话刺激到了对方。那个高中生亲眼看到妈妈被翻斗车压死，夏烨用完型疗法帮其完成未了心愿，可他自己在治疗中被情绪带走，对男孩说："就算你哭死在这里，你妈也回不来，死脑筋。"

岑晓稚听到这里直摇头，这是犯了咨询的大忌，怪不得人家要投诉。他怎么会这么失态？联想到他在家庭治疗现场失态倒地，岑晓稚理出了夏烨的心理：他心中有个死结，就是他妈妈去世对他来说是个创伤，也是个情结，在咨询中，他恰恰把妈妈去世的愤怒投射在这个高中男生身上。她再次体会到章达成所说的：激烈情绪的背后，一定事出有因。咨询无小事！

章达成点头说："是的，咨询无小事。"

"主任，"岑晓稚说，"我有个事要和你说……"

门开了，大家陆续进来。会议准时开始，小威放投影，大屏幕上出现了心视野省城分公司的办公楼。

一楼是接待厅,挑高好几米,分成接待区和等候区,增加一道屏风以保持私密性。二楼是咨询区,除了咨询室,还有催眠室、情绪宣泄室、沙盘室、团体辅导室、督导室和发呆室。督导室安装单面镜,用于现场演练的考核及导师督导,发呆室空空的,只放两把椅子。章达成的意思,换椅法也可以尝试应用到咨询师身上。一名成熟的咨询师,要学会自我对话。

当然,做心理咨询督导是不可缺少的,所以分公司还有一个大胆的设想,就是通过网络,联手行业精英,建立网络督导系统。这样既提升咨询师的专业水平,也规范行业队伍,章达成这个设想,马钧德马老爷子是认可的。

三楼是办公区,除了会议室和教学室外,还有一个八十平方米的露台,可以搞聚会、年庆、户外活动什么的。

蒋微微和岑晓稚嘀咕几句,岑晓稚笑着问:"主任,微微想知道,新办公室您还会不会装老式吊扇?"

章达成笑了:"这个可以有。到旧货市场去淘淘,这事就交给你,蒋微微。"

蒋微微眨巴眼睛,抿了抿嘴。

一阵敲门声,进来一个三十出头的年轻人,身材挺秀,理平头,戴着橙色框架的时尚眼镜,含笑合掌向大家致意。蒋微微啊了声,对方也看到了她,两人同时打招呼:"向志勋?""嗨,蒋微微。"

章达成看看他俩:"你们认识?"

蒋微微点点头。

这个叫向志勋的青年笑着对章达成说:"是的,我们见过几次,在催眠培训、焦点治疗的培训班上。她比我小，我叫她蒋小妹。"

"好，那更好。"章达成转头看向岑晓稚，"你还记得不，我给你讲过一个案例，那年我在医院坐心理门诊，一个小男生的疑难杂症使我与严院长起了冲突，喏，这个惹风波的小家伙就是向志勋。小向，来谈谈吧？"

"好的。很高兴来到心视野，"向志勋拉开椅子坐到大家中间，含笑看着章达成说，"章医生，我们又见面了。"

向志勋的经历，那就是一个平凡青年的励志故事。

十六岁到十九岁是向志勋人生的一个坎儿。那几年，他妈妈带着他到处看病，从内科、神经科、心理科到精神科，什么科都看，跑医院比回家还勤快。他犯起病来是什么情况？就是整夜睡不着，就是想自杀不想活，他妈妈实在没法子，后来想出一招，就是拿绳子一头系在自己身上，一头绑在他脚上，这样他一动她就醒来，那几年就是这么熬过去的。

在向志勋二十岁那年，他在公园认识了一位师父叫云顶子，这位师父练太极，懂针灸，教他经络拍打，当时向志勋全身僵硬、麻木、无痛感，中医称为痹症。师父给他针灸，教他练太极和拍打，天天练不间断，一年后身体松软有了知觉，师父又教他盘腿静坐，这样又练习了一年。后来云顶子说要走，要去终南山找自己的师父。向志勋一听也非要跟去。

说到终南山，很多人以为仙气飘飘、诗情画意，其实不是。在向志勋看来，终南山同样是个小社会，山上什么人都有，修道的、学佛的、养生的、辟谷的、闭关的、研究中医的、采药草的，音乐制片人、作家、琴师、书画家，还有各种病人，得了癌症、抑郁症、痴呆症、精神病的人，五花八门。

对向志勋来说最大的难关是爬山。终南山大部分是没有开凿过的野山，植被茂密，山势陡峭，要手足并用像蜥蜴那样贴着攀着才爬得上去，而且必须意念集中，否则一个分神跌下去就完了。他知道师父在锻炼他的心志，摄受他的心神，师父曾说什么抑郁症分裂症，带你磨一磨脚板、松一松筋骨就好了。向志勋在终南山一天吃两顿，过晚不食，从每天走五公里到一天二三十公里，衣裤被汗湿透结出白白的盐霜，脚底板也开裂结茧。他白天爬山，晚上倒头就睡，什么睡眠障碍统统没有了，睡得跟猪一样沉。他和师父的住处是海拔三千米上的一个小茅棚，师父说这里是龙脊背，晚上他们点上蜡烛，师父打坐他看书。早晨五点他就要起来，对着日出练吐纳功，傍晚日落做身体七脉轮清理。他刚打坐时不是想睡就是想哭，后来渐渐眼泪没了，内心平静，这种平静深广如海洋，他体会到原来一个人最大的喜悦是心境的平静。

云顶子后来放弃了寻找自己的师父。道隐无名，云顶子说师父是一名隐修士，如果他不想见你，你是见不到他的，他是一个真正融入天地的修行人。他师父还曾对他讲过一句话：一切法门都是药。让云顶子记住这句话。

在山上，向志勋还会对师父讲他在精神康复医院的经历。铁栅栏门窗，封闭的病房，电休克疗法，还有隔壁病人神经错乱的呼叫，那些噩梦般的记忆仍会在夜半让他惊醒，心有余悸，以为自己还在医院。云顶子却对他说，你以为我们在医院外面？不，只要我们还在找，还在走，还在执着，还在贪取，我们就在医院里，我们就是病人，永不觉悟便永不出院。

他们在途中也遇到过一些修行人，看上去像古代人那样身形消瘦，穿着打满补丁的旧衫长袍，负笈担簦，踽踽独行，有的甚至像乞丐般邋遢，从身边走过，一般人不会去多看一眼。可是只要你留意，就会发现这些人眼神很特别，不是普通人。

向志勋在山上住了一年多。最明显的变化是每天醒来头脑不再混混沌沌，感到精力充沛，浑身像有使不完的劲儿。云顶子说他把自己找回来了，然后就赶他下山，叫他该干吗就干吗去。

回到城市后，向志勋发愿要把荒废的知识补回来，他学传统文化、心理学、精神病学、中医学、哲学等，还坚持每天打坐，后来尝试禅行、禅睡、禅语等法门。他发现禅修可以调理人的亚健康，改善都市人的心理困扰，于是他想找一座山，在桐城找一座他心目中的终南山。

也是机缘凑巧，有个中医朋友在山区租下一块地想打造"草本自然疗舍"。暑假上山的学生比较多，好几个学生原本要靠服抗焦虑药才能入睡，住到山上没几天，焦虑减轻，睡眠改善。他们动手制作木莲冻、野菊花羹、腌渍果橙酱、桑果汁、蜜桃浆，还带游客爬山摘果、指导劳动，忙得不亦乐乎。家长上山来看到孩子都愣了，说人虽然晒黑了，可没见儿子活得这么健康。所以，向志勋和朋友考虑推出游学大自然的系列活动，让更多城市中压力大的人走进大自然，净化身心，唤回能量。

励志篇说完，向志勋拿出个小本子，很普通的笔记本，糙黄封面，上面有四个红色楷体字：工作笔记。他把本子递到章达成面前问："章医生，你还认识它吗？"

章达成接过来翻了翻，笑了。

"我在精复医院天天担惊受怕，就想逃出去。后来章医生送我笔记本，让我学着写观察日记。"

"我那时脑子里有很多想法,逮住他就问,可章医生忙,大部分时间我是见不到他的,于是我就写日记。后来我发现,当怀着观察的心态看身边的事和人时,我的情绪就没那么糟糕了。"

向志勋最后说:"我今天来,一是当面向章医生表示感谢,二是想和心视野合作,做些有趣又有意义的事。"

岑晓稚听着向志勋的讲述,不自觉地看向章达成,和大家一起鼓掌。

会后,岑晓稚跟着章达成走进办公室,章达成问她:"刚才开会前,你说要告诉我一个好消息?"

"对,"岑晓稚笑得像个小女孩,"你猜猜?"

"哦,是去医院复查OK了?"

"医院?复查?"岑晓稚愣了愣,随即想到又一年了。去年今天,她不是借这个名头请他吃饭,结果两人不欢而散,那个十二月望不到边的寒夜。她扑哧笑了,露出两颗小虎牙,章达成扭过头去。

"我没去复查,"她说,"我都忘了这事。我今天要告诉你另外一件事,我——辞职了。"

"啊?"章达成一愣转过头来,岑晓稚向他伸出两指摆出一个"V"字。

章达成问:"那,你有什么打算?"

岑晓稚说:"我要加入心视野,主任,先给我三个月试用期呗。"

"欢迎欢迎!"章达成笑了,随即又说,"不过晓稚,我不能保证你一夜致富发大财,你也知道,这行业要做好做大不容易,你得有思想准备。"

"我明白。"岑晓稚目光坚定地说。

"好，好，好！"章达成一叠声说了三个好，停顿一下又说，"刚才向志勋的话你要鉴别对待。我还是那句话，我们做心理工作的要坚持职业伦理和基本原则，现在社会上禅修、灵修、乱力怪神的事情我们不能去介入。"

"知道。"岑晓稚听到他这调调又想到家庭系统治疗，上次血雨腥风的会议，差点让她和他闹翻。

章达成似乎猜到她在想什么，说："之前我排斥家庭系统治疗，主要是怕你们经验不足被带偏。这个主持工作坊的益真老师我了解过，她也是临床心理系毕业的，又去德国进修过，有运行成熟的一套心理治疗与教学体系。存在即合理，只要走在专业正规的道路上，就要支持。"

"主任您能这么想，真好。"岑晓稚高兴地连连点头。

"不过，"章达成又转回话题，"禅修这东西可不能碰。就目前看，我是不会和向志勋合作的。我还是那句话，各人守好自家一亩三分地，老老实实，扎扎实实，走专业化道路，对一个团队来说，稳定压倒一切，明白不？"

岑晓稚点着头若有所思。看到她这种表情，章达成就心里发毛，下意识地起身去倒水。

果然，岑晓稚对他说："主任，据说森田疗法和内观疗法就是从禅修中借鉴过来的。它的治疗理念是向内观察，让病人从心里接纳发生的事和人，类似于自然疗法，据说治愈了不少心理障碍患者。"

"什么叫禅？"章达成冷不防问。岑晓稚怔住了。

"什么叫内观？"章达成又接着问。岑晓稚更接不上话。

章达成拿起茶杯吹了口气，说："你自己都没搞懂的东西，敢拿来让来访者试吗？这些形而上的治疗，如果没有具体化的技术作依托，一个不当就会出问题，这是有先例的。"

"哦，好的。"岑晓稚表情郑重。

章达成放下茶杯，正色道："按心视野的规定，全职咨询师要在一年内修完擅长的一门技术，任务不轻啊，小岑老师。"

"明白了，主任。"岑晓稚眨着眼睛重重点头，这回她听进去了。

岑晓稚走后，章达成忽然想到了程大海。

这家伙这段时间也没个消息给他，不知道在忙什么。他打了两次手机，程大海终于接了，说今天休息，不过没在家，在市文化公园。公园今天有个流浪猫狗的免费收养活动，他正忙着挑猫猫呢。

"你真要养猫猫？一个大男人，养条狼狗还差不多。"章达成说。

"这你就不懂了吧，"程大海说，"男养猫猫女养狗，这叫阴阳互补。啊哟，这么多猫猫我怎么挑，挑哪只好？老章，我的选择强迫症又来了。"

"小护士，"章达成问，"和小护士进展怎么样？"

"有什么好提，不要提她，现在提猫。"

"怎么，发生了什么？和我说说，给你分析分析。"

"分析个毛，人家有男朋友了。"

"什么，"章达成把手机换到另一边贴住耳朵问，"怎么回事?挺好的姑娘还给你带红烧肉,哪里冒出的男朋友?"

"别问别问,我心烦,"程大海说,"哎,老章,你说这黄色的猫猫好,还是纯白的猫猫好?"

"嗨,你说黄皮肤的女人好看,还是白皮肤的女人好看?"

"怎么又扯到女人?"

"兄弟,对老哥就直说吧。"

"好吧,我跟你说实话。上次休假,我听你的话准备约她下楼晒月亮,谁想到,那个整容科的靳东男捷足先登把她约走了。"

"整容科——靳东男是谁?"

"啊呀,她们护士说他长得像演员嘛,不过我估计这仔脸上动过刀。"

"你怎么知道他俩约上了?"

"月亮底下手拉手,谁看不到,还要嘴对嘴亲上才算?"

章达成一时没话了。

"喂,老章,你说,到底哪种猫猫好,我已经看了十几只,就是决定不下来啊!"

"整容科的为什么要搅你的局,难道说这姑娘想整容?"

"对,对,你这么一说我想起来了,她老嫌自己鼻子不够挺拔,得了,真被那小子勾上啦。"

"大海,好姑娘值得竞争,怕什么,冲!"

"我的章医生,你就别鼓捣这事了行不?我挑猫,我头痛。哎,对了,你今天怎么有空给我打电话?"

章达成顿了顿说:"没什么,就是想你了。"

程大海"哎哟"一声:"腔调,搞得我是你小情人似的。一定有事,你这家伙就是心里有事偏嘴巴说没事,装。"

437

"那个，顾一鸣老婆现在怎么样？"

"谁，顾一鸣？他老婆？你是说顾一鸣老婆？奇怪了，顾一鸣老婆关我什么事？你真把我当八卦娱记啊！哎，老章，我说你……"

"好，好，"章达成打个哈哈说，"我挂了，有咨询。真没事，你继续挑猫哈，记住，挑白毛的。"

章达成放下手机，起身走到窗前，外面人来人往，熙熙攘攘，一派热闹的景象，一晃新年快到了。

刚才程大海说在公园挑猫，令章达成的心一动。这家伙多年来已熟悉得就像他亲弟弟，看他一路走来嘻嘻哈哈、笑笑闹闹，可这并不是真实的程大海，他懂程大海笑容背后的忧伤。

他的伤与一个叫廖思懿的女人有关。

如果说周海霞是程大海学生时代的偶像，那么这个医学院的高材生廖思懿就是程大海正儿八经的初恋情人。这个女孩章达成也见过，她学业优秀，又长得漂亮，大海对她一见钟情。章达成曾暗示程大海不要对她抱有希望，可是这家伙根本听不进去，他像游泳队员一头扎进大海，完全淹没了。

廖思懿学习刻苦却不懂照顾自己，于是程大海天天为她准备早餐，了解她的口味喜好，变着法子换，差不多坚持了整整一个学期，廖思懿深受感动，两人不知不觉有了交往。可好景不长，廖思懿与他摊牌说要申请去英国读研，程大海崩溃了。半年后廖思懿就出国了。让程大海更崩溃的是，人家在英国很快有了英国籍男友，是她导师的儿子，从事生物学研究。之后两人在英国结婚，廖思懿跟随丈夫改行成了生物学家，夫妇二人创办了中英合资的生物科技研究所，在中英两国往返，可以说事业成功，生活美满，是大学同学圈公认的一对恩爱眷侣。

那年，医学院举行百年校庆盛典活动，廖思懿应校方邀请作为学生荣誉代表发了言，博得满堂掌声。那天程大海没去，他是不会去的。

无疑，程大海认为廖思懿抛弃了他，他是一个被女人抛弃的男人。并且她越成功，他越自卑；她越幸福美满，他越黯然伤神。他由此抛弃了自己，四十多岁仍孤身一人，看起来他在不停地相亲，但他用热闹的相亲来弥补内心的荒凉，用积极的行为来掩盖消极的心态，用虚幻的希望对抗真实的绝望……他对小护士有好感又害怕接近，怕一旦投入感情会被抛弃。然后如他所担心的，他的畏畏缩缩、犹豫不定，他的嘻嘻哈哈和玩世不恭，让小护士失望了，人家转而被别人吸引，他果然再度被女人抛弃。于是他去选猫猫，他觉得人不可靠，动物才可靠，他说要把猫作为自己余生终老的陪伴。

对此，章达成心里有一丝疼痛。

他不是没有试过让程大海去面对过去。程大海七岁那年，在海洋生物学院工作的妈妈，抛弃了他和他爸爸，跟学院一个老教授走了。离异后，程大海的爸爸没有再婚，一个人把程大海抚养长大，在程大海二十岁考入医学院那年突发脑溢血去世，他妈妈知道后与大海联系要见他，但他拒绝了。因为他在爸爸的灵柩前发过誓，永远不去找她，永远与她断绝母子关系。半年后，他妈妈也突发心脏病去世，亲戚来找他要他去祭奠，他还是没去。他去爸爸的墓地守了一天，看山坡上流浪的野狗打打闹闹，斗殴撕咬，相互咬得鲜血淋漓，他背靠冰冷发硬的石碑，感到前所未有的孤单绝望。

他曾对章达成说，她欠他和爸爸的，这笔账他永远记着。

章达成也试着告诉程大海，并不存在"抛弃"这个命题，这是他童年习得的经验所得出的认知，不要在潜意识里固化它。可是不行，程大海在头脑里可以接受这个观点，在情感上就是过不了关。后来，只要预感到章达成那双诊疗的手要伸过来，程大海便死死护住自己不许他触碰。所以在他们之间，有一点章达成是心知肚明的，那就是可以提周海霞，却绝对不可以提廖思懿，哪怕这三个字拆开来作为单字都不能提。

面对最好的兄弟，章达成却无能为力。一度，他积极为程大海出谋划策，思虑方案，可面对程大海强大而顽固的阻抗，他不得不放下自己急迫的心。

事隔多年，不能不说要感谢程大海，也要感谢那些来访者，是他们给章达成启发，让他发现心理创伤一个重要的特性，和生理疾病一样的性质，那就是：带伤生存。

人活一辈子，长长短短，是是非非，哪个人没有病？有些人有了病是到处找医生，迫切想解决；有些人是心灰意冷，消极对待，放弃治疗；还有人心态平和带病共生，与病常存。各人选择医治的方式不同。如同人可以带病生存，那人为什么不可以带着创伤终老？对创伤既不治疗也不反抗，接纳它允许它，本身也是一种很好的疗愈方式。就像有些来访者找心理师，他们目的不过是想找人倾诉心声，而并不想动伤口，要知道，有些伤口不是因为太痛而放不下，而是因为太爱而舍不得。

程大海就是这样。他知道章达成有丰富的经验，强大的专业技术，有治疗心理创伤的成功案例，可他始终不愿让他动自己的伤口，他不是怕痛，他是——舍不得。

周海霞和顾一鸣也是，他们明里暗里回避他，也同样怕被他触碰到心中的创伤点。

他记得导师曾经告诫过他：永远不要去拉那个没向你伸手的落水者。

从另一个角度看，许多在心理师看来所谓的创伤，在当事人眼中并不是。他们认为那只是自己人生经历中的一段记忆，一段过去，一段故事而已，又凭什么判定为创伤呢？每个人的人生布局是自己定的，走自己的路就是最好的救赎和治疗。所以心理治疗不是万能的，心理咨询师也不是救世主，站在这个点来看，不管是找上门的来访者，还是身边的朋友亲戚，让每个人以适合自己的方式去面对创伤，面对生活，这本身就是对一个人最大的尊重。

就像他自己习惯别人叫他主任。马老爷子说得对，在潜意识中，或许他对自己的身份认可是一个医生，一个主任医生，那又怎么样？那就在经理的位置上好好当好主任呗。

程大海要养猫，就让他去养，要终生和猫为伴，就让他去陪伴，只要他觉得开心舒服就好。说不定哪天，他忽然又来电话对他说，老章，我不要养猫，我又去相亲啦。

电话响了，章达成把目光从热闹的窗外收回来，是小威来问他，明天新来的咨询约在几点。他说上午九点吧，小威说好的。他忽然想到什么对他说，有空把陶老师对面的办公桌清理一下，空出来。小威说，好的，主任，是有新人来报到吗，他没回答，挂了电话。

他放下手机看着电脑屏幕，不自觉地拿起鼠标点了点，少顷，音乐缓缓响起来，是一首钢琴曲。

这是一首包含淡淡忧伤的曲子,节奏舒缓,安静,悠远。他把身体靠向椅背,微微仰头闭上眼睛,他似乎看到一对少年手牵手走在樱花树下,樱花成片成片地落下来,纷纷扬扬,落在少年的肩膀、头发、衣袖上,也落在相视而笑的两张脸上,他们手拉手,在一片茫茫的雪世界越走越远……

这首钢琴曲叫《初雪》。

第十八章

一、忠诚你自己

这是一条通向桐城北部的盘山公路，山脉延绵近百公里，沿途成片的竹林在风中摇曳。

"没想到啊，慈善总会的副会长出事了。"

白桦一坐上车，欧阳闻牧就对她说这事。就在刚过去的一周，慈善总会副会长因涉嫌受贿被纪委双规，这事在志愿者群里已经传开了。群里沸沸扬扬，大家各有各的说法，许多人说我们平时辛辛苦苦做公益，树大旗帜，立好名声，这下好了，辛苦功劳一笔勾销，真是"一粒屎坏了一锅粥"。

也是巧合，这段时间志愿者协会的会长生病住院，欧阳闻牧去看他。会长的意思是他也不想干了，要把这副担子交给欧阳闻牧来挑，欧阳闻牧没答应。

欧阳闻牧当初加入志愿者协会的想法很简单，不为名不为利，就是利用空余时间做些公益善事充实自己。可事实上，任何一个圈子进去后就会发现没想象的那么简单。志愿者协会虽说是个民间组织，不开工资不拿公粮，可也避免不了一些争名夺利的事，所以一直以来他很注意只负责带活动这块，内部事宜是不沾的。现在协会会长要他挑这副主担子，他是不会答应的。

慈善总会这个副会长，欧阳闻牧也与他打过交道，人不错，年纪也轻，做事很有胆魄，可谁想到会出这样不爱惜自己的事？受贿二十万虽说不是大数目，可也够判几年的，这年轻人的仕途基本等于断送了。

欧阳闻牧说着这些，白桦丝毫没表示意外。她对他说："我啊，从来不信这些人屁股底下干净，你是出于热心，他们是工作，发心不一样的。"

欧阳闻牧嗯了声继续开车。过了一会儿手机响，他瞅了白桦一眼，示意她按通电话。

"啊呀，章主任您好，什么事？噢，对，对，我是和晓稚说过，下个月我们有场大龄未婚青年相亲沙龙，欢迎心视野的咨询师加入。"

心视野。白桦本能地看向欧阳闻牧。

"这个，来两三位咨询师就行啦，啊？您亲自来，那当然更好，不过我现在不好说，我到时再给您电话吧。"

挂了电话，白桦直接问他："是心视野的章达成主任？"

"对。"欧阳闻牧点点头说，"对了，你认识他吧？晓稚是他们的签约心理师。"

"嗯。你是不是在回避他，听说之前好几次活动你都拒绝与章达成见面，怎么，为什么要回避？他和你有过节，还是你找他做过心理治疗？"

欧阳闻牧被白桦这一顿抢白说得有些尴尬，忙不迭地否认："没有，没有。我和章主任数面之交，客客气气的，哪里有什么过节。"

"那你为什么推说有事？还不肯加人家微信。欧阳，你跟我还不说实话？"

欧阳闻牧叹了口气，白桦不依不饶地盯着他，半晌他说："小桦我不是和你提过我曾经得过焦虑症？我有心理阴影，我不想和心理医生打交道，一看到他们，我就会条件反射地想起那段不堪的日子。当然，我对他们没有成见，我和晓稚说过，社会需要他们，需要正能量的人。"

白桦说："果然让我猜到了。可你这病也不严重，现在有焦虑症的人多得是。"

"不，"欧阳闻牧摇头说，"我这病没你想的那么简单，你不懂。"

他不再说话，眼睛盯着前方专心开车，很快，车子拐进一片竹林，竹林深处出现了一条蜿蜒的古道。这条古道他将近十年没来了，他妻子出事后，他就再没有踏足过这里。这次他实在是经不住白桦的请求。

白桦本来是要去找他亡妻的墓的，他说当时她的尸骨被泥石流冲走后就没有找到，墓里放的只是她的平常衣物，所谓衣冢而已。于是白桦又执意要上山去看一看那条古道。

古道从山脚下的竹林进入，出事地点在半山腰，那里有个小村子。这回欧阳闻牧的步伐跟不上白桦了，上次爬山他健步如飞，白桦跟在后面气喘吁吁，这回，白桦要时不时地停下来等他，他在她后面低着头，一步步走得很费劲，感觉像脚后拖着一只沙袋。

中途，他们在一棵桑树下休息。白桦走热了，从小水潭里掬了把水洗脸，欧阳闻牧在她身后东瞅西望，一副六神无主的样子。白桦知道他的毛病可能又要犯了，但她假装没看到。

终于到了目的地。

那段曾经被泥石流冲垮的古道早已修复平整，边上的乔木高大繁密，看不出当年的破败。那一场意外发生的泥石流，导致村子二十多人失联，死亡九人，房舍倒塌好几间，也算是一场事故，上过日报头条的。

白桦东瞧瞧西望望，最后选中一棵粗壮的古松树，离松树百米开外就是如削如劈的深谷，下面是宽阔的水库。白桦往地上插了三炷香，恭恭敬敬地向空中鞠躬，说："姐姐，我和欧阳来看你了。"

欧阳闻牧遽然变了脸色，喝问她："你这是做什么？"

白桦不理他，继续往下说："姐姐，这么多年，欧阳把你们的儿子照顾得很好，他成绩优秀又孝敬老爸。可他把儿子安顿好，自己却过得很苦，因为他心里一直留着你的位置，他放不下你，你不知道当你走的那刻，他等于把自己也杀死在这里了。"

"小桦，你在说什么？！"欧阳闻牧脸红了，有些失态。

"后来他遇到了我，我们心里都有彼此，可他逃避我回避我，不肯面对自己的感情，也不敢接受我的感情。我在菩萨面前许过愿,愿意用我的后半生照顾他,陪伴他,你同意吗?姐,他要你的回答才肯放手你,接受我!"

一阵风掠起,山谷的缝隙里传来尖啸的回响,万竿竹子摇晃如海洋。

欧阳闻牧表情惊惧,两手开始发抖,神经质一样抖动。他转过身朝古道那头大步疾奔而去,白桦跑过去拉他,他挣脱她,外套也歪了,头发也乱了,她死死拉住他不放手,他的身体剧烈抖动,白桦反手把他转过来。

她看见一双手,一双病态的手。手背上青筋暴突,手掌僵硬,高高拱起,可怕的是十个指头弯曲、挛缩、抽搐,控制不住地抽搐着,看得出来,肌腱和肌肉都不听使唤变了形。他语无伦次地对她说:"来,你来杀了它,杀了它们。"

"不,不,不是它们的错。"

她一把握住它们,像握起心头一捧雪。她解开衣服,把它们拉过来贴在自己的胸口,把柔软的十指慢慢插入他的指缝,就像当初在音乐会上,她与他十指相扣。现在,她的每个指尖也抵达他的每个指头,一个一个地抚摩,持续地抚摩。皮肤的爱抚,指尖的亲吻,温度的传递,关节的摩挲,直到彼此完全贴合……他的十个手指松缓开来,指节挛缩消失,抽搐也减弱了,她抱住他,两手抚摩他的后背,她听到他的喉咙里发出咕噜咕噜的声音。

"亲爱的,婚姻要求我们对伴侣忠诚。在忠诚的名义下,我们忘记了对自己的忠诚。她已经走了,这是事实。如果她还在,她一定会叫你去忠诚自己,忠诚爱,忠诚你当下的存在……"

大约半小时后,他们下了山。

447

"这病是没药可治的,叫局部指节痉挛性麻痹症,医生说是心理疾病躯体化。"

"知道是心理引起的,就从心理上去拔掉它。"

"怎么拔掉,哪有这么简单?"

"加章达成微信,打打交道,了解病情,这是第一步。"

欧阳闻牧张着嘴看看她,像是哑了。他合上嘴不再说话,看起来很疲惫,对她交代一句慢慢开,然后头靠椅背,合上了眼。白桦也看看他,伸手捋了捋他乱糟糟的头发,随即发动车子。

车在高山峻岭中绕行,盘山公路,层层叠叠,路的一侧是大块的岩石,以及繁密的乔木和低矮的灌木丛,缝隙处,野花探出星星点点的黄。突然,前方野核桃树中倏地蹿出一只白色小动物,落到路中央,在他们车子前停下来。

白桦一个急刹车,欧阳闻牧也睁开眼睛,两人都吓了一跳。

十余米开外,一只通体灰白的狐狸一动不动蹲着,它毛质柔软,双眼精光忽闪,像在与他们对话。对峙几秒后,它抬起前爪松开,一只松果滚落在地,它慢慢后退,然后轻灵地一跃,隐入树丛不见了。

好怪异,两人对视一下。松果,松果,松果……白桦琢磨着,觉得蹊跷,不过没有多想,她踩下油门加大力度,车子飞速往山下赶。

二、陪伴

这个星期天,岑晓稚起得早,拎起包轻轻合上门走下楼。

小区门口迎面走来一对年轻夫妻,男士搀扶着大腹便便的妻子。这个孕妇看起来有五六个月的身孕了，走近一看，这不是林真真吗？她很意外。林真真比之前胖了些，里外包裹严实，原先尖尖的瓜子脸现在成了椭圆脸，两颊还有淡淡的孕斑，还和自己一样剪了短发，看上去精神不错。

一时间，岑晓稚不能把面前这个孕妇和原来那个弱柳扶风的"林妹妹"联系起来。她想也没想，刚要迎上去招呼，不料林真真却像不认识她一样，并没有显出惊喜或高兴的表情，而是一手扶腰，一手捂着肚子，扭过头平静如常地在男士的搀扶下从她身旁走过。岑晓稚站在原地不动。

她想到了陶雪梅上课时讲过的话：在咨询室内，咨询师与来访者的关系，是租借与被租借的关系，是一段临时起效的关系。出了咨询室，关系解散，而那些发生在咨询室内的统统要放下。是的，没有谁愿意让别人知晓自己的过去，那些曾经的黑暗、龌龊、无助、羞耻与丑陋……无论对于咨询师还是来访者，忘掉过去就是最好的结果。陶雪梅还说，一个好的咨询师，既能激发来访者潜在的具有积极意象的自性功能，又能最大限度地消隐自己的主导功能，从无到有又从有到无，完成一轮关系的租借功能。当然，这些原理说说容易，做起来无疑是很难的，但对于岑晓稚来说，越难的目标越能激发她的斗志。

今天林真真结结实实给她上了一课，岑晓稚回头看着林真真远去的背影，她会在心里祝福他们。

今天是韦大爷的生日，她说要好好操办。韦凯峰却不以为然，对她说："过什么生日？我不过。我永远二十八岁，八十二岁也是二十八岁。那个等我八十二了，你再给我做二十八岁的寿好了。"

这让岑晓稚又好气又好笑。当然,她还是按原计划订了蛋糕,备好菜谱,和韦小爷约定给韦大爷一个惊喜。这不她一早出门去采购,菜单还是昨晚和小爷一起研究敲定的。

在超市里,她挑了两只大螃蟹打算做土豆粉丝蟹煲,还要做个韦凯峰喜欢的酸菜鱼和红烧肉。结婚多年,虽说一直是她下厨,可她很少抱有好心情,每次行色匆匆,买菜烧饭像完成任务一样,她一直认为自己在家又要顾大又要顾小,忙得脚不沾地,像个保姆。还是白桦说得对,她的原生家庭太好了,父母太宠,所以韦凯峰只要有一点冷落她、忽视她,她就不舒服。白桦说,成了家,哪个女人不会洗尽铅华煮羹汤?日子就是这么过的,幸福就在平淡的一饭一汤里,要是老想着自己在付出、在奉献,怎么会开心呢?

这不就是心理学上典型的受害者情结吗?

今天她的心情不一样了。白桦说得对,她不是保姆,她是家里大爷小爷的总管家,大管家。她想白桦真是不简单,难怪在家只要说到白桦,韦凯峰就会取笑她说,白桦就是你生活的导航仪。

岑晓稚采购完在收银台排队,陶雪梅打来电话,说:"小岑,章主任脚腕受了伤,现在在省城医院住院,我们几个打算明天去看他,你有时间吗?"

"啊,"岑晓稚把手机贴近耳朵问,"他怎么受伤的?"

"分公司这几天搬家具进场嘛,他太勤快,帮快递小哥搭把手,不小心从楼梯跌下来扭伤了脚踝,估计要躺个把月。这可把他急坏了,今天一早给我打电话说口腔溃疡也发作了,说话都疼。"

岑晓稚快到自家小区时接到章达成的电话，他开门见山地说:"晓稚，陶主任是不是给你来过电话？"

"是的，章主任，我们明天一早就过去看您。"

"辛苦你们。"

"应该的，您辛苦了。"

"明年是心视野成立十一周年，我想借省分公司成立好好策划几个活动，初步有些设想，等你们到了，大家群策群力拟个方案出来。"

"好的，主任。对了，我那个交上去的案例分析有问题吗？"

这个问题专家，问题又来了。章达成顿了顿，他不好意思告诉岑晓稚，凌老先生和白玉兰的案例分析表已经在他手上翻了好几遍。

那天等其他人走光，他关上门，打开保险柜，从里面拿出文件袋，抖出几叠厚厚的资料和照片。全是楠楠的，楠楠出生、满月、百日、会笑了、走路了、吃饭了、弹琴唱歌……还有成绩单、学习册、奖状、作文……离婚时他什么也没拿，只是把楠楠所有资料带来了。这个文件袋他藏了二十年。

他抬手抚摸照片上的小人儿，小人儿歪着脑袋冲他笑，有一张残缺的照片掉出来，照片上的他吹着口琴，女儿肉嘟嘟的手抱住他的脖子。照片的另一边歪歪曲曲给撕掉了，不用说，那是他和前妻吵架的结果。他想了想，把这张照片抽出来，然后精选了几张用特快专递寄出。

再过几天就是楠楠二十岁生日，就把这些当礼物送她吧。

几天后，他收到了楠楠的信息。

她说:"爸，我收到了。"

他说:"生日快乐。"

她说:"谢谢爸爸。"

他又说:"爸爸没什么给你,留个纪念。"

她说:"爸爸,我爱你。可是,请你原谅妈妈吧。"

章达成的心脏遽然一阵跳动,他握着手机,无言以对。

小区中央广场前,岑晓稚放下沉甸甸的购物袋,手上仍拿着手机和章达成通电话,她的目光盯着广场中央的那座雕像,主题词:陪伴。

白色的雕塑,线条有粗有细,造型流畅又抽象,说不上是什么具体的人。有意思的是,不同人从不同角度会看到不同造型。刚搬进小区那阵子,走过的居民每每停下来瞧一眼,有人说这是一对夫妻,有人说是一对恋人,还有人说是母女、父子,反正说什么的都有。

现在,岑晓稚边听电话边看向雕像,这分分合合的抽象线条让她联想到那一对伏羲女娲的沙具原型,她想,这座雕像一定也代表了某种原始意象,她猜这个设计师一定也懂心理学。

"对了,还有个事跟你说。"章达成说。

岑晓稚暗暗发笑,看来他被关在医院真是闷得慌。以前给她打电话,他是就事论事,言简意赅,说完就挂,没一句废话。今天话题一个接一个,像逛街遇到熟人大妈。手机壳发热,她把它换到另一边。

"喏,你是不是觉得我啰嗦?脚伤了也好,不得不停下来考虑一下将来的事。我跟你说,我有个设想,明年我想把心视野改成股份制。"

"股份制？"

"对。你看啊，陶主任、你、夏烨、蒋微微都可以参股入股，我们有福共享，把这块蛋糕做足做大。"

岑晓稚没说话。他似乎觉察到她又在琢磨什么，不等她接话继续往下说："我还有个想法。嗨，说起来那时你半路插班进来学习，晓稚，你可是我这里为数不多的空降生啊！想当年夏烨也很优秀，你们都是不一般的学员。我当时就有预感，你早晚会加入我的团队。"

"真的？为什么你当时就有这个想法呢？"

"我说过，你很敏锐，而且聪明好学有悟性，还有一股子钻牛角尖的劲儿。说实话有时我也怕你呵，不知道下一秒你会抛出什么问题来。不过，有你在也提醒我要求新求变，一个团队总不能墨守成规，在保障稳定的前提下，还是要积极求变求发展，这样才能走得远嘛。"

"谢谢主任，我还是个新手，路长着呢。"

"对，路还长。你年轻，怕什么。"

"又来了，你也不老啊。"

"呵呵，好吧。我在想，接下来我会把工作重点放在省城分公司，桐城的这一块就交给陶主任来打理，你呢，先协助她。哦，到时我单独给你辟一间咨询室出来，怎么样？"

岑晓稚听了这话，条件反射般地跳出陶雪梅的那句话：等你咨询有了经验，让章主任也给你配一间专用的咨询工作室。

"我，我行吗？"

"行啊，当然行。"

"谢谢你，主任……"

"不，我要谢谢你。"

章达成不知道在想什么，沉默了一下，问："明天你们几点出发？"

"约的是七点。"

"好。记得告诉小向，慢慢开，务必记住，安全第一。"

"好的。"她挂断电话。到家了。

傍晚，餐厅亮着圆圆的暖光灯，桌上已经摆了几盘菜，正冒着热气，中间是个裱花大蛋糕，一大束鲜花，一瓶红葡萄酒，厨房响着油锅下菜爆炒的声音。门铃响了，是白桦，手里也提着个大大的生日蛋糕。

白桦看到岑晓稚很意外，她原先的披肩卷发没了，剪了个短发，蘑菇式的齐耳短发倒让她显得年轻又利索。

"什么情况，给韦大爷庆生还换个发型来表示一下？"白桦问。

"什么呀，我玩玩。"

"玩玩，"白桦意味深长地指指她说，"没这么简单吧？"

岑晓稚丢过去一个龇牙咧嘴的表情包。

客厅里，韦凯峰正坐在沙发上看电视新闻，看到白桦起身招呼："来，来，坐。白桦，你可是我家稀客啊。"

白桦说："怎么，韦大爷你还跟我客气？"

韦凯峰说："怎么是客气，你是晓稚的好朋友好姐妹，也是她的人生导师嘛。我跟你说，她一天不提你就不习惯，现在连我都不习惯了。"

白桦笑起来，没接他的话题，她指了指他肚子上围的厚厚大布兜,说:"你这贴的又是什么新式玩意儿?"

韦凯峰拍拍肚子说:"老婆缝的围兜,里面放了艾绒,说是保护肠胃。"

"好,爱心牌肚兜,"白桦点点头,"韦大爷,你算是捡到宝啦,这个老婆以后就是老中医,坐堂收费,按时论价,你就等着收钱享福吧。"

"哈,什么啊,"韦凯峰拿起茶几上的橘子递给白桦,"享老婆的福我还是个男人不是?我说你怎么样了,哪天给咱们吃喜糖,老话怎么说来着,叫梅开二度?对,我告诉你,得好好办一办。"

白桦笑得前仰后合。

"有毛病,瞎说什么,"岑晓稚走过去推他进书房说,"人家皇帝娘娘不急,你操哪门子心?去,去,去,看你的谍战片去。"

白桦一边帮岑晓稚端菜递汤,一边告诉她,前些天她带欧阳闻牧回老家看过她爸妈,算是毛脚女婿正式登门。

白桦的爸妈打起十二分的精神来接待这个上门女婿,不过欧阳闻牧主动请缨包揽了一桌子菜,白桦给他打下手,两人配合着不让两老进厨房,他们倒成了客人,在小客厅巴巴地坐着看电视。家里好久没热闹了,她妈妈精神很好,虽然话仍说得少,可饭桌上不停地给欧阳闻牧夹菜。

这趟回去白桦是想接父母来桐城住的,可他俩坚决不同意。她知道,两老是怕打扰她与欧阳闻牧的生活。欧阳闻牧本来想把桃渡小区的那套两居室卖掉,换套大的,白桦不肯。她喜欢这套两居室,小是小了些,可是很温馨,阳台上种些花草,小书房朝南满架的书,阳光好的时候,躺在地板上看书多惬意。

还有一件事,琳儿这个假期回国,也和欧阳闻牧见过面了。

之前在与琳儿的视频里,白桦试探性地提过这桩事,琳儿举双手赞成,她说:"我早就想和你提这档事,怕母上大人不高兴。这次回国,我一定要见见欧阳伯伯。"

那个下午,白桦特意叫钟点工把楼上楼下清理一遍,将欧阳闻牧送来的大束红玫瑰摆放在楼梯口。

晚餐时间,桌面铺着墨绿色格子餐布,白瓷骨碟,缠枝莲水果盘配上家常小菜,中间是热气腾腾的菌菇蔬菜火锅,三只水晶杯倒满葡萄酒。

琳儿从国外留学回来更独立了,整理衣物,打扫房间,帮忙做家务,利落作风大有其母风范,与欧阳闻牧见面也大大方方,一点不拘束。

饭桌上,白桦无意中提到欧阳闻牧在带志愿者做公益活动,琳儿来了精神,原来她在新西兰也加入了校志愿者团队,定期去社区、学校做义工。这一老一小有了共同话题,越聊越热乎,反而把白桦冷落了。

次日,他告诉白桦,他与琳儿加了微信,一个女孩在国外,万一有什么事可以找他。他说琳儿表面大大咧咧,其实心思细腻。他说,我们聊到你了。

白桦问:"聊到我?你们聊了什么,是不是说我坏话?"

他说:"呵呵,不告诉你。"

白桦说:"素包先生,看在昨晚为你俩准备晚餐的分上,透露一些吧?"

他笑了,声音低低地说:"这么温柔,我会扛不住的。"

她脸一热,心驰意迷,嘴上却不讨饶:"我和某人在一起就是温柔的小女生,你有意见?"

"啊,某人是谁,好有福气。"

白桦牙根痒痒,对他说:"好,好,等着吧,有你好看。"

"好啦,"他正经地说,"我把我俩的对话截屏给你,不过,有个要求。"

"什么要求?"

"答应我,不许哭。"

"小样儿,"白桦说,"你还真把我当小女生啦。"

然而,当她看到截屏的头几句话,眼泪立刻掉了下来。

琳儿:欧阳伯伯,我只是希望您对她好一点。这么多年,她一直一个人,我出国后她更孤单了,可她从不说。我知道麻麻是为了不让我挂念她,她的坚强我懂,她的孤单我也懂。伯伯,看得出来,您是个实在人,也会照顾人,麻麻很欣赏您,我祝你们幸福,一定要幸福哦!

欧阳闻牧:好孩子,你也不容易。你的独立、坚强与积极、包容,超越了同龄人。你身上有你妈妈的品质,你是你妈妈的骄傲,伯伯也祝你在异国创造出精彩人生!

欧阳闻牧:另外,不要操心妈妈。伯伯不想也不可能替代你的亲生爸爸,你与你爸的血脉亲情是隔不断的,我们都要尊重他。但是,请允许我用余生来照顾你妈妈,因为她过去吃了不少苦,她表面坚强,其实内心孤单。所以,我想我们的心愿是一致的:让她健康、幸福、开心。只要我们一心朝这个目标努力,那么,没有什么能阻挡你我成为亲人。

白桦眼泪不停地流,止也止不住,哭得像个小女生。

饭后,岑晓稚送白桦出来,两人边走边聊,岑晓稚听白桦讲完她和欧阳闻牧上山祭奠的桥段,翘起大拇指说:"姐,你太厉害了。就参加了一次益真老师的工作坊,你就活学活用把老师那套搬来治疗会长,你不学心理学太可惜啦。"

白桦耸耸肩说:"有什么办法,我答应过某人,要当他一个人的医生。怪毛病这么多,下半生我是押了卖身契,没办法。"

岑晓稚笑着说:"秀恩爱,你可不要宠坏了会长。"

"傻丫头,我们只有半辈子时间了,还不许我宠啊?"白桦感慨地说,"活了四十多年,他是第一个也是唯一给我恋爱感觉的男人。人海茫茫,我们之间的那种孤独感你不懂,你更不懂他对于我的意义。"

"意义,什么意义?"岑晓稚问。

"意义嘛,就是哪怕我再忙再累,只要想到有这么一个人惦记着牵挂着,时时把我放在心上,心里就暖暖的,特别安定,做什么事都有劲。在他面前,我像是回到了二十岁,可以天真烂漫,心无城府,可以任性撒娇,哭笑无常,一点也不用忌讳。他说我治愈了他,他不也一样治愈了我?不过话说回来,这个人有个缺点,就是太犹豫,遇到一点点事就摇摆不定。以前对于亡妻那个坑差不多算是填平了吧,那什么指节痉挛性麻痹症,不知道好没好,反正最近我看没发作过。现在最主要的还是担心他的身体,说什么对不住我,委屈我,耽搁我,磨磨叽叽一堆,我说慢慢来嘛，我都不急，你急什么？"

"嗯，这是会长长年心病造成的。"

"对了，我和他提到过你们章主任。那天去山上，章达成给他打电话时我就坐在边上，我叫他加章主任的微信，多打交道，他这是心虚。"

"姐，有你在身边，他不用担心，肯定会好的。"

两人说着话到了小区门口，白桦的商务车就停在大门口，她掏出车钥匙在车前站住，问："明天几点出发？"

"七点。"

"这么早？看情况要住几天吧？"

"嗯，现在不好定，到了再说。"

白桦抬手去拨岑晓稚被风吹起的短发，说："换个形象还真不习惯。你老说心理学讲从行为看内心，那你说，这是不是要快刀剪乱麻、辞旧迎新的节奏？"

"哪里呀。"岑晓稚眨了眨眼睛。

白桦踢着地上的碎石子说："晓晓，我在想，你这个决定到底对不对，会不会有后患？"

岑晓稚也踢着地上的碎石子，说："没有退路了，路是我自己选的。"

白桦把弄手里的车钥匙，说："我是希望你不要走弯路。"

"姐，"岑晓稚抬头看着远处说，"这个世界上是没有弯路的，遇上了，就是必经之路。"

"话是这么说。"白桦目光复杂。

"姐，你还记得益真老师的话吗？人与人的关系出问题，首先是心出了问题，心坑坑洼洼的，每逢下雨天，那里积满了水……"

"那我问你，万一下雨，你的心会积水么？"白桦问。

岑晓稚看着白桦灼灼的目光忽地笑了，说："姐，怎么今天你成了问题宝宝？"

"好，我祝福你，"白桦说完又加了一句，"记得家里大小俩爷等着你回来呢。"

岑晓稚也点点头，说："嗯，我知道，记着呢。"

白桦点点头，按下车钥匙启动遥控，打开车门一脚跨进去，又探出头对岑晓稚说："一路顺风。"

岑晓稚冲她挥挥手。

三、灵魂伴侣

梦里，全世界都结冰了。

到处是一片冰天雪地的景象，有个国家级的部门，专门负责开着舰艇在海上破冰，我在其中的一艘舰艇上，破冰是我们的任务。

大部队浩浩荡荡出发去破冰了，很快我们的舰艇出了国际海域，忽然一个很大的冰浪打来，寒流侵入了舰艇，好多伙伴被冰浪卷走，船长因为穿了防寒衣没死，我躲在下面的暖仓里也没事。这么大的舰艇就剩下我和船长两个人，我很害怕，一步不离船长。

后来海面上有人开着一艘私艇来接我们，说是我们的前遣队员，叫我们跟他走，可我和船长不答应，因为我们的任务是去破冰。那个人说现在时机不到，盲目往前是很危险的，我们会被一路上的冰啸卷走而丢失性命。没办法，我们只好跟从他开始了逃亡生涯。

我们的私艇途经几个欧洲小国，多次被哨兵发现是非法入侵，遭到一通狂追，好容易逃离后，我们继续在结冰的海面上开私艇。我们摆脱了一批又一批追兵，前面出现了大片结冰的森林，那些高耸的树木走近一看，原来是冰雕的人像，让我非常害怕，我躲到船长身后。可是这次无路可逃了，我们只好硬着头皮迎上去。我们像古代的勇士那样使出浑身的法术去破冰，一下又一下，可我挥剑与这些看上去可怕坚固的冰雕一接触，人像就纷纷倒下了，原来这些冰雕人像是泡沫塑料做的。他们很快就倒地，然后消失不见，我们有了信心，愈战愈勇，成批的冰雕倒下去……终于，我们看到天空投下丝丝曙光照进森林，小鸟在叫，树木有了生机，草地变绿，花朵绽放……这时，我发现那艘私艇又变回了原来的那艘大艇，它好长好大，像泰特尼克号一样在海上航行。就这样，我们驾驶着舰艇穿越茫茫森林，那场面好壮观，我想要是拍电影一定很吸引人。我和船长站在艇头，朝着太阳升起的方向挥手喊叫，我知道，前面就是我们的国家。我们离家不远了，我们终于不辱使命完成了破冰任务，胜利回国了。

那年四月的夜晚，岑晓稚和蒋微微站在中山大桥上。那是岑晓稚第一次听微微讲心里话，这个人前抿嘴不语的女孩，内心有很丰富的情感世界。在桥上，她向岑晓稚提到了这个梦，因为这个梦像一场电影，令她印象很深。而就在他们要去省城的前一晚，她又奇妙地做了这个梦，所不同的是，上次梦里，舰艇没有迎着冰天雪地的森林冲进去；而在昨晚的梦里，舰艇勇敢地冲进森林完成了破冰任务，迎着曙光，胜利回国。蒋微微觉得这个梦是好兆头。

阴天，有轻度的雾霾，他们出发了。

车子穿过灰蒙蒙的街区，整个城市还在睡梦中，空寂的街道，闪过几个晨跑者。大货车呼啸而过，车子很快开出尘土飞扬的市区驶入高速公路，路两边出现了低矮的房舍、苍黄的田野和隐约的远山。

一上车，蒋微微就迫不及待地分享她的好消息。

她爸跟进了很久的订单终于顺利发货了。海运顺利的话，客户验收后就会与他签长期合约，这是一个非常好的消息。她爸第一时间给她打电话，同时汇了八千元钱给她，让她喜欢什么买什么。她爸说是她在那个深夜打给他的电话激励了他，那是他人生的低谷期，他对自己已经绝望，想不到久不联系的女儿会打电话给他，让他激动无比。他要当个好爸爸，要像从前那样凭着聪明才干做出一番事业，他要让女儿以他为荣。那一夜后他像换了个人，做事虎虎有生机，不怕吃苦不怕碰壁，以极大的毅力和耐心拿下了这份异国订单，他说微微是他命中的福星。现在，蒋微微就等着春节她爸回来团聚了。

今天蒋微微穿着很好看，一反过去灰不拉几的打扮，牛仔蓝的短棉袄，黑白条纹毛衣，头上戴了顶俏皮的小红帽，还抹了润唇膏，显得年轻有活力。旁边开车的向志勋穿一件黄色羽绒服，深蓝牛仔裤，围圣诞红的围巾，同样很有精神。有意思的是，两人手腕上都缠着珠串。

陶老师拎了一网兜零食上车，坐稳后就掏出蒸蛋糕，配一杯热牛奶美美地吃起来，吃完她又拿出红豆提子椰蓉吐司，往吐司上抹蓝莓果酱，然后合拢美美地吃起来。自然，她的吃相又一次让岑晓稚目瞪口呆。

陶雪梅抬头看到岑晓稚的表情，笑着说："又把你吓着啦？你们城里女人会保养有节制，我不一样，我是好吃第一。"

陶雪梅津津有味地吃美食时，蒋微微扭开车载电台，电台里正放一首歌，很好听。岑晓稚问蒋微微这是什么歌，蒋微微说："《灵魂伴侣》。"

若你是一阵春天里的风
那我一定是最远的风筝
若你只是一道某个弄堂紧锁的门
我是门外的藤……
若你又是一颗可望不可及的星辰
我便是眺望眼神
然而你选择做平凡的人
于是我也就爱上你的人

"灵魂伴侣？"岑晓稚重复了一遍。

"岑姐，21世纪很流行的说法，就是要找到你的灵魂伴侣。"蒋微微说。

"那什么叫灵魂伴侣呢？反正我爸妈是最普通的柴米夫妻。"岑晓稚说。

"据说两个小宇宙相遇，它们能量相当，特质相近，光的连接带来内在的震动。"蒋微微说，"在印度古老的传说里，灵魂被创造出来时是成双成对的，后来它们跌到人间经历了轮回，当两个灵魂相遇，前世的标记对应确证，他们就是一对灵魂伴侣，也就是我们说的'心心相印'。"

"怎么样，向大师，我说得对不对？"蒋微微冲向志勋俏皮地加了句。

"你这个说的是爱情层面的灵魂伴侣。"向志勋说，"往更高维度看，我们一切众生投胎到人世都是灵魂伴侣，因为我们是宇宙创造出来的，本质上我们都是一样的，我们是种子也是伴侣，生命源于恩赐，我们是宇宙播下的种子。"

"宇宙的种子？"蒋微微探头看向他。

"小向，"陶雪梅的半口吐司还在嘴里，含糊着说，"你这个说法是不是灵修课上听来的？现在社会上有很多课程。"

"陶老师，从心理学角度怎么看灵魂伴侣这个说法？"岑晓稚问陶雪梅。

"荣格说过，"陶雪梅说，"在我们的前半生，两性结合主要是身体的结合，孩子是身体结合的果实也是生命的延续；到了后半生，伴侣的重心转为心理上的结盟，双方不仅与自己内心世界的异性特征结合，也与外界的意象载体结合，帮助内在孩子获得生命，使两人的精神获得果实和延续。"

"听起来好难啊！"岑晓稚说。

这时陶雪梅的手机响了，是章达成，他问："你们出发啦？叫小向慢慢开车，不要急，务必记住，安全第一。"

"好，好。"陶雪梅答应着挂了电话。

"对了，陶老师，"岑晓稚又问，"这年头大白菜都涨价了，章主任和你的咨询费为什么还是老价格？外头说章主任培养出来的咨询师，徒子徒孙都在开工作室了，有的还各地巡回讲课揽大钱。"

"是的,"陶雪梅说,"现在外面有很多身心灵方面的课程,说明越来越多人开始关注心灵健康,疗愈成为一个时髦的话题。不过有些课鱼龙混杂,借着名头乱收费,你们要学会鉴别。"

"心理咨询师要凭专业本事吃饭,这是章主任强调的。"岑晓稚说,"他在省城开分公司,就是想把正统的心理工作发扬光大啊。"

"疗愈是一个很深很广的话题,我认为,真正的疗愈只要发生在内心,任何外在形式都没什么不可以超越的。"向勋志手握方向盘说。

蒋微微侧过脸又深深地看了他一眼。

车子拐入服务区向志勋去加油,三个女人下车。陶雪梅的手机响了,这次不是章达成,是她家先生,她接起电话絮絮叨叨,又是一通吃饭添衣的关照。

"陶老师,你和你先生一定是灵魂伴侣,"岑晓稚说,"上次培训,你的亲情电话打得我一肚子羡慕嫉妒恨。"

陶雪梅笑眯眯地抹了把嘴角,把嘴边的吐司碎末抹干净。

"听说你先生在巡特警大队工作,这么特级保护有必要吗?"岑晓稚继续问,她话没说完,蒋微微在旁边冲她眨了眨眼。

陶雪梅掸了掸衣服,说:"没事,小岑不知道我家的情况。"

岑晓稚疑惑了:"啊,你家什么情况?"

陶雪梅说:"我先生没出事前是在巡特警大队,还是副大队长,出事后成了闲人一个。"

"出事,出什么事?"岑晓稚问。

"十年前,他半夜执勤追匪徒,就在这条高速公路上出车祸,左腿截肢了。"

"啊，是这样？"岑晓稚有点后悔自己的冒失。

陶雪梅把落下的围巾拉上来重新裹住肩膀，说："他在家休养一年。那一年，他关着门窗不见人，还自残，我藏起家里的所有刀具，他就砸瓷饭碗，划手腕。我后来拖着他去医院才知道他得了躁郁症。我托人找到马钧德马老给他治疗，断断续续三年多，他的情况才有改善。后来他在马老的鼓励下走出家门参与公益服务，被聘为慈善总会义工，还得过年度优秀义工称号。我后来辞掉工作，专职做这一块。不过一直以来困扰我的不是他的问题，我自己也有问题，我给蒋微微做咨询时与她分享过。"

"你，你还有更大的困扰，那是什么？"岑晓稚忍不住又发问了。

"我是一个孤儿。我原本不姓陶，姓党。"

向志勋给车子加满油，三个女人重新上车，车子驶上高速公路。

陶雪梅不知道自己的亲生父母是谁。她一出生就被遗弃，是好心人捡到她，抱她到孤儿院。这所孤儿院里的孤儿统一姓党，因为院长也是孤儿，他说，是党组织把我们收留在一块的，要感谢党。

陶雪梅三岁那年被一对夫妇领走，他们姓陶，是养蜂人，一辈子待在大山里捕蜂酿蜜，挣点微薄的钱。对他们来说，最大的不幸是儿子得荨麻疹病死了，他们想要个孩子看家，于是从孤儿院认养了她。

陶雪梅无意中得知自己的身世后，便开始了漫长的寻亲计划。她努力读书考到镇上,几年下来几乎把镇上的人过了一遍,后来又扩大到附近的镇,再后来到市里头。那几年她去过不同地方见不同的人,频率最高的一次,仅仅半年,她见了四十八对老人,可是那些老人都不是她的亲爹亲妈。

她三十岁那年,前额的头发白了一撮,非常怪异,像一种叫白头翁的鸟,以致不得不染发出门。结了婚后,她的头发才慢慢黑回来,以后又有了儿子,她忙于小家庭的建设,不再执着寻亲,老老实实、安安稳稳过日子。

她过四十岁生日时,养父母坐火车大老远地赶来看她,给她捎来一大桶新鲜蜂蜜,她打开桶迫不及待地伸手蘸了一滴放嘴里,一时间童年的味道又回来了。她老公打开蛋糕,儿子点上生日蜡烛,许愿的时候,她看着围坐在身边的养父养母和老公儿子,眼泪掉了下来。养母替她擦去眼泪,说:"雪梅,你比你哥哥幸运多了,你看你现在过得多好。"

某天下午,送走了最后一个来访者,陶雪梅在咨询室整理材料,阳光把她的影子拉长,斜斜地投在白墙上。她盯着自己的影子,她动影子也动,她不动影子也不动,她想到荣格的一句话:有生命的东西要有阴影才显出立体的形态,没有阴影,那只是一个平面的假象。是的,正如刚走的那个来访者,他是桐城金融界青年才俊,国内排名前500强的上市公司掌门人,普通人眼里光芒四射的钻石王老五,长得高大帅气又阳光,而在他内心,恰恰有着长达二十年的不为人知的心理障碍。

他来找她,坐在她对面的椅子上说,他有一种摇晃的感觉,工作的时候,开车的时候,常常会有。现在也是,像在船上,在一艘有风浪的船上,身不由己地摇晃。说着他伸手按住茶几,说这样才能让身体保持平衡。没有一种行为或感觉是无缘无故产生的,她把他请进催眠室,实施催眠,追溯回去……

在当心理咨询师的头几年,陶雪梅比任何一个同行都努力,单单花在培训上的费用就好几万。许多人说学心理学很烧钱,这话是有道理的,这个市场确实鱼龙混杂,她也是交过不菲的学费才有了鉴别力,从而走上正轨的。

在收获了一大捧资格证书和培训证书后,她以空前的热情投入这个行业,正当盛年的她激情无畏,一度收到好多奖旗和感谢信。她工作有一个特点:来访者来,她热情对待,全力以赴;要是来不了或个案脱落,她会失落难过,想方设法和对方沟通,直到对方恢复对她的认可或重新来找她为止。所有人都认为她这是敬业的表现,她的导师马钧德却发现了问题。在一次督导中,马老一针见血地指出,她没处理好童年创伤。他说她在通过倾听别人的故事获取自己私人情感的满足,她太缺爱,太缺亲情,所以期盼来访者,因他们的到来而高兴,又因他们的离去而失落。马老指出,这是一种病态的不健康的移情反应,通过几次督导,她看见自己就像一个乞丐,一个饿鬼,一个流浪者,在向别人乞食,索要别人的情感和故事喂养自己。这哪儿是什么心理咨询,依马钧德的说法,这叫割肉补疮。

割肉补疮。这个词深深地刺激了她。

回到家后,她打开柜子,把一叠各式各样的培训证书掏出来,拿了打火机准备烧掉。她老公看到后,抬手打掉了打火机一把抱住她,她失声痛哭,哭得嗓子也哑了,到后来整个人像被掏空一般,瘫在地板上只喘气。她老公抱着她,对她说:"雪梅,你爸妈是对不起你,可怎么活是你的事,怎么活是你的事啊!"

"怎么活是你的事。"她擦掉眼泪重新站起来,继续学习,一次次进修,找最好的督导师,不断总结经验清理自己……十余年的专业浸泡渐渐让她成为业界资深的心理工作者,也赢来了名副其实的良好口碑。

那个下午,她坐在咨询室盯着墙上自己的影子,忽然看到了自己:看到了一个耀眼光环下强大无比、积极进取的陶雪梅;同时,也看到了一个躲藏在童年阴影里孤单无助弱小的陶雪梅。

小时候的陶雪梅在养父母身边长大,印象最深也看得最多的一幅景象,是蜂箱上密密麻麻爬动的蜜蜂。

曾经有一次,因为贪吃蜂蜜她被蜜蜂蜇了一下,手指立时肿了起来,那种灼痛让她印象很深,可同时偷吃到的蜂蜜又让她感到甜蜜无比。在心理咨询中,她发现大部分来访者对于人际关系特别是亲密伴侣的关系,就类似蜂蜜和蜜蜂的关系,即人们往往对爱人的优点有所贪恋,同时又对爱人的缺点有所嫌弃,从心理学上说,这是一个人内在冲突投射于外在客体的表现。往更深一层来说,我们总是对自己的优点洋洋自得,而对自己的缺点视而不见,不同人格之间的冲突没得到解决,慢慢会变成心理问题。而事情的真相是:甜蜜和疼痛同时存在于一只蜜蜂身上,就如同优缺点同时存在于一个人身上。她常常拿这个譬喻让来访者去思考。

最近几年,更年期的她又喜欢上了甜食,街头飘着奶油香的烘焙小店,对她有着无法抗拒的吸引力,她喜欢透过橱窗看陈列的可爱糕点,看了又看,忍不住买了一堆抱回家,这是她源自童年的情结。

在童年的印象中,最开心的就是等取蜂蜜。她喜欢看蜂蜜从大桶里流出来的样子,浓郁如胶,晶莹透亮,那馥郁的芳香让她的小嘴都要流出口水来。她曾忍不住偷偷去蘸了一滴,仅仅一滴,指尖上凝固的琥珀色的一滴,让她嗅到了山野里槐花的芳香,春日的阳光和夏季雨露的气味。它融化在她口腔里甘美无比,它是世界上最好吃的蜜,是世界上最幸福的情感。

五十二岁的陶雪梅重新迷上甜食,当她用胖乎乎的手指蘸着奶油放进嘴里的时候,她感到自己回到了过去,重新成为那个偷吃蜂蜜的小女孩。甜食让她在心理上退行,变小,得到心理的满足;同时,甜食让她的身体变胖,变大,给予她心理上的踏实。她在身体的力量与心理的弱小之间取得了某种平衡。

退行,是一种自我心理防御机制,当然,持久的退行并影响到社会功能是神经症性的表现。许多来访者忧虑自己的退行,固着在过去某个点无法前行,陶雪梅就告诉他们要允许自己有阶段性的退行,适当的退行是调整,是休息,是为了收拾好过去更好地前行。她自己就是这样,接受在更年期的退行,用童年治愈童年,用甜蜜治愈伤痛,用生命抚慰生命。

去年,她的养父因病去世了一个月后,腿脚不灵便的养母上山时不慎坠崖而亡。她坐上火车去大山里,把两老和自己没见过面的小哥哥合葬在一处,她给他们立了石碑,上面刻着普普通通三个名字:陶根土、叶永香,小哥哥刻的是小名"壮壮"。

她把供在碑前的三杯蜂蜜水洒在地上,沿坟墓洒了一圈,很快,甜蜜的香气引来一群蜜蜂,嗡嗡嗡地绕着坟墓飞来飞去。随后她从包里拿出一张陈旧的、皱巴巴的纸条,已经折得像碎纸片要风化,上面歪歪斜斜地写着她的出生年月日和时辰,求好心人收养,那是她的亲生父母留给她的唯一凭证。她在墓前烧了它,烧成一撮灰，然后向坟墓深深三鞠躬。

大大小小的坟堆，高高低低的灌木丛，两边树木高耸，像一层又一层目送她下山的人群。她想，住在山上的灵魂和住在山下的人，本质上是一样的，在这个世界上，人都是孤独地来，孤独地去，人与人的关系没有永久的粘连，也没有永久的分离。她走到山脚处停住，回头又望了望，看不到了，她感到自己内心有一部分留在了这里，既难过又欣慰。

回去后的当天晚上，陶雪梅把儿子叫来，从老樟木箱里掏出一块蓝底白花的褪褓粗织布，四四方方，小小巧巧。她对儿子说，这块布是妈妈出生时用来包我的，也是你亲外公亲外婆留给妈妈的唯一信物，以后哪一天要是妈妈突然走了，你记得把我烧成灰再包起来送回去。妈妈是从大山里出来的人，你要把我送回去，和养外公养外婆葬在一处。

她儿子不要听，她摸着他的头说，该给你上一堂生命教育课了。

听完陶老师的故事，车也开到了尽头，灰白的天空下出现了一座桥。

一座长长的银白色大桥，全长三十余公里，蜿蜒盘踞在海上，像一条遨游四方的巨龙。它是桐城乃至全省最大的海上景观桥，是连接桐城与省会城市重要的交通枢纽。很快，向志勋的小车开上大桥，开到了桥的中央段，那里有个通体白色的巨型建筑，造型像一只展翅欲飞的和平鸽。这是大桥的瞭望平台，也是过往车辆的休息站。

"我们歇一歇吧，上去瞧瞧。"陶雪梅建议。

他们泊好车走上瞭望平台,平台三面环海,空旷,开阔,没有一个人。

雾霾消退了大半,空中隐约透出一些光亮,云团飞移,进行着奇妙的排列组合,线状的光亮透过层层叠叠的云团投射下来。转瞬,太阳出来了,海面金光泛动,越来越亮,从线状的投射到成片的普照,一时海面上像有千万条锦鲤在跃动,浩浩荡荡,汲汲不断地游向远方。

向志勋对着大海,想到了千里之外的终南山。

新的一天开始了。在终南山的山顶,在海拔三千余米的龙脊悬崖上,师父云顶子带他迎着日出做吐纳功。久久的沉寂之后,天地间一轮红日腾空而起,霎时,光辉遍照一千六百多公里的秦岭山脉,群山矗立,层林尽染,鸟群翔飞,洁白的云海升腾起伏,壮观无比。万物沐浴在光照下,他们也同样沐浴着金光。向志勋感到阳光摩挲头顶,温热自上而下,他深吸一口气,感到胸中涌动着什么,不觉热泪盈眶。

此刻在桐城,同样是阳光照耀下的大海,金色的浪涛向前涌动着,无边无际……渐渐地,方圆几公里外,隐约出现了一栋栋高高低低的建筑,迎着朝阳,沐浴在金光中。那是省城渐次崛起的轮廓。

章达成打来电话,问:"你们到哪了?"

岑晓稚说:"到省城了。"

(完)

后 记

"孤独只存在于孤独之中,一旦分担,它就蒸发了。"

多年前的某个秋日,我在临街一家书店买了两本心理学方面的书:一本是心理治疗大师欧文·D. 亚隆写的心理推理小说《当尼采哭泣》,书中富含哲理的精彩对话吸引了我。另一本是《荣格心理学》,封面有荣格先生的头像,老人手提烟斗,嘴角含笑,眼神睿智。

多年后我成了一名心理咨询师,并开始着手写这部小说。

当时写得很艰难,既要平衡长篇小说的架构与布局,又要考虑心理方面的内容规范,多次修改,反复增删,拖了好久,一度想放弃。说来有意思,每当我浏览书架上林林总总的书,总能看到最早启蒙我的两本,特别是那本有荣格先生头像的,封面上老人深邃而坚定的目光似乎在对我说:"孩子,不要质疑,你可以的。"

我的内心又会升起力量和信心来。

当然，不同于《当尼采哭泣》以心理名医与哲学大师为主线，这部小说主要写的是一群从事或致力于心理工作的普通人，他们和任何人一样有缺陷，不完美，如果说有所不同，那便是在工作中升起对生命的思考与叩问，对人性的探寻与深挖。

需要说明的是，本小说纯属虚构，书中出现的人物、个案及相关信息、论述、观点等均出于小说文本的文学艺术化创作，至于个案的处理及种种治疗方法，也是遵循故事情节的发展和人物塑造所需而编造的，请不要轻易模仿，以免产生不适。

当前物质水平飞速发展，一个全民焦虑的时代来临了，这同时也意味着一个心理疗愈时代的到来。

有一句名言说，一千个读者心中有一千个哈姆雷特。同理，在心理治疗领域，也可以说一千个病人有一千种治疗方案。

从事心理工作多年，见证过成功也经历过失败。小说中所描写的大量案例，旨在让更多人关注心理健康，提高心理保健意识，并对社会上有心理问题的人给予理解和包容。毕竟人活在世上，没有谁是完全没有问题的，问题是在提醒要面对或修正什么，而疗愈则代表着一个人自性的突破和成长。

一个时代的苦难者，往往也是一个时代的先行者。

既然尼采都在哭泣，我们又有什么理由不微笑呢？

祝福你。

梅墨

2021年12月20日